갈증

갈증

초판 1쇄 인쇄일 2016년 02월 18일
초판 1쇄 발행일 2016년 02월 23일

지은이 | 초절정진서방
펴낸이 | 김기선
편집장 | 김은지

펴낸곳 | 와이엠북스(YMBOOKS)
출판등록 | 2012년 7월 17일 (제382-2012-000021호)
주소 | 서울시 도봉구 노해로 379, 1005호(창동, 대성빌딩)
전화 | 02)906-7768 / **팩스** | 02)906-7769
E-mail | ymbooks@nate.com

ISBN 979-11-322-3667-2 03810

값 9,000원

초절정진서방 장편소설

YMBOOKS
ROMANCE STORY

차 례

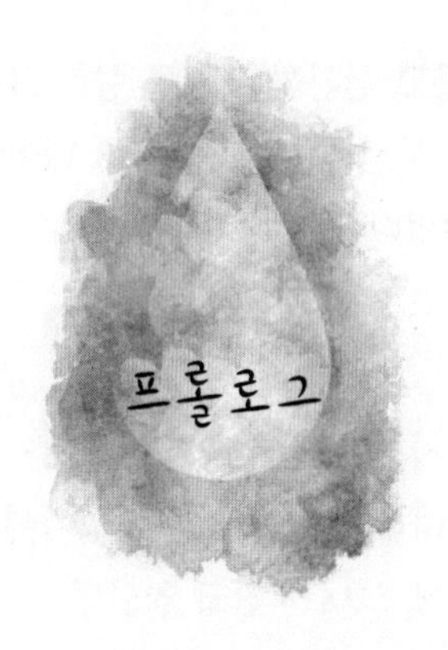

갈증(渴症).

목이 마른 듯이 무언가를 몹시 조급하게 바라는 마음을 비유적으로 이르는 말.

"닦아."

툭 하고 건넨 수건이 주인에게 닿지 못하고 바닥으로 떨어졌다. 못마땅한 얼굴로 여자를 바라보던 남자는 시끄럽게 울려대는 주전자 소리에 몸을 돌려 주방으로 들어갔다. 익숙한 모습으로 찬장에서 두 개의 잔을 꺼내 든 남자는 커피믹스를 뜯어 잔에 털어 넣었다.

뜨겁게 팔팔 끓어오른 물을 부은 후 티스푼으로 몇 번 저어내자 꽤 만족스러운 향이 그의 코끝을 간지럽게 했다.

두 개의 잔을 들고 천천히 거실로 향한 그는 여전히 그 자리에서 있는 여자에게 시선을 주지 않은 채 테이블 위로 잔을 내려놓고 소파에 몸을 실었다.

"언제까지 그러고 있을 건데?"

"……."

"닦든지 마시든지, 아니면 돌아가든지."

테이블 위에 올려놓았던 잔을 들어 입가에 가져간 그가 커피의 맛을 느끼기도 전에, 그녀는 참고 참았던 눈물이 터진 듯 엉엉 울기 시작했다. 그럼에도 불구하고 남자는 커피 마시는 일에만 집중했다.

억눌린 울음을 터트리는 그녀의 모습은 익숙했다. 비를 쫄딱 맞은 강아지처럼 몸을 떨고 있는 모습도, 당장이라도 안아주고 싶을 만큼 가녀린 어깨가 축 늘어져 있는 것도. 모두 그가 알고 있는 그녀의 모습이기도 했다. 20년 동안 자주 봐왔던 모습이라 적응이 될 만도 한데, 그녀의 우는 모습은 늘 그를 화나게 만들었다.

"네 말대로 그 자식, 양다리더라? 나보다 여덟 살이나 어린 여자를 옆구리에 끼고서 당당하게 호텔 문을 나오는데, 정말 죽이고 싶더라. 어떻게 사람이 그럴 수가 있니? 말이 돼?"

"……."

"그 꼴을 보는 순간 달려가서 뺨이라도 내려치고 싶은데, 그러질 못했어. 나 정말 한심하지?"

"……."

"도대체 내 인생은 왜 이럴까? 평범한 남자와 평범한 연애, 왜 그게 난 안 되냐고."

결국 그 자리에 주저앉은 그녀는 눈물이 흐르는 얼굴을 가리며 오열했다. 목이 닳도록 울어대는 모습을 물끄러미 바라보고 있던 그가 들고 있던 잔을 내려놓고서 그녀에게로 다가갔다.

바닥에 떨어져 주인을 찾지 못한 수건을 들어 그녀의 젖은 머리칼을 닦아주었다. 아직 봄이 되기에는 추운 날씨였다. 게다가 내리는 비를 쫄딱 맞은 그녀의 몸은 차디찼다. 감기라도 들까 걱정이 되지만, 제 감정 하나 추스르지 못하는 그녀는 그가 걱정하는 사실도 알지 못했다.

"도영아."

자신의 이름을 부르는 여자의 목소리는 늘 그의 가슴을 울렁이게 만들었다. 흔하디흔한 이름인데, 그녀가 불러주면 마치 특별한 이름이라도 된 것 마냥 설레었다.

젖은 머리칼을 닦아주던 도영은 물끄러미 그녀를 바라봤다.

"술 한잔 사주라."

"싫어."

"왜에."

"네 술주정 받아주고 싶지 않아."

축축해진 수건을 돌려 마른 부분으로 다시 한 번 그녀의 머리칼을 꼼꼼히 닦아주었다. 어느새 물기가 사라진 머리칼을 쓰다듬던 도영은 말없이 자신을 바라보고 있는 그녀에게로 시선을 옮겼다.

"그런 표정으로 바라봐도 안 넘어가. 그러니 오늘은 포기해."

"싫어."

"지금 시간이 몇 신 줄은 알아?"

"알 게 뭐야?"

"이하윤."

"술 안 사줄 거면 내 이름 부르지도 마. 흥, 친구가 너밖에 없는 줄 알아?"

하윤은 도영의 대답이 마음에 들지 않는지 주머니를 뒤져 휴대폰을 손에 쥐었다.

몇 번의 터치 끝에 원하는 사람의 이름을 찾아 통화 버튼을 누르려는데, 도영이 손을 뻗어 그녀의 휴대폰을 빼앗아 종료 버튼을 눌렀다.

"남 주긴 아깝고, 네 놈 갖긴 싫다 이거야?"

새침한 하윤의 목소리에 도영은 피식 하고 웃어버렸다. 언제 울고불고 난리를 피웠는지 잊어버린 사람처럼 멀쩡한 이하윤으로 돌아왔다. 심술이 난 얼굴로 자신을 노려보는 맑은 눈동자와 눈을 마주했다.

"그래. 그러니 오늘은 네가 져줘라."

"쩨쩨한 최도영! 좋아, 내가 한발 물러서주지."

"고맙다고 해야 되냐?"

"대신 나 자고 갈래. 그래도 돼?"

하윤의 말에 도영은 긴 한숨을 내쉬었다.

"안 돼."

"안 되든지 말든지."

"이하윤! 어디 가?"

"욕실 좀 쓴다."

어느새 욕실로 자취를 감춰버린 하윤의 모습에 오늘도 당해낼 재간이 없음을 느낀 도영은 머리를 쓸어 넘겼다.

열 살 때 처음 만난 그녀와의 인연은 올해로 딱 20년째였다. 외국에서 살던 도영네 가족이 한국으로 들어오면서 어머니와 가장 친했던 친구분인 하윤의 부모님과 만나게 된 것이다. 두 집 모두 자식이라고는 도영과 하윤밖에 없었기에 한 동네에 살며 가족처럼 지내왔다. 같은 학교를 나오고 같은 직장을 다니면서 20년이라는 세월 동안 떨어져본 적이 없는 두 사람이었다. 피를 나누진 않았지만 그보다 진한 우정을 나누며 서로에게 의지하고 살아온 시간들이었다.

하지만 결혼 적령기에 들어선 미혼 남녀를 보는 주변 사람들의 시선은 점점 부담스러워지고 있었다. 아무리 돌고 돌아도 두 사람은 끝내 이루어지고 말 것이라는 주변의 세뇌에 익숙해지고, 186센티미터의 큰 키를 가진 도영이 160센티미터도 되지 않는 하윤을 다독이며 품에 안았던 어느 날, 도영의 마음속에서 하윤이 여자로 느껴지기 시작했다.

평소와 다를 것 없는 행동이 유난히도 불편하게 느껴졌다. 심장이 역류하듯 시끄럽게 들끓었고, 진한 욕망이 서렸다. 그 순간, 여태껏 느끼지 못했던 감정들이 인식되며 한동안 갈피를 잡지 못할 만큼 괴로웠다. 벗어나려 애를 써봤지만 그녀를 향한 마음을 끝내 인정해야만 했다.

이미 식어버린 커피를 마시던 도영이 옛 생각에 빠져 있을 때, 샤워를 마친 하윤이 욕실에서 나왔다. 제집 드나들 듯 불쑥 찾아오던 하윤은 자신의 물건들을 그의 집 안에 들이기 시작했고, 어느새 익숙한 듯 그의 영역에서 움직였다. 결국 머리를 감았는지 수건으로 돌돌 말고 나온 그녀는 가운만을 몸에 두르고 있었다. 아무리

20년을 알아온 친구라지만, 사지 육신 멀쩡한 남자 앞에서 조심성이 없어도 너무 없었다. 금방이라도 흘러내릴 것 같은 가운의 옷깃을 겨우 여미며 도영에게로 걸어온 하윤이 배시시 웃어 보였다.

"저번에 보일러 고장 났다더니, 고쳤나 봐?"

"……."

깊게 파인 보조개가 유난히 하얀 피부 속에서 반짝였다.

"도영아."

"왜."

"라면 끓여 먹을래?"

배가 고프다며 방싯 웃는다. 때 묻지 않은 순수한 미소를 띤 그녀의 모습에 배알이 꼬이는 느낌이 들었다. 무방비한 상태로, 자신을 조금도 남자로 자각하지 않는 듯한 모습에 자존심이 상한 것이다.

늘 봐왔던 모습인데, 자꾸만 새롭게 느껴진다. 웃으면 반달이 되는 저 눈도, 웃을 때마다 깊게 파이는 저 보조개도. 다 갖고 싶어진다. 오로지 최도영의 것으로 만들고 싶어진다.

"새벽 두 시다. 출근하려면 자야 돼."

"그럼 한 개만 끓인다? 나중에 한 입만 달라고 하기 없기."

"그러든지."

도영은 귀찮다는 듯 하윤을 지나쳐 방으로 들어갔다. 군더더기 없이 깔끔하고 심플한 방이 오늘따라 유난히 넓고 썰렁해 보였다. 침대에 벌러덩 누웠지만 잠이 올 리 없었다.

긴 한숨을 내쉬던 그가 억지로 잠을 청하려 할 때쯤, 문밖에서 흥얼거리며 노래를 부르고 있는 그녀의 목소리가 귀에 박혀들었다. 언제 들어도 맑고 청아한 그 목소리. 하지만 사랑을 속삭인다면 헤어 나올 수 없을 정도로 섹시하게 들릴 그 목소리가 그의 잠을 설치게 만들었다. 당장이라도 뛰쳐나가 품에 안으면 기분이 좀 나아질까. 심술 맞은 얼굴로 내민 그 입술을 맛본다면 불면증이 해소될까.

'친구'라는 관계 속, 두 사람의 모습에 갈증(渴症)이 느껴졌다. 마시고 마셔도 부족해 자꾸만 탐이 나는 그런 갈증.

누구보다 자신을 잘 아는 도영은 감기지 않는 눈을 억지로 감으며 하윤을 떠올렸다. 아마 도영이 욕심내기 시작하면 되돌릴 수 없을 정도로 하윤을 품에 안고 놓지 않을 것이다. 꺼지지 않는 욕망이 그녀를 삼켜버릴 때까지 진한 사내의 향을 풍길 것이다.

하윤이 알지 못하는 도영의 거친 남성이 꿈틀거렸다.

"이사님, 나오셨습니까? 커피 준비하겠습니다."

반가운 목소리로 인사를 건네는 진서를 뒤로한 채 그는 말없이 이사실의 문을 열었다. 습관처럼 책상으로 걸음을 옮긴 그가 책상 끄트머리에 가방을 올려놓고 무의식적으로 잔뜩 쌓여 있는 서류를 바라봤다.

갑작스럽게 사업을 시작한 아버지의 명령에 따라 외국에서 경영 수업을 받고 이 회사에 자리 잡은 지 벌써 5년. 이사 자리에 앉게 된 건 불과 2년 전이었다.

<CL엔터테인먼트 이사, 최도영>

자신의 전공과는 전혀 상관없는 일을 시작하면서 얼마나 많은 회의감을 느꼈던가. 어색하기만 했던 처음 자신의 모습을 떠올린 도영은 자조적이게 웃었다.

2년. 그 짧은 시간 동안 도영은 빠르게 성장했다. 어엿한 3대 빅 소속사로 자리 잡은 CL엔터테인먼트는 톱스타들의 러브콜을 받고 있었다. 이례적인 일이었다.

탄탄한 자본력과 뛰어난 사업 수완을 가진 도영은 미국, 중국, 일본은 물론 다양한 나라에서 새로운 사업들을 추진 중이었다. 손을 대는 일마다 대박 조짐을 보이고 있어 마이더스의 손이라 불리며 영향력 있는 인물로 손꼽히고 있었다.

그의 말 한마디, 행동 하나가 많은 이들에게 관심을 받게 되면서 그는 존재만으로도 강한 힘을 가질 수 있었다. 하지만 도영에겐 그런 힘보다는 누군가를 지킬 수 있는, 누군가의 울타리가 되어줄 수 있다는 것이 그를 더욱 강하게 만들어주는 원동력이었다.

똑똑. 짧은 생각에 빠져 있을 때쯤 아침을 깨우는 커피 향이 이사실에 빠르게 퍼졌다. 아침마다 즐겨 마시는 쓰고 진한 블랙커피가 자신과 많이 닮았다는 생각이 들었다.

무의미한 시선을 공중으로 날린 후 의자에 몸을 실었다.

"회의 준비할까요?"

"10분 후에."

그가 출근하고 처음 내뱉은 말에 진서는 고개를 끄덕인 후 이사실을 빠져나갔다. 불필요한 행동과 말은 언제나 독이 되어 날아올 것임을 알기에 시간 낭비하고 싶지 않았다. 도영은 말없이 커피 한 모금을 마신 후 10분 후에 있을 회의 내용을 빠르게 훑어보았다.

"굿모닝."

그때 익숙한 목소리와 함께 이사실의 문이 열렸다. 노크 소리를 듣지 못한 것 같아 인상을 쓰며 다가오는 그녀를 바라봤지만 개의치 않아 보이는 모습에 도영은 긴 한숨을 내뱉었다.

"노크."

"우리 사이에 정 없이 무슨 노크예요, 이사님?"

"……."

"뭐야아. 우리 최도영, 아침부터 심기가 아주 불편하시네? 왜 그래? 잠 못 잤어?"

방싯방싯 웃으며 도영의 곁으로 다가온 그녀는 놀리듯 애교를 부리며 그를 살폈다. 머리부터 발끝까지 흐트러짐 하나 없이 완벽한 모습은 평소와 다름없었다. '어디 아픈가' 혼잣말을 중얼거리며 그의 얼굴을 유심히 바라봤다.

하지만 눈앞에서 얼쩡거리며 심기를 거스르는 행동에 도영은 날카롭게 그녀를 노려보았다.

"이하윤."

도영의 차가운 목소리에도 아랑곳하지 않는 하윤은 또 한 번 방싯 웃으며 그의 말을 기다렸다. 마치 당근을 기다리는 토끼처럼 백옥같이 흰 피부 위에 놓인 동그란 눈을 크게 뜨며 눈동자를 반짝였다. 그런 그녀를 바라보던 도영은 끝내 입을 열지 않았다.

"왜에. 왜 그렇게 기분이 안 좋은데? 자고 일어났더니 내가 없어서 외로웠어?"

장난 섞인 말임을 알고 있지만 그 순간 열기가 치솟는 걸 느낄 수 있었다.

밀어(密語). 그녀가 그의 귓가에 속삭이는 그 달콤한 사랑의 말은 그의 심장을 저격하기에 충분했다. 인상을 구긴 도영은 늘 다를 것 없는 자신의 아침이 왜 그녀에게는 화가 난 것처럼 비추어졌을까 고민에 빠졌다.

어젯밤, 가운 하나를 걸친 채 욕실에서 나온 그녀의 모습이 도영의 머릿속을 빠르게 스쳐 지나갔다. 아무런 거리낌 없이 행동하던 하윤의 모습에 화가 난 도영에게는 길고 긴 밤이었다.

뒤척이다 새벽녘에 겨우 잠들어 수면 부족에 시달린 것이 오늘 아침의 기분을 나쁘게 만들었던 것이라 단정 지어버리고 싶었다. 아니, 그랬어야 했다.

출근 준비를 마치고 거실로 나왔을 때, 집 안은 조용했다. 라면을 끓여 먹겠다며 노래를 부르던 하윤의 뒷모습이 주방에서 아른거리는 것 같았지만, 인기척이라고는 찾아볼 수 없을 만큼 말끔하게 정돈된 상태였다. 자신의 침실 맞은편에 있는 작은 방으로 시선을 옮겼다. 도영은 8층, 하윤은 6층. 같은 오피스텔에 살고 있으면서도 하윤은 가끔씩 그의 집 작은 방에서 자고 가곤 했다. 그녀가 자고 있을 작은 방으로 걸어가 문을 두드렸다.

노크를 하고도 한참 동안 말소리가 들리지 않아 문을 열었다. 자고 있을 거라 생각했던 그곳은 이미 말끔하게 정돈되어 있었고, 기대했던 하윤의 모습은 보이지 않았다. 그 순간 자신도 모르는 사이 손에 땀을 쥐게 했던 긴장감이 펑 하고 터져버린 기분이었다.

가지런히 정돈된 이부자리가 유난히도 외롭게 느껴졌다.

"……허튼 소리."

"아니면 말고."

토라진 듯 입술을 삐죽 내밀던 그녀가 곧 있을 회의를 준비하며 들고 온 자료를 테이블 위에 올려놓았다. 하윤을 바라보던 도영은 서류로 고개를 돌리며 무심하게 물었다.

"집으로 갔었어?"

"응?"

그의 가까이에 자리를 잡아서였을까. 아니었다면 그가 혼잣말을 내뱉은 거라 느낄 정도로 감정 없는 말투였다.

"새벽에."

"응. 집에 가서 자고 출근했지."

"……."

하윤의 말에 도영은 인상을 구겼다. 그것도 모르고 긴장하며 잠들었던 새벽이 얼마나 길게 느껴졌던가.

똑똑, 잠시 후 이사실 문을 두드리는 소리가 들려왔다.

"들어오세요."

도영이 채 대답을 하기도 전에 하윤이 그들을 맞이했다.

"에? 실장님 여기 계셨네? 찾아도 안 계시더니."

"일찍 일어난 새가 먹이를 먼저 먹는 법이죠."

"이 상황에 어울리는 말이긴 해요?"

"뭐, 듣는 사람의 센스에 따라 맞는 말일 수도, 아닐 수도."

"못 살아."

장난기 섞인 대화를 나누며 이사실 안으로 들어온 창호와 별을 반갑게 맞이하는 하윤이었다. 이미 회의 테이블에 앉아 있는 하윤의 맞은편에 매니저인 창호와 막내 스타일리스트인 별이 자리를 잡았다. 그제야 책상에서 일어난 도영이 회의 테이블로 옮겨 앉자 또 한 번 이사실의 문이 벌컥 열리더니 문제의 인물이 나타났다.

"제가 좀 늦었죠?"

"네가 왜 왔어?"

"말 한번 섭섭하게 하십니다? 내 콘셉트 회의 아니에요? 주인공이 빠져서 쓰나?"

귀찮은 듯 툴툴거리는 하윤에게 윙크를 하며 너스레를 떨었다.

강휘율은 현재 CL엔터테인먼트에서 가장 공을 들이고 있는 핫한 신인이었다. 다들 그의 능청이 지겹다는 표정으로 각자 회의에 필요한 자료들을 훑어보았다.

"준비 다 됐습니까?"

"네. 브리핑할까요?"

도영은 말없이 고개를 끄덕였다.

"이번 정규 1집 타이틀곡 '프러포즈'에 대한 전체적인 콘셉트는 '연하남'이라고 할 수 있겠습니다. 미니앨범에서 거친 상남자의 모습을 보여줬다면, 이번에는 풋풋하면서도 어린 남자의 강렬한 사랑 메시지를 보여줄 차례라 생각됩니다."

그가 일약 스타 반열에 오르게 된 계기는 미니앨범의 힘이 컸다. 단 두 곡이 들어 있는 미니앨범은 3주간 음원차트 1, 2위를 내어주지 않을 정도로 오랜 시간 많은 이들의 귀를 사로잡았다. 빅 소속사인 CL엔터테인먼트의 후광도 작용했지만 무엇보다 그를 더욱 빛나게 해준 건 하윤의 스타일링 덕이었다.

하윤은 자리에서 일어나 펼쳐놓았던 시안을 나눠주며 브리핑을 이어갔다.

"봄, 연하남, 고백. 전체적인 분위기가 설렘을 표현하고 있어요. 이번 콘셉트 의상은 슈트가 잘 어울리는 휘율의 장점을 살려 봄과 잘 어울리는 의상으로 제작할 예정이에요. 답답한 느낌의 슈트가 아닌, 발랄하면서도 싱그러운 느낌으로 진행해볼까 합니다. 대략 이런 느낌으로요."

콘셉트와 잘 맞는 분위기를 연출하고 있는 화려한 컬러의 슈트 이미지들이 눈앞에 펼쳐진 것도 잠시, 하윤은 미리 준비해놓은 샘플 의상을 휘율에게 건넸다.

"입어봐."

남자라면 입을 떡 하고 벌릴 사랑스럽고 여리한 베이비핑크 컬러의 슈트였다. 그럼에도 불구하고 촌스럽거나 거부감이 들지 않는 것은 슈트 자체에서 고급스러움이 묻어나기 때문이었다. 소재 자체의 퀄리티가 훌륭했다는 점이 한몫을 하고 있었고 은은한 광택감과 과하지 않은 무늬들이 조화를 이뤄 탄성을 자아냈다.

하윤의 놀라운 준비성에 다들 입이 떡 벌어질 때쯤, 옷을 갈아입고 나온 휘율이 그녀 앞에 섰다.

"와우."

하윤이 준비한 샘플 의상은 놀라울 정도로 잘 어울렸다. 까무잡잡한 피부에 베이비핑크 컬러라니. 말도 안 되는 매치라는 생각을 단숨에 깨버렸다. 그도 그럴 것이 첫 느낌은 핑크빛이었지만 움직일 때마다 그의 피부에 잘 어울리는 톤다운 컬러들이 잘 믹스되어 보였다. 또한 그 의상은 한 치의 오차도 없이 휘율의 몸에 딱 맞았다. 자연스럽게 떨어지는 어깨 라인과 허리 라인이 그의 몸매를 한껏 뽐내주었고 노출이 없음에도 섹시하면서 관능적인 느낌까지 느낄 수 있었다.

"연하남이라고 하면 어리고 귀여운 이미지로 생각할 수 있지만, 여자를 휘어잡을 수 있는 마성의 연하남은 전혀 다르죠. 춤을 추고 힘을 줄 때마다 은근히 보이는 근육들이 그를 더욱 섹시하게 해주면서 부담스럽지 않게 귀여운 느낌의 컬러로 분위기를 잡아주는 거죠. 사랑스러우면서도 섹시하고, 듬직하면서도 귀여운 연하남. 그걸 연출해볼까 합니다."

하윤은 준비한 말을 모두 마쳤는지 방싯 웃어 보였다. 그 모습에 도영은 잠시 넋을 잃었다. 그녀는 자신의 일을 할 때 유난히도 빛이 났다. 머리부터 발끝까지 전구를 달아놓은 것처럼 반짝거렸다. 그 누구라도 시선을 빼앗길 만큼. 그는 그게 마음에 들지 않았다.

팀원들은 회의 내내 입을 떼지 않는 도영의 눈치에 입을 다물고 큼큼거렸다. 아무리 완벽한 기획안이라도 그가 마음에 들지 않는다 하면 말짱 도루묵이었다. 그렇기에 모두들 긴장한 얼굴로 도영의 말을 기다리고 있었다. 어느새 휘율의 옷매무새를 마무리한 하윤이 펜을 들어 수첩에 무언가를 메모했다. 그러고선 도영에게로 시선을 돌렸다.

"이사님이 보시기엔 어떠세요?"

사무적인 말투를 가장했지만 방싯방싯 웃는 얼굴로 도영의 반응을 기다리는 하윤은 예뻤다. 그녀의 미소에 넋이 나간 듯 굳어 있던 그는 열리지 않는 입을 더욱 세게 다물었다. 저렇게 예쁘게 웃는 모습, 자신만 보고 싶었다. 회의고 뭐고 다 때려치우고 오롯이 자신만을 바라보며 속삭여주길 바랐다.

"좋습니다. 컴백 전까지 스케줄이 어떻게 되죠?"

뜨거운 무언가가 목구멍으로 넘어오려는 걸 간신히 삼킨 도영은 매니저에게로 눈을 돌렸다. 넋을 놓고 있던 창호는 수첩을 꺼내 몇 안 되는 스케줄을 읊었다.

"녹음은 이미 마친 상태고요. 오늘부터 안무 연습에 들어가고, 열흘 후에 뮤직비디오 촬영이 예정되어 있어 일본에 다녀올 예정입니다."

에어컨을 틀었나 싶을 정도로 한기가 들던 창호는 자신보다 어린 이사 앞에서 주눅이 들어버렸다. 감정이라고는 1프로도 담기지 않은 눈빛과 칼날처럼 날카로운 목소리에 목이 칼칼해져 헛기침을 내뱉었다.

"강휘율."

"네, 이사님."

"컴백 얼마 남지 않았어. 불필요한 잡음 나지 않게끔 항상 행동거지 조심해. 특히 여자 문제."

"네, 알겠습니다. 충성!"

"여기까지 하죠."

도영은 들고 있던 펜을 내려놓았다.

회의의 끝을 알리는 도영의 말에 팀원들은 꽁무니를 감추고 사라졌다. 그러거나 말거나 테이블에 펼쳐놓은 사진과 의상을 추스르느라 여념이 없던 하윤은 여전히 말없이 앉아 있는 그에게 시선도 주지 않은 채 물었다.

"아침은 먹은 거야? 또 커피로 때웠지?"

"……."

"그러면 안 된다니까. 빈속에 커피가 얼마나 속 쓰리는데. 아무리 단련이 됐다고 한들 몸에 좋지 않으니 식사 거르지 마세요, 이사님."

여전히 답이 없는 도영에게 시선을 돌린 하윤은 서류에 고개를 파묻고 있는 그에게 눈을 흘겼다. '사람이 말할 때는 눈을 봐야지' 중얼거리며 다가가자 두 사람의 시선이 마주쳤다.

피곤해 보이는 그의 눈가를 살며시 문질러주던 하윤은 마치 전문가라도 되는 양 손을 돌렸다. 금세 뭉쳐 있던 눈가의 피곤이 풀리는 것 같았다.

"쉬엄쉬엄해."

"됐어."

"되긴 뭐가 돼? 하여튼 고집불통."

하윤은 됐다면서도 자신의 손을 밀어내지 않는 도영의 모습에 작게 미소 지었다. 다정하게 눈가를 주물러주던 그녀의 손이 그의 날렵한 턱 선을 훑었다.

"오늘도 수고하세요."

"……."

정리가 다 된 자신의 자료들을 들고 이사실을 나간 하윤의 뒷모습이 보이지 않을 때쯤에서야 고개를 든 도영이었다.

평소라면 느낄 수 없었던 여자의 향(香)에 도영은 거칠게 넥타이를 풀어냈다. 서서히, 하지만 빠르게 침투하는 그녀의 모든 것이 도영을 잠식시키기에 충분했다.

[퇴근 같이해.]

회의 후 자리로 돌아와 자료를 정리하고 있을 때쯤 책상 위에 올려놓았던 휴대폰에서 진동이 느껴졌다. 딱 필요한 말만 하는 그의 성격다운 메시지였다.

[왜?]

[그날이야.]

[오케이.]

한 달에 한 번씩 양가 부모님을 모시고 식사하는 자리를 만들었다. 어릴 땐 같은 동네에 살아서 따로 시간 내는 일이 필요치 않았지만, 하윤과 도영이 분가를 하면서 얼굴 보기가 어려워지자 부모님들께서 '무조건 한 달에 한 번은 온 가족이 모여 식사할 것'을 강요하고 있었다.

몇 년째 만나면 똑같은 이야기를 하시는 부모님들이라 오늘의 식사가 따분하게 느껴질 것임을 알고 있었지만 오랜만에 뵙는 자리라 내심 기대가 되었다.

"여기야, 여기!"

도영의 차를 타고 내린 곳은 고급스러운 한식당이었다. 한 달에 한 번, 만나는 장소는 양가 부모님의 결정하에 이루어지며 메뉴 결정 또한 마찬가지였다. 예약된 자리로 안내받자 멀리서 반가운 목소리가 들려왔다. 도영의 아버지였다.

"며느리, 며느리!"

"치. 혼삿길 막히면 아저씨가 책임지실 거예요? 매번 며느리라고 부르시면 어떡해요?"

"내가 책임지면 도영이 엄마는 어쩌라고? 당연히 우리 하윤이는 도영이가 책임져야지. 그치, 아들?"

"……."

도영의 아버지, 크리스 최는 왕년에 잘 나갔던 영화배우였다. 외국에서 개봉한 영화들이 대박을 내면서 인기가 하늘을 찔렀다. 그러나 촬영을 하다 허리를 크게 다치면서 영화인으로서의 삶을 접었고, 한국으로 들어와 재활을 하던 중 하윤의 아버지인 태열과 뜻이 맞아 CL엔터테인먼트를 설립했다. 공동 명의로 자리를 잡고 계셨지만, 실질적인 운영은 크리스 최의 몫이었다. 하지만 몸이 좋지 않다는 핑계로 모든 일을 도영에게 일임했기에 회사에서 마주치는 일은 거의 없었다.

"사위, 잘 지냈는가?"

크리스 최와 태열은 유난히 죽이 잘 맞았다. 취향이 비슷해서 늘 친구처럼, 연인처럼 함께했다. 오죽하면 양가 어머니들이 두 사람의 사이를 질투할 정도로 친했다. 오늘과 같은 상황만 봐도 충분히 두 사람의 성격을 알 수가 있었다. 도영의 아버지는 하윤에게 며느리라 부르고, 하윤의 아버지는 도영에게 사위라 불렀다. 양가 집안에서는 두 사람의 관계를 공식적으로 인정하며 뜻을 밀어붙이는 상태였지만 당사자들은 시큰둥했다.

"한결같습니다. 아저씨도 잘 지내셨죠? 이번에는 볼링에 취미를 붙이셨다고요."

"크리스 추천으로 시작했지. 고거, 공 굴리는 재미가 아주 쏠쏠해. 다음에 같이 가서 한 판 할텨? 도영이 자네라도 늙은 우리를 이길 수 없을걸?"

"결과를 알고 시작하는 게임에 승부 걸지 않겠습니다."

"캬아, 역시 우리 사위. 우리 하윤이를 굶겨 죽이진 않겠구먼."

찰랑이는 술잔을 부딪치며 껄껄 웃어대는 아버지들의 모습에 도영과 하윤은 작게 미소 지었다.

코스로 준비된 마지막 음식이 들어오자 제법 배가 불렀다. 365일 다이어트를 외치며 식단 조절을 하고 있는 하윤이지만, 먹을 것 앞에 서면 작아지고 만다. 맛있고 기름진 것들은 칼로리가 높아도 너무 높았다. 배불리 먹고 나면 죄책감이 들 정도로. 하윤은 날씬한 몸매를 동경하면서도 현실 앞에 굴복하는 자신이 안쓰럽게 느껴졌다.

"오늘은 꼭 러닝머신을 뛰고 말겠어."

"며느리, 살 빼는가? 그러지 말래도. 남자들은 깡마른 여자를 별로 좋아하지 않아."

"남자들 좋으라고 살 빼나요, 뭐. 날씬해야 자신감도 붙고 그러는 거예요."

"지금도 충분히 예쁘니까 많이 먹어. 도영이 너 이놈, 쉬고 있는 손 뭐더냐? 하윤이 먹을 거라도 집어주지 않고?"

"……."

아버지의 말에 도영은 말없이 젓가락을 들어 새우젓을 얹은 수육 한 점을 그녀의 밥그릇에 올려주었다. 맛깔스러워 보이는 고기의 자태에 하윤은 군침이 돌았다.

"다이어트해야 되는데. 최도영, 너까지 협조 안 할 거야?"

마치 도영의 잘못인 듯 몰아가는 하윤의 모습에 그는 말이 없었다. 묵묵히 술을 입에 털어 넣을 뿐. 사실 하윤 역시 그에게 대답을 기대한 건 아니었다. 일단 책임을 전가하고 맛깔스러운 고기를 입안에 넣으면 게임 끝.

어쩔 수 없이 먹어준다는 뜻을 밝히고 고기를 집어 입에 넣으려는데, 기다란 젓가락 하나가 불쑥 그녀의 앞에 나타났다. 그러자 눈앞에서 반질거리던 고기가 사라졌다.

"뭐, 뭐 하는 건데?"

"협조."
"야아, 최도영."
"맛있네."
이미 그의 입 안으로 사라진 고기를 바라보던 하윤은 빠르게 접시를 스캔했다. 마지막 남은 고기였구나. 아쉬움을 남긴 채 오물오물 맛깔나게 씹고 있는 도영을 노려보았다.
"고맙다, 아주 고마워."
"뭐, 그 정도 가지고."
하윤은 시무룩한 표정으로 젓가락을 내려놓았다. 아닌 척 내색하려 애쓰는 게 눈에 보였지만 도영은 모르는 척 숟가락을 들어 밥을 떠먹었다. 그리고 옆 테이블에 놓여 있는 장어 한 점을 집어 하윤의 밥그릇에 올려주었다.
"뭔데, 또?"
"먹으라고."
"나 놀려?"
자못 심각한 얼굴로 자신에게 따져 묻는 하윤이었다. 평소 자신은 장어를 그다지 좋아하지 않지만, 하윤은 사족을 못 썼다. 자신들 테이블에 놓여 있는 장어 접시를 싹싹 비운 것도 하윤이었으니 말이다. 그런 그녀에게 장어를 올려주고는 말없이 술 한 잔을 더 비웠다.
"얼른 먹어. 일어나게."
"흥. 노력이 가상해서 먹어준다, 내가."
그 말을 끝으로 혹시나 빼앗길까 후다닥 장어를 입에 넣은 하윤은 방싯 웃었다.

'저렇게 좋아할 거면서 튕기기는.'

도영은 하윤 몰래 작게 미소 지었다.

도영의 눈에 하윤은 전혀 살집이 있는 몸매가 아니었다. 160센티미터가 안 되는 작은 키에, 날씬하진 않아도 나올 데 나오고 들어갈 데 들어간 맵시 좋은 몸매였다. 말해줘도 듣지 않을 녀석이지만, 다이어트를 하겠다고 그 좋아하는 음식 앞에서 고뇌하는 모습은 썩 보기 좋지 않았다.

젓가락질이 귀찮아질 때가 된 것 같은데 도영은 손을 멈추지 않았다. 이번엔 오리 고기 한 점을 집어 그녀의 밥그릇에 올려주었다.

"왜에, 또오."

"먹어."

"싫어. 나 살 찌면 책임질 거야?"

투정부리면서도 좋다고 입에 고기를 넣는 하윤을 보자 자꾸 웃음이 터져 나왔다. '다이어트하는 사람치고 새벽에 라면 끓여먹는 취미를 가진 사람은 너뿐일 거야'라는 말은 꾹 참아버렸다. 자신도 모르게 손을 뻗은 도영은 하윤의 머리를 헝클었다.

"최도영."

"……."

"나 머리 안 감았다. 메롱."

복수했다는 투로 낄낄거리고 웃어 보이는 하윤과는 달리 뭐 씹은 표정이 된 도영은 물수건을 들어 손을 닦았다. 벌레라도 묻은 듯 꼼꼼하게 닦아내는 모습에 가족들은 웃음보가 터졌다.

"최도영, 넌 이하윤 손 안에 있다는 걸 잊지 마라. 깔깔깔."

그녀의 목소리가 유난히 우렁차게 귓가에 박혀드는 것 같았다.

승자의 기분을 만끽하며 배시시 웃어 보이는 하윤의 모습에 도영은 작게 미소를 띠었다.

그런 두 사람의 모습을 바라보던 양가 부모님들은 의미심장한 눈빛을 주고받았다.

"일찍 왔네?"

아침부터 릴레이로 진행된 회의를 마무리 짓느라 녹초가 된 도영이 아무런 의심 없이 문을 열었을 때, 마치 늘 같은 공간에 사는 사람처럼 자연스럽게 자신을 반기는 하윤의 모습이 눈에 들어왔다. 아직 날씨가 풀리지 않아 쌀쌀한 느낌이 있는 밤임에도 불구하고 따뜻한 온기로 가득한 집 안에서 그녀의 옷차림은 여름을 연상시켰다. 짧은 핑크색의 트레이닝복을 한 벌로 입은 그녀는 토스트기에 넣을 빵을 꺼내고 있었다. 준비되고 있는 커피는 진한 향을 풍기며 도영을 유혹했다.

"커피 한잔할래?"

향만으로도 피곤함이 싹 가시는 것 같아 기분이 좋아졌다. 축 늘어져 애타게 침대를 그리워하던 몸도 개운해진 것 같았다. 신발을 벗고 말없이 침실로 들어간 도영이 옷과 가방을 대충 던져놓고 욕실로 들어갔다.

그사이 하윤은 이제 막 내린 커피를 잔에 담고 있었다. 바삭하게 구운 빵 위에 잼을 발라 한 입 무는 순간, 도영이 마르지 않은 머리를 수건으로 털며 욕실에서 나왔다. 하윤이 건넨 커피 한 모금을 마시던 도영은 그제야 하윤에게로 시선을 옮겼다.

"땡땡이치고 온 곳이 겨우 여기야?"

"어허이, 땡땡이라니. 외근 정도로 해줘."

스케줄이 없을 때는 프리랜서처럼 움직이는 하윤이었다. 오늘은 강휘율의 정규 1집 타이틀에 맞춘 의상과 액세서리를 구상하고 제작하느라 밤을 새워 몸이 피곤한 상태였다. 더 이상 진도가 나가지 않을 것 같아 잠시 쉬고자 도영의 집으로 건너왔던 것이다.

"출근 도장은 찍고 다녀."

"오늘은 최도영네 집으로 출근 도장 찍었으니 깐깐한 이사님은 잔소리를 내려놓으시지요."

"밥은?"

"이거."

손에 들고 있는 빵 한쪽을 바라보던 도영은 마음에 들지 않는다는 표정이었다. 매사 표정 변화가 크지 않은 남자이지만 싫은 내색을 할 땐 얼음장처럼 차가워 상대를 난처하게 만들 때가 있었다. 또 말이 많은 남자는 아니지만, 한 번 잔소리를 시작하면 끝이 없었다. 결국 자신이 원하는 방향으로 결과를 얻어내고야 마는 집요함까지. 잔소리가 시작될 분위기를 파악한 하윤은 커피 잔을 들고 거실로 걸어 나와 소파에 몸을 실었다.

"작업은?"

"거의 다 끝나가. 커피 한잔 마시고 가서 마무리할 거랍니다, 이사님."

"피곤하겠네."

"응. 재워줘, 도영아."

"마무리부터 하고."

"30분만 눈 붙일까? 졸려서 커피를 마시긴 한다지만, 과도한 카페인 섭취로 정신이 몽롱한 것 같아. 나이를 먹긴 먹나 봐. 서른 되니까 몸이 내 몸 같질 않네."

테이블 위에 커피 잔을 내려놓은 하윤이 소파에 몸을 기댔다.

자신의 집에 있는 소파와는 차원이 다른 녀석이었다. 백퍼센트 디자인을 보고 구입했던 자신의 소파는 오래 앉아 있으면 엉덩이가 아파왔다. 컬러가 잘 빠진 게 마음에 들어 들여놓은 녀석인데, 애물단지가 되어버리고 말았다. 버리자니 아깝고, 갖고 있자니 쓸모가 없다.

그에 비해 도영이네 소파는 크고 폭신한 느낌을 전해주는 녀석이었다. 앉기만 해도 잠이 스르륵 오는, 소파 주제에 침대 같은 안락함이 있어 불면증을 한 방에 해결해주기도 했다. 그뿐이겠는가. 도영의 집에 있는 모든 가구들은 제법 가격대가 높은 녀석들이라 좋지 않은 것이 없었다. 디자인이면 디자인, 활용도면 활용도 어디 하나 내다 버릴 게 없을 만큼 완벽한 것들뿐이었다.

하윤은 제법 피곤한 모양인지 소파에 기대자마자 잠이 들었다. 시간이 얼마나 지났을까. 커피가 식어버릴 정도로 침묵을 유지하던 그가 발걸음을 옮겨 그녀의 곁으로 걸어갔다. 단 30분이라도 누워서 자면 피곤이 덜할 텐데, 굳이 앉아서 불편하게 잘 건 뭐람. 마음이 쓰인 도영은 물끄러미 바라보며 한참을 고민하더니, 그녀를 안아 들고 작은 방이 아닌 자신의 침실로 옮겼다.

침대에 내려놓는 순간까지도 잠에 취해 일어날 생각이 없어 보이는 하윤이 감기라도 들까, 이불을 끌어당겨 그녀를 감싸주었다.

"집에 가서 잘 것이지."

맘에도 없는 말이 툭 하고 튀어나왔지만 얼굴엔 보일 듯 말 듯

한 미소가 걸려 있었다.

오늘 역시 하루가 참 길다 싶을 정도로 빽빽한 일정이었다. 점점 힘에 부쳐오는 '기획이사'라는 타이틀이 무겁게 느껴졌다. 언제쯤이면 지독히도 재미없는 이 일에서 손을 뗄 날이 올까. 훌훌 털어버리고 내가 하고 싶은 일을 하러 날아갈 수 있을까. 아무런 미련 없이 뒤돌아설 수 있는 날이 온다면, 그건 이하윤이 무대에서 내려오는 날이 되겠지.

네가 네 꿈을 향해 달리는 동안, 난 이곳을 벗어날 수가 없을 것이란 걸 잘 알고 있기에 모든 걸 잊은 채 오늘도 겨우 이 하루를 버텼다. 이런 내 마음을 알까, 하윤아.

잠들어 있는 하윤의 머리칼을 쓸어내리며 도영은 입술을 질끈 물었다.

티 없이 곱게 자란 그녀가 자신이 아닌 다른 일에 몰두하는 게 싫었다. 언제부터인가 패션디렉터로서의 일을 중시하게 된 그녀의 삶이 못내 미웠다. 뒷전으로 밀려버린 것 같아 화가 치밀어 오를 때가 한두 번이 아님을 그녀는 알지 못할 것이다. 쉽게 손에 넣을 수 없는 두 사람의 거리가 오늘따라 멀게만 느껴졌다.

"잘 자."

조금만 기다려. 넌 그 자리에서 있어. 필사적이어야 한다면 그건 내 몫일 거야. 다른 남자 때문에 울지 말고, 다른 남자 때문에 아파하지 말고 조금만, 아주 조금만 기다려. 이하윤, 널 친구가 아닌 연인으로 갖고 말 테니까.

윙, 윙- 윙, 윙-

귀찮은 소리가 그녀의 귓가에 파고들었다. 대충 했으면 끊을 것이지, 어떤 녀석이 아침부터 단잠을 깨워? 찌뿌둣한 몸을 일으켜 진동이 울리는 휴대폰을 찾아 들었다. 바지 주머니 속에 고이 들어 있는 휴대폰을 꺼내 든 하윤이 발신자를 확인할 틈도 없이 전화를 받았다.

"여보세……."

-실장님, 어디세요?

"누구냐, 별이?"

-네. 점심시간 다 되어가는데 안 보이셔서요. 어디 계세요?

"잠시 밖에 나와 있어."

여전히 한밤중인 채로 침대에 누워 있다는 말은 목구멍으로 삼켜버렸다.

-오늘 메뉴가 수육이에요. 실장님 좋아하시는 메뉴 맞죠?

오늘따라 천사처럼 들리는 별의 말에 하윤은 금방 들어가겠다며 전화를 끊었다.

이제 막 스무 살이 된 김별은 하윤의 밑에서 일을 배우며 궂은 일을 도맡아 하는 착하고 순진한 막내였다. 평소 살가운 데다가 하윤을 잘 따라 예뻐하는 아이이기도 했다.

눈길이 닿는 곳에 있는 벽시계를 바라보니 벌써 오전 11시였다. 잠깐 눈만 붙이려 했는데, 어느새 숙면을 취하고 난 후였다. 잠 앞에선 장사 없다더니, 결국 잠에게 지고 말았지만 제법 피곤이 가신 자신의 컨디션에 만족스러워하며 스트레칭을 하듯 몸을 늘렸다. 정신을 차리고 보니 익숙한 풍경이 눈에 들어왔다. 도영의 방이었다. 도영은 출근을 했는지 집 안이 쥐 죽은 듯이 조용했다.

자신의 집에 들러 출근 준비를 마친 하윤은 사랑스러운 점심 메뉴를 떠올리며 회사로 향했다. 주차장에 차를 버리듯 주차하고 구내식당으로 달려온 하윤은 반가워하며 알은체를 하는 별과 휘율에게 고개만 까닥였다.

"인사는 나중에 하자고. 배가 등가죽에 붙을 것 같아."

"실장님, 아침 안 드셨어요?"

"안 먹었겠지. 딱 봐도 늦잠 잔 얼굴이잖아."

"에? 방금 일어나신 거예요?"

휘율과 별이 하윤에게 달려들었지만 그녀는 모르는 척 줄을 섰다. 어느새 자신의 식판 위에 가득 담긴 수육을 보며 못내 흐뭇해하던 하윤은 자리에 앉자마자 말도 없이 식사를 시작했다. 마침 점심시간이라 사람들이 북적였지만, 관심 없다는 듯 식사에 열중하는 하윤이었다.

"저렇게 먹으니 살이 안 쪄? 누나 솔직히 말해봐요. 한 2킬로그램 쪘지?"

"누가 그래? 어딜 봐서? 내가 뭐?"

갑작스러운 휘율의 반격에 놀란 하윤이 얼버무리듯 대답했다.

눈썰미 좋은 놈. 2킬로그램까지는 아니어도 최근 살이 오르긴 했다. 연중무휴 다이어트를 외치는 그녀지만 항상 배고픔 앞에, 고기 앞에 무너질 수밖에 없는 현실이 괴로웠다.

"어? 저 사람 황건 아니에요?"

구내식당 벽 쪽에 걸려 있는 TV를 보며 별이 말을 걸어왔다.

"요즘 잘나가네."

"저 사람 셰프라던가? 강남에서 잘나간다고 하던데요."

"실력이 꽤 좋다나 봐. 얼굴도 잘생겼는데 매너까지 끝내준다더라."

"휘율 오빠, 저분 알아요?"

"유일한 나의 라이벌이랄까. 요즘 나의 사랑스러운 걸들이 저 인간한테로 노선을 바꾸더라고."

마음이 아프다는 듯 절절한 표정으로 숟가락을 들어 올리는 휘율을 보며 별은 고개를 끄덕였다.

"아무리 그래도 그렇지, 남자가 저렇게 유들유들해서 무슨 재미가 있어? 별아, 너도 저런 남자 좋아하냐?"

"오빠 같은 스타일만 아니면 전 좋아요."

"야, 내가 뭐 어때서?"

"적어도 황건은 신발은 안 던질 것 같아서요. 오빤 성격이 너무 더럽……."

"야, 너 진짜!"

별이 말한 대로 요즘 핫하다는 셰프로 이름을 알리고 있는 남자가 화면을 가득 채우고 있었다.

"누나는 어때요? 나야, 저 인간이야?"

"넌 아니야."

"우씨, 이 여자들이 정말?"

"너 같은 놈은 트럭으로 가져다준대도 싫다."

"웃겨! 김칫국 마시지 마요!"

"난 말이지. 남자는 좀 묵직한 맛이 있어야 한다고 생각해. 너처럼 가벼운 남잔 딱 질색이야. 무게감 있고 진중한 스타일! 얼마나 멋지니? 가정적이고 자상하면 금상첨화. 캬아, 그런 남자가 없어서 여태껏 내가 솔로인 거야."

"나이 서른에 눈이 너무 높으신 거 아니고요?"

"강휘율, 너 무대에서 개망신당하고 싶니? 입 다물고 밥 먹어."

휘율은 분하다는 얼굴로 애꿎은 밥을 숟가락으로 퍼댔다. 그 모습을 지켜보고 있던 별이 기회를 포착한 사람처럼 하윤에게 물었다.

"실장님, 지금 남자 친구 없으신 거죠?"

"응. 앞으로도 별생각 없긴 해."

"그 나이 먹고 남자가 안 궁해? 서른 넘으면 얼씨구나 하고 이 남자, 저 남자 만나 봐야 되는 거 아냐?"

"입 다물고 밥 먹으랬다."

"그럼 소개팅하실래요?"

"됐어. 무슨 소개팅이야."

"정말 완벽하게 멋진 남자예요."

"누군데 그래?"

궁금하긴 했다. 하지만 휘율 앞에서 남자에 굶주린 여자처럼 물어봤다간 노처녀 취급을 받을까 싶어 입을 꾹 다물었지만 성격 급한 휘율이 먼저 물었다.

"저희 삼촌이요."

"삼촌? 혹시 머리 벗겨지고 돌싱, 뭐 그런 분이냐?"

"생각하는 거 하고는. 나이는 서른넷. 현재 괜찮은 기업 팀장으로 있어요. 연봉도 짱짱하고 얼굴도 잘생겼어요. 성격도 좋고 자상하죠."

"그래서 돌싱이냐고, 아니냐고."

"절대 아니거든요! 그런 분을 실장님에게 소개해드리겠어요?"

"안 그래도 일 안 하고 농땡이 치는 실장님께서 연애를 시작하면 일이나 제대로 하시겠어? 그런 면에서 반댈세."

'너만 하겠니'라고 쏴붙여주고 싶었지만 휘율과의 말싸움은 엄청난 체력 소모를 필요로 하니 이쯤에서 그만두기로 했다.

귀찮은 녀석. 커피 한 잔이 간절하게 생각난 하윤이 자리에서 일어나려는데 별이 그녀를 따라 일어섰다.

"그럼 동의하신 걸로 알게요."

"이봐, 별. 난 정말 괜찮……."

"일단 한번 만나 봐요. 만나보고도 영 아니면 그때는 강요 안 할게요. 알았죠? 실장님 번호, 삼촌한테 넘길게요."

"별아, 그게……."

연애. 지겹다, 지겨워. 남자들이란 다 똑같고, 그 끝도 마찬가지겠지. 서른 해를 살아오면서 늘 겪어왔던 일들임에도 불구하고 '고마워'라는 말이 불쑥 튀어나올 뻔했다.

하윤이 거절을 할까 싶어 후다닥 꽁무니를 감춘 별에게 손을 뻗었지만 이미 사라진 후였다.

"입이 귀에 걸렸네, 걸렸어."

"아니거든."

"아니긴 뭐가요? 흥! 별이 삼촌이란 사람, 재수 똥 밟았다."

"죽고 싶지? 나 먼저 간다. 30분 후에 안무실에서 봐."

"뭐야, 뭐야. 밥 먹은 지 30분도 안 돼서 춤을 추라는 건 아니겠죠?"

"못할 거 없지. 넌 직업이 가수잖아. 그 정도도 못하면 가수 때려

쳐야 하는 거 아니니?"

"우와, 무섭다. 여자가 한을 품으면 오뉴월에도 서리가 내린다던데."

"얼토당토않은 소리 하지 말고 재깍재깍 대기해. 밤새워 만든 옷, 피팅해봐야 되니까."

일그러지는 휘율의 표정에서 희열을 느낀 하윤이 걸음을 재촉했다. 룰루랄라, 뒷모습이 촐싹 맞아 보이지 않길 바라며 구내식당을 빠져나왔다.

회사 내에 있는 카페에 들러 캐러멜마끼아또를 한 잔 주문한 하윤은 살짝 들떠 있었다. 잠도 잘 잤지, 배도 부르지, 후식까지 달달하니 이곳이야말로 천국 같았다.

그나저나 별일 없으면 구내식당에서 밥을 먹는 도영이 보이질 않는다. 안부가 궁금해진 하윤이 휴대폰을 들어 문자 메시지를 찍었다.

[그대, 어디 있는가? 점심은 먹었니?]

한참을 기다려도 답이 없자 머쓱해진 하윤이 커피를 들고 자리에서 일어났다. 휘율에게 30분 후 안무실에서 보자고 했으니 슬슬 올라가야 할 것 같았다. 여전히 답이 없는 휴대폰을 주머니에 넣으려는데 잦은 진동이 느껴졌다. 도영이었다.

"도영아."

-그래, 출근했어?

"응. 나 일어나 보니 네 방이더라? 네가 옮겼어?"

-응.

"깨워주지 그랬어. 덕분에 11시까지 자고 일어난 거 있지. 잘 자서 좋긴 한데, 강휘율이 하도 구박해서 민망해 죽겠다."

-밥은.

"먹었어. 그나저나 어디야?"

-부산. 저녁쯤 올라갈 것 같아. 좀 더 늦을 수도 있고.

"밥은 먹은 거야?"

늘 바쁘게 움직이는 도영이 안쓰러워 묻자 '응'이라는 짧은 대답이 들려왔다.

"아 참, 도영아. 너 황건이라는 사람 아니?"

-…….

"몰라?"

-갑자기 왜.

"낯이 익은 것 같은데 도통 떠오르지 않아서. 직업은 셰프라던데."

-연락이 왔어?

"응? 아니, 아까 별이가 그 사람 이야기를 하는데 아는 사람 같기도 하고, 아닌 것 같기도 해서."

-3년 전에 한 달 정도 만나고 헤어진 남자 친구 아니었나. 주방장이라던.

"뭐?"

무미건조하다 못해 바스락거릴 정도로 물기가 없는 말투였다. 도영의 말에 그제야 그의 얼굴이 조금씩 떠올라 3년 전이라는 시간을 빠르게 거슬러 올라갔다. 나와 동갑이었던가, 아니면 나보다 오빠였던가? 지인의 소개로 만났고, 한눈에 반했다. 그 역시 당연히 자신에게 호감이 있을 거라 생각했는데, 단순 친구 관계로만 선을 그어버리는 그 남자 때문에 한 달이라는 시간을 혼자서 연애하다 끝냈었다.

-그 남자, 게이라고 하지 않았었나?

"에에?"

도영이 툭 하고 내민 말에 하윤의 입이 떡 벌어졌다.

-어쩜 매번 그런 놈들만 주워 왔냐. 그것도 기술이다.

"너, 너 죽을래? 말이면 단 줄 알아?"

-칭찬인데, 왜 열을 내?

"나 놀리는 거잖아. 우씨, 이것들이 날 잡았나. 왜들 이래? 내 기필코 이번에는 성공하고 말리다."

-뭘?

"이번엔 실패하지 않겠어. 잘생기고 연봉 짱짱한 데다가 자상하고 성격까지 완벽한 남자로 물어올게."

-…….

"좋아, 마음 굳혔어. 계란 한 판하고 한 알 더 오르기 전에 제대로 된 남자 물어 결혼할 테다."

어느새 안무실 앞까지 도착한 하윤은 도영의 도발에 의지를 불태웠다. 생각해보니 나이를 허투루 먹은 것 같다. 제대로 된 남자도 못 만나 봐, 제대로 된 연애도 못해봐. 여태껏 연애라는 범주 안에 제대로 된 놈들이 하나 없었다. 왜? 뭐가 문젤까? 심각한 고민에 빠진 하윤은 이번에야말로 성공하겠다며 굳게 다짐했다.

-이하윤.

"더 이상 말리지 마. 일단 못 먹어도 고야."

-이봐.

"왜?"

-한가하냐?

살짝 들떠 있는 하윤의 기분을 한 방에 제압하는 그의 싸늘한 목소리에 그녀는 주춤거렸다.

-강휘율 컴백 얼마 안 남았는데, 남자 만날 시간이 있다 이거지?

"이, 이사님. 그게 아니고요."

-싸돌아다니다 걸리면 죽는다.

"도영아. 그렇게 싼 티 나는 말은 너와 어울리지 않……."

-바쁘니까 끊어. 일 안 하고 딴짓하다 걸리기만 해. 월급 삭감이야.

"이, 이사님? 도영아? 도영……."

뚝. 끊어진 휴대폰을 물끄러미 바라보던 하윤은 울상이 되었다.

"서글프다. 내 주변엔 왜 멀쩡한 남자가 없는 걸까. 이젠 하다 하다 월급 삭감이래. 아이고, 내 인생아."

하윤이 눈물을 머금고 안무실 문을 열었다.

전화를 끊은 도영은 기가 찬 듯 꺼진 액정을 바라봤다.

'황건'이라는 이름이 나온 순간 도영의 마음엔 작은 파장이 일었었다. 3년 전 작은 가게를 운영하던 주방장 건은 한눈에 봐도 근사한 남자였다. 하윤을 대하는 매너가 일상에서 묻어져 나오는 남자였다. 자신과 달리 사근사근하고 정이 넘치는 그를 보며 이번엔 제대로 물어왔구나 싶었는데, 아니나 다를까 하윤 혼자서 연애를 한다 착각하고 있었던 게 아닌가.

그에게 오래된 연인이 있음을 알게 된 하윤은 그날 밤 오열하며 술을 마셨다. 밤새 이어진 술주정은 생각하고 싶지도 않다.

그나마 다행인 건, 다음 날 술에서 깬 하윤의 머릿속에 황건이란 남자는 삭제되고 없었다. 매사 뒤끝이 없고 긍정적인 하윤의 연애는 불타오르듯 시작해 차갑게 끝나곤 했다. 그래서 다시는 떠올리지 않을 거라 생각했는데, 정확하진 않아도 낯이 익은 사람으로 남아 있었나 보다.

어느새 강남에서 제법 큰 레스토랑의 오너 셰프로 성장한 그 남자가 하윤에게 연락이라도 했나 싶어 심장이 저렸다. 다행히도 그런 일은 일어나지 않은 것 같아 안도의 한숨을 내쉬어야 했다.

"미안하게 됐네."

뭐, 게이라는 건 근거 없는 이야기지만 어찌 되었건 하윤의 머릿속에 '황건'이란 남자는 떠오르기만 해도 소름이 돋는 남자가 되어 있을 것이다. 다행이라고 여겨야 할지 한참을 생각하던 도영은 자신의 행동이 유치했음을 인정해야 했다.

"소개팅."

문제는 그 다음. 소개팅이라 했다.

계란 한 판 위에 한 알을 더 올리기 전에 제대로 된 놈을 물어 결혼을 하시겠다. 선전포고를 하듯 내뱉은 그녀의 목소리가 도영의 귓가를 울리는 것 같았다. 자유롭게 일하는 건 좋다. 피곤하면 잠을 더 자고, 쉬고 싶을 땐 쉬어가며 일할 수 있도록 허락한 자유였다. 하지만 이런 식의 역습은 곤란했다. 머리가 지끈거리는 느낌에 관자놀이를 꾹꾹 누르던 도영은 담배 생각이 절실했다.

"제대로 된 놈이라."

자신도 모르는 사이에 피식하고 웃음이 흘러나왔다.

천방지축, 순진무구, 어리바리한 그녀를 품에 안아줄 수 있는 남자가 몇이나 될까. 통통 튀는 그녀를 누가 감당할 수 있을까. 아무리 생각해도 자신밖에 없지 않은가.

바보 같은 이하윤.

제대로 된 척하는 놈들에게 보내기 위해 20년을 친구로 지내온 게 아니야. 그 어떤 남잘 만나도 내게 다시 오게 되어 있어. 여태껏 그랬고, 앞으로도 그럴 테니까. 난 절대 널 내가 아닌 다른 남자에게 내어줄 생각이 없어.

이제 슬슬 느슨하게 늘어져 있는 줄을 당겨야 할 때가 왔다.

조금씩, 아주 천천히 다가갈 것이다. 뒤돌아섰을 때 그녀에게 도영은 친구가 아닌 남자가 되어 있을 것이다.

'각오해라, 이하윤.'

재미있는 게임을 시작한 듯 도영의 입가엔 작은 미소가 걸렸다.

타이틀 곡에 맞춰 제작한 슈트를 입고 춤을 추는 휘율의 모습을 유심히 바라보던 하윤은 움직일 때마다 답답해 보이는 재킷에서 시선을 떼지 못했다. 댄서용 슈트로 제작했기 때문에 춤을 추는 사람은 큰 불편함을 느끼지 못할 테지만, 보고 있는 사람은 숨이 막히는 느낌이 드는 것 같았다.

"재킷의 배 부분을 크롭탑 형식으로 수정하는 게 좋을 것 같아. 살짝 언밸런스하게 라인을 잡아 움직일 때마다 복근이 노출되는 효과를 노리는 거지."

하윤의 말에 메모를 하고 있던 별은 눈을 동그랗게 떴다.

"재킷을요? 괜찮을까요?"

"시도해보는 거지. 머릿속에 떠오르는 그림들이 있긴 한데, 얼마나 잘 뽑아낼지가 관건이다. 하지만 잘 만들어내기만 하면 새로운 트렌드로 자리 잡을 수 있을 것 같아."

별은 고개를 끄덕였다. 생각지도 못한 하윤의 아이디어. 매번 회의를 하고 의견을 나눌 때마다 놀라움을 금치 못했다. 재킷을 크롭탑화시킨다니. 놀라운 발상이었다.

"30분 후에 이사님께서 안무 체크하러 오신대요."

"이사님 오늘 부산 간다고 하지 않으셨나? 늦게 오신다고 했는데."

"출발하신 지 좀 됐다네요. 30분이면 충분하다고 대기하라셨어요."

하윤은 야근 확정된 휘율을 바라보며 놀리듯 배꼽을 잡고 웃어 보였다. 아이고. 꼬숩다, 꼬수워. 허구한 날 어떻게든 빠져나갈 궁리만 하던 녀석이 오늘은 늦은 시간까지 빼도 박도 못할 생각을 하니 묵혀두었던 체증이 풀리는 기분이었다. 하윤은 수첩을 가방에 넣으며 자리에서 일어났다. 그럼 이 몸은 이만, 이라며 손을 흔드는데 창호가 불쑥 끼어들었다.

"이하윤 실장님도 남아 계시라던데요. 아까 통화 내용 잊지 말라시면서."

끙. 창호의 말에 하윤은 들고 있던 가방을 내려놓으며 도영과의 전화 통화를 기억해냈다.

'월급 삭감'이라는 단어와 함께 그녀를 닦달하던 그의 낮은 목소리가 귓가에 울리는 것 같아 진저리 쳐졌다. 갑작스럽게 피곤이 몰려오는 느낌이 든 하윤은 시간이 남았다는 핑계로 안무실에서 빠져나와 휴게실 의자에 몸을 실었다. 아침까지만 해도 열정적이었던 컨디션과는 달리 저녁이 되자 한풀 꺾인 듯 온몸이 피곤을 외쳐댔다.

"나이를 먹으면 체력도 떨어진다더니, 운동이라도 해야 할까 봐."

피곤한 눈동자를 누르며 눈을 감았다. 졸음이 몰려오는 기분이다.

똑똑. 갑자기 들리는 날카로운 소리에 하윤은 튕겨지듯 의자에서 벌떡 일어났다. 갑작스러운 행동에 뒷목이 당겨 '악' 소리를 내질렀다.

"요란하긴."

"깜짝 놀랐잖아!"

"대단하다. 이렇게 사람들 많이 지나다니는 곳에서 잠들 수 있다니."

"내, 내가 잠들었나?"

멋쩍은 듯 머리를 긁적이자 맞은편에 자리를 잡은 그가 들고 있던 커피를 한 모금 마신 뒤 그녀에게 건네는 시늉을 했다. 하윤은 괜찮다며 손을 내젓고 자리에 앉았다. 여전히 묵직한 뒷목이 거슬렸다.

"돌아 앉아봐."

자신의 마음을 읽었는지 그녀의 목뒤로 크고 단단한 손이 와 닿는 게 느껴졌다. 몇 번 힘을 주어 묵직한 곳을 주무르자 금세 편안해지는 기분이 들었다. 어찌나 섬세한 손길인지, 눈을 감으면 잠들 수도 있겠다 싶어 정신을 붙잡았다.

얼마나 시간이 지났을까. 힘든 줄도 모르고 계속 목을 주물러주던 그 손을 하윤이 잡아 내렸다.

"이제 괜찮아졌어."

하윤의 행동을 자연스럽게 받아들인 그가 남아 있던 커피를 마시고서는 자리에서 일어났다. '가자'라는 짧은 말을 내뱉고서 점점 멀어지는 그의 뒷모습을 바라보던 하윤은 발이 떨어지지 않는 기분에 휩싸여야 했다.

벌써 9시가 다 되어가는 시간, 흐트러짐 하나 없이 머리부터 발끝까지 완벽하게 차려입은 그의 뒷모습은 근사했다. 푸른빛이 감도는 슈트를 한 치의 오차도 없이 몸에 휘감은 그의 몸매는 연예인 저리 가라였다. 다부진 어깨는 그를 한층 더 남자답게 느끼게 했고, 길게 뻗은 그의 다리는 한 걸음을 내디딜 때마다 섹시해 보였다. 이름만 들어도 그 값어치를 알 수 있는 슈트와 구두를 몸에 두르고 사라지는 그의 뒷모습에 하윤은 웃음 지었다.

문득 고등학생 최도영이 떠올랐기 때문이다.

그는 언제나 인기가 많았다. 잘생긴 외모에 큰 키, 무게감 있는 그의 행동거지 하나하나가 여자들의 마음을 빼앗는 건 시간 문제였다.

그뿐만이 아니었다. 그는 항상 전교 1등을 놓치지 않을 정도로 공부에도 소질이 있었다. 최 박사라는 별명이 붙을 정도로 그는 무언가에 몰입하는 걸 좋아했다. 새로운 무언가를 만들어내거나 분석하는 재주 또한 비상했다. 거기에 운동도 잘하는 그는 남자들에게도 동경의 대상이었다. 체육 시간에는 도영과 같은 편이 되기 위해 팀 가르기에 열을 올리기도 했다.

가볍게 말하는 법이 없었고, 한 번 말한 건 꼭 행동으로 옮기는 모습에 다들 그를 신뢰하며 따랐었다. 도영은 언제나, 어딜 가나 스포트라이트를 받았다. 누구나 그를 좋아하고, 누구나 그를 따르는 존재가 되었음에도 불구하고 도영의 1순위는 언제나 하윤이었다.

무슨 일이 있든 하윤의 말과 행동에 귀를 기울여주던 도영. 언제까지 이렇게 함께할 수 있을까. 되도록 오래오래 함께 있고 싶은데. 다른 건 다 변해도 우리 두 사람은 변하지 않았으면 좋겠다는 마음이 그의 뒷모습을 향해 외치고 있었다.

"뭐 해, 안 와?"

어느새 거리가 멀어진 것을 알아챈 도영이 발걸음을 멈추고 멀리 서 있는 하윤을 불렀다. 그제야 정신이 든 하윤은 도영에게 달려갔다.

"이사님, 오셨습니까?"

그의 등장과 동시에 안무실의 사람들은 일사불란하게 움직였다.

도영이 안무실 한편에 준비되어 있는 의자에 몸을 싣고서는 손짓했다. 그와 동시에 정규 1집 타이틀곡인 '프러포즈'가 흘러나왔다.

휘율은 이곳이 마치 무대인 것처럼 노래를 부르고 완벽한 프로의 모습으로 춤을 추었다. 3분 44초의 음악이 끝나자 모두의 움직임도 멈췄다. 그와 동시에 도영은 휘율을 바라봤다.

"안무 연습 잘하고 있는 거 맞냐."

"열심히 하고 있습니다."

"그런데 왜 댄서들과 호흡이 안 맞아? 너 혼자 놀고 있잖아, 지금."

"……."

"손짓, 발짓, 표정까지 제멋대로야. 제 잘난 맛에 춤추고 있어."

"죄송합니다."

"연습 제대로 해. 내일 아침에도 이런 식이면 컴백 못할 줄 알아."

"……네."

안무실 안의 분위기가 살얼음판을 걷듯 싸늘해졌다. 큰 소리로 화를 내는 법이 없는 최도영 이사는 늘 아무런 감정이 실리지 않은 목소리로 문제점을 지적하곤 했다. 오히려 화를 내고 달려들면 분해서라도 따져들겠는데, 평정심을 유지한 채 일말의 대꾸도 할 수 없게끔 신랄하게 내뱉었다. 그뿐이겠는가. 그의 목소리는 가히 위압적이었다.

"이번 콘셉트 잘 기억들 해요. 미니앨범과 스타일이 완전 달라졌다고 해도 강휘율이 다른 사람이 되는 게 아니라는 걸 말입니다. 기존에 가지고 있던 이미지를 버리고 새로운 이미지만을 강조해선 안 돼. 이걸 받아들이는 사람은 거부감이 일어날 수 있으니까 무조건 자연스럽게, 그에게 스며들어 있는 일부분의 모습이라 생각할 수 있도록 연출한다면 이해하기 쉬울 겁니다."

다들 도영의 말에 고개를 끄덕였다. 도영은 마음에 들지 않는 스텝들을 한 번씩 훑어보다가 구석에서 싱긋 웃고 있는 하윤을 보고 멈칫했다. 뭐가 저렇게 재미있는지 방긋 웃는 모습을 보니 도영의 가슴이 미친 듯이 뛰었다. 당장 달려가 입을 맞추고 싶다는 생각이 튀어나오자 당황스러움에 시선을 빠르게 옮겼다.

큰일이다. 시도 때도 없이, 장소를 불문하고 자꾸 눈에 박혀들다니. 도영은 아무도 모르게 긴 한숨을 내쉬며 자리에서 일어났다.

"내일 아침 10시. 다시 이곳에서 봅시다."

빠르게 안무실을 빠져나갔다. 숨죽이고 있던 사람들은 그제야 숨통이 트인 듯 가쁘게 호흡했다.

[끝나면 내 방으로 와. 운전도 못하게 피곤해.]

도영이었다. 그러고 보니 부산에서의 일정을 소화하고 밤늦게나 도착할 것이라 말하지 않았던가. 궁금하던 차에 잘되었다며 하윤은 이사실로 향했다.

이미 그의 비서인 진서는 퇴근한 상태인지 이사실은 쥐 죽은 듯 조용했다. 노크를 할까 하다 혹시 방해될지 몰라 살며시 문을 열었다. 늦은 시간임에도 장관을 이루고 있는 창문 밖의 야경으로 인해 이사실은 불이 꺼져 있음에도 불구하고 어둡지 않았다. 오히려 분위기 있다고 해야 되나. 탄성을 자아내는 모습에 하윤은 잠시 넋을 잃었다. 그것도 잠시, 이곳에 온 목적을 떠올린 하윤은 도영을 찾기 위해 눈동자를 굴렸다.

소파에 몸을 실은 채 눈을 감고 있는 그가 보였다. 놀래주고 싶은 마음에 발소리를 죽이며 그에게 다가간 하윤은 작게 들리는 그의 숨소리에 멈칫했다. 도영이 잠들어 있었기 때문이다.

"많이 피곤했나 보네."

소파에 길게 누워 팔을 이마에 올린 채 잠들어 있는 도영은 어둠 속에서도 빛이 났다. 여자인 자신보다 맑은 피부를 가진 도영에게 샘이 나 피식 웃어버렸다.

불편했는지 살짝 풀어놓은 넥타이로 시선을 옮긴 하윤은 문득 지나간 도영의 생일날을 떠올렸다. 그의 스타일을 잘 아는 그녀이기에 백화점에 가자마자 5분도 안 돼서 골랐던 그 넥타이.

늘 그녀의 선물에 특별한 반응이 없는 그였지만 1년에 딱 한 번, 생일날에만 '고맙다'며 웃어주었다. 그런 도영이, 어떤 상황에서든 흐트러짐을 보이지 않는 완벽주의자 최도영이 이렇게 풀어진 모습이라니. 제법 재미있는 구경이었다.

고른 숨을 내쉬며 자고 있는 그의 머리칼을 살며시 만졌다. 손가락 사이로 빠져나가는 그의 머리칼을 만지고 있으면 마음이 편안해졌다. 평소 귀찮다며 손을 밀어내는 그가 오늘은 얌전히 있으니 더욱 기분이 좋았다. 잠들어 있는 그의 옆에 쪼그려 앉아 흐뭇한 얼굴로 한참을 바라보던 하윤이 다리에 쥐가 나려 할 때쯤 도영이 움직였다. 이제 막 잠에서 깬 듯 흐리멍덩한 시선으로 하윤을 바라보며 손을 뻗었다.

"일어났어? 많이 피곤했나 봐, 잠들어 있는 거 보면."

뻗어오는 그의 손을 잡은 하윤이 찌푸린 그의 미간을 살며시 눌러주었다. 자연스럽게 그녀의 손길을 느끼던 도영이 몸을 일으키자 하윤이 그의 옆으로 다가가 어깨를 주물러주었다.

"저녁 늦게 온다더니, 일찍 왔네?"

"……."

"나 보고 싶어서?"

웃으며 장난처럼 말을 걸어도 도영은 대답이 없다. 잠에서 깬 그에게는 늘 시간이 필요했다.

"그럴 줄 알았다니까. 이놈의 인기."

답이 없는 그에게 확신이 있는 사람처럼 선수를 치며 웃자 도영은 피곤한지 입가를 매만졌다.

"도망갔나, 확인하러 왔다."

"나?"

"그래."

"아, 월급 삭감한다며. 무서워서 어디 도망이라도 가겠어?"

"이하윤도 어쩔 수 없는 월급쟁이군."

"당연하지. 지난달에 긁은 카드값이 얼만지 뻔히 아는 사람이 월급을 깎는다고 협박을 해? 너무한 거 아니야?"

"안 도망갔음 됐지. 말이 많다."

정신이 들었는지 소파에서 일어나며 풀어진 넥타이를 조였다. 책상 옆에 걸어두었던 재킷을 찾아 몸에 걸치는데, 소파 위에 턱을 괴고 자신을 바라보고 있는 하윤의 눈과 마주쳤다.

"왜."

"멋있어서."

"……."

"이렇게 멋진 최도영은 왜 짝이 없을까?"

하윤의 말에 도영은 싱겁게 웃어 보이고서는 책상 위에 던져놓았던 휴대폰과 서류들을 가방에 넣었다. 그 모습 하나하나가 화보 속의 누군가처럼 느껴져 하윤은 신기하기까지 했다.

"여자는 서른에 솔로면 애물단지라고 하던데, 남자는 이제 막 시작이라지?"

"쓸데없는 소리 한다, 또."

"그래서 그런가, 배고프지 않아?"

의미심장하게 도영을 바라보는 눈빛이 반짝거렸다.

"떡볶이 먹을까?"

"이 시간에?"

"응. 만들어줄 거지?"

"내가 왜?"

"최도영 떡볶이가 제일 맛있으니까."

10시가 넘은 지금, 떡볶이를 만들어달란다. 하윤의 못 말리는 식탐에 도영은 그저 챙겨놓은 가방을 들고 이사실을 빠져나갈 뿐이었다. 남아 있던 하윤은 스트레칭을 하듯 몸을 늘어뜨리며 그의 뒤를 따라갔다.

주차장에 내려가자 문을 열고 조수석에 앉아 있는 그를 힐끔 바라본 하윤이 자연스럽게 운전석에 앉았다. 자신의 차를 가져오긴 했지만, 운전하기 피곤해 보이는 그를 두고 혼자 가버릴 순 없지 않은가? 외제차라는 게 마음에 걸렸지만 내색하지 않은 채 시동을 걸고 액셀러레이터를 밟았다. 야생마처럼 포효하듯, 거침없이 주차장을 빠져나갔다.

냉장고를 훑어보며 재료를 준비하고 있던 도영은 자신의 옆으로 다가온 하윤에게로 시선을 주었다가 모른 척 등을 돌렸다. 집에 들러 옷을 갈아입고 온 하윤은 가슴이 파인 브이넥 티셔츠에 짧은 트레이닝 바지를 입고 있었다. 남들이 보기엔 정말 편한 의상일지 몰라도 도영에겐 달랐다. 자꾸만 눈에 박혀 들어오는 그녀의 가슴과 다리는 호흡하기 곤란할 지경이었다.

여러 번 지적해도 늘 그 상태였다. '집인데, 뭐 어때?', '다른 사람도 아니고 최도영이랑 같이 있는데, 뭐 어떠냐고', '최도영, 너 내가 여자로 보여?'라는 말을 내뱉으며 배시시 웃으면 바보처럼 입이 다물어졌다. 어차피 자신 앞에서만 보이는 모습이니 그러려니 하고 넘어가려 했지만, 자꾸만 의식되는 그녀의 모습에 도영은 불쑥불쑥 치밀어 오르는 욕망을 눌러야 했다.

준비된 재료를 넣고 끓이자 새빨간 국물과 함께 맛깔스러운 떡볶이의 모습이 완성되어갔다.

"맛있겠다. 배고파 죽겠어."

"다 돼간다. 얌전히 기다려."

"손 씻고 올게."

완성 임박을 앞두자 하윤은 급하게 욕실로 달려갔다. 그런 그녀의 모습을 보며 미소 짓던 도영은 식탁 위에 떡볶이를 올려놓으며 접시를 준비했다. 매워할 그녀를 위해 우유도 한 잔 데워놓고, 젓가락 대신 포크를 사용하는 그녀를 위해 포크도 접시 옆에 놓아두었다. 만족스러운 세팅에 절로 미소가 흘러나왔다.

그때 식탁 한편에 놓여 있던 하윤의 휴대폰에서 작은 진동이 느껴졌다. 시계를 바라보니 11시가 넘은 시간이었다.

"이 시간에 무슨 메시지야?"

마음에 들지 않는다는 얼굴로 그녀의 휴대폰을 들어 망설임 없이 비밀번호를 눌렀다. 그러자 방금 전 도착한 메시지가 눈에 들어왔다.

[이번 주 토요일, 윤성 호텔 6시! 드레스 코드 레드! 예쁘게 하고 오세요. 우리 삼촌이 뽕~ 하고 반하게요.]

별의 메시지였다. 무슨 의미일까 생각하던 도영은 그제야 하윤과의 통화 내용이 떠올랐다. 완벽한 남자를 만나 결혼하겠다는 선전포고. 그 일이 진행 중이었던 모양이다. 몇 번이고 메시지를 읽어 내려가던 도영은 한 치의 망설임도 없이 메시지를 삭제한 후 휴대폰을 내려놓았다. 그 순간 하윤이 욕실에서 나와 자리에 앉았다.

"잘 먹겠습니다, 최 셰프님."

기대감에 가득 찬 얼굴로 자리에 앉은 하윤은 떡볶이와 삶은 계란을 폭풍 흡입하기 시작했다. 365일 다이어트를 외치는 사람치고 쉴 새 없이 맛있게도 먹는다. 요란하게 국물까지 싹싹 비우는 그녀의 모습에 도영은 작게 웃어 보였다.

어쩜 저렇게 맛있게 먹을까. 예쁘기도 하지.

"그래도 그렇지, 한입 먹어보란 소릴 안 하냐?"

"자기 밥그릇은 자기가 챙기는 거여~ 왜 남 탓을 하고 그래?"

예의상으로라도 한입 건넬 만도 한데, 하윤은 그러지 않았다. 맛있게 먹고 남은 그릇들을 손수 설거지하겠다며 앞치마를 두르는 모습이 제법 귀여웠다. 그런 그녀 옆에 서서 장난을 걸며 놀려대자 하윤은 피식 웃으며 반격했다.

"우리 이러고 있으니까 신혼부부 같다. 그치?"

"켁."

물을 마시던 도영이 당황한 듯 켁켁거렸다. 순간 얼굴이 벌게지며 호흡이 곤란해졌다.

"여보, 괜찮아요?"

"야, 너!"

"귀여운 우리 여보. 순진해, 순진해."

도영 놀리는 재미로 사는 하윤이 승리자가 되었다는 얼굴로 장갑에서 손을 빼 그의 머리를 쓰다듬었다. 그러자 도영은 기가 막힌 듯 그녀의 손목을 낚아챘다.

"장난은 그만하시지."

"왜에, 재밌잖……!"

그 순간 하윤의 손목을 잡고 있던 도영이 힘을 주어 그녀를 잡아당기자 중심을 잃은 그녀 앞으로 그의 입술이 다가왔다. 그리고 그의 손이 그녀의 허리를 감쌌다. 완벽하게 도영에게 의지하게 된 하윤이 놀란 듯 그를 바라봤다. 장난기라고는 찾아볼 수 없는 그의 진지한 모습이 눈에 들어오는 순간, 그의 입술이 더욱 가까이 다가왔다.

'뭐, 뭐야. 키스하려는 거야?'

당황스러운 하윤이었지만 자신도 모르게 눈을 감아버리고 말았다. 어쩌지? 어떻게 해야 되지? 내일 이 녀석 얼굴을 어떻게 보지? 만감이 교차되려는 순간 정적을 깨는 웃음소리가 그녀의 귓가에 박혀 들어왔다.

"뭐 해?"

사악한 그의 목소리가 들려오자 하윤은 한쪽 눈을 떴다. 상황 파악이 되지 않아 나머지 눈도 떴다. 그러자 배꼽을 잡고 웃고 있는 도영의 모습이 보였다.

"눈 감고 뭐 하냐고. 잠든 건 아니지?"

"너, 너, 최, 최도영!"

"나머지 설거지 깨끗하게 하세요, 마누라."

"너어!"

그녀를 감싸고 있던 팔을 거두며 도영은 주방을 빠져나갔다. 남겨진 하윤은 사과처럼 얼굴이 시뻘게졌다. 당황스럽다 못해 창피해 죽을 맛이었다. 남은 설거지감을 물끄러미 바라보던 하윤은 마치 그것이 도영의 얼굴인 것처럼 박박 긁어내기 시작했다.

"으, 창피해."

왜 거기서 눈을 감은 거냐고! 아무리 생각해도 어이가 없었다.

평소와는 전혀 다를 것 없는 자연스러운 행동이었다. 전혀 이상할 것이 없는 상황인데도 그녀의 심장이 요란한 소리를 냈다. 키, 키스라니. 나 지금 무슨 상상을 한 거야? 게다가 이 요란한 소리는 뭐고?

납득이 되지 않는 이 상황을 어떻게 헤쳐 나갈 것인지 머릿속이 복잡했다. 처음부터 최도영을 이겨먹으려고 했던 것이 잘못이라는 걸 깨닫는 데까지는 한참이 걸렸다.

"아오."

역사에 길이길이 남을 창피함이다. 얼마나 자신을 비웃고 있을지, 침실로 들어간 도영의 모습을 상상했다. 아마도 이불 속에 들어가 배꼽을 잡고 웃고 있겠지? 평생의 놀림감이 될 것 같아 하윤은 부끄러워졌다. 그러면서도 자꾸만 이상한 감정이 불쑥불쑥 치솟았다.

분명 다가오는 그의 눈빛과 입술이 묘하게 섹시했고, 매력적이었다. 첫 키스 때의 설렘이 몽글몽글 피어오르는 느낌이 바로 그 증거였다. 더 웃긴 것은 입술이 닿지 않았는데도 불구하고 닿은 것처럼 심장이 두근거리고 벌렁거렸다. 미쳤어, 미쳤어! 하윤은 쥐구멍이라도 있다면 숨어버리고 싶었다.

침실로 들어간 도영은 하윤이 생각했던 것과는 전혀 다른 모습이었다. 주먹을 움켜쥔 채 긴 한숨만을 반복적으로 내쉴 뿐이었다. 참을 인을 그리며 무언가를 중얼거리던 도영은 욕실로 들어간 뒤 한참을 나오지 않았다.

온몸이 얼얼해질 정도로 샤워를 하고 나온 도영이 거실로 나왔을 때, 집은 조용했다. 어느새 말끔해진 주방이 그녀의 부재를 알아차릴 수 있게 했다. 인사도 없이 가버린 하윤이 어떤 모습일지 짐작이 되지 않아 고민에 빠진 도영은 전화를 걸어볼까 싶었지만 그러지 않기로 했다. 그들에겐 어떤 형태로든 시간이 필요했다.

갑작스럽게 피곤함이 몰려와 발길을 돌리는데, 침실 문에 작은 포스트잇이 붙어 있었다.

<내 꿈꿔^^>

그녀의 성격답게 들쑥날쑥한 글씨를 읽어 내려가던 도영은 오늘 밤 악몽에 시달릴 것 같은 생각이 들었다. 놀림당한 거라 생각한 하윤이 분노의 기운을 가득 담아 쪽지를 남겼을 거라 확신했다. 안도의 한숨과 함께 웃음이 터진 도영은 포스트잇을 뜯어 침실로 들어온 뒤 지갑을 찾아 안쪽에 넣어두었다.

주말이랍시고 늦잠을 자고 일어난 하윤은 배가 고팠다. 냉장고를 열어보니 텅텅 비어 있어 먹을 게 하나도 없음을 알아차렸다. 귀찮은 데다 시켜먹는 것도 이골이 난 하윤은 지갑을 들고 편의점에 가기 위해 엘리베이터에 몸을 실었고, 문이 닫히기도 전에 울리는 진동 소리에 통화 버튼을 눌렀다.

-문자 메시지 못 보셨어요?

다짜고짜 물어오는 별의 말에 하윤은 머리를 긁적였다.

"응? 무슨 메시지?"

-오늘 저녁 6시에 삼촌 만나기로 한 메시지요.

"오늘?"

-전화 안 했으면 큰일 날 뻔했네요. 오늘 저녁 6시, 윤성 호텔이요! 드레스 코드는 레드.

"무슨 드레스 코드까지 있어? 나이 서른에 그런 것까지 신경 쓰고 싶지 않은데."

-이왕 만나는 거 신선한 만남이면 더 재밌지 않겠어요?

"후암, 그런가?"

만사가 귀찮은 하윤은 하품을 하며 거울에 얼굴을 비춰보았다. 소개팅을 하러 가기에는 심각할 정도로 푸석이고 윤기 없는 얼굴이었다. 세수도 하지 않아 더욱 그렇게 느껴졌다. 삐죽 솟은 머리는 어쩌란 말인가. '답 없음'이라는 결론을 내린 후였지만 조급하진 않았다. 일단 시간 여유가 있으니, 간단하게 밥을 먹고 생각하자며 엘리베이터의 층수를 확인했다. 1층이었다. 문이 열리고 내리려는데, 익숙한 얼굴이 엘리베이터 안으로 들어왔다.

"어디 가?"

"편의점."

"같이 가줘?"

도영이었다. 이제 막 일어나 푸석한 얼굴을 하고 있는 하윤과는 달리 운동을 다녀왔는지 건강미 넘치는 그의 얼굴에서 후광이 비치는 듯했다. 잠시 눈을 감았다 뜬 하윤은 그의 말을 무시한 채 엘리베이터에서 내렸다.

-실장님, 듣고 계세요?

"아, 응. 말해, 말해. 듣고 있어."

-운명처럼 짜잔, 하고 만나게 해드리고 싶지만 사람 일이라는 게 어찌 될지 모르는 거니까 이름만 알려드릴게요. 우진이에요. 민우진!

"민우진 씨?"

-네. 정말 멋진 삼촌이니까 예쁘게 봐주세요.

뭘 예쁘게 봐줘? 별의 말에 하윤은 심드렁한 얼굴로 길게 하품을 했다. 어느새 끊어진 전화기를 주머니에 넣으며 발길을 재촉했다.

"민우진이 누군데?"

"앗, 깜짝이야."

아무런 생각 없이 걷던 하윤의 옆으로 불쑥하고 큰 그림자 하나가 끼어들었다.

"누구냐고."

"관심 끄시지."

"아직도 심통 났냐?"

역사에 길이길이 남을 창피함과 함께 꽁무니 빼듯 사라진 그날 이후로 회사에서 잠깐 얼굴을 볼 뿐 정확히 얼굴을 마주한 건 오랜만이었다. 그럼에도 불구하고 어색하거나 당황스럽지 않았다. 20년이라는 시간은 하윤에겐 그런 시간이었다. 어떠한 상황이 찾아와도 두 사람의 사이가 어색할 순 없었다. 심지어 그날보다 진도가 더 나아간 상황이었더라도 오늘처럼 편안히 대화를 할 수 있을 것이라 장담할 수 있었다.

그렇게 단정지어버린 하윤은 주머니에 손을 찔러 넣으며 입술을 쭉 내밀었다. 심통은 나지 않았으나, 뭔가 마음에 들지 않는다는 뜻이었다.

"배고파서 짜증 난 건 아니고?"

"관심 끄라니까?"

"후회할 텐데."

도영은 토라진 하윤의 볼을 꼬집었다. 인상을 쓰며 도끼눈을 뜨는 게 보였지만 멈추지 않았다. 오히려 손을 들어 그녀의 머리를 쓰다듬을 뿐.

어린애 취급하듯 쓰다듬는 도영에게 한소리를 할까 싶어 고개를 드는데 반짝이는 피부와 빛이 나는 모습과는 달리 턱 밑에 자란 거뭇한 수염이 눈에 들어왔다.

"면도 안 했어?"

"아."

"뭐가 그렇게 바빠? 내가 말했지. 남자가 나이를 먹으면 먹을수록 깔끔하고 단정해야 한다고. 무슨 일이 있어도 면도는 빼먹지 말라고 했잖아."

"귀찮아."

"최도영 입에서 나올 말이 아니거든? 당장 따라와."

하윤은 배고픔을 잊은 사람처럼 가던 길을 멈추고 그의 손목을 잡아당겨 엘리베이터 안으로 밀어 넣었다. 잠시 후 도영의 집 비밀번호를 누르고 들어온 하윤이 그와 함께 욕실로 들어갔다.

"하여튼, 나이 서른 먹고 할 줄 아는 게 없지. 면도도 해줘야 해?"

그의 성격을 대변하듯 깔끔한 욕실 한편에 일렬로 세워놓은 면도 도구들을 훑어보던 하윤은 맨 앞에 나와 있는 면도크림을 덜어내 도영의 턱에 발랐다. 거품이 잘 나는 제품이라 그런지 풍성하게 그의 턱 주변에 내려앉았다. 그러고선 면도기를 들어 자연스럽게 손을 움직였다.

"움직이지 마."

마치 전문가라도 된 양 거드름 피우며 면도를 시작한 하윤을 물끄러미 바라보고 있는 도영은 그녀의 말이 법인 사람처럼 가만히 앉아 있었다.

사실 하윤이 이렇게 발 벗고 나서는 이유는 도영의 면도 솜씨를 믿지 못해서였다. 과거 언젠가, 자신의 집에 놀러와 있던 하윤이 면도를 마치고 나온 도영의 턱 주변에 불긋불긋하게 올라와 있는 핏방울을 보며 한숨 쉬던 날이었다. 면도칼이 잘 들지 않아 거칠게 다뤘던 날이었는데, 그걸 보고 하윤은 면도도 못하는 남자라고 단정 지어버린 것이다.

대꾸하기 귀찮은 도영이 입을 다물자 긍정으로 받아들인 하윤은 그날 이후로 자주 그의 면도를 도왔다. 지금이야 전동식의 면도기를 쓰고 있고, 그의 솜씨도 전문가 못지않게 괜찮은 편에 속했지만 그녀의 손길이 좋아 '면도도 못하는 남자'로 살고 있는 중이었다. 그 외에도 하윤은 도영에 대해 알지 못하는, 아니 정확히 말하자면 오해하고 있는 부분들이 많이 있었다.

가끔 어디 하나 부족한 남자처럼 볼 때가 있었지만, 사소한 오해 덕분에 자신의 일부분을 이렇게 나눌 수 있지 않은가. 가끔은 얼빠진 남자로 살아가는 것도 나쁘지 않다는 생각이 들었다. 유연하게 손을 놀리며 면도를 하는 그녀의 솜씨는 매일 맡기고 싶을 만큼 근사했다.

"이하윤."

"움직이지 말라니까? 이래놓고 피 나면 내 탓 하지 마."

"하윤아."

다정한 그의 목소리에 하윤은 면도를 하던 손을 멈춰 그를 바라봤다. 턱을 풍성하게 감싸던 면도크림이 반절 정도 사라진 상태였다. 자신의 손길이 닿은 곳은 처음과 달리 깔끔한 모습을 갖추고 있어 뿌듯했다.

"왜 자꾸 느끼하게 불러?"

"좋아서."

"뭐가?"

네가. 네가 여자로서 좋다, 하윤아.

도영은 작게 미소 지을 뿐이었다.

순간 하윤은 그의 미소에 심장이 덜컥 내려앉는 기분이었다.

이렇게 잘 웃는 남자라는 걸, 웃을 때 사람의 마음을 들었다 놨다 할 수 있는 남자라는 걸 이제야 안 사람처럼 넋을 잃었다. 눈, 코, 입. 차례대로 훑어보던 하윤은 그의 이목구비가 참 또렷하다는 생각이 들었다. 더불어 참 잘생겼다는 생각까지.

"바보처럼 웃지 마."

심술궂게 내뱉었지만 그의 미소가 좋았다.

다른 사람에게는 보여주지 않는 그 미소가 오로지 자신만을 위한 것이라는 게 더 좋았다. 익숙한 기분이라 생각하고 만 하윤은 자신도 모르게 뛰고 있는 심장의 두근거림을 알지 못한 채 그를 향해 웃어 보였다.

면도를 마치고 나온 도영은 말끔해진 턱 주변을 매만져보았다. 살짝 따끔한 부분도 있었지만 개의치 않는 모습이었다.

면도로 지저분해진 욕실을 정리하고 나온 하윤은 속이 다 시원하다는 얼굴로 도영에게 으스대더니 주방으로 들어가 냉장고를 뒤졌다. 늦잠을 자고 일어나서부터 배가 고팠는데, 면도를 해주느라 잠시 잊었었다. 할 일을 끝내자마자 시장기를 느낀 하윤에게 가장 중요한 일은 배를 채우는 일이었다.

잠시 후 투덜거리며 냉장고 문을 거칠게 닫은 하윤은 신경질적으로 몸을 돌리며 소파에 앉아 있는 도영에게 다가갔다.

"아무리 바빠도 그렇지, 냉장고는 채워놓으며 살지? 먹을 게 하나도 없어. 도영아, 나 배고파. 당장이라도 쓰러질 것처럼 배가 고파."

털썩. 아무것도 깔려 있지 않지만 먼지 하나 없이 깨끗한 대리석 바닥 위에 대 자로 누워버린 하윤은 울상을 지었다.

"장어덮밥 시켜줄까?"

그 순간 튕겨지듯 몸을 일으킨 하윤의 눈은 반짝반짝 빛나고 있었다. 강력하게 긍정을 표현한 하윤의 모습을 힐끗 보던 도영이 휴대폰을 들어 단골집에 전화를 걸었다. 30분 안에 배달해주겠다는 확답을 받고서야 전화를 끊었다. 어느새 도영의 옆으로 다가온 하윤은 그의 어깨에 기대며 만족스럽게 눈을 감았다.

"이래서 내가 최도영을 사랑한다니까. 내 마음을 척척 잘 읽어내잖아, 멋진 자식."

"먹을 거 사줄 때만 하는 소리, 달갑지 않다."

"들켜버렸네."

콧잔등을 찡긋거리는 하윤의 모습을 물끄러미 바라보던 도영은 주체할 수 없이 뛰는 심장을 부여잡아야 했다. 자연스럽게 자신의 어깨에 기대 있는 그녀의 모습이 사랑스러웠다. 그녀 특유의 좋은 향이 그에게 흡수되는 것 같아 편안함까지 느껴졌다.

편안하다는 것, 그만큼 상대와의 일상에 익숙해져 있다는 것. 그것이 도영이 느끼는 두 사람의 운명적 관계이며 가장 끊어내고 싶은 관계이기도 했다. 이런 사소한 행동들이 남녀 사이에서 얼마나 많은 감정을 느끼게 하는지 하윤은 아직 모르고 있는 듯했다. 미묘하게 틀어져가고 있는 감정과 관계를 하윤은 알 리 없었다. 먼저 시작했고 먼저 알아버린 도영이 친구가 아닌 사내로서 다가가고 있다는 걸 알려주지 않는 한 평생 모를 것이라 생각했다. 그녀를 자신의 여자로 만드는 일이 결코 쉽지 않을 것 같아 긴 한숨이 흘러나왔다.

하지만 한편으로는 긍정적이고 낙천적인 그녀의 성격에 기대하는 바도 있다. 하윤은 자신의 감정을 깨닫는 순간 불같이 타올라 정열적인 연인이 되어줄 것이다. 장기전이냐, 단기전이냐 하윤이 그 열쇠를 가지고 있지만 자물쇠를 흔들어댈 도영은 자신 있었다. 누구보다 그녀를 잘 아는 도영이기에 끝내 그녀를 얻고 말 것임을 확신했다.

"밥은 언제 오는 거야? 벌써 30분이 지났는데."

"……."

"그나저나 저녁에 약속이 있었던 것 같은데 뭐더라?"

하윤이 소파에서 몸을 일으키며 테이블로 걸어갔다. 빠르게 시계를 훑은 도영이 벌떡 일어나 그녀에게 다가가는 순간, 초인종이 울렸다. 주문한 장어덮밥이 도착한 모양이었다. 테이블로 걸어가던 하윤이 초인종 소리에 집주인이라도 되는 양 현관문 쪽으로 방향을 틀었다. 도영 역시 빠른 걸음으로 그녀가 지나친 자리로 걸어가 테이블 위에 올려 있는 하윤의 휴대폰을 주머니에 넣었다. 반대편 주머니에서 지갑을 꺼내 배달원에게 건넨 도영은 벌써 상을 차리고 자신을 기다리고 있는 하윤에게로 다가갔다.

"이 집 장어덮밥 진짜 맛있다. 이런 맛집을 너 혼자만 알고 있었단 말이야?"

"알게 된 지 얼마 안 됐는데 금방 단골이 됐어. 네가 좋아할 줄 알았다."

"실한 장어 좀 봐. 나 이 집 팬 할래. 매일매일 시켜줘."

"내가 왜?"

"든든히 먹고 열심히 일하려고 그러죠, 이사님."

배가 부르니 기분까지 좋아진 모양이다. 반달눈을 한 채 싱긋 웃어 보이는 하윤이었다. 금방 식사에 열중하느라 고개를 숙인 그녀의 모습에 도영은 보이지 않게 주먹을 쥐며 고개를 돌렸다. 불쑥불쑥 치밀어 오르는 욕망에 눈앞이 흐려질 것만 같다. 그녀의 눈에 입을 맞추고 싶다. 활처럼 휘는 입꼬리에 입을 맞추며 사랑을 속삭이고 싶다. 안달 난 사람처럼 물고 놓아주고 싶지 않다. 제길. 거친 말이 입 밖으로 튀어나올까 긴 한숨을 삼키는 도영이었다.

"한숨 쉴 것까지 있어? 치사한 쪼잔탱이 최도영."

심술 맞은 하윤의 목소리가 들려왔지만 도영은 그것까지 신경 쓸 겨를이 없었다.

"너 다 먹어라."

"정말? 나중에 딴소리하기 없기?"

탁. 도영은 들고 있던 숟가락을 식탁 위에 거칠게 내려놓고 자리에서 일어났다. 뒤도 돌아보지 않고 침실로 향한 그는 문을 닫았다.

"에이, 주기 싫으면 말로 하지. 삐졌나?"

그러거나 말거나 먹는 일에 집중하는 하윤은 세상에서 제일 행복한 얼굴이었다.

방으로 들어간 도영은 열이 오르는 얼굴과 답답한 속을 가라앉힐 시간이 필요했다. 머리를 거칠게 쓸어 올리던 도영은 차가운 물로 세수라도 해야겠단 생각에 욕실로 들어가 세면대에 차가운 물을 틀어 연거푸 세수를 했다. 그제야 제정신으로 돌아온 것처럼 진정이 되었다. 거울 속에 비춰진 자신의 모습에 한숨을 내쉰 도영은 수건으로 얼굴을 닦으며 욕실을 빠져나왔다.

참 우습다. 20년을 친구로 지냈는데, 이제 와 여자로 느끼고 있다니. 그것도 미칠 듯이 끌어안고 싶어 환장할 정도로 빠져버리다니.

요즘 들어 도영의 일상은 뒤죽박죽이었다. 통제라는 단어가 낯설게만 느껴지고, 제멋대로 나타나는 인영(人影)에 넋을 잃을 때가 한두 번이 아니었다. 조바심이 나지만 제멋대로 할 수 없어 엉망이 되는 기분이다.

침대로 벌러덩 누운 도영은 길게 한숨을 내쉬었다.

띠리링, 그 순간 그의 주머니에서 알림음이 울렸다. 익숙하지 않은 소리에 이끌려 주머니에 손을 넣어보니 하윤의 휴대폰이 딸려 나왔다.

[안녕하세요, 하윤 씨. 오늘 만나기로 한 민우진입니다. 소개팅이 처음이라 굉장히 쑥스럽네요. 소개팅이라 생각 마시고 부담 없이 오세요. 저 역시 즐거운 마음으로 하윤 씨와의 만남을 기다리고 있겠습니다. 그럼 조금 이따가 뵐게요.]

오늘의 소개팅 상대인 모양이다. 짧은 메시지에서 느껴지는 단정함과 젠틀함이 도영의 기분을 상하게 만들었다.

"꼴 보기 싫다."

차라리 아무것도 모른 채 남자 대 여자로 만나는 게 훨씬 더 나았을까. 얼굴도 알지 못하는 민우진이라는 남자가 부러워지는 순간이었다. 손에 들고 있는 휴대폰을 물끄러미 바라보던 도영은 자신답지 않은 행동에 어이없는 웃음이 흘러나왔다. 혹시 자신을 두고 소개팅에라도 나갈까 싶어 휴대폰을 주머니에 숨기다니. 유치하기 짝이 없었다.

어떤 남자를 만나도 하윤은 최도영만큼 편안한, 최도영만큼 일상을 공유해도 부담스럽지 않은 사람을 만날 수 없을 거라 확신하고 있다. 하지만 마음과는 달리 행동하는 자신이 부끄러웠다.

침대에서 몸을 일으킨 도영이 휴대폰을 쥔 채 거실로 나왔다. 식사를 끝냈는지 뒤처리를 하고 있는 하윤에게로 걸어가 그녀의 휴대폰을 건넸다.

"왜 네가 갖고 있어?"

"오늘 소개팅 있다고 하지 않았냐? 벌써 5시 다 돼간다."

"아, 소개팅!"

순간 당황한 얼굴로 도영을 바라보던 하윤은 튕겨져 나가듯 현관문까지 뛰어갔다. 신발을 신는 모습이 어설퍼 보여 물끄러미 바라보고 있던 도영은 하윤이 마무리 짓지 못한 뒤처리를 하며 무관심하게 내뱉었다.

"노출 없이 깔끔한 옷 입고 나가. 괜히 예뻐 보인답시고 훅 파이고 훅 찢어진 옷 입고 나갔다가는 퇴짜 맞기 십상이다."

"별 걱정을 다하셔."

"화장은 간단히."

"그러기엔 내 얼굴이 너무 심각하고."

"내숭 떠는 여자 매력 없으니까 씩씩하게 식사하고."

"방금 장어덮밥을 두 그릇이나 먹어버렸고."

"마음에 안 드는 상대, 오래 잡아두고 있는 것도 민폐다."

"에?"

"신속, 정확하게 끝내고 오라고. 그러고 있을 시간 있냐? 빨리 출발해."

"다녀올게!"

우당탕거리는 소리가 문밖에서 사라지자 도영은 하던 일을 멈췄다. 뒤처리고 뭐고 갑자기 모든 게 귀찮아졌다. 게다가 방금 전까지만 해도 사람 냄새 나던 집이 한순간에 폐허가 된 느낌이 들었다. 이렇게 크게 외로울 줄은 상상도 못 했다. 몇 시간만 지나면 금방 곁에 돌아올 하윤이었지만, 다른 남자에게로 등 떠민 것 같아 후회가 몰려왔다.

"최도영, 갈 데까지 가는구나."

사람 마음이 손바닥 뒤집듯 쉽게 바뀔 수 있다는 걸 이제야 깨달았다. 정정당당하게 페어플레이 할 것처럼 이야기하더니, 당장이라도 가지 말라며 잡고 싶다. 허탈한 웃음이 흘러나와 머릿속이 복잡했지만 더 이상은 바보처럼 굴지 않기로 했다.

냉장고에서 맥주 한 캔을 들고 나온 도영이 소파로 걸어가 TV의 전원을 켜 뉴스로 채널을 돌렸다. 통증을 완화시켜주는 국민 통증약이 간에 부담을 준다는 뉴스 기사가 흘러나왔다. 권고사항이 적힌 설명서를 주의 깊게 읽지 않고, 그것이 마치 만병통치약이라도 되는 것처럼 여기는 소비자들에게 통증약의 위험성에 대해 열변을 토하고 있었다. 도영은 흔들리는 마음을 다잡으며, 뉴스 기사에 집중하려 애를 썼지만 쉬울 리 없었다.

윙, 윙-

한참 뉴스 기사에 빠져 있을 때쯤 진동 소리가 들려왔다.

-황금 같은 주말에 뭐 하고 있냐?

"맥주 마신다."

-하윤이랑 같이?

"아니."

-그게 아니라면 또 뉴스 기사 보면서 샌님놀이 하고 계시겠고만.

"용건이나 말해."

-다음 주 주말에 동창회 빠지지 말라고 보낸 문자 봤냐? 이번에도 바쁘다고 튕기면 회사로 쳐들어간다.

"바빠."

귀찮다는 듯 대답만 하는 도영의 성격을 잘 아는 녀석인지 상대는 크게 무안해하지 않았다. 오히려 숨이 넘어가듯 한참을 웃은 후에야 말을 이어갔다.

-왜 이렇게 까칠해? 이하윤, 남자라도 만나러 갔냐?

"소개팅."

-그래서 그렇게 목소리가 시원찮았었네.

"……."

-네놈이 공부하던 습관을 못 버려서 그래. 가만히 앉아 있음 뭐해? 20년이나 친구 했으면 이제 여보, 당신 할 때 되지 않았어? 너희 결혼 소식 기다리는 녀석들이 한둘인 줄 아냐? 내기까지 했을 정도라니까.

"유치한 놈들."

-앞뒤가 꽉 막힌 이하윤, 언제 구슬려 애인 만들고 언제 구슬려 결혼할래? 한 10년은 걸릴 거라 내 장담한다. 문제는 너한테도 있어. 하윤이가 그렇게 될 때까지 넌 뭐 하고 있냐? 손 놓고 가만히 있으니, 그 둔한 애가 눈치를 챌 리가 없지. 옆에서 자꾸 건드려주고 자극을 줘야 알 거 아냐?

"끊어라."

-잘 좀 해봐, 인마. 아 참, 나 태은이랑 결혼한다.

"뭐?"

-질문은 사양한다. 궁금하면 동창회에서 보자고.

"야, 박현태."

-끊는다.

뚝. 끊어진 전화를 허무하게 바라보고 있던 도영은 휴대폰을 소파 구석에 던져버렸다. 남은 맥주를 홀짝이며 현태의 말을 곱씹었다.

현태는 도영과 하윤의 고등학교 친구였다. 교우관계가 원활했던 도영 덕에 친한 친구들이 꽤 많은 편이었는데, 그중 현태와 태은은 그들의 베스트 프렌드이기도 했다. 그런 그들이 결혼을 한다니. 실로 놀라운 이야기였다.

서로 일이 바빠 자주 만나는 건 아니었지만 시간을 내어 1년에 한두 번은 정기적으로 만나곤 했었다. 지난번에 만났을 때까지만 해도 결혼에 대해서는 일절 말이 없었기에 방금 전 통화는 도영을 당황하게 만들었다. 그러면서도 두 사람의 결혼 소식을 들은 하윤은 어떤 반응을 보여줄지 궁금해졌다.

윤성 호텔 앞에 차를 버리듯 내려놓고 안으로 들어섰을 때 하윤의 모습은 엉망이었다. 나름 꾸민다고 꾸몄지만 시간이 터무니없이 부족했다. 씻고 화장을 하는 데만 20분 이상이 소요됐다. 신호까지 무시하고 달려왔는데 주말 저녁 시내 도로는 꽉 막혀 계속되는 정체에 결국 한참을 늦어버리고 말았다.

손목에 찬 시계를 힐끔 바라본 하윤은 한숨을 내쉬며 호텔 라운지로 들어섰다. 저녁 시간이라 그런지 사람들이 꽤 많았다. 그중 누가 민우진일까 한참을 돌아보던 하윤은 근사한 남자와 눈이 마주쳤다. 저 사람일까 싶어 둘러보는데 남자가 자리에서 일어나 손을 들었다.

하윤은 이끌리듯 걸음을 떼며 그에게 다가갔다.

"민우진 씨?"

"네, 제가 민우진입니다. 하윤 씨죠?"

"이하윤이에요. 많이 늦었죠? 죄송해요."

"괜찮아요. 일단 앉으세요."

우진의 에스코트에 하윤은 몸 둘 바를 몰랐다. 안내해주는 대로 의자에 앉아 한숨을 돌리자 긴장이 좀 풀리는 것 같았다. 미리 준비되어 있던 물을 마시며 하윤은 보이지 않게 옷매무새를 정돈하고 맞은편에 앉아 있는 우진을 바라봤다.

깔끔하고 선한 얼굴이 인상적인 남자였다.

"식사는 뭘로 하시겠어요?"

"아무거나요. 라고 하면 밥맛이시겠지만, 잘 몰라서요. 우진 씨가 추천해주시면 좋을 것 같아요."

"굉장히 솔직하시네요. 그럼 C코스 어때요?"

"네, 좋아요."

호주산 최상급 쇠고기 안심 스테이크와 매쉬드포테이토, 샐러드, 후식으로는 달콤한 케이크와 커피로 마무리되는 코스였다.

장어덮밥을 두 그릇이나 해치운 하윤이었지만 안심 스테이크를 생각하니 침이 고였다. 이놈의 식탐은 배를 두둑하게 채워도 늘 배고픔을 호소하니, 새삼 놀라웠다.

"별이가 처음 만나는 자리는 근사하면서도 멋진 곳이어야 한다면서 윤성 호텔을 추천해주더라고요. 이곳에서 식사하면 안 넘어올 여자가 없을 거라고."

중저음의 목소리가 도영과 닮았다는 생각이 스쳐 지나갔다. 살짝 차가운 느낌을 담고 있는 목소리가 도영이라면, 우진은 따뜻함이 묻어 있었다. 다정하면서도 상대를 배려하는 목소리의 톤이 편안하게 느껴졌다.

"하윤 씨는 연애 스타일이 어때요?"

우진이 물었다. 결혼도 아니고, 연애 스타일? 하윤은 피식 웃었다.

"나이 서른에 연애 스타일을 물어오시다니. 좀 의외네요."

"왜요? 서른이라고 무조건 결혼에 맹목적일 필요 있나요? 충분히 연애하고, 뜻이 잘 맞으면 결혼하는 거죠."

하윤은 기분 좋은 미소를 띄웠다.

"요즘은 편안한 연애가 좋은 것 같아요. 감정싸움 하느라 시간을 허비한다거나, 서로 자로 재고 나누는 일은 하지 않았으면 해요. 톡톡 튀는 재미도 필요하겠지만 그보다 안정감 있는 연애를 원하고 있는 것 같아요."

어릴 땐 마냥 재미난 연애를 꿈꿔왔다. 매일이 동화책에 나오는 이야기처럼 환상적이기만을 바랐을지도. 하지만 이젠 다르다. 평생 곁에서 따뜻하게 안아줄 수 있는, 변하지 않고 늘 곁을 지켜주는 남자를 원하고 있는지도 모른다.

"저랑 비슷한 연애관을 가지고 계시네요. 하지만 전, 편안함과 즐거움을 두루 갖춘 남자라는 거 잊지 말아주세요."

"그럴까요?"

시간이 지날수록 우진과의 대화가 편해지는 걸 느끼는 하윤이었다. 한참 수다를 떨고 있는데, 주문한 안심 스테이크가 테이블 위에 준비되었다. 상기된 얼굴로 나이프를 들어 고기를 썰자 육즙이 흘러나왔다. 황홀함이 느껴지는 스테이크 자태에 하윤은 헤벌쭉 웃어 보였다.

"와인 한잔할래요?"

"좋아요."

우진이 손을 들어 와인을 주문하자 붉은빛의 와인이 그들 앞에 놓여졌다. 보기만 해도 먹음직스러운 스테이크와 와인의 조화라니. 하윤의 눈이 화려하게 반짝였다.

“패션 쪽 일을 하신다 들었는데, 일은 안 힘드세요?”

“안 힘든 일이 어디 있나요. 제가 좋아서 하는 일이라 재미있어요.”

“사실 별이 녀석한테 하윤 씨의 이야기를 전해 듣고 나름 하윤 씨를 상상해봤는데요. 생각했던 이미지와 전혀 달라서 좀 놀랐어요.”

우진의 말에 하윤이 식사를 멈추고 고개를 들었다.

“어떻게 달랐는데요?”

“음. 일적인 면에서는 완벽을 추구하신다고 해서 워커홀릭의 모습을 떠올렸거든요. 뭐랄까, 다가가기 어려운 스타일이면 어쩌나 고민 많이 했어요. 근데 하윤 씨를 보자마자 너무 귀여워서…….”

귀, 귀엽다고? 하윤은 얼굴이 시뻘게졌다.

30년 동안 한 번도 들어보지 못했던 단어였다.

20년지기 최도영이 이 말을 듣고 있다면 어떤 반응을 보일까? ‘말도 안 돼. 저 남자 이상해’라고 했을까? 아니면 ‘너 귀여워’라는 반전의 이야기를 해주었을까? 반응이 궁금했다.

시선을 떨어트린 하윤이 손목에 걸려 있는 시계를 힐끔 바라봤다. 8시가 훌쩍 넘은 시간이었다. 도영은 뭘 하고 있으려나. 내심 궁금해져 테이블 위에 올려놓았던 휴대폰을 만지작거리자 부재 메세지가 반짝거렸다. 지금 자신이 무얼 하고 있는지, 어떤 상황인지를 잊은 사람처럼 휴대폰을 들어 발신인을 확인했다.

도영이었다. 괜히 반가운 기분이 들어 메시지를 확인하려는데 우진이 테이블을 두드렸다.

"하윤 씨? 제 말 듣고 있어요?"

"아, 죄송해요. 제가 잠시 딴생각을 했나 봐요."

소개팅 자리에 나와서 상대를 앞에 두고 한눈을 팔다니. 최악이다, 이하윤!

말도 안 되는 자신의 행동에 머리를 쥐어박고 싶은 심정이었다.

"좀 이른 감이 있지만, 저 하윤 씨 마음에 들어요."

"네. 미안…… 네?"

"첫 만남에 이런 소리 하면 안 믿으려나? 그런데 하윤 씨한테 호감이 생겨요. 다음에 한 번 더 만나 보지 않을래요?"

"그게……."

우진의 애프터 신청에 하윤은 당황한 듯 말을 더듬었다.

얼간이처럼 대답도 못하고 우물쭈물하는 모양새가 영 바보 같아 보일까 걱정되었지만 우진의 눈엔 한없이 귀엽게 느껴졌다.

"생각해볼 시간이 필요하면 그렇게 해요. 일단은 맛있게 식사하는 걸로."

"아, 네."

그의 배려에 식사는 물 흐르듯 자연스럽게 흘러갔다. 달콤한 케이크와 커피까지 마신 후 자리에서 일어날 때까지 우진은 하윤을 챙겼다. 계산서를 들고 걸어가는 그를 뒤쫓아 갔지만 우진은 의외로 단호했다. 좋은 시간이었고, 좋은 만남이었다면서 이 정도의 계산은 할 수 있게 해달라며 정중하게 웃어 보였다. 보면 볼수록 진중한 느낌의 남자였다.

계산을 하는 그와 조금 떨어져 기다리고 있던 하윤은 멀뚱하게

서 있기가 민망해 휴대폰을 만지작거렸다. 확인하지 못한 메시지가 있었다는 걸 깨닫자 손이 빨라졌다.

[다음 주 토요일, 동창회 예정. 빠지는 인간들은 후회할지도 모를 어마어마한 소식이 기다리고 있음. 그럼에도 불구하고 빠질 녀석들은 벌금 100만 원씩 준비하삼.]

현태의 메시지였다. 동창회 한 번 빠졌다가는 거덜 나겠네. 속으로 중얼거리던 하윤은 동창회가 잡혀 있는 날의 스케줄을 되짚어 보았다. 곧 휘율의 뮤직비디오 촬영차 일본으로 건너가야 하는데 시간이 잘 맞을지 모르겠다.

[이번엔 괜찮은 남자 같냐?]

다음은 도영의 메시지였다. 괜찮은 남자라. 우진의 뒷모습을 힐끔 바라본 하윤은 작게 미소 지었다. 그동안 만나 봤던 남자들에 비하면 아주 좋은 남자임은 틀림없다. 단 한 번의 만남으로 그를 완벽히 파악할 순 없었지만, 다시 한 번 만나 봐도 좋을 만큼 괜찮은 남자라는 생각이 들었다. 뭐라고 답장을 해야 될까 고민하던 차에 계산을 마친 우진이 곁으로 다가왔다.

"데려다드릴게요."

"차 가지고 왔어요."

"나랑 만날 때는 차 놓고 와요. 내가 데리러 가고, 데려다줄 테니까."

"번거롭잖아요."

"그걸 핑계로 하윤 씨 얼굴 조금 더 보고 싶어서 그래요. 그러니 다음부터는 차 놓고 와요."

"그럴게요."

하윤의 대답이 마음에 들었는지 우진은 살포시 웃어 보였다.

"와인을 몇 잔 마셨더니 머리가 좀 어지럽네요. 아무래도 대리를 불러야 될 것 같아요."

"불러줄게요. 잠시만요."

기다리라는 말과 함께 통화를 하기 위해 우진은 몇 걸음 물러섰다. 그러는 동안 하윤은 주변으로 시선을 돌렸다.

국내에서 제일 크고 화려한 윤성 호텔의 명성답게 늦은 밤임에도 불구하고 많은 사람들로 북적였다. 그중 한 사람이 자신이라는 생각이 들자 괜히 얼굴이 붉어졌다. 평소라면 올 일 없는 이곳에서, 맞선도 아니고 소개팅을 하다니. 이 나이에.

전화를 마치고 다가온 우진은 대리 기사를 기다리는 동안 어색하지 않게 말을 이어가며 다음을 기약했다. 서로 바빠 언제 다시 만나게 될지 알 수 없었지만 하윤은 그러겠노라 대답했다.

얼마나 시간이 지났을까, 대리 기사로 보이는 남자가 천천히 그들 곁으로 걸어오는 듯해 하윤은 옷매무새를 정리하며 우진에게 작별 인사를 했다. 아쉬움이 잔뜩 묻어나는 그의 눈빛과 손길을 모른 체하며 돌아서려는데 누군가가 하윤의 손목을 잡아당겼다.

"끝났어?"

낯익은 목소리에 고개를 들자 생각지도 못한 도영의 얼굴이 눈에 들어왔다. '네가 왜 여기에?'라는 말을 내뱉기도 전 그의 시선은 하윤이 아닌 우진에게로 가 있었다.

착각일까, 그의 눈매가 유난히도 날카로워 보이는 건.

"저 남자야?"

"아, 인사해요. 이쪽은 오늘 만난 민우진 씨. 그리고 이쪽은 제 친구 최도영이에요."

"안녕하세요."

우진이 먼저 도영에게 손을 내밀었다. 잠시 말없이 서 있던 도영이 그의 손을 잡았다. 그러자 우진의 얼굴이 일그러졌다.

"최도영입니다."

"아, 네."

손아귀의 힘이 얼마나 센지, 맞잡은 손이 다 얼얼했다. 우진은 고개를 들어 자신보다 큰 도영에게로 시선을 옮겼다. 머리부터 발끝까지 귀티가 줄줄 흐르는 남자였다. 한 번 보면 잊을 수 없는 잘생긴 얼굴에 완벽한 이목구비. 큰 키에 다부진 몸매, 이름만 들어도 입이 떡 벌어지는 브랜드의 멋진 슈트를 입고 있었다. 우진은 저절로 어깨가 움츠러드는 기분을 느껴야만 했다.

"하윤이와 오래된 친구입니다. 이 녀석, 실수 안 했나 모르겠네요. 남자 앞에서 내숭도 떨 줄 모르고, 털털하기만 해서 늘 걱정이거든요."

사납게 노려보던 도영이 언제 그랬냐는 듯 하윤의 머리를 쓰다듬으며 사람 좋은 얼굴로 웃어 보였다. 순간 우진의 눈빛이 날카롭게 변했다. 알게 모르게 느껴지는 두 사람만의 경계가 우진의 심기를 거슬렀기 때문이다. 갑자기 나타난 남자의 존재로도 당황스러운데 강한 수컷의 냄새를 풍기다니. 위험의 신호가 번쩍이고 있었다.

"내가 뭘."

"식사는 맛있었어? 장어덮밥을 두 그릇이나 먹고도 싹싹 비웠지?"

"야아, 최도영."

"하여튼 잘 먹는 건 알아줘야 돼. 이 녀석하고 연애하려면 돈 많이 버셔야 할 거예요. 조그마해 보여도 먹는 건 장사급이에요. 웬만한 성인 남자 두 명 몫은 할 겁니다."

"너 진짜!"

"일정은 끝나신 겁니까? 그럼 하윤이 데리고 가도 될까요?"

"나 차 가져왔어."

"내가 안 가져왔어. 그러니까 나 좀 데려가라."

"못 살아. 아 참, 나 와인 마셨어. 대리 기사님이 오셨을 텐데. 어머나, 오래 기다리셨죠? 죄송합니다."

그제야 한 발치 멀리 떨어져 있는 대리 기사를 발견한 하윤이 먼저 말을 걸자 괜찮다며 여러 번 손사래를 쳤다. 어느새 윤성 호텔 앞에 하윤과 우진의 차가 도착했고, 대리 기사가 하윤의 차에 먼저 올라탔다.

"이만 가볼게요. 조심히 가세요."

"그래요. 하윤 씨도 조심히 가요. 전화할게요."

"아, 네."

"그럼 이만."

우진은 하윤과 도영을 한 번씩 번갈아 보고서는 차로 걸어갔다.

도영은 자신에게는 인사도 안 하고 가버린 남자를 보며 심기가 불편했지만 사라지는 순간까지 그에게서 시선을 떼지 않았다.

도영이 생각했던 것보다 괜찮아 보이는 외모, 하윤에게 마음이 있는 것 같은 행동이 꽤 거슬렸다. 국산 SUV 차량을 타고 부드럽게 출발하는 차를 한참 바라보고 있던 도영은 불쾌한 심기를 내색하지 않으려 애를 썼다. 질투로 온몸이 타들어갈 것 같지만 지금은 가볍게 무시하기로 했다. 일단 하윤이 자신의 옆에 있으니, 그거면 됐다. 어느새 뒷자리에 올라타 있는 하윤의 옆자리에 자리를 잡으며 문을 닫자 차가 출발했다.

"그나저나 네가 왜 여기 있어? 약속이라도 있었던 거야?"

"……."

"그리고, 의도가 뭐야?"

"뭐가?"

"사람 좋아 보이는 표정과 말투. 너 그거 일할 때나 쓰는 얼굴 아니었어? 중요한 미팅 자리 있을 때 주로 나오는 모습이잖아."

"그랬었나."

우진과 있을 때의 모습은 도영의 가짜 모습이었다. 일종의 가면을 쓴 얼굴이랄까. 지금처럼 심드렁한 말투와 행동이 그의 진짜 모습이라는 걸 아는 하윤은 지금의 상황이 이해가 되질 않았다. 근사하게 차려입고 나온 그가 보호자라도 되는 것처럼 자신의 옆에 서서 우진을 경계하는 모습이라니. 아무리 둔하다 해도 눈치챌 수 있을 정도의 적대감이었다.

이유를 알 수 없는 행동에 하윤은 답답했지만 도영은 끝내 입을 열지 않았다. 오피스텔 앞에 도착해 대리 기사님에게 돈을 건네는 순간까지도 말이 없던 그가 하윤의 손을 덥석 잡고 엘리베이터로 향했다. 그의 행동에 당황스러울 법도 한데 워낙 자연스러운 스킨십이었기에 하윤은 알아차리지 못했다.

"100점 만점에 몇 점?"

"우진 씨?"

"……."

"90점 정도? 멋진 사람이었던 것 같아. 괜찮은 첫 만남이었어. 대화도 잘 통하고 무엇보다 배려심이 많은 남자 같아. 그동안 만나 왔던 놈들과는 레벨이 다른 느낌?"

"오호라."

마음에 들었다, 이 말이로군. 도영의 미간이 찌푸려졌다.

소파에 앉아 맥주를 마시던 도영은 시간이 흐를수록 소식이 없는 하윤이 궁금해졌다. 결국 참지 못하고 옷을 차려입은 뒤 택시를 타고 윤성 호텔까지 달려갔다. 조바심을 내지 않으려 무던히도 노력했던 시간들이었다. 마침 도착하자마자 하윤이 로비에 나와 있었고, 이야기를 나누는 두 사람의 모습을 물끄러미 바라보던 도영은 망설임 없이 걸음을 옮겼다.

잘 다녀오라고 할 땐 언제고 못 빼어서 안달 난 사람처럼 군 자신의 모습은 유치하기 짝이 없었다. 하지만 어쩌겠는가, 이대로 가만히 앉아 있을 성인군자는 되지 못하는데. 어찌 되었건 상대에게 자신의 존재감을 어필했으니 오늘은 그것만으로도 충분했다. 둔한 이하윤은 모르겠지만, 상대는 어느 정도 눈치를 채고 있을 것이다. 미션을 완수한 그는 갑작스럽게 피곤함이 몰려왔다.

"나 먼저 갈게. 잘 가."

6층에 도착했는지 엘리베이터의 문이 열리고 하윤은 그의 손을 뿌리치며 먼저 내렸다. 그리고 도영은 그 뒤를 따랐다. 이유를 묻는 듯한 하윤의 시선이 와 닿자 답답한 듯 넥타이를 거칠게 풀던 도영이 가슴을 쓸어내렸다.

"저녁 먹은 게 체했나. 매실차 한잔 타줘."

"들어와."

문을 열고 들어간 하윤 뒤로 도영이 따라 들어갔다.

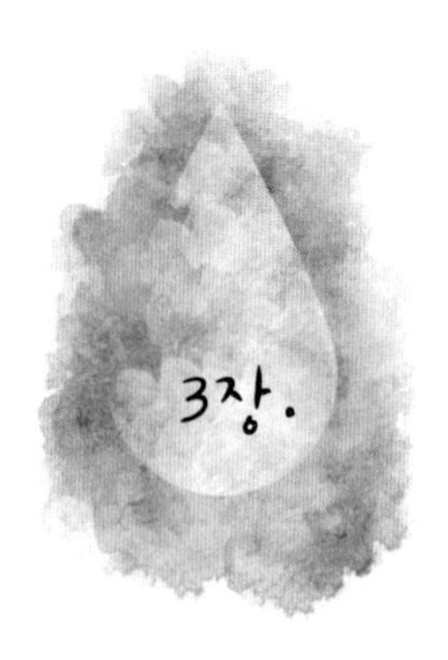

오랜만에 찾아온 그녀의 집 문을 열고 들어가자 콧속을 자극하는 향에 도영은 휘청거렸다. 그의 집처럼 화려하진 않지만 아기자기하면서도 귀여운 소품들이 가득한 그녀의 집은 따뜻함이 가득했다. 이하윤처럼, 포근히 감싸 안고 싶은 충동이 일어나는 곳이었다.

집에 들어오자마자 옷도 갈아입지 않은 채 주방으로 들어간 하윤이 금세 매실차 한 잔을 타왔다.

"마시고 있어. 나 씻고 나올게."

도영은 소파에 몸을 실으며 매실차를 마셨다. 시원한 느낌이 목구멍을 타고 내려가며 속을 뻥 뚫어주는 것 같은 기분이 들었다. 소개팅을 하러 나간 하윤과 떨어진 지 몇 시간 되지 않음에도 불구하고 체기가 있는 사람처럼 명치가 답답했었다. 하지만 언제 그랬냐는 듯 컨디션이 좋아진 도영은 천천히 차의 맛을 음미했다.

20분 정도 지났을까. 욕실 문이 열리고 머리엔 수건을, 몸엔 가운을 걸친 채 거실로 나온 하윤의 모습이 그의 눈에 보였다.

"한 잔 더 줘? 심하게 체했니?"

어느새 자신의 옆자리에 와 앉은 하윤이 머리를 털며 물어왔다.

조심성 없는 저 모습. 무방비한 저 모습. 제 눈앞에 보이는 최도영이 그녀에게는 20년지기 친구처럼 보이겠지만 사실은 먹이를 앞에 둔 짐승과도 같은 남자라는 걸, 친구의 탈을 쓴 남자라는 걸 그녀는 자각하지 못했다.

"그 남자, 또 만나기로 했냐?"

묻는 말과 전혀 다른 대답을 하는 도영을 바라보던 하윤은 피식 웃었다.

"음. 뭐, 시간이 맞는다면."

"……."

"좋은 사람 같았어. 단번에 사랑을 느낄 정도는 아니었지만 보면 볼수록 더 좋은 사람일 것 같아."

"남자한테 그렇게 당하고도 또 그런 소리 하지."

"이번엔 달라. 진짜래도!"

"어련하시겠어. 쓸데없이 시간 낭비하지 말고 일이나 열심히 해."

결국은 잔소리다. 도영의 말에 기분이 상한 하윤이 자리에서 벌떡 일어나 눈을 흘겼다.

"일 열심히 하려면 일찍 자야 돼. 그러니 이사님은 돌아가시죠."

"왜, 삐졌어?"

"네, 그러니 얼른 돌아가주세요. 전 자러 갑니다."

소파에 기댄 도영은 주인의 말에 미동조차 없었다. 오히려 의미심장한 미소를 띠울 뿐이었다.

"하윤아."

"왜! 자꾸 부르지 말래도?"

"나 오늘 여기서 자고 가도 되냐?"

도영의 말에 돌아선 하윤이 그를 바라봤다. 놀란 하윤과는 달리 여전히 느긋한 그는 어느새 소파 끝자락에 재킷을 벗어 걸어놓았다. 그러곤 넥타이를 풀더니 목을 답답하게 감싸고 있던 와이셔츠의 단추도 몇 개 풀었다.

도영은 말없이 자신을 바라보고 있는 하윤에게 살짝 웃어 보이며 남은 매실차를 단숨에 마셔버렸다. 탁. 테이블 위에 올려놓는 소리가 유난히 크게 들리는 건 기분 탓일까.

"네 집 가서 자. 우리 집에 잘 방이 어딨어?"

실제로 그랬다. 도영과 같은 평수의 오피스텔에 살고 있었지만, 하윤의 집엔 남는 방이 없었다. 침실, 작업실, 드레스룸으로 가득 차 있었기에 손님을 맞이하기엔 좋지 않았다. 그걸 모를 리 없는 도영이 새삼스럽게 고집을 피우는 모습이 의아했다.

"여기서 자도 되고, 아니면 침대 좀 빌려주든지."

"윽. 매너 없어."

"그것도 싫으면 피곤해질 때까지 이야기 좀 나누든지."

탁탁. 도영이 자신의 옆자리를 두드리며 하윤을 불렀다. 그의 옆자리에 자리를 잡은 하윤은 천천히 도영을 흘겨보았다. 잠이 안 오는 게 맞는 걸까. 눈이 빨갛게 충혈되어 있어 충분히 피곤해 보였지만 아닌 척하고 있는 모습에 고개를 갸웃거렸다.

"현태 메시지 받았어?"

"응. 안 나오면 벌금 100만 원이란다. 있는 놈들이 더해."

도영의 말에 하윤은 고개를 끄덕였다. 정말 있는 놈들이 더했다. 말 많고 촐랑거리는 그놈, 묵직한 맛이라고는 전혀 없는 왈가닥 박현태는 전혀 어울리지 않게도 현재 CL엔터테인먼트 법률팀의 변호사였다.

"좋은 소식이 있대. 자랑하고 싶어 입이 근질거리는 모양이야."

"좋은 소식이라니?"

"현태랑 태은이가 결혼을 한다더라."

"뭐? 누구랑 누가?"

"박현태랑 이태은이."

잘못 들었나 싶었다. 하지만 확신을 담은 도영의 얼굴이 눈에 들어오자 입이 떡 벌어졌다.

"어떻게 그럴 수가 있어? 어, 어떻게 둘이 결혼을 해? 둘은 친구잖아."

"친구 이전에 박현태는 남자고 이태은은 여자야. 결혼 못할 이유, 있어?"

감정을 담지 않은 도영의 말투에 하윤은 당황스러웠다. 전혀 생각지도 못했던 두 사람의 결혼 소식은 물론, 그 소식을 듣고도 아무렇지 않아 보이는 도영의 모습은 그녀에게 신선한 충격으로 다가왔다.

"오랜 시간 동안 친구로 지냈는데 어떻게 연애할 감정이 생겨 결혼까지 할 수 있냐는 거지. 그게 가능해?"

"불가능할 이유는?"

"그, 그게 그러니까…… 음. 친구로 지낸 시간 동안 두 사람은 볼 거 못 볼 거 다 보면서 지냈는데 연애 감정이 생기냐는 거지. 연애라는 게 풋풋하고 설레고 두근거려야 하는 거 아니야? 그런데 몇 년을 알고 지낸 친구 사이에 그런 감정이 어떻게 생겨?"

도영은 하윤의 입에서 나오는 말들을 곱씹었다. 예상했던 반응이라 크게 신경 쓰이지는 않았지만 오늘따라 그녀의 사고방식이 조금 답답하게 느껴졌다.

"왜, 그런 말이 있지. 남자와 여자는 절대 친구 사이가 될 수 없다고. 둘 중 한 사람은 상대를 좋아하는 마음을 감추고 있는 것뿐이래. 그걸 인지하느냐 못하느냐에 따라 친구가 되느냐 연인이 되느냐, 그 차이겠지."

"너도 그렇게 생각해?"

"틀린 말은 아니라고 봐."

"근데 도영아, 아무리 생각해도 이상하잖아. 어제까지만 해도 친구였는데 다음 날부터 갑자기 친구와 뽀뽀하고 안고 사랑하고, 그게 가능하다는 거야? 이상하잖아."

"뭐가 이상하다는 거야? 좋아하면 만지고 싶고, 사랑하면 갖고 싶은 게 본능 아니야?"

"뭐어?"

"생전 처음 만난 사람이랑도 연애하잖아. 몇 년 더 알고 있었다는 것뿐인데 연애 못할 게 뭐야? 막말로 속속들이 더 잘 알고 있으니 좋은 거 아니야? 적어도 밀고 당기기 하면서 감정 소모하지 않아도 되잖아."

"그건 그렇지만……."

"나이 서른 먹고 아직도 그런 생각을 하고 있다는 게 놀랍다. 요즘은 10대들도 그런 생각 안 해. 철없어서, 뭘 모른다고 말하지 마. 그 아이들은 감정을 숨기는 게 익숙하지 않을 뿐이야. 오히려 솔직한 게 지금의 너보단 나을걸?"

"최도영, 너무해."

네가 더 너무하다. 채 마르지 않은 머리칼이 수건에서 빠져나와 있었고, 그녀가 움직일 때마다 가운의 깃 부분이 자꾸만 벌어져 금방이라도 그녀의 가슴이 툭 하고 튀어나올까 도영은 노심초사했다.

자신의 고집을 꺾지 않는 하윤이 얄미웠다. 천천히 일깨워주며 정신 차렸을 땐 도망가지 못할 정도로 빠져들게 하겠다는 의도와는 달리 성급하게 튀어나간 조바심은 자신이 얼마나 하윤에게 빠져 있는지를 깨닫게 했다. 본의 아니게 마음을 들킨 것 같았지만 후회하진 않았다.

"이하윤. 진짜 연애를 하고 싶다면, 그 틀부터 깨는 게 좋을 거야. 백날 새로운 사람 만나 봤자, 진심으로 너를 알아주고 있는 그대로를 받아줄 사람이 얼마나 되는 줄 알아?"

"그래도……."

"있을 때 잘해라. 나중에 후회하지 말고."

"……응? 그거 너를 두고 하는 말은 아니겠지?"

"20년 동안 네 옆에 있었어. 나만큼 널 잘 아는 사람이 또 있을까? 나만큼 널 이해하고 받아주는 사람이 또 있을까?"

"……."

"간다."

뭐든 다급하면 일을 망치는 법이다. 오늘은 여기까지.

도영은 소파 끝자락에 놓아둔 옷가지를 들고서 현관문을 향해 걸어 나갔다. 그러자 하윤이 달려와 그의 손을 잡아당겼다.

"에이, 최도영. 이렇게 가면 어떡해? 삐졌어?"

"아니."

"이리 와봐. 넥타이 매줄게."

"바로 집에 갈 건데 넥타이는 왜. 됐어, 귀찮아."

"이리 와봐."

귀찮다면서 하윤의 손이 이끄는 대로 움직이고 있는 도영이었다. 엘리베이터를 타고 2층만 올라가면 도영의 집인데 굳이 넥타이를 매고 가라는 그녀의 의중이 궁금했지만 모른 척 그녀의 손에 자신의 몸을 맡겼다.

자신보다 한참이나 작은 그녀에게 맞추기 위해 무릎을 살짝 굽혀 눈을 마주했다. 그런 도영의 배려에 하윤은 빙긋 웃으며 와이셔츠의 단추를 잠갔다. 건네받은 넥타이를 목에 매주고 재킷까지 입혀주었다. 그제야 오늘 만났던 근사한 최도영의 모습으로 돌아왔다.

"자, 다 됐어."

"……."

"조심히 가세요, 최도영 씨."

그의 어깨를 털어주며 너스레를 떠는 그녀의 행동에 도영의 눈매가 깊어졌다. 예뻤다. 자신의 마음을 알아주지도, 그녀에게 그가 얼마나 소중한 존재인지를 깨닫지 못해도 좋았다. 눈앞에 있는 하윤을 보고 있는 것만으로도 도영의 가슴은 거세게 요동쳤다.

와락, 그 순간 참지 못하고 사랑스러운 그녀를 품에 안았다. 놓치고 싶지 않다는 마음을 담아 한 치의 오차도 없이 꽉 끌어안자 그녀는 품에 맞춘 것처럼 폭 안겨들었다.

“왜, 왜 이래. 숨 막혀.”

갑작스러운 그의 행동에 놀란 하윤이 팔을 휘저었지만 도영은 관심 없었다. 그저 두근거리는 마음을 진정시키려 애쓸 뿐.

한참을 놓아주지 않자 포기했는지 하윤도 팔을 뻗어 그를 끌어안았다.

“도영아, 너 향수 뭐 써?”

“왜.”

“나도 갖고 싶어서.”

“남자 향수 가져서 뭐하게?”

“가끔 외로울 때마다 뿌리게.”

“됐다. 외로우면 가끔씩 안기든지.”

“엑, 닭살.”

“이제 진짜 간다.”

도영은 품에 안고 있던 하윤을 놓아준 채 그대로 문밖으로 사라졌다.

남겨진 하윤은 사라진 도영의 뒷모습을 한참이나 바라봤다. 조금 전 안겨 있던 그의 품이 사라지자 무척이나 허전한 느낌이 들었다. 그러고 보면 두 사람은 친구임에도 불구하고 스킨십이 잦은 편이었다. 머리를 쓰다듬는 일, 손을 잡는 일, 안아주는 일. 그 모든 것이 어색할 리 없이 편안했다. 오히려 위안이 되고 위로가 되는 것 같았다.

하윤은 한참을 멍하니 서 있었다. 방황하듯 멈춰 있던 그녀가 침실로 들어가 침대에 몸을 던졌다. 덜 마른 머리를 말려야 하는데, 귀찮았다. 이대로 잠들어버렸으면 좋겠다. 하지만 잠이 오지 않아 침실 테이블 위에 올려놓은 휴대폰을 들어 익숙한 번호를 몇 개 눌렀다. 신호가 얼마 가지 않아 반가움 반 짜증 반인 목소리가 들려왔다.

-술 마셨어?

"야, 야. 전화 매너가 이게 뭐야?"

-12시가 다 되어가는 시간에 전화할 이유, 술 마신 것밖에 더 있어?

"아주 멀쩡하니까 오해 마. 너 현태랑 결혼한다며?"

-벌써 거기까지 소문이 났니? 또 박현태, 그놈 짓이겠지, 뭐. 도영이한테 들었니?

"응, 축하해."

-일단 감사.

태은은 피곤한 목소리였지만 오랜만에 나누는 하윤과의 통화가 반가운 눈치였다. 까칠하고 도도해 보이지만 의리 하나는 끝내주는 친구였다.

"언제부터였어, 너희 두 사람?"

-음……. 언제부터였다고 단정 짓기는 애매해. 어쩌면 처음부터 서로를 사랑하고 있었는지도. 그걸 알게 된 지는 1년 정도 된 것 같다.

"뭐어? 1년이나 연애했으면서 우리한테는 말도 안 했단 말이야?"

-둔한 너희들이 눈치채지 못한 거지. 딱히 너희들 앞에서 우리 관계를 숨긴 적 없어.

"대단하다. 세상이 뒤집어져도 너희 두 사람이 연애할 줄은 생각도 못했어. 심지어 결혼이라니."

-인연이 되려면 어떻게든 안 될까 싶다. 너도 너무 꽁꽁 닫아놓고 살지 말고 눈 좀 떠라.

"내가 뭘?"

-솔직히 말해서 최도영같이 완벽한 남자가 또 어딨니?

"또 그 소리야?"

-10년도 넘게 하는 소리를 왜 귓등으로 들어? 있을 때 잘해. 딴 여자가 채간 후에 울고불고하지 말고.

"우린 친군데, 뭘. 좋은 여자가 생겨서 채가면 박수 쳐줘야지."

-미련퉁이. 어디 박수가 나오는지 한번 보자. 내가 박현태에 코 끼지만 않았어도 최도영한테 올인해보는 건데. 아쉽다.

"현태가 들으면 섭섭해하겠네."

-남들은 잘난 최도영 못 잡아서 안달인데, 넌 왜 천하태평이니? 언제까지 최도영이 네 옆에 있을 것 같아?

"……."

진절머리가 난다는 말투로 이야기하는 태은의 목소리가 하윤의 가슴 한구석을 푸욱 하고 찌르는 것 같았다. 날카롭다 못해 무시무시하게 아픈 말이었다.

-서른 살 되고도 짝 못 만난 건 이유가 있어서 아니겠어? 단지 외모니 성격이니, 그런 거 따지기엔 너무 멀리 왔다. 이제 와 새 짝 찾으려 하지 말고, 헌 짝을 새 짝 만들어보는 건 어때? 최도영이라

면 그만한 가치가 있는 남자야.

다들 최도영, 최도영. 언제부턴가 주변 사람들은 두 사람의 만남을 적극적으로 추진하려 했다. 친구들은 이제 애인으로 관계를 개선하는 게 어떻겠냐며 우스갯소리를 내뱉곤 했다.

그때마다 손사래를 치며 거부했던 건 자신이었다. 도영은 어땠을까? 생각해보면 그는 늘 말없이 상황을 지켜보기만 했던 것 같다. 도영이의 진심은 무엇이었을까? 대답할 가치가 없어서 침묵을 유지했을까? 아니면 친구들 말에 동요하고 있었을까? 갑작스럽게 도영의 생각이 궁금해졌다. 그와 동시에 자신을 품에 안아주던 그의 향기가 공중에서 떠다니는 것 같아 당황스러웠다.

-아무튼 다 못한 이야기는 주말에 하자고. 지금은 좀, 바쁜 것 같아.

“응? 밤 12시에 바쁠 게 뭐 있어?”

-아직도 안 끊었어?

-조용히 해. 이제 끊을 거야.

-이하윤, 눈치도 더럽게 없네. 야! 빨리 끊어. 뜨거운 밤이 너 때문에 식…….

-하, 하윤아. 주말에 보자. 끊는다.

반강제로 끊어진 통화에 들고 있던 휴대폰을 내려놓지도 못한 채 얼어붙었다. 급하게 전화를 끊는 태은. 그리고 통화 끝자락에 들리던 현태의 목소리. 12시가 다 된 시간에 두 사람이 같이 있다는 것은.

“헉.”

눈치가 없어도 너무 없었다. 한두 살 먹은 어린아이도 아니고 세상 물정, 연애 물정 다 아는 서른의 하윤이었다. 얼굴이 벌게진 채로 침대에 누운 하윤은 오지 않는 잠을 청하려 애썼다. 하지만 현태와 태은의 얼굴이 눈앞에 동동 떠다니는 것 같았다.

"친구였잖아. 친구였는데, 어떻게……."

아무리 생각해도 이해가 되지 않았다. 오랜 시간 친구로 지내온 두 사람이 연애를 하고, 결혼을 한다고? 말도 안 되는 일이었다. 현태와 태은은 그렇다 쳐도, 도영과 하윤은 정말 말이 안 됐다.

어릴 적부터 함께 자라오며 숨기고 싶었던 과거들을 모두 공유하고 있지 않은가. 남자 친구 앞에서는 절대 보여줄 수 없는 졸업 사진처럼, 두 사람 사이에도 과거는 존재했다. 그럼에도 불구하고, 그 모든 것을 다 잊고서 친구가 아닌 연인으로 시작이 가능하다고? 도영 앞에서 울고불고 주정 부리며 진상을 피웠던 많은 날들이 떠오르자 몸서리가 쳐졌다.

"최도영, 최도영!"

태은의 말대로 완벽이란 단어는 최도영 같은 남자 앞에 붙어야 했다. 머리부터 발끝까지 어느 하나 빼놓지 않고 우월했으니 말이다. 외모뿐이겠는가. 학벌, 집안, 직업. 그 어느 하나 빼놓지 않고 다 가졌다.

"성격이라도 지랄맞든지."

그렇지도 않았다. 공과 사를 똑 부러지게 구분하는 성격이 날카롭게 느껴질 수는 있지만 내색하지 않는 정이 깊은 녀석이란 걸 알고 있었다. 도영은 어릴 적부터 하윤의 일에 먼저 나서주고, 해결해주는 멋진 슈퍼맨이었다. 듬직하고 믿음직스러운 슈퍼맨.

과연 도영은 어떤 여자를 만나게 될까? 그 녀석 스타일로 봐서는 예쁘고 늘씬한 여자를 만날 것 같다. 직업도 좋고 집안도 좋은, 뭐 완벽한 여자겠지. 무엇 하나 빠지지 않는 그런 여자. 아마 그림처럼 잘 어울리는 한 쌍일 것이다.

그 모습을 보는 나는 어떨까? 질투를 하게 될까? 아니면 부러워할까? 아니면 미워할까? 쉽게 답이 나오지 않았다. 최도영이 누군가를 사랑스럽게 바라보고, 누군가를 안아주고, 누군가와 입을 맞춘다면 난 어떨까?

"어떻긴 뭘 어때. 난 친구니 신경 쓸 일 아니지, 뭐."

근데 왜 이렇게 속이 답답하냐. 생각해보면 최도영에게 다정한 눈길과 손길을 받고 있는 건 늘 자신이었다. 남들에겐 한없이 차갑다가도 자신에게만은 다정한 남자였다. 크게 느끼지 않아도 사소한 것 하나하나 빼놓는 법이 없던 그다. 그런 도영이 다른 여자를 더 많이 사랑하고 아끼게 된다면? 내가 두 번째로 밀려난다면?

"싫은데."

미워하게 될 것 같다. 도영도, 그 여자도. 그렇게 된다면 20년은 아무것도 아닌 시간이 되겠구나 싶어 서글퍼졌다.

눈물이 찔끔 나올 것 같아 천장으로 시선을 돌렸다. 깨끗한 천장 위에 도영의 얼굴이 떠다녔다.

어느새 추위가 물러가고 따뜻하면서도 고집스러운 봄기운이 몰려 들어왔다. 머리 위로 흩날리는 벚꽃의 자태는 마치 춤을 추고 있는 무용수 같아 보였다.

일본의 한적한 시골길. 벚꽃 나무가 줄지어 서 있는 그곳에서 휘율은 춤을 추고 있었다. 떨어지는 벚꽃이 얼마나 그를 반기는지, 따로 연출이 필요 없을 정도란 생각이 들었다. 순백의 슈트를 입은 채 카메라를 바라보며 노래를 하고 있는 그에게로 카메라는 줌인되었다. 빚어놓은 것처럼 잘생긴 그의 구릿빛 얼굴은 탁하지 않아 백색의 의상을 완벽하게 소화해냈다.

"멀리서 지켜보는 바보 같은 짓 그만할래. 내 곁에 둘래, 내 곁에서 웃게 할래. 사랑할게. 나와 연애하자."

평소에는 천방지축, 장난꾸러기에 여자만 좋아하는 사고뭉치 이미지였지만 적어도 춤을 추고 노래할 때만은 가수 강휘율로 돌아가 있었다. 이 순간이 그의 진가를 느낄 수 있는 찰나이기도 했다. 모두들 넋을 잃은 채 휘율에게 빠져 있을 때쯤 음악은 끝이 났다.

"더워, 더워. 얼음물 줘!"

그리고 그에 대한 환상도 끝이 났다.

아직도 촬영할 분량이 한참이나 되는데 휘율은 벌써부터 투정을 부리고 있었다. 그 모습에 별은 혀를 찼다.

"어땠냐?"

"멋있었어요."

"영혼 좀 담아 얘기하면 어디가 덧나냐?"

"네. 맛있게 먹은 점심이 탈 날까 봐서요."

"무, 무슨 의미냐?"

CL엔터테인먼트 강휘율 의상 담당팀의 막내인 별은 입사한 지 수개월이 지났지만 여전히 막내였다. 처음 숙맥인 얼굴로 하윤의 뒤만 졸졸 쫓아다니며 어리바리했던 모습이 언제였는지 기억도 나지 않을 정도로 뻔뻔해졌다.

"됐다, 됐어. 말을 말자."

천연덕스럽게 받아치는 별의 말에 휘율은 울화통이 치밀어 올랐다. 자신의 키에 반도 되지 않는 꼬마 주제에, 어디서 따박따박 말대꾸냐며 쏘아붙이고 싶었지만 감독의 눈치에 입을 다물었다.

"5분 후에 스탠바이."

촬영 감독의 말이 떨어지자 휘율은 자신의 옆에 다가와서 재킷을 벗기는 별을 노려봤다.

"하윤 누나는 어디 갔냐?"

"저기 오시네요."

별의 말에 휘율은 시선을 돌려 하윤을 찾았다. 방금 전 별을 보고 있던 안구가 정화되는 느낌이었다. 키는 별과 비슷한 듯 보였으나 확실히 비율이 달랐다. 굴곡 면에서나 옷맵시에서 확연한 차이가 났다. 패션 일을 하는 사람답게 자신의 스타일을 멋지게 꾸미는 여자였다.

어느새 휘율의 곁으로 다가온 하윤은 휘율의 옷매무새를 체크한 뒤 어깨를 다독여주었다.

"이게 마지막 촬영이래."

"정말요?"

"그래, 그러니까 내일 촬영을 위해 오늘은 빨리 마무리 짓고 쉬자고."

"오예."

선생님 말을 잘 듣는 어린아이처럼 신이 난 휘율은 촬영 장소로 복귀했다. 그리고 잠시 후 감독의 사인이 들려왔고, 가수 강휘율의 눈빛으로 돌아왔다.

소속사에서 미리 배정해준 호텔로 이동하는 차 안. 대부분의 사람들은 잠들어 있었다. 마지막 촬영이라고는 했지만 해가 지고 주변이 어두워지고 나서야 끝이 났다. 생각보다 늦게 마무리된 촬영에 휘율은 심통을 부리다가 잠이 들었고 하윤은 창밖을 응시하고 있었다. 피곤이 몰려왔지만 잠들고 싶지 않았다.

일본에 도착하자마자 쉴 틈 없이 진행된 뮤직비디오 촬영은 끝나는 순간까지도 긴장의 연속이었다. 내일은 상대 배우와 함께 호흡을 맞추는 장면이 많아 조금 여유로울까라는 생각이 들었지만 기대는 하지 않기로 했다.

눈꺼풀이 무거운 듯 내려앉으려 할 때쯤 목적지에 도착했는지 주변 사람들이 하나둘씩 짐을 챙겨 일어나고 있었다. 하윤 역시 찌뿌듯한 몸을 일으켜 움직였다. 잠시 후 자신의 뒤에 있던 별이 하윤의 짐을 빼앗듯이 가져가며 빙그레 웃어 보였다.

"힘드셨죠?"

"내가 힘들 게 뭐 있어. 네가 고생 많았다."

"아니에요. 아 참, 우진 삼촌이랑은 잘 지내고 계세요?"

생각지도 못한 별의 말에 하윤은 당황한 표정이었다. 그의 이름이 예고도 없이 튀어나올 줄은 상상도 하지 못했기 때문이다.

"아, 그게……."

"어른들 일이라서 끼어들고 싶진 않은데 궁금해서요. 우리 삼촌 어떠셨어요?"

"아, 좋은 분이시더라. 매너도 좋으시고."

"다행이다. 우리 삼촌, 진짜 좋은 분이에요. 실장님도 저에게는 소중한 분이니까 두 분이 잘되셨으면 좋겠어요. 완전 잘 어울릴 듯!"

이제 와 생각해보면 그와의 시간이 즐겁긴 했으나 가슴 뛰는 만남은 아니었다. 또한 다음을 기약할 수 있을 정도의 호감은 있으나 그 이상도 이하도 아니었는지 모른다. 첫 만남 이후 이렇다 할 기억이 한순간도 떠오르지 않았던 걸로 보아 그녀는 우진의 존재를 잊고 있었던 것 같다. 좋은 남자였는데. 그게 끝이었다.

당황한 하윤의 표정을 읽지 못한 별은 신이 난 목소리로 말을 이어갔다.

"사실 친척 중에 제일 친한 삼촌이기는 한데요, 한 달에 한 번 통화할까 말까거든요. 근데 요즘은 시도 때도 없이 안부 전화가 와요."

"그래?"

"네. 점심 먹었냐, 퇴근은 했냐, 좋은 하루 돼라 식의 통화이기는 한데요. 끝에는 꼭 실장님 안부를 묻더라고요."

"아……."

"직접 전화해서 물어보라고 해도 괜히 일에 방해될까 선뜻 손이 가질 않는대요. 실장님 안부, 궁금해하는 눈치던데."

"내가 요즘 바빠서 신경을 통 못 썼네."

"그렇죠? 바쁘셔서 그런 거죠? 우리 삼촌, 싫은 거 아니죠?"

기대하는 별의 눈치에 마음 한편이 조금 불편해졌다. 자신의 말에 손뼉을 치며 기뻐하는 별을 피해 주변으로 시선을 돌렸다. 대화를 하며 걷다 보니 어느새 호텔 로비 안 엘리베이터 앞까지 도착해 있었다. 때맞춰 엘리베이터의 문이 열리고 별이 올라탔다.

"어? 안 타세요?"

"먼저 올라가. 전화 한 통 하고 올라갈게."

"삼촌이랑요?"

"아, 응."

"네. 천천히 오세요."

방긋 웃는 얼굴이 엘리베이터 문이 닫히는 동시에 사라졌다. 1층에 남겨진 하윤은 바지 뒷주머니에 꽂아놓은 휴대폰을 꺼내 만지작거렸다.

사실 나이 서른이 될 때까지 제대로 된 연애, 제대로 된 남자 하나 만나 보지 못했고, 좋은 남자를 만나 결혼하고 말겠다는 일념 하나로 기쁘게 받아들인 소개팅이었다. 그런데 그 마음을 먹은 지 얼마 되지 않아 흥미를 잃어버렸다. 좋은 사람을 알게 되어 좋긴 한데, 막상 남자를 만나 연애를 하려니 왠지 마음이 불편했다. 터벅터벅 걸음을 옮겨 호텔 로비에 마련되어 있는 소파 의자에 앉았다.

"뭐라고 해야 될까."

말 나온 김에 우진에게 전화를 걸어볼까 하는 생각이 들었지만 무슨 말을 해야 할지 답이 나오지 않았다. 이렇게 어색하고 불편한 통화를 끝내고 나면 다음번엔 어떻게 해야 되나. 별게 다 고민이었다. 분명 전화를 걸면 우진은 기쁘게 받아줄 것이다. 처음 만남이 그랬듯이 물 흐르듯 재미있는 통화가 될지 모른다. 하지만 통화 버튼이 쉽게 눌러지지 않았다. 이게 맞는 것인가 하는 의문이 들었다.

한참을 망설이는데, 그녀의 휴대폰에서 익숙한 벨소리가 들렸다. 놀란 듯 손에 쥐고 있던 휴대폰을 떨어트릴 뻔한 하윤은 안도의 한숨을 내쉬며 발신자 명을 확인했다. 우진이었다.

"아, 여보세요."

-하윤 씨! 민우진입니다.

"아, 네. 안 그래도 전화드릴까 했는데."

-조금 더 기다려볼 걸 그랬나 봐요.

"하하. 뭐 하고 계세요?"

어색했다. 첫 만남에서는 느낄 수 없었던 어색함이 하윤의 몸을 타고 흘러내렸다.

-오늘 일이 좀 늦게 끝나서 이제 막 집에 들어왔어요. 맥주 한 캔 마시면서 쉬고 있어요. 하윤 씨는 일본이죠?

"네. 저도 이제 일이 끝났어요."

-저녁은 먹었어요?

"아직요. 곧 먹을 것 같아요."

-그렇구나. 아무리 늦어도 밥은 꼭 챙겨 먹어요. 그래야 열심히 일하죠.

"네. 걱정해줘서 고마워요. 우진 씨도 맥주 너무 많이 마시지 말고 푹 쉬세요."

-그럴게요. 한국으로 돌아오면 저녁 한 끼 같이할 수 있을까요?

"음, 그래요."

-푹 쉬어요. 그리고 아무리 바빠도 문자 한 통 정도는 해주면 더 좋을 것 같은데.

"노력해볼게요."

-그래요. 끊을게요.

"네."

1분도 채 지나지 않은 통화가 끝나자 묵은 체증이 내려가는 것 같은 시원함을 느꼈다. 마치 오랫동안 해야 할 일을 미루고 미루다가 해낸 느낌이랄까. 전화 한 통의 무게가 이렇게 무거울 줄이야. 조금 개운해진 느낌에 하윤은 빙긋 웃었다.

"자, 이제 저녁을 먹으러 가볼까."

휴대폰을 손에 쥔 채 의자에서 일어난 하윤은 자신의 앞을 막고 있는 무언가와 부딪치며 다시 의자에 앉혀졌다. 그와 동시에 손에 허전함이 밀려왔다.

"뭐야. 아직 그 남자 정리 안 했어?"

익숙한 목소리에 이마를 어루만지던 하윤은 고개를 들었다.

"어? 최도영? 너 왜 여기 있어?"

"그 남자 별로라며."

"내일 온다고 하지 않았어? 일찍 왔네?"

"야, 이하윤."

생각지도 못했던 도영의 등장에 하윤은 반가움을 이루 말할 수 없었다. 갑작스럽게 몰려오는 든든함과 안도감이 그녀를 설레게 했다. 흰 티셔츠에 청바지를 입고 운동화를 신은 그의 옷맵시는 평소와 다른 느낌을 전해주었다. 친근하면서도 반가운 느낌에 하윤은 그의 팔을 잡고 빙그레 웃었다. 그러자 하윤을 바라보고 있던 도영의 눈빛이 한결 부드러워지더니 만족스러운 얼굴로 그녀의 머리칼을 쓰다듬었다.

"그렇게 반갑냐?"

"응. 내일 온다고 했잖아. 일이 일찍 끝났어?"

"그래."

"내가 어제 끓여준 된장찌개 먹고 힘 난 거 아니야?"

어젯밤. 10시쯤 퇴근 예정이니 두부가 많이 들어간 된장찌개를 대령하라 주문했던 도영이었다. 늦게 들어올 때는 밖에서 식사를 때우고 와야 한다며, 그렇지 않으면 소박맞을 게 빤하다며 도영을 다그쳤던 기억이 떠올라 피식 웃고 말았다. 결국 일찍 퇴근한 하윤이 장을 봐다 된장찌개와 계란말이를 차려주었다. 짜다며 투정을 부리면서도 밥 한 공기를 거뜬히 먹던 도영이었다.

"그랬는지도."

"정말?"

"물 조절 잘하랬지. 짠 찌개 덕분에 갈증 나서 한숨도 못 자고 일했다."

"흥. 국물 한 방울 안 남기고 다 먹을 땐 언제고?"

"후회한다."

"미련 곰탱이."

하윤의 투덜거림에 도영은 보이지 않게 웃었다. 투정처럼 들렸는지는 모르겠지만 그녀가 준비한 된장찌개는 정말 짰다. 늦은 시간에 상을 차려놓으라고 한 게 싫어서 복수한 거 아닌가 싶을 정도로. 하지만 앞치마를 두르고 자신의 앞에 앉아 기대하는 눈빛으로 기다리던 하윤의 정성을 모른 척할 순 없었다. 그 사랑스러운 얼굴을 보고자 무리한 부탁을 한 게 아닌가.

오늘, 밥을 먹는 내내 종알종알 떠들어대던 귀여운 하윤의 얼굴이 하루 종일 아른거렸다. 그리운 얼굴이 타국에 있다고 생각하니 괜히 불안해졌다. 식사 시간까지 줄여가며 일을 마치고 일본으로 날아온 도영의 마음을 알 리 없는 하윤이었지만 누구보다 자신을 반겨주며 웃는 그녀를 보니 피곤함이 싹 가시는 것 같았다. 그거면 되었다. 갈증에 고생한 하루였어도, 일에 치여 힘든 하루를 보냈어도 이 웃음 하나면 되었다. 모든 걸 다 잊게 만드는 하윤의 미소. 도영은 가슴이 따뜻해지는 걸 느낄 수 있었다.

하지만 그것도 잠시, 자신의 손에 들려 있는 하윤의 휴대폰을 물끄러미 바라보던 도영의 눈빛이 살짝 매서워졌다.

"민우진이라는 남자랑 아직 연락하나 봐?"

"음, 그게……."

"좋은 사람이라고만 기억하는 남자와 연애할 생각은 아니지? 그 남자, 사람은 괜찮지만 애인으로까지는 흥미 없는 거 아냐? 그럼 거기서 스톱해야지."

"아직 잘 모르겠어서."

"뭘 몰라?"

"음, 그러니까. 내 마음이 어떤지를 잘 모르겠어."

"1분도 채 통화하지 않았으면 말 다한 거 아니야? 그냥 의무상, 예의상으로 전화는 걸었는데 재미도 없고 할 말도 없고 불편했던 거겠지."

통화 내역을 힐끔 눌러보던 도영이 날카롭게 핵심을 파고들자 하윤은 자신도 모르게 고개를 끄덕이고 있었다.

"그 남자는 너보다 나이도 한참 많잖아? 얼른 마음 맞는 여자 만나서 결혼해야지. 연애만 하고 있을 시간이 없어."

"그런가?"

"그 남자랑 결혼까지 갈 생각 없다면 빨리 정리해. 괜히 마음도 안 줄 거면서 붙잡고 있다가는 나중에 발목 잡혀."

"그러는 게 좋겠지?"

"당연히 그래야지. 칼같이 정리해. 그 순간은 마음이 불편하겠지만 어정쩡한 관계로 서로 상처주는 것보다는 훨씬 나으니까."

"응."

"경고했다. 질질 시간 끌지 말고 정리해."

도영의 말에 하윤은 고개를 끄덕였다. 왜 도영이 '경고'라는 단어를 사용하는지 잘 모르겠지만, 왠지 알았다고 대답해야 할 것 같았다.

제 할 말을 모두 마쳤는지 만족스러운 눈빛으로 하윤의 머리를 쓰다듬은 도영은 시계로 시선을 돌렸다. 약속된 식사 시간까진 10분도 채 남아 있지 않았다.

"오늘 강휘율, 사고 치지 않았어?"

"응. 열심히 잘하던걸? 그 녀석, 입으로는 촐싹거려도 일 하나는 철저하게 해내더라고."

하윤의 말에 도영은 작게 고개를 끄덕였다. 피곤하다는 듯 뒷목을 주무르자 하윤이 놀란 눈으로 그에게 다가왔다.

"뭐야, 뭐야. 완벽한 남자의 치명적 허점 발견."

"뭔데."

"실밥."

목 부분에 작게 삐져나온 실밥이 그녀의 눈에 들어왔다. 가만두지 않겠다는 의지를 불태우며 메고 있던 작은 백에서 실밥 제거용 가위를 꺼내 들었다. 장난감이 아닌가 싶을 정도로 크기가 작은,

손이 굵은 사람은 쓰지도 못할 만큼 조그마한 가위를 손에 낀 채 도영의 목덜미까지 다가온 하윤은 눈에 보일 듯 보이지 않는 실밥을 찾으려 애를 썼다.

"분명 이 근처였는데, 어디로 숨었지?"

"……."

어느새 도영이 앉아 있는 의자로 넘어온 하윤은 도영의 다리 사이에 무릎을 꿇고 앉아 목덜미를 배회했다. 유동 인구가 많은 호텔 로비에서 자칫 오해의 소지가 될 수 있는 모습이었지만 실밥 제거에 정신이 팔린 하윤은 눈치채지 못했다.

"하윤아."

어쩌다 보니 민망한 자세가 되어버린 도영은 이러지도 저러지도 못한 채 당황하고 있었다. 목덜미에서 느껴지는 그녀의 시선과 숨결에 움직일 수 없을 정도로 몸이 굳고 있었고 그녀 특유의 향이 그의 코를 간질이며 정신마저 앗아갈 지경이었다.

"찾았다!"

그런 도영을 아는지 모르는지 실밥을 찾아 잘라낸 하윤은 그것을 들고 도영의 얼굴 앞에 흔들어 보였다.

"내 눈 앞에 띈 이상, 도망갈 수 없다 이거야."

"……."

"숨어봤자 벼룩이지. 호호, 나 잘했지?"

빙긋 웃는 하윤의 모습에 도영은 참았던 이성이 툭 하고 끊어지는 기분이었다. 하릴없이 허공을 가르던 한쪽 손이 그녀의 허리를 감싸고, 반대편 손이 그녀의 뺨을 어루만졌다. 그 순간 하윤과 도영의 시선이 공중에서 부딪쳤다.

"도, 도영아."

하윤의 입술에서 흘러나온 자신의 이름이 이렇게 섹시할 줄이야. 당장에라도 한입에 삼켜버리고 싶은 입술에서 시선을 뗄 수가 없었다. 멈춰야 한다고 절실히 외쳐대는 이성을 짓누르며 으르렁거렸다. 이곳이 호텔 로비든, 길 한복판이든 상관없었다.

그녀의 뺨을 간질이던 손에 힘을 주어 턱을 당겼다. 그리고 그의 얼굴이 그녀에게로 다가갔다. 순식간에 가까워진 거리에 하윤은 당황스러웠지만 차마 그를 밀어낼 수가 없었다. 이게 무슨 감정인지 알 수 없었다. 심장이 미친 듯이 뛰고 두근거릴 뿐. 요란스러운 심장 소리가 도영에게 들릴까, 그것이 유일한 걱정거리였다. 그런 마음을 아는지 모르는지, 도영은 점점 더 그녀에게로 다가왔고 입술과 입술이 거의 닿을 때쯤 그의 숨결이 멎었다. 멀리서 들리는 낯익은 목소리에 도영이 멀어진 것이다.

겨우 정신을 차린 하윤은 그의 어깨 너머로 걸어오고 있는 스텝들을 발견했다. 놀란 듯 자리에서 튕겨진 하윤은 손으로 얼굴을 부채질했다. 갑작스럽게 열이 올라 얼굴이 붉어지진 않았을까 걱정하며 아무도 눈치채지 못하길 바라고 있었다.

그러자 의자에 앉아 있던 도영이 일어나며 옷매무새를 다듬었다. 그리고 당황해하는 하윤의 손목을 잡아당기더니 귓가에 무언가 속삭였다.

"……!"

순간 하윤의 얼굴이 타오를 듯 붉어졌다.

단순한 두근거림을 넘어 터져버릴 것 같은 심장박동에 하윤은 정신을 차릴 수가 없었다. 입술과 입술이 가까워지고, 숨결과 숨결이 가까워지는 그 순간 도영은 무얼 하려 했던 것일까?

순식간에 뇌와 심장을 점령해버린 감정에 하윤은 갈피를 잡지 못하고 흔들렸다.

'서, 설마 키스하려 했던 거야?'

자신에게 뒤돌아 서 있는 도영의 뒷모습을 바라보고 있는 하윤은 눈앞이 흐리멍덩해지는 기분이 들었다. 마치 꿈을 꾸고 있는 것처럼 사방이 흐려지며 도영만 눈에 들어왔다. 당장이라도 팔을 돌려세워 자신만 보게 만들고 싶었다. 왜 그랬냐고 묻고 싶었지만 자신의 귓가에 속삭이던 그의 말이 하윤을 혼란스럽게 만들었다. 그리고 또 한 번 심장이 미친 듯이 두근거렸다. 여전히 의미를 알 수 없는 두근거림, 설렘이 그녀의 곁을 맴돌았다.

"이사님, 오셨어요?"

창호가 반가운 얼굴로 도영에게 달려왔다. 마치 그들은 도영이 오는 걸 알고 있었던 것처럼 자연스러운 모습이었다. 그 뒤로 촬영 스텝들과 별, 휘율이 걸어왔다. 못마땅한 표정으로 걸어오는 휘율은 반항아처럼 툴툴거렸다.

"다들 모이셨으면 이동하죠."

도영은 필요한 말만 전달한 후 잠시 하윤에게로 시선을 주고 멀어져갔다. 그러자 다들 도영의 뒤를 따라 걸어 나가기 시작했다. 멍하니 넋을 놓고 있는 하윤은 지금의 상황이 이해가 되지 않았다. 그런 그녀를 눈치챘는지 별이 다가와 그녀의 어깨를 두드렸다.

"실장님, 어디 아프세요? 얼굴이 빨개요."

"아, 더, 더워서 그런가 봐."

"카디건을 벗으시면 괜찮지 않을까요?"

별의 말에 하윤은 자신이 입고 있는 카디건을 바라보았다. 애꿎은 카디건 탓이 된 게 미안했지만 지금은 그녀의 말대로 움직일 뿐이었다.

"다들 이사님이 오시는 걸 알고 있었나 봐?"

"네. 30분 전에 이사님께서 창호 오빠에게 전화를 하셨나 봐요. 일이 일찍 끝나셔서 일본에 도착했으니 저녁 먹자고요. 미리 예약해놓을 테니 옷 갈아입고 호텔 로비에서 만나자 하셨다네요."

"그랬구나."

"어서 가요. 이러다가 우리만 놓고 가겠어요."

별의 재촉에 하윤은 걸음을 옮겼다. 그리고 새삼 자신이 아닌 창호에게 전화를 건 도영에게 섭섭함이 느껴졌다. 하루 종일 연락 한 통 없더니, 온다는 전화를 왜 자신에게는 하지 않은 걸까. 궁금한 생각이 들었지만 따져 묻진 못할 것 같았다.

어느새 기다리고 있는 이동용 차량 앞까지 온 두 사람 앞에 도영이 서 있었다.

"1분만 늦었으면 놓고 가려 했다."

방금 전 생각만으로도 얼굴이 붉어지는 그 상황은 마치 자신에게만 일어난 일인 것처럼 느껴졌다. 도영의 웃는 얼굴을 보니 괜히 심술이 날 것 같았다. 자신은 혼란스러운데, 아무 일 없는 것처럼 웃어 보이는 도영이 얄미웠다. 게다가 장난스럽게 걸어오는 말이 별을 향한 농담이라니.

"죄송합니다. 빨리 탈게요."

별이 버스에 올라타자 남겨진 하윤은 도영의 뜨거운 시선으로 인해 온몸이 뜨거워지는 걸 느껴야만 했다. 도망치듯 계단을 오르며 버스에 몸을 실으려는데 도영의 낮은 음성이 들려왔다.

"딴생각 마라."

흘러가듯 내뱉은 그의 말에 하윤은 후다닥 버스 안으로 들어가 자리를 잡았다. 시뻘게진 얼굴의 열을 식히며 숨을 나눠 쉬었다. 그 순간 도영이 버스 안으로 들어오는 걸 발견했고, 메아리처럼 그의 말이 하윤의 귓속으로 파고들었다.

'네 남자로, 난 어때?'

많은 사람들의 웅성거림 속에서도 또렷하게 들을 수 있었던 그 한마디를 떠올리자 원인을 알 수 없는 두근거림이 가슴에 번졌다.

무슨 의미일까. 한참을 떠올려도 쉬이 받아들여지지 않는 그 한마디는 꽤나 큰 파장을 일으켜 한참 동안이나 하윤의 마음속에서 크게 요동쳤다. 그와 동시에 하윤의 머릿속도 복잡하게 엉켜 들어갔다.

얼마나 달렸을까. 목적지에 도착했는지 버스가 멈췄다. 눈을 떠 주변을 살펴보니 근사한 식당 하나가 눈에 들어왔다.

"오늘 저녁은 스시와 덮밥인가 봐요. 일본에서 직접 먹어보다니! 정말 기대돼요."

별의 호들갑에 하윤은 말없이 고개를 끄덕였다. 먼저 버스에서 내린 도영이 앞장을 서자 모두들 그의 뒤를 따라 미리 예약된 방에 자리를 잡았다.

"화장실 좀 다녀올게."

생각해보니 다들 호텔로 들어가 준비를 하고 나오는 동안 전화 통화를 하느라 손도 제대로 씻지 못한 것 같아 찝찝함이 몰려왔다.

화장실을 가기 위해 일어나자 별이 뒤따랐다.

화려하고 근사한 외관에서 주는 인상처럼 내부도 깔끔했다. 친절하게 안내를 받아 도착한 화장실에서 손을 씻었다. 거울로 비춰 본 자신의 모습은 화장이 많이 지워져 조금 피곤해 보였지만 크게 신경 쓰이진 않았다.

"호텔 시설도 좋고, 식사 한 끼도 그냥 때우는 법이 없고. 아, 정말 너무 좋아요."

"다행이네."

"그래도 실장님을 제일 좋아하는 거 알죠? 아낌없는 스킬 전수, 부탁드립니다."

"오냐."

살갑게 구는 별의 모습이 동생처럼 느껴져 흐뭇해졌다. 하윤은 도영이 있어 외롭진 않았지만 여자 형제가 없이 자란 터라 싹싹한 별이 마냥 예뻤다.

그때, 하윤과 대화를 나누며 화장실을 빠져나오던 별이 갑자기 앞으로 고꾸라졌다. 고개를 들어 바라보니 급하게 달려오던 휘율과 부딪치면서 별이 나가떨어진 것이다. 엉덩방아를 찐 별이 울먹이며 휘율을 노려보자 '미안'이라는 말만 내뱉고서는 화장실로 사라졌다.

"야, 강휘율. 너 사과 안 해?"

그가 사라진 남자 화장실을 향해 소리를 질렀지만 답이 없었다.

"실장님, 저 괜찮아요."

화가 난 하윤을 달래려 말을 건넨 별이었지만 엉덩이가 아파오는 건 어쩔 수가 없었다. 얼굴이 구겨지는 걸 확인한 하윤은 또 한 번 화가 치밀었지만 고통스러워하는 별을 부축하는 일이 먼저였다.

"괜찮은 거야?"

"네."

전혀 괜찮아 보이지 않는다고 말해주고 싶었지만 괜히 더 아프게 느껴질까 입을 다물었다. 천천히 별을 부축해 걷자 멀리서 낯익은 그림자가 빠른 걸음으로 다가왔다.

"무슨 일이야?"

"엉덩방아를 찧어서요."

"왜?"

"강휘율, 그 자식이 밀치고 들어갔어. 실수인지 고의인지는 모르겠지만 사과도 안 하고……."

괜찮다며 하윤을 달래는 별이지만 이미 화가 날 대로 난 하윤의 귀엔 들릴 리 없었다. 그 상황을 물끄러미 바라보고 있던 그가 하윤을 밀치고 그녀를 부축했다.

"이사님, 저 진짜 괜찮은데요."

"여자 힘보다는 나을 거 아니야? 일단 들어가자고."

도영이 별을 부축해 걸어가더니 금세 룸 안으로 사라졌다. 남겨진 하윤은 당황스러운 얼굴로 두 사람의 뒷모습을 바라보며 넋을 놨지만 그 누구도 다시 나와 보지 않았다. 덩그러니 버려진 것 같은 기분이 들자 절로 인상이 구겨졌다.

"뭐, 뭐야?"

마치 자신이 잘못한 것처럼 느껴지는 이 상황은 뭐지. 알 수 없는 패배감에 하윤은 기가 막혔다.

"여기서 뭐 하세요? 설마 나 기다린 거?"

"야, 너 잘 만났다. 너 아까 일부러 그랬지?"

"또, 또 오버하신다. 절대 아니거든요. 괜히 나쁜 사람 만들지 말아주세요."

"강휘율!"

"그럼 맛있는 저녁 식사되시길. 휘이~ 저기 서빙하는 누나, 볼륨 장난 아닌데?"

휘율마저 하윤을 스쳐 지나갔다.

"하아, 이건 또 무슨 상황?"

짧은 시간 안에 많은 감정을 느낀 것 같아 갑작스럽게 피곤이 몰려왔다. 어지러움이 동반된 피곤함에 머리를 쥐어짜던 하윤은 긴 한숨을 내쉬고 룸의 문을 열었다. 문 여는 소리에 다들 한 번씩 하윤을 바라봤다가 이내 식사에 집중했다. 자리로 돌아간 하윤은 자신의 옆자리가 아닌 도영의 옆에 앉아 있는 별에게로 시선을 옮겼다.

"괜찮아?"

"네, 이젠 멀쩡해요."

"다행이네. 식사 맛있게 해."

하윤의 말에 별은 고개를 끄덕이며 식사를 이어갔다. 별의 옆자리에 앉아 있는 도영에게로 시선이 닿았지만 그는 하윤을 바라보고 있지 않았다. 갑작스레 공기가 흐려진 것 같은 기분이 들었다. 다들 어색함 없이 맛있게 식사를 하고 있는 것으로 보아 하윤만 느끼는 감정이 분명했다.

이 상황을 어떻게 받아들여야 할지 고민하던 찰나, 그녀의 접시

위로 장어초밥 하나가 올라왔다. 고개를 들자 도영이었다.

"이 실장이 좋아하는 거 아닌가?"

"아, 네."

"많이 먹어요."

"네."

도영이 건넨 장어초밥에 금세 웃음이 툭 하고 튀어나왔다. 공기가 흐려졌다는 생각은 기분 탓이었던 것 같다. 아픈 별을 위해 자신이 고생할까 봐 먼저 나서준 것일 수도 있는데 왜 이상한 기분을 느꼈을까? 가끔 보면 자신도 알게 모르게 소심하다는 생각이 들었다. 입 안에 장어초밥을 넣자 기분마저 상쾌해진 느낌이었다. 하지만 그것도 잠시.

"저까지 챙겨주시는 거예요? 감사합니다."

별의 접시에도 장어초밥이 올려졌다.

그 순간 먹고 있던 장어초밥을 뱉어버리고 싶다는 생각이 들었다. 황당하다는 얼굴로 도영을 바라봤지만 그는 하윤을 바라보지 않았다. 또 한 번 기분이 이상해졌다.

평소 자신 외에 다른 사람에게는 불필요한 친절을 베풀지 않는 남자가 최도영 아니던가? 그런 남자가 자신도 아닌 별에게 장어초밥을 건네준다고? 황당했다. 이 상황을 어떻게 받아들여야 할지 난감했다.

'침착해, 이하윤. 이건 어디까지나 오버하고 있는 것뿐이야.'

혼자서 열 내고, 혼자서 황당해하고 있는 것이라며 스스로를 다독였지만 도영의 귓가에 무언가 속삭이는 별의 모습을 보는 순간 팡 하고 터져버렸다.

'기분 나빠.'

그러고 보니 일전에 침대에 누워 이런 상황을 떠올린 적이 있었다. 내가 아닌 다른 여자를 챙기는 그의 모습, 내가 아닌 다른 여자와 속삭이는 그의 모습. 실제로 눈앞에서 확인하니 절대로 용납할 수 없는 모습이었다.

최도영은 내 친구야. 20년이나 함께해온 내 운명 같은 녀석이라고! 감히!

벌떡, 자리에서 일어난 하윤은 그대로 룸을 나가버렸다. 그제야 고개를 들어 하윤이 사라진 뒷모습을 바라보고 있던 도영의 입꼬리가 실룩거렸다.

문을 박차고 나간 하윤이 돌아올 때가 된 것 같은데 소식이 없자 걱정이 되었다. 손목을 들어 시계를 확인해보니 생각보다 시간이 많이 지나 있진 않았다. 그럼에도 불구하고 일곱 살 먹은 어린아이를 물가에 내놓은 듯 그녀의 행방이 걱정되었다. 무슨 핑계를 대고 잠깐 나갔다 와야 할까 고민하던 찰나, 그의 재킷 안주머니에서 작은 진동이 울려 퍼졌다. 자연스럽게 휴대폰을 손에 쥐고 룸을 빠져나온 도영은 주변을 살피며 통화 버튼을 눌렀다.

-여어, 나야.

"왜."

-정말 정떨어지는 전화 매너야. 마음에 안 들어 죽겠어.

"할 말."

도영은 현태와 통화 중에도 시선은 하윤을 찾느라 여념이 없었다.

어느새 식당 정문까지 걸어 나온 도영은 답답함에 담배 한 개비를 꺼내 입에 물었다. 라이터를 이용해 불을 붙이자 금세 매캐한 연기가 그의 주변으로 퍼져 나갔다.

-며칠 전에 통증제에 대한 기사 봤냐? 간에 전혀 무리가 가지 않는 천연 통증제인가 뭔가 해서 인기 끌었던 거 있잖아.

"봤다."

-그 광고를 믿고 장기간 복용해왔던 소비자가 갑자기 쓰러져서 병원에 갔는데 간에 무리가 온 모양이야. 소송 준비한다고 난리를 피우는 바람에 회사 측 입장이 좀 난처하게 됐다. 그동안 쌓아놨던 이미지는 날아갔고, 폭삭 망하기 직전이야. 이럴 땐 어떻게 해야 되냐?

현태 말의 의도를 알아차린 도영은 입을 다물었다.

"일단 빌고 보상을 해야지. 그 후 문제점을 찾고 신약 개발에 힘을 쓰는 수밖에."

-그래도 신약 개발에 대한 좋은 아이디어 있으면 좀 도와줘라. 우리 삼촌 죽어난다.

"그 회사에 전문가들 많을 거 아냐? 왜 나한테 물어봐, 인마."

-몰라서 묻냐? 네가 도와주면…….

"됐다. 할 말 없으면 끊어."

-정 없는 놈! 할 말 안 끝났어. 사실 삼촌이 소송 문제로 좀 도와달라는데…….

"CL엔터테인먼트 법률팀 박현태 씨. 계약서 내용 잊었습니까?"

-……아닙니다, 이사님. CL 외의 일은 진행하지 못하도록 쓰여 있는 계약서를 잘 기억하고 있습니다. 그래서 이렇게 전화드리는

거 아닙니까?

도영은 담배 연기를 들이마셨다가 뱉었다.

"이번만 봐준다. 일에 차질 없게 잘해라."

-감사합니다, 이사님.

어느새 짧아진 담배꽁초를 발로 밟으며 입 안에 남은 연기를 내뱉었다. 답답함이 조금 가시는 느낌이었다. 하릴없는 시선을 반대편으로 돌리자 주차장 쪽에서 걸어오는 하윤이 보였다. 마치 방금 내뱉은 연기 속에서 나타난 묘령의 연인처럼 기분이 이상해졌다.

-혹시 몰라서 하는 말인데, 이번 일에 관심이 생기면…….

멀리서 자신을 발견하고 천천히 걸어오는 하윤에게서 시선을 떼지 않은 채 현태와의 통화는 계속 이어졌다. 그의 대화가 지루하거나 재미없는 건 아니었다. 분명 자신이 흥미를 가질 만한 소재임에도 불구하고 그의 말이 더 이상 들리지 않는 것 같았다.

어느새 그의 앞에 다가온 하윤이 통화하는 도영에게 방해가 되지 않으려 '먼저 들어갈게'라는 말을 속삭인 뒤 그를 스쳐 지나갔다. 아니 스쳐 지나가려 했지만 도영이 먼저 그녀의 손목을 잡아당겼다.

-내 말 듣고 있어? 야, 최도영.

"일 열심히 해라."

-야, 최도영! 최도영!

절규하는 친구의 목소리가 들렸지만 도영은 가차 없이 종료 버튼을 눌러버렸다. 지금 당장 중요한 건 하윤이었기 때문이다. 여전히 자신의 손 안에 잡혀 있는 가느다란 손목을 놓아주지 않은 채 그녀에게로 몸을 돌렸다. 그녀를 바라보기 위해 시선을 내리자 토끼 같은 눈으로 자신을 올려다보고 있는 하윤과 눈이 마주쳤다.
"어디 다녀와?"
"아, 버스에. 카디건을 놓고 내려서."
"그다지 춥지 않은 것 같은데."
"실내가 좀 춥더라고."
하윤의 말에 도영은 잡은 손을 풀어 그녀의 어깨를 끌어당겼다. 그러고서 얇은 두 팔에 온기를 전하고자 쓸어주었다. 자연스러운 움직임에 하윤은 그저 그의 체온을 느낄 뿐이었다.
"기분이 별로 안 좋아 보이네?"
"아냐. 피곤해서 그런가 봐. 강휘율 뒷바라지하는 게 뭐 쉬운 줄 알아?"
"이번 활동 끝나면 좀 쉴래?"
"그때 가서 생각해볼게."
도영은 피곤해 보이는 하윤의 얼굴에서 안쓰러움을 느꼈다.
"힘들면 언제든 이야기해. 들어줄 준비, 되어 있으니까."
"든든하네, 최도영."
"그래. 밥은 다 먹은 거야?"
도영의 말에 하윤은 잊고 있던 무언가가 떠올랐는지 인상을 구기며 그를 바라봤다. 심오한 표정으로 도영의 얼굴을 살피던 하윤이 의미심장한 목소리로 그의 귀에 속삭이듯 내뱉었다.
"너, 연하 좋아하니? 그것도 아주 어린 연하?"
"무슨 소리야?"
"적어도 나이 차이가 열 살 정도 나는 그런 풋풋한 어린애 좋아하냐고."

"좋아하는데 나이가 문제될 건 없지."

"뭐?"

무슨 의미로 물어보는지 감도 잡히지 않는다는 표정으로 천연덕스럽게 내뱉는 도영의 모습에 하윤은 갑자기 뒤통수가 저릿하게 아파오는 느낌이 들었다. 알 수 없는 배신감이 뇌를 삼켜버린 것 같아 산소가 부족한 듯 헐떡였다. 이 녀석, 정말이었단 말이야?

"그렇잖아. 좋아하는데 나이가 무슨 상관이야?"

"너, 그렇게 안 봤는데 완전 도둑놈 심보다."

"……."

"진심을 다해 열 살이나 어린 별이를 좋아하고 있었단 말이야?"

"무슨……."

"언제부터였어?"

"뭐가?"

"별이 좋아한 지 얼마나 됐냐고. 어쩜 이렇게 감쪽같이 속일 수가 있어? 난 전혀 알지 못했어. 단 1프로도 눈치채지 못했단 말이야."

하윤의 말에 도영은 말없이 끄덕였다. 당연한 말이었다. 그녀가 단 1프로도 눈치챌 수 없는 이유. 단 한 번도 별을 여자로 생각해본 적이 없기 때문이다. 사랑하는 사람은 눈앞에 당신인데, 무슨 소리를 하고 있는 거냐 따져 묻고 싶었지만 얼굴이 붉어진 채 달려드는 하윤의 모습이 귀여워 목 끝까지 차오른 말을 꾹 삼켜버렸다. 이 순간의 하윤을 놓치고 싶지 않았다.

"섭섭해?"

"섭섭하지. 좋아하면 좋아한다고 말해줬음 좋잖아? 괜히 나 혼자 기분이 이상하단 말이야."

"어떻게 이상한데?"

"그냥 막 울컥울컥하고 배신당한 것 같고 괜히 막 짜증 나."

오호라. 나쁘지 않은 감정의 변화였다. 만족스럽게 웃어 보인 도영이 그녀의 머리를 쓰다듬었다. 하지만 그것도 잠시, 그의 손을 쳐낸 하윤이 큰 눈으로 도영을 노려보았다.

"별에게 감정이 있으면서 아까 나한테 한 말은 뭐야?"

"……."

"그런 장난은 별에게 해. 20년이나 친구로 지내온 나한테 할 농담은 아닌 것 같아."

하윤은 알고 있을까. 지금 자신의 목소리가 힘없이 흔들리고 있다는 것을.

물끄러미 하윤을 바라보고 있던 도영은 울먹이는 하윤의 모습에 만족스러워하고 있었다. 마음 같아서는 휴대폰으로 사진이라도 한 장 찍어놓고 싶은 욕구가 치밀 지경이었다.

'바보 이하윤. 그 작은 행동에도 이렇게 반응할 거면서, 왜 모르는 척하고 있냐?'

사실 의도된 행동은 아니었다. 처음, 별을 부축하며 오는 하윤이 버거워 보여 도와준 것뿐이고, 장어를 좋아하는 하윤을 위해 초밥을 챙겨준 것뿐이다. 그런데 자신의 옆자리에 앉아 있는 별이 두 사람의 행동을 유심히 살피는 게 느껴져 그녀에게도 챙겨주었다. 두 사람의 사이를 잘 알지 못하는 별이 괜한 의심이라도 해 관계가 어색해지길 원치 않았기 때문이다.

그 성의가 고마워서일까?

'오늘 휘율 오빠, 밤에 튈지도 몰라요. 뭔가 눈치가 이상해요. 그러니 이사님께서 주의를 주세요.'

마치 특급 정보라도 되는 것처럼 조심스럽게 휘율의 이야기를 건네는 게 아닌가. 그 순간 다정하게 보이는 도영과 별의 모습을 신경 쓰는 것 같은 하윤을 보자 자극이 필요하다는 현태의 말이 스쳐 지나갔다. 그래서 작게 미소 지었을 뿐인데, 하윤은 놀라울 정도로 빠르게 자리를 박차고 나가버렸다.

이걸 귀엽다고 해야 할지, 당황스럽다고 해야 할지 모르겠지만 사랑스러운 것은 확실했다. 생각보다 빠른 반응도 놀라웠지만, 현태 말처럼 둔하디둔한 이하윤이 자신도 모르는 사이에 반응하고 있다는 사실에 감격스러웠다.

도영은 자꾸만 터져 나오려는 웃음을 참느라 애를 썼다. 하윤은 도영과 별의 관계를 상상하며 느끼는 감정들에 대해 완벽히 깨닫지 못한 단계일 것이다. 하지만 자신도 모르는 사이에 느껴지는 섭섭함, 배신감은 이내 그녀를 또 다른 감정으로 몰아세울 것이다. 하윤을 유심히 바라보던 도영은 두 사람의 연인 발전성을 두고 10년을 예견했던 현태의 코를 납작하게 해주고 말겠다는 의지가 불타올랐다.

분명 하윤에게도 도영의 존재는 친구 이상이다. 그건 20년을 지내오면서 변하지 않는 사실 중 하나였다. '사랑'이라는 감정을 깨닫지 못할 뿐이지, 두 사람은 늘 친구 그 이상의 관계였다.

"나 먼저 들어간다."

토라진 듯 투덜거리는 그녀의 목소리에 도영의 가슴은 크게 울렁였다. 돌아서서 자신을 스쳐 지나가는 하윤의 뒤를 쫓으며 의기양양하게 웃어 보이고는 그녀의 귀에 속삭였다.

"어린애는 사양이야. 난 친구 같은 애인이 더 좋거든."

그의 말에 하윤이 걷던 걸음을 멈췄다. 하지만 도영은 그녀를 스쳐 지나 룸 앞까지 걸어갔다. 신발을 벗고 들어가려다가 여전히 멈춰 있는 하윤을 바라보며 씨익, 미소 지었다.

"뭐, 뭐야?"

당황한 자신을 내버려두고 그대로 룸으로 들어간 도영이 괘씸해 빠른 걸음으로 쫓아가 문을 열었다. 룸은 다들 술이 취한 듯 소란스러웠고 별은 어느새 휘율의 옆에 가 있었다. 오로지 도영만이 하윤을 지켜보고 있을 뿐이었다. 그를 노려보며 맞은편으로 걸어가려던 하윤을 도영이 불러 세웠다. 그리고 소리 없이 입만 뻐끔거렸다.

'이. 리. 와.'

비어 있는 자신의 옆자리를 손으로 두드렸다. 그 순간 도영과 하윤의 눈이 마주치자 스파크가 튀어 올랐다. 도영의 적극적인 행동에 하윤은 갈피를 잡지 못한 채 서 있었지만 분명 가슴이 두근거린다는 것을 알아차리고 말았다.

다음 날 아침, 촬영은 일찍부터 시작되었다. 전날 생각보다 술이 과했던 탓인지 다들 피곤하다는 표정이 역력했지만 두 눈 시퍼렇게 뜨고 촬영 현장을 지켜보고 있는 최도영 이사 때문에 모두들 긴장한 듯 보였다.

그 속에서 바쁘게 움직이는 별의 뒷모습을 보며 멀찌감치 앉아 있던 하윤은 턱을 괸 채 생각에 빠졌다.

사실 어제 도영과의 일이 있고 나서 별을 보는 일이 조금 어색해졌다. '어린애는 사양이야'라고 말하던 도영의 목소리가 귓가에 맴돌고 있었지만 신경 쓰이는 건 어쩔 수 없었다. 하지만 더 신경이 쓰이는 건 바로 자신의 기분이었다. 이게 기분이 나쁜 건지 아니면 배신감인지 잘 모르겠다는 것이다. 도대체 이 찝찝한 기분은 뭐란 말인가?

20년을 친구로 지내온 그의 행동은 평소와 같았다. 물론 키스를 하려 했던 행동이 진심인지 결론을 내릴 수는 없지만 어찌 되었건 과정이 조금 달랐다는 것뿐이지, 늘 있던 스킨십이나 애정 표현과 다를 게 없었다. 그래서 그 선을 단정 짓기가 어렵다는 생각이 들 정도였다.

"이게 도대체 무슨 상황이람."

도영이 자신의 옆자리로 불렀던 어젯밤. 자연스럽게 다가가 남은 초밥을 먹었고, 술 한 잔을 나눠 마셨다. 다정스럽게 머리를 쓸어 넘겨주는 그의 손길이 따뜻하면서도 좋았다. 숙소로 돌아와 '잘 자'라는 말을 귓가에 속삭여준 것도 꽤 멋진 기분이었다. 그런데 가시가 목에 걸린 것처럼 답답했다. 뭘까, 이 감정은. 단순히 평소와 같은 감정은 아닌 것 같은데 그게 뭔지 모르겠다는 것이다. 한참을 고민하고 고민해도 답은 떠오르지 않았다. 덕분에 숙면을 취하지 못한 하윤의 머릿속은 어질거렸다.

"30분 쉬었다 다음 장소로 이동하겠습니다."

하윤은 자리에서 일어났다. 그 순간 뒤에서 들려오는 남자의 목소리에 고개를 돌렸다. 도영이었다.

"피곤해 보이네?"

"응. 잠을 좀 설쳤거든."
"잠자리가 바뀌어서 그런가?"
"뭐, 그렇겠지."
도영의 자상한 말투에 하윤은 기분이 좋아졌다. 방금 전 피곤했던 얼굴은 언제였냐는 듯 방긋 웃어 보였다. 그러자 도영이 그녀의 머리를 쓰다듬어주고서는 커피 한 잔을 건넸다.
"마셔. 달달한 캐러멜마끼아또."
"그대는?"
"나눠 마시면 되지."
"흥. 누가 준대?"
토라지듯 그를 향해 눈을 흘기는 하윤의 모습에 도영은 작게 미소 지었다. 사실 그 역시 숙면을 취하진 못했다. 여러 가지 감정들이 섞여 밤새 그녀의 모습을 천장 위에 그려냈던 것이 밀려오는 피곤을 몰아낼까 싶어 커피 한 잔을 주문하면서, 무심코 아메리카노가 아닌 캐러멜마끼아또를 손에 들었을 땐 헛웃음이 나왔다.
나눠 마시기 싫다며 투덜거리던 하윤은 어느새 자신에게 커피를 건네고 있었다. 자연스럽게 건네받은 커피를 한 모금 마시자 그녀의 향기도 함께 흡수되는 기분이었다. 어느새 피곤은 사라지고 난 후였다.
"많이 마시지 마. 내 거 남겨."
"한 번 주면 끝 아닌가?"
"절대 아냐. 그러니까 남겨."
"누가 남겨준대?"
"최도영, 너 진짜."

눈을 흘기는 하윤을 사랑스럽게 바라보던 도영은 백옥 같은 그녀의 피부가 이틀째 계속되는 야외 촬영에 살짝 탄 것 같은 기분이 들었다. 그래도 워낙 하얀 피부라 태가 많이 나진 않았지만 도영은 알 수 있었다. 여린 피부라 따갑지 않을까, 걱정이 되어 자신이 쓰고 있던 모자를 벗어 하윤의 머리에 씌워주었다.

"얼굴 탄다. 나중에 피부가 따갑네, 어쩌네 하지 말고 미리미리 신경 써."

"모자 나 주고 나면 너는?"

"난 남자니까 괜찮아."

"그런 게 어딨……."

그의 입에서 나온 '남자'라는 단어가 오늘따라 굉장히 낯설게 느껴졌다. 평소에 인식하지 못했던 모습에 하윤은 또 한 번 심장이 덜컹거리는 기분을 느껴야만 했다. 자신을 빤히 쳐다보고 있는 도영의 시선을 느낀 하윤은 모른 척 고개를 돌리며 애꿎은 커피만 들이켰다. 다음 장소로 이동하기 위해 천천히 걸음을 옮기던 두 사람은 시끄러운 소리에 고개를 돌렸다.

"셔츠 갈아입으셔야 될 것 같아요. 젖었어요."

"싫은데?"

"……."

"이래라 저래라 하지 마."

"그런 게 아니잖아요."

휘율과 별은 다툼을 지켜보고 있는 많은 사람들의 눈을 알아차리지 못했는지 언성을 높이고 있었다. 도영과 하윤의 눈이 단박에 날카로워졌다. 중재를 위해 빠르게 걸음을 옮겼다.

"그럼 뭔데? 야, 너 뭔가 착각하는가 본데. 여기서 내 옷이랑 신발 들고 있으니까 대단한 사람이라도 된 것 같냐? 어디서 말대답이야. 진짜 짜증 나서 일 못하겠네."

"……."

"어쭈? 간이 배 밖으로 나왔어요? 알고 보니 취미가 말 씹기셨나 봐요? 특기인가?"

"오빠."

"부르지도 마. 짜증 나니까."

평소 진상과에 속하는 녀석이었지만 얄밉지는 않게 굴던 휘율이었다. 별이 눈물을 흘리지 않으려 이를 악무는데도 그는 계속 투덜거리며 신랄하게 괴롭혔다.

화가 난 하윤이 소리를 지르려는 순간, 퍽 하는 소리와 함께 휘율이 바닥으로 내리꽂혔다. 도영이 휘율의 뺨을 가격했기 때문이다.

"일어나."

"왜 때려요? 아프잖아요."

"강휘율, 일어나라고 했다."

어느 때보다 살벌한 모습에 다들 얼어붙은 듯 입을 다물었다. 방금 전 다정했던 도영은 상상조차 할 수 없을 만큼 냉정하고 차가운 최도영 이사로 돌아와 있었다. 도영의 말에 휘율은 몸을 일으키며 입 안에 고인 피를 내뱉었다.

"다음 촬영 있는데 얼굴을 때리시면 어떡해요?"

"당장 들어가서 짐 싸."

"이사님."

"실력 없는 놈들은 키워도 인성 더러운 새끼는 안 키워. 한국으로 돌아가는 즉시 계약은 파기한다."

"이사님!"

"더 할 말 있어?"

"……잘못했습니다. 소란을 피운 점 사과드립니다."

휘율의 말에 도영의 눈썹이 크게 휘었다. 아직 화가 덜 풀린 얼굴로 한 번 더 주먹을 휘두르자 그가 다시 바닥에 내리꽂혔다.

"소란을 피운 점 사과드려? 네가 잘못한 게 그거야?"

"……."

"네까짓 게 혼자서 뭘 할 수 있어? 이 많은 스텝들 도움 없이 네까짓 게 해낼 수 있는 게 뭔데?"

"이사님."

"돈? 명예? 그딴 게 제일 중요해 보이냐? 그럼 넌 사람이 덜됐어. 그 무엇도 사람보다 더 귀할 순 없어. 내 사람도 못 챙기는 새끼는 스타가 될 자격이 없다. 그러니 돌아가서 짐 싸."

"이사님,·저 괜찮아요. 그러니까 휘율 오빠 그만 때리세요."

칼날처럼 날카로운 도영의 말에 더 이상 보고만 있을 수 없었던 별이 그의 손목을 잡고 사정했다. 이미 두 대나 얼굴을 맞아 퉁퉁 부어오르기 시작한 휘율이 안쓰러워 견딜 수가 없는 별이었다.

"제 잘못이에요. 제가 오빠 말에 자꾸 말대꾸하는 바람에, 오빠 기분을 상하게 했어요."

"야, 김별. 네가 뭔데 사과해?"

"저 자식이 아직도."

"그만요. 그만요, 이사님!"

도영이 휘율에게 도끼눈을 뜨자 별은 온몸으로 도영을 막아섰다. 그러지 않으면 당장에라도 큰일이 일어날 것 같은 분위기였다. 도영은 거칠게 머리를 쓸어 올린 후 낮은 목소리로 경고했다.

“이번이 마지막이야. 한 번만 더 이딴 짓 하면, 다신 연예계에 발도 못 붙이게 만들 줄 알아.”

“……네, 죄송합니다.”

“감사합니다, 이사님. 감사합니다.”

그제야 참고 있던 울음을 터트리는 별을 도영이 다독이듯 품에 안았다. 얼마 시간이 지나고 울음이 잦아들자 머리를 쓰다듬어주고서는 차로 발걸음을 옮겼다.

휘율과 남겨진 하윤은 방금 전 좋았던 기분이 한껏 내려앉았다는 걸 알아챘다. 어제와 같이 이유를 알 수 없는 기분이었다. 약간 불쾌하다고 해야 되나. 이동을 해야 되는데 몸이 굳어 움직이는 일이 쉽지 않았다. 손에 쥐고 있던 커피가 마냥 귀찮게 느껴지는 순간이었다. 멀어진 도영과 그 뒤를 걷고 있는 별의 모습을 번갈아 바라보고 있던 하윤은 긴 한숨이 흘러나왔다.

“뭐야, 이건 또.”

자꾸만 왔다 갔다 하는 감정 변화에 짜증이 일었다. 도대체 뭐가 기분이 나쁜 건데? 도대체 뭐가? 하윤은 자신에게 묻고 또 물었지만 답이 나오지 않자 속이 답답해 미칠 지경이었다.

멍하니 서 있던 하윤이 걸음을 옮기기 시작한 휘율의 뒤를 따라 천천히 걸음을 걸으며 방금 전 상황을 되짚어보았다.

휘율이 녀석이 별에게 과할 정도로 진상을 부렸고, 그 덕에 최도영 이사는 화가 났다. 물론 그 과정은 지극히도 당연하고 자연스러운 일이라 그때까지만 해도 별다른 기분이 들지 않았다. 여기까지는 오케이.

제멋대로 구는 휘율에게 도영은 주먹을 날렸다. 그것도 두 번씩이나. 얻어맞을 짓을 했으니 이것 또한 오케이.

그 다음, 여전히 말을 듣지 않는 휘율에게 또 한 번 주먹을 날리려는데 그의 손목을 잡은 별이 안기듯이 온몸으로 막아섰다. 마치 품에 쏙 들어간 것처럼 안겨 있었다. 뭐, 여기까지도 오케이.

아니, 아니. 근데 별이 그 녀석은 말로 하면 되지, 왜 품에 안기고 난리래? 그럴 만큼 큰일이었나? 그건 아닌데 왜 비련의 여주인공처럼 과장된 액션을 취한거지? 얘 좀 오버한 것 같은데. 살짝 어이가 없었던 것 같다. 그래, 꾹꾹 양보해서 여기까지도 오케이.

그 다음, 휘율에게 달려들던 손이 멈춘 것까진 좋았다 이거야. 근데 마지막 최도영의 행동은 뭐였어? 머리를 툭 하고 쓰다듬어 준 건가? 아니야, 좀 멀리 떨어져 있어서 잘못 본 거겠지. 하지만 분명 별의 머리 위에 손을 얹긴 했었잖아.

"최도영이 별을 위로해준 건가?"

아니야. 그냥 내 머리를 쓰다듬던 습관이 있어서 별에게도 자연스럽게…….

뭐? 자연스럽게? 아니 최도영, 그렇게 지조 없고 헤픈 남자였나? 쓸데없이 애 머리는 왜 만져? 보는 눈이 얼마나 많은데? 뭔가 의미를 부여한 스킨십 아니야? 어린 여자는 싫다며? 열 살이나 차이 나는 어린애는 진절머리 나는 것처럼 이야기하지 않았어? 근데 그건 뭔데? 그 행동은 뭐냐고. 마치 백마 탄 왕자님처럼 굴고 있었잖아.

허, 참. 최도영의 오지랖이 그 정도였나? 아닌데. 싸가지 없고 냉정하기로 소문난 남자인데 그런 행동을 서슴없이 했다 이거야? 아, 뭐야, 뭐야. 말은 그렇게 했어도 진짜 별을 좋아하는 거 아니야?

"배신자 최도영. 이 자식, 이거."

자신도 모르게 주먹을 움켜쥔 하윤은 화가 치밀었다. 자신의 앞을 걸어가고 있는 휘율이 보이자 그 원흉이 모두 그 녀석인 것처럼 느껴졌다. 움켜쥔 주먹을 날려 휘율의 머리통을 가격했다.

"악."

"너 이 자식, 다 너 때문이야."

"실장님까지 왜 때려요? 내가 무슨 동네북이에요?"

"아니, 진상. 개진상!"

"이사님한테 맞은 곳도 아파 죽겠구만. 위로는 못해줄망정 사람을 더 패도 돼요?"

"넌 더 맞아야 돼."

"히익. 노처녀 히스테리!"

"닥쳐! 이 사건의 원흉아."

"아악."

울부짖는 휘율을 공격하던 어느 순간 하윤이 충격을 받은 듯 그 자리에 멈춰 섰다. 날카롭게 날아들던 손길이 사라지자 이때다 싶어 빠르게 차 속으로 뛰어든 휘율은 그제야 안도의 한숨을 쉬었고 남겨진 하윤은 자신을 기다리는 버스를 바라보며 얼빠진 듯 중얼거렸다.

"뭐, 뭐야. 설마."

화난 것도 아니고, 기분이 더러운 것도 아니야. 뭔가 찜찜하면서 울컥울컥 치밀어 오르는 이 기분.

도영이 나에게 하던 행동들을 자연스럽게 다른 여자에게 하고 있었고, 그래서 화가 나고 짜증이 났던 거야. 그래, 맞아. 이거야!

"나 지금 질, 질투한 거니? 제길, 이거 질투잖아!"

말도 안 돼. 나 아닌 다른 여자를 챙기는 최도영에게 질투를 했다고?

아니야. 절대 친구 사이에 느낄 수 없는 감정이야. 그럼 뭐야. 도대체 이 애매모호한 감정은 뭐냐고?

"안 와? 거기서 뭐 해?"

그 순간 낯익은 목소리가 들려왔다. 그제야 정신이 든 것처럼 목소리를 찾아 고개를 들자 버스에 기대 팔짱을 낀 채 걱정스레 자신을 바라보고 있는 도영이 보였다.

"난감해. 난감하다고."

가슴팍 한구석이 갑자기 요란해졌다.

이봐, 이렇게 쿵쾅거리면서 시끄럽게 굴면 안 돼. 제발 조용히 좀 해!

외침이 들리지 않는 듯 두근거림은 오랫동안 하윤을 괴롭혔다.

[한국에 오셨다는 이야기 들었어요. 내일 저녁 식사 어때요?]

"실장님, 휴대폰 울리는 것 같은데요. 문자 메시지라도 온 거 아니에요?"

"……."

"실장님, 실장님?"

"네? 뭐라고요?"

자신을 부르는 소리에 놀라 정신을 차려보니 두꺼운 손바닥 하나가 눈앞에서 왔다 갔다거렸다. 창호였다. 뮤직비디오 촬영을 끝나자마자 귀국하여 연습실에 모인 팀원들은 다음 일정인 쇼케이스에 대한 의견을 나누고 있었다. 정규 앨범 발매일이 코앞으로 다가왔고, 다들 마음이 급하긴 매한가지인 듯 퇴근하라는 도영의 말에도 요지부동이었다.

"요즘 몸이 허하신 거 아니에요? 일본 다녀오신 후로부터 계속 힘이 없어 보이시네요."

"맞아요, 실장님. 약이라도 한 재 지어 드셔야 하는 거 아닌가 걱정돼요."

창호와 별의 말이 귓가를 맴돌았지만 하윤은 머쓱한 듯 뒷목을 긁으며 웃어 보일 뿐이었다. 그들의 눈에는 아픈 것처럼 비추어진다니, 다행으로 여겨야 할지 고민이 되는 순간이었다.

사실 하윤은 일본에서 말도 안 되는 자신의 감정을 깨달은 그날 이후로 계속 같은 증상을 보이고 있었다. 현실을 회피하려는지 무의식적으로 넋을 놓는다거나 딴생각에 빠져 있기 일쑤였고, 정신 나간 사람처럼 헛웃음을 흘리는 일도 많아졌다. 그러니 다른 사람 눈에도 정상으로 보일 리가 없었다. 긴 한숨을 내쉰 하윤은 귀찮게 흘러내리는 머리칼을 쓸어 올리며 정신을 차리려 했다. 하지만 여전히 쉽게 받아들일 수 없는 현실의 벽에 쿵 하고 부딪치는 기분이 들었다.

"알 수가 없단 말이지."

왜 그날 그 상황에서 느낀 감정을 '질투'라고 단정 지었을까? 또 질투라고 인정하는 순간 막혔던 체증이 풀리듯 속이 시원해지는 건 또 뭐야? 정말 별에게 질투라도 했던 거야? 허, 참. 이해가 안 되네. 왜? 20년 동안 아무런 탈 없이 지내다가 왜 하필이면 그 순간이었을까?

"그러고 보니……."

20년 동안 최도영에게는 제대로 된 여자 친구가 없었다.

단 한 번도 자신 앞에서 애인이라며 소개한 적이 없었던 것이다.

아, 모르겠어. 이제 와서 그 녀석의 연애사가 궁금할 건 또 뭐야? 어쨌든 결론은 왜 안 하던 짓을 하냐 말이야. 괜히 별일도 아닌데 마음이 싱숭생숭하잖아.

"문제는 나라고!"

솔직히 최도영이 다른 여자랑 연애를 하든 잠자리를 하든 그게 나랑 무슨 상관이냐고. 내가 그 녀석 애인이 되어줄 것도 아닌데, 왜 이렇게 신경 쓰이고 짜증이 나냐고. 심지어 질투라니. 연애를 너무 굶었나? 남자의 손길이 그리워서 최도영을 이성으로 느끼고 싶어 하는 거 아니야?

맞아, 그럴 수도 있어. 이런 기분을 느끼는 건 내가 그동안 금욕적인 생활을 했기 때문일 거야. 이번 기회에 남자를 만나자.

결론을 내리고 나자 의지가 불타오르는 듯했지만 여전히 내키지는 않았다.

"아 참, 아까 휴대폰 울렸어요. 문자 메시지 온 것 같아요. 급한 일일지도 모르니 확인해보세요."

창호의 말에 하윤은 가방에서 휴대폰을 꺼내 들었다. 우진이었다.

한국에 돌아오면 식사를 대접하고 싶다는 그의 말이 떠올랐고 그제야 아차 싶은 하윤은 답장을 하려 했으나 이상하게 손이 허공을 가를 뿐이었다. 긍정의 답을 해야 한다고 머리로는 생각하고 있었지만 손이 움직이질 않았다. 어찌해야 될까, 고민하던 찰나 누군가가 불쑥 자신의 옆으로 고개를 들이밀었다.

"어? 우리 삼촌이 이렇게 적극적일 수가."

"아……."

"삼촌이라니? 결국 별난 김씨 삼촌이랑 소개팅했어요?"

"소개팅? 실장님 소개팅하셨어요? 어머나."

갑작스러운 별의 말에 창호와 휘율이 그녀의 곁으로 달려와 한마디씩 거들었다. 순식간에 자신의 연애사에 대한 관심이 폭주하자 하윤은 급하게 휴대폰을 감추려 했지만 휘율이 그녀의 휴대폰을 빼앗아 갔다.

"오호. 삼촌분이 실장님 마음에 들었나 봐? 대박이다."

"국수 먹을 날만 남은 거 아니에요? 축하해요."

"아, 아니. 창호 씨, 그게 아니라요."

"난 찬성!"

문자 메시지 하나에 호들갑을 떨어대는 창호와 별 때문에 하윤은 머리가 아파왔다. 나이가 나이니만큼 남자 문제에 있어 구설수에 휘둘리고 싶지 않은데 일이 점점 커지는 것 같아 짜증이 치밀었다.

위잉. 그것도 잠시, 또 한 번 진동이 울렸고 하윤은 놀란 듯 휘율의 손에 있는 휴대폰을 찾아와 확인했다.

[그런 마음이시라면 거절하기 어렵겠는데요? 하하. 기다린 보람이 있네요. 그럼 내일 봐요.]

우진이었다. 응? 이건 또 무슨 소리야?

[내일이요? 당연히 시간 괜찮죠. 우진 씨를 위해서라면 없는 시간도 빼야죠. 보고 싶은 마음을 담아 제가 식사를 대접할게요. 근사하고 맛있는 저녁 먹어요, 우리.]

휘율이, 이 자식! 잠깐 휴대폰을 빼앗겼을 뿐인데 그사이에 하윤을 대신해 답장을 보내버린 것이다. 그것도 저렇게 닭털이 휘날리는 내용으로.

안 그래도 심란해 죽겠는데, 제멋대로 메시지를 보낼 게 뭐람? 이걸 받은 우진이 뭐라고 생각할지 안 봐도 뻔했다. 괜히 기대감을 심어준 것 같아 마음이 답답했다. 이제 와 거절할 수도 없어 이왕 이렇게 된 거, 내일 우진을 만나 확실한 감정 정리를 해야겠다는 생각이 드는 하윤이었다.

"나 먼저 퇴근한다."

"배신자."

"입 닥치랬지. 일본에서부터 너, 상당히 마음에 안 든다? 비 오는 날 먼지 나게 맞기 싫으면 입단속 잘해."

"흐미, 무서워라. 야, 별난 김씨. 너 정말 실장님같이 성질 더러운 여자가 삼촌이랑 잘되길 바라는 거냐?"

"네. 멋지잖아요, 정의의 사도처럼. 나쁜 악당을 멋지게 무찌르는 모습. 아, 정말 존경스러워요."

"야, 그 말은 뭐야? 내가 악당이란 거냐?"

"멍청하진 않은가 봐요."

"너 진짜 죽을래?"

"강휘율. 이사님한테 그렇게 깨지고도 정신 못 차렸어? 사람 귀하게 대하라고 했지? 그만하고 연습이나 해."

"칫. 죄다 별난 김씨 편이네."

휘율과 별의 투닥거림을 지켜보던 창호가 두 사람을 말렸지만 이미 패닉 상태에 빠져 모든 게 귀찮아진 하윤은 가방을 챙겨 연습실을 빠져나갔다. 피곤했다. 빨리 집에 들어가 쉬어야겠다는 생각뿐이었다.

"이하윤 실장, 어디 갔습니까?"

"아, 이사님."

하윤이 빠져나가고 한 시간쯤 흘렀을까. 연습실에 도영이 찾아왔다.

"실장님 아까 퇴근하셨어요. 많이 피곤해 보이시더라고요."

"……."

일본에서부터 얼굴이 핼쑥해 보여 마음이 쓰였던 찰나였다. 퇴근하라는 자신의 말에도 굳이 남아 일을 하고 있는 팀원들은 기특했지만 하윤이 고집부리며 쉬지 않는 건 야속했다. 지금이라도 퇴근을 했다고 하니 마음이 좀 놓였다. 집에 들어가는 길에 원기 회복이 될 만한 음식이라도 사가야겠다. 라는 생각으로 돌아서려는데, 휘율의 장난 섞인 목소리가 도영의 귓가에 파고들었다.

"내일의 데이트를 위해 오늘 푹 쉬러 가신 건지도 모르지."

"휘율 오빠. 우리 실장님 그런 분 아니거든요? 어차피 할 일 다 하셨는데 굳이 이곳에 있을 필요도 없고, 몸도 안 좋으시니 먼저 들어가신 거죠. 오빠는 꼭 그렇게 말해야 직성이 풀려요?"

별의 말에 한바탕 쏘아붙이려던 휘율은 자신을 바라보고 있는 도영의 매서운 시선에 입을 다물었다. 며칠 전에 그에게 맞은 뺨이 얼얼해지는 기분이 들었다.

"데이트라니?"

"신경 쓰지 마세요. 정말 몸이 안 좋으셔서 일찍 퇴근하신 거예요. 뭐, 일찍도 아니지만."

"근데 왜 굳이 숨겨야 돼? 실장님 나이도 있으신데 데이트하는 게 잘못된 거 아니잖아. 빨리 좋은 남자 만나서 결혼해야 되는 거 아닌가?"

"그, 그건 그렇지만요."

"흥. 별걸 다 숨기려고 해. 이사님, 내일 실장님 데이트하신대요. 별난 김씨 삼촌이랑 소개팅을 했는데 그쪽에서 실장님을 마음에 들어 하시는 것 같아요."

"……."

"곧 국수 먹을지도 몰라요. 낄낄낄."

휘율의 촐싹거리는 말투가 거슬렸는지 도영의 표정은 무척이나 날카로워져 있었다. 순간 공기가 냉랭하다 못해 싸늘해진 것 같아 팔을 쓸어내려야 할 정도였다. 휘율에게서 시선을 떼지 못한 채 한참을 말이 없던 도영은 머리칼을 거칠게 쓸어 올리더니 입을 열었다.

"연습, 열심히 해라."

그러고는 씨익 하고 웃어 보였다. 순간 연습실에 있는 사람들은 하나같이 얼어붙어 움직일 줄을 몰랐다. 마지막 말을 끝으로 연습실에서 도영이 나가자 그제야 긴 한숨을 내쉬었다.

"우리 이, 이사님 정말 살벌하게 웃으신다."

"그, 그러게요. 웃는 얼굴이 저렇게 무서울 수도 있구나."

"빨리 연습들 하자. 괜히 이사님 심기 안 좋은데 거슬렸다간 뼈도 못 추릴 것 같다."

창호의 말에 넋을 놓고 있던 사람들이 분주하게 움직였다.

퇴근하자마자 곧장 집으로 달려온 하윤은 모든 걸 훌훌 털어버리듯 옷가지를 아무렇게나 던져버리고 욕실로 들어갔다. 한참을 따뜻한 물에 몸을 담그며 그동안 쌓였던 스트레스를 맘껏 해소했다. 개운하다는 느낌이 들 때쯤 몸에 묻은 물기를 닦으며 침실로 들어갔다. 옷장을 열어 입은 듯 안 입은 듯 가장 편한 옷을 꺼내 몸을 대충 끼워 넣었다. 이마저도 귀찮다는 듯 흐느적거리며 거실로 나온 하윤은 냉장고를 열어 시원한 맥주를 꺼내 입 안 가득 맥주를 삼켰다.

그제야 온몸이 깨어난 것처럼 말끔해진 기분이었다. 하지만 그것도 잠시, 기분과 달리 정신은 피곤하다고 아우성치고 있었다. 3박 4일 일정으로 떠난 출장은 평소보다 몇 배는 더 힘든 시간들이었다. 지겨울 정도로 따라다니는 고민이 그녀를 며칠 만에 폐인으로 만들었다 해도 과언이 아니었다.

털썩. 소파에 대충 몸을 늘어뜨린 하윤은 몰려오는 잠을 이겨내려 눈을 깜빡였지만 누운 지 1분도 채 되지 않아 깊은 잠이 들었다.

"음……."

기분 좋은 손길이 그녀의 머리 위에서 움직였다. 가늘고 긴 손가락이 그녀의 머리카락 사이를 헤집고 다니는 기분은 정말이지, 온몸의 긴장감을 풀어주는 마술 같은 행위였다.

손가락은 유연하게 움직였다. 그녀의 작은 얼굴을 훑고서 눈썹, 눈, 코, 입술 위에서 한참이나 노닐었다. 그 손길이 얼마나 다정한지, 하윤은 잠들어 있음에도 불구하고 더 깊은 꿈속으로 빠져드는 것 같았다.

"좋…… 아……."

누구의 손길일까. 닿는 곳마다 꽃봉오리를 터트리듯 열이 피어오르고 야릇한 기분에 휩싸였다. 고작 손가락 하나에 지나지 않는데, 그 감각이 하윤의 모든 감각을 바짝 일으켜 세웠다.

하윤의 잠꼬대를 들었는지 손길이 조금 빨라졌다. 얼굴 위를 노닐던 손가락이 그녀의 귀로 향했고, 목으로 떨어지는 라인을 천천히, 매우 간지럽게 긁어댔다. 하윤은 기분 좋은 웃음을 터트렸다. 그리고 잠시 후, 손가락이 멈칫하는 듯하더니 그녀의 얼굴을 감싸고 얼마 지나지 않아 따뜻한 무언가가 입술에 와 닿았다.

"흡."

호흡은 짧았다. 생각지도 못한 감촉에 하윤은 순간 온몸이 굳어오는 걸 느낄 수 있었다. 그것도 잠시, 온몸으로 퍼지는 따뜻하고 야릇한 기분에 그녀는 몸서리쳤다. 조금 더, 조금 더. 손을 뻗어 꿈속의 남자에게 목을 둘렀다. 그러자 남자는 더욱 과감해졌다. 살며시 입술을 핥으며 주위를 맴돌던 혀가 불쑥, 하윤의 입 안으로 침투했다. 순간 두 사람의 호흡이 거칠어졌다.

간질간질 치열을 훑으며 조심스레 맛을 보던 그가 조심히 숨어있는 붉은 혀를 잡아당겼다. 어느새 남자의 입 안까지 끌려간 그녀의 것은 순식간에 그의 것과 엉켜들었다.

맞붙은 입술과 혀가 맹렬하게 부딪치고 서로의 것을 미친 듯이 밀고 당겼다. 마치 금단의 열매를 머금은 것처럼 조심스럽던 두 사람은 지금이 아니면 안 될 것처럼 맹렬하게 키스했다.

"하아, 하아."

숨이 가빴다. 무슨 꿈이 이렇게 격렬해. 라는 생각이 들 때쯤 두 사람의 입술이 잠시 떨어졌다. 하지만 그건 찰나였다. 다시 입술이 맞붙는 순간, 그녀의 허리 아래로 묵직한 무게감이 느껴졌다.

뭐지? 문득 너무나 생경한 느낌에 정신이 번쩍 들었다. 아니 그러고 싶었다. 하지만 맘처럼 되지 않았다. 다시 맞붙은 입술은 더욱 격렬했고, 모든 것을 앗아갈 것처럼 거칠었다.

"도영아, 도영아."

꿈속의 인물이 누군지 알 수 없었다. 그런데도 그녀는 본능적으로 그의 이름을 부르고 있었다. 그것이 시발점이 된 것처럼 남자는 그녀의 하체를 허벅지로 누르며 품에 가뒀다.

마치 꿈속에서 헤매는 지금이 진짜인 것처럼 느껴졌다. 하지만 눈을 뜰 수가 없다. 끝이 나버릴까 봐, 지금 이 남자가 전해주는 감각이 홀연히 사라져버릴까 봐 무서웠다.

그래서 더 매달렸다. 그의 목을 감싼 팔에 힘을 주며 격렬히 다가오는 입술을 마음껏 맛봤다.

죽을 것 같아. 온몸이 타들어가는 것 같아.

오로지 그 생각뿐이었다. 녹아버릴 것 같은 남자의 세심한 손길에 하윤은 온몸에 힘이 빠졌다. 너무나 황홀한 느낌에 어지러워 정신을 놓을 때쯤, 멀리서 전화벨 소리가 들리는 것 같았다.

눈을 떠 주변을 살펴보니 흐릿하게 집 안의 모습이 눈에 들어왔다. 방금 전 후끈 달아올랐던 분위기는 어디로 갔는지 공기가 차갑게 느껴졌다.

"아, 꿈 한번 지독하네."

머리가 어지럽고 바늘로 찌르는 것처럼 욱신거렸다. 마치 몸살에 걸린 사람처럼 열기가 온몸을 감쌌다. 꿈이라고 하기엔 너무나도 생생했던 그 감각들이 아직도 입술에 남아 있는 것 같아 하윤은 조심스레 입술을 매만졌다.

"에효. 연애를 너무 안 했더니 욕구불만이 생긴 거야."

꿈이 너무 격렬했던 탓일까. 깨고 나니 미친 듯이 허무하고 황량했다.

긴 한숨을 내쉬고 몸을 천천히 일으킨 하윤은 주방으로 향했다. 시원한 물이라도 마셔야 정신이 돌아올 것 같았다. 식탁 위에 있는 컵을 들고 냉장고로 몸을 돌리는데, 낯선 물건이 눈에 들어왔다. 한눈에 봐도 고급스러워 보이는 종이백 속엔 뜨끈뜨끈한 음식이 들어 있었다.

"뭐지?"

고민하던 찰나 침실 문이 열렸다.

"깼네?"

"으, 으, 으악!"

갑자기 나타난 인영에 하윤은 놀란 듯 바닥에 자빠져버렸다.

"괜찮아?"

"깜짝 놀랐잖아. 언제 왔어?"

"방금 전에."

도영은 놀라는 하윤의 표정을 어리둥절하게 바라보고서는 손을 뻗어 그녀가 일어날 수 있도록 도와주었다.

"칠칠맞기는. 항상 조심하라고 했지?"

하윤은 고개를 돌렸다. 왠지 도영의 얼굴을 똑바로 바라볼 수가 없었다. 얼굴로 열기가 퍼지면서 금세 홍당무가 되어버렸다. 침실로 도망을 가야 할까, 아니면 도영을 내쫓아야 할까 고민하던 찰나, 하윤의 이마로 도영의 손이 불쑥 뻗쳐왔다.

"열나는 거 아냐? 얼굴이 왜 이렇게 빨개?"

"괘, 괜찮아."

무안함에 툭 하고 쳐낸 도영의 손이 허공에서 한참 동안 멈춰 있었다. 그 모습을 알아차린 하윤이 머리를 긁적였다.

"몸이 안 좋은 것 같아서 닭백숙 포장해 왔어. 물에 빠진 고기 안 좋아하는 거 아는데, 그래도 이 시간에 문 연 곳이 그곳밖에 없어서 급하게 포장해 왔다. 식었을지 모르니 데워서 먹어."

"……."

"주말엔 약 한 재 지으러 가자."

"도영아."

"피곤한 것 같으니까 갈게."

그의 목소리가 차갑게 느껴지는 건 왜일까. 상처받은 그의 뒷모습에 하윤은 마음이 아팠다.

욕구불만으로 생긴 꿈은 꿈이고, 그 꿈속 상대가 도영인지 아닌지도 모르잖아. 근데 왜 이래? 창피하게 마치 도영이와 키스한 것처럼 굴고 있잖아. 정신 차려, 이하윤.

멀어져가는 그에게로 다가간 하윤은 살며시 등 뒤에서 도영을 안았다.

"미안해. 내가 좀 예민했어."

"이해해. 피곤할 만하지."

그제야 기분이 좀 풀린 듯한 도영은 자신을 안고 있는 하윤의 손을 풀더니 몸을 돌려 그녀와 시선을 맞췄다. 그리고 살며시 하윤을 품에 넣으며 안도의 한숨을 내쉬었다.

"쉬엄쉬엄해. 네 건강이 그 어떤 것보다 우선일 수 없어."

"나 건강해. 요즘 생각이 많아서 그런 거야."

따뜻했다. 그의 품 안에 안겨 있는 지금, 한동안 머리를 복잡하게 만들었던 고민들이 모두 날아가버리는 것 같았다. 그러고 보니 도영은 늘 자신에게 위로가 되고, 위안이 되어주는 존재였다. 이 너그럽고 포근한 품이 오로지 자신의 것이기를, 이 순간 다시 한 번 간절히 빌었다.

"저녁 먹고 가. 혼자 먹기 싫어."

"……."

하윤의 투정에 도영은 말없이 고개를 끄덕이며 그녀를 더욱 강하게 안아주었다.

잠시 후, 데운 닭백숙의 향이 코끝을 간질이자 생각지도 못했던 허기가 몰려왔다. 남김없이 모두 해치워버리겠다는 눈빛으로 젓가락을 들자 도영이 먼저 닭다리를 뜯어 하윤의 빈 접시에 놓아주었다. 그리고 남은 닭다리마저 하윤의 차지가 되었다.

"하나씩 나눠 먹자."

"난 평소에 관리해서 몸 아플 일 없어. 그러니 너 다 먹어라."

"그런 게 어딨어?"

"여기."

"그래도 하나씩 나눠 먹어. 그래야 마음이 편하지."

"사 온 사람 성의를 생각해서 너 먹어. 어울리지 않게 음식 나누는 짓 하지 말고."

"내가 뭐, 돼지냐."

"많이 먹어라."

그제야 마음에 든다는 듯 씩 웃어 보인 도영이 하윤의 머리를 쓰다듬어주었다. 기분이 좋아진 하윤 역시 도영의 성의를 봐서 좋아하지 않는 음식이지만 맛있게 먹기로 마음먹었다.

한 손에 닭다리를 들고 거침없이 입 안으로 밀어 넣은 하윤은 인상을 구겼다.

"왜. 맛없어?"

"아니, 입술이 데였나. 쓰라려서."

"……."

"그래도 오랜만에 먹으니까 맛있다."

"다행이네."

하윤은 욱신거리는 입술을 어루만졌다.

'꿈을 너무 생생하게 꿔서 그런가. 입술까지 퉁퉁 부은 느낌이야. 진짜 갈 데까지 갔구나. 촌스럽게 굴기는.'

하윤은 잔에 물을 따르고 있는 도영을 몰래 훔쳐봤다. 시선은 자연스레 그의 입술로 향했다. 유난히 도톰해 보이는 그의 입술이 자꾸만 눈에 밟혔다.

왜 도영이의 이름을 불렀을까?

하윤은 묻고 또 물었다. 아무런 확신이 없음에도 불구하고 반복해 물었다. 그러고는 절레절레 고개를 흔들었다.

"왜 그래? 그만 먹고 싶어?"

물 잔을 건네는 도영과 눈이 딱 마주치자 하윤은 놀란 듯 눈을 껌뻑였다.

"아, 아니야. 아니야, 아니야!"

하윤은 손사래를 치며 당황한 듯 외쳤다.

"……."

잠시 후 붉어진 하윤의 얼굴을 보고 장난을 걸어올 거라 예상했던 도영이 말없이 자신을 뚫어져라 바라보고 있었다.

"왜?"

"……."

할 말이 있는 사람처럼 우물쭈물해 보이는 것은 하윤의 착각일까?

"왜 그래, 도영아?"

"입술."

"……."

"조심해라."

"……어?"

"데이지 않게 조심하라고."

"아, 응."

도영의 말에 하윤은 진땀이 흐르는 기분이었다. 입술, 조심하라니! 입술! 입술! 잊으려 했던 꿈이 갑작스럽게 떠올랐고 마치 클로즈업 된 것처럼 도영의 입술이 하윤의 눈앞에서 떠다녔다.

'윽, 이하윤. 제발 정신 차려!'

하윤은 속으로 외쳤다. 하지만 진정이 되지 않았다.

'망할 놈의 꿈! 왜 하필이면 잠이 들어서는!'

이젠 잠이 든 순간마저 원망스럽다. 복잡한 머릿속이 달래지지 않아 머리를 쥐어뜯으며 고뇌하던 순간, 맞은편에서 느껴지는 시선에 고개를 들자 깊은 눈매로 하윤의 행동을 지켜보고 있는 도영과 눈이 마주쳤다.

"……!"

두근. 뭐, 뭐야?

두근, 두근.

그 순간 하윤은 무언가로 뒤통수를 가격당한 것 같은 충격과 함께 가슴속에서 요란하게 울리는 소리를 고스란히 느껴야만 했다.

좋아하게 된 걸까?

하윤은 손을 들어 여전히 두근거림을 멈추지 않는 가슴 위에 올려놓았다. 시끄러운 소리만큼이나 반복적으로 뛰는 심장은 그녀의 손바닥 안을 뜨겁게 달구고 있었다.

어느새 이렇게 되어버린 거지?

스며들 듯 자연스럽게 물들어버린 그의 존재가 오늘따라 유난히 하윤을 떨리게 했다.

하윤은 느낄 수 있었다. 말하지 않아도 알 수 있을 것 같은 짙은 사내의 눈빛이 맹렬하게 그녀를 잡아끌고 있다는 것을. 그리고 하윤 역시 조금씩 그에게 흡수되어 가고 있다는 것을.

떠올려보면 하윤의 눈동자는 늘 도영의 마음을 흔드는 힘이 있었다. 유난히 크고 맑은 눈동자로 자신을 올려다보면 세상의 어떤 것이든 그녀 앞에 가져다주어야 할 것만 같았다. 하윤만이 가지고 있는 맑고 순수함엔 도영의 마음을 사로잡는 힘이 있었음을 알 수 있었다.

하윤은 욕망의 눈빛으로 짙어진 자신의 메시지를 읽고 있는 게 분명했다. 하지만 그 내용의 의미를 이해하기까지는 시간이 걸릴지 모른다.

그녀와 같은 테이블에 앉아 있는 것 자체가 견딜 수 없는 시간이 될 것임을 알고 있음에도 불구하고 그녀의 말을 거절하지 못한 건 자신의 잘못이었다.

'데이트'라는 휘율의 말이 도영의 머릿속을 헤집고 다녔다. 자신이 아닌 다른 남자와의 만남이 얼마나 부질없는 짓인지, 하윤이 스스로 깨닫지 못하는 게 답답했다. 일본에서 보인 작은 마음을 잊고 있는 것인지, 아니면 부정하고 싶은 것인지 알 수 없어 도영의 마음도 심란하긴 마찬가지였다.

이제 과감하게 움직일 때가 된 건가. 늘 타이밍을 보고 있던 차였다. 20년을 알아온 여자인 친구와 하루아침에 연인이 된다는 것은 쉽지 않은 일이다. 특히 하윤에게는.

성급한 마음에 한걸음 내디뎠다가 뒤로 돌아갈 수도, 더 이상 전진할 수도 없는 상황이 올 수 있다. 그것이야말로 최악의 상황이 아니겠는가. 충분히 일깨워준 후 마음을 전하고 싶었다. 그러나 그 마음을 완전히 전하기도 전에 다른 남자와의 만남을 추진하고 있는 하윤이 괘씸하기도 했다. 힌트를 충분히 주고 있는데도 모른 척하다니. 이제 더 이상 하윤의 사정을 봐주고 싶지 않았다.

몸이 허한 것 같다는 팀원들의 말에 가장 가까운 맛집에 들러 닭백숙을 포장했다. 사실 하윤은 물 위에 떠 있는 고기를 그다지 좋아하지 않았지만 그것이 중요한 게 아니었다. 그녀에게로 갈 명분이 필요했을 뿐.

집에 도착해 초인종을 눌렀지만 대답이 없었다. 처음부터 기다릴 마음도 없었기에 비밀번호를 누른 후 집 안으로 들어왔다.

“나 왔다.”

방 안에 있어서 듣질 못했나 싶어 안부의 인사를 건넸지만 여전히 답은 없었다. 테이블 위에 포장해 온 닭백숙을 내려놓고 거실로 나오자 욕실에 널부러져 있는 옷가지가 보였다. 평소 깔끔한 편에 속하는 그녀가 입었던 옷을 아무렇게나 버리듯 늘어놓았다는 것은 그만큼 만사가 귀찮다는 의미로 해석할 수 있었다. 그는 옷가지를 들고 세탁실로 향했다.

세탁 바구니에 옷을 던져놓고 나온 후에도 여전히 집 안은 조용했다. 슬슬 걱정이 되려는 찰나 거실 소파에 누워 잠들어 있는 하윤이 보였다. 얼마나 피곤했으면 사람의 움직임조차 알아채지 못하고 잠들어 있는 걸까. 안쓰러웠다. 3박 4일이라는 짧은 일정에도 이렇게 지쳐버리다니.

물론 여러 의미로 이번 출장은 버거웠을지 모른다. 알고 있기에 아무것도 모른 채 잠들어버린 하윤의 모습이 가슴 아팠다.

‘고집쟁이.’

도영은 자세를 낮춰 잠들어 있는 하윤의 얼굴을 바라보았다. 피곤이 내려앉은 얼굴은 여느 때보다 조금 야위어 보였다. 한참 동안 시선을 놓지 않던 도영은 혹시 공기가 차갑진 않을까 걱정되었다.

"……."

도영은 무심결에 손을 뻗어 그녀의 머리카락을 쓰다듬었다. 씻고 잠들었는지 머리가 축축했다. 이러면 감기 걸릴 텐데. 손가락에 감기는 그녀의 머리카락은 꽤 신선한 기분을 선사했다.

충동은 순간이었다. 예쁘기만 한 눈, 코, 입을 만지던 그가 그녀의 입술로 달려든 것은. 감겨오는 그녀의 팔에 이성을 잃어버린 것은. 벨소리가 울리지 않았더라면 잠든 하윤을 두고 무슨 짓을 했을지, 눈앞이 깜깜했다.

점점 이성의 끈을 잡고 있는 게 버거워진다. 시시때때로 입을 맞추고 싶고, 안고 싶은 욕망이 그의 판단력을 흐리게 한다.

"왜, 왜 그렇게 쳐다봐?"

"너, 아직 그 남자 정리 안 했냐?"

"어떤 남자? 우진 씨?"

"……."

"일본 다녀오느라 정신이 없었잖아. 안 그래도 내일 저녁 식사하기로 했어. 한 번 더 만나 보고 그 사람을 정리할지 계속 만날지 결정할까 해."

도영의 말에 하윤은 바람이라도 피우다 걸린 사람처럼 안절부

절묫했다. 그도 그럴 것이, 도영의 눈빛이 굉장히 날카로웠기 때문이다.

"정리하라고 했던 것 같은데. 뭘 망설이고 있는 거지?"

"망설이다니?"

"너에게 필요한 건 네 감정을 깨닫기 위한 시간뿐이야. 다른 남자를 만난다고 해서 지금의 네 감정이 달라질 수 있을 것 같아? 넌 단지 그 사람에게 네 감정을 확인하고 싶을 뿐이잖아."

"도영아."

"알고 있지? 일본에서부터 우리 사이가 조금씩 틀어지고 있다는 것을."

'네 남자로, 난 어때?'

그날의 고백이 하윤의 귓가에 다시 재생되고 있었다.

20년이란 세월은 허투루 보낸 게 아니었다. 눈빛만 봐도 그 사람의 감정, 기분, 생각을 모두 읽을 수 있을 정도의 시간이었다. 그것을 간과했던 건 하윤뿐이었을까. 이미 자신의 마음을 다 읽은 사람처럼 도영은 단호했다.

"널 좋아해."

"……!"

"친구가 아닌 여자로."

"도, 도영아."

"네 마음이 준비되었을 때, 거부감 없이 날 받아들일 수 있을 때쯤 고백하고 싶었어. 지금처럼 당황한 표정 보고 싶지 않았으니까. 하지만……."

"……."

"그런 나의 기다림이 너에게 혼란을 주는 것이라면 말할게. 난 널 좋아하고 있고, 더 이상 친구로 이하윤을 볼 수 없어. 널 보는 매 순간 가슴이 떨리고 두근거려 미칠 것 같아. 당장이라도 손을 뻗어 품에 안고 싶고, 입을 맞추고 싶어."

낮게 깔린 그의 목소리가 여느 때보다 큰 파장이 되어 하윤의 가슴을 울렸다. 혹시나 장난일까 일말의 가능성을 찾아봤지만 도영의 눈빛은 진지했다. 매서울 정도로 정직한 그의 눈빛은 하윤의 시선을 피하지 않았다. 강렬하고 명확하게 자신의 마음을 전하는 도영의 눈빛이 하윤의 심장에 박혀 온 마음속에 퍼져 나갔다.

"갑, 갑자기……."

"갑자기라고 생각해? 아니잖아."

"……!"

"언제부턴가 널 사랑하게 됐고, 언제부턴가 널 여자로 보기 시작했어. 언제부턴가 널 내 여자로 만들고 싶고, 언제부턴가 다신 놓을 수 없는 사람이 되었어. 절대 갑자기가 아니야. 자연스럽게 흘러온 마음이고 결정이야."

"그래서 20년이나 지켜온 우정을 버리겠다는 거야?"

하윤의 말에 도영은 거칠게 머리를 쓸어 올렸다. 자신의 고백이 겨우 우정을 버리겠다는 표현으로 받아들여지다니.

"그래, 버릴 수 있다면 과감하게 버리고 널 얻겠어. 이제 됐어?"

"도영아……. 난, 난 어떻게 해야 할지 모르겠어."

"억지로 받아들이라는 말 하지 않을게. 하지만 거부하진 마. 내가 주는 사랑을, 네가 느끼고 있는 그 감정들을 피하지 마."

"무서워. 우리가 더 이상은 함께할 수 없을까 봐 겁이 나."

하윤은 더 이상 도영의 고백을 피하지 않았다. 당황스러웠지만 그가 주는 정확한 감정을 받아들이듯 고개를 끄덕였다. 하지만 그 순간 알 수 없는 불안감에 정신이 혼미해졌다.

알고 있었어. 너의 마음과 내 마음을.

언제부턴가 자연스럽게 친구가 아닌 남자와 여자로 대하고 있다는 것을. 하지만 그것을 입 밖으로 내기에 조심스러웠던 거야. 그래서 '친구'라는 관계로 도망치고 있었던 거야.

네가 키스할 듯 내가 아닌 다른 여자 편을 들어주고 웃어주었을 때, 이미 난 깨달아버렸어. 나 역시 네가 친구가 아닌 남자로 좋아. 하지만 두려워, 도영아. 20년을 친구로 지냈어. 그런데 긴 시간을 모른 척, 연인이 되어야 한다고? 자신이 없어. 무서워. 도영아, 널 잃고서는 살 수 없어.

"무슨 일이 있어도 그 끝에 우린 함께일 거다. 지금껏 그래왔듯이."

"이미 선을 넘어버렸어. 더 이상 친구가 될 수 없다고. 그런데 자신 있어?"

"있어. 함께해온 시간이 얼마나 긴 시간인 줄 잘 알아. 그렇기에 더 자신 있어. 그 시간보다 더 많은 시간을 함께할 거니까."

"지금은 자신 있을 수 있어. 하지만 나중에는? 모든 걸 다 나누고 난 후에는 어떡해? 그땐 친구로도 돌아갈 수 없어."

"알아. 알고 시작하는 거야. 그리고 이미 시작됐어. 이미 더 이상 친구로 돌아갈 수 없다."

도영의 말이 절망처럼 다가왔다. 매섭게 몰아치는 그의 눈빛과 말이 그녀에게는 일말의 희망도 없는 것처럼 비쳤다.

도영의 말이 맞다. 이미 감정을 내뱉은 순간, 더 이상은 친구로 돌아갈 수 없다. 그렇다고 무작정 그 시간들을 뒤로한 채 연인이 될 수도 없었다. 그를 좋아하지만 두려웠다.

눈물이 왈칵 쏟아질 것처럼 겁이 났지만 심장은 뜨겁게 끓어오르고 있었다. 그리고 깨달았다. 연인이 된 자신들의 모습을 상상하는 것만으로도 가슴 벅차고 설렌다는 것을. 그만큼 최도영이라는 존재가 자신의 가슴속에 깊게 박혀 있어 빼내려 하는 순간 자신은 아무것도 아닌 사람이 될 것이라는 것을. 하지만 알면서도 쉽사리 입이 떨어지지 않았다.

나 역시 널 좋아하고 있어. 하지만 지금은 네 눈빛을 받아들이기가 겁이 나.

"생각할 시간이 필요한 거라면 시간을 줄게."

하윤의 망설임을 알아차린 것일까. 도영은 앉아 있던 자리를 털고 일어났고 하윤은 아무런 행동도 할 수 없었다.

"굳이 그 남자를 만나서 확인해야겠다면 그 역시도 허락해줄게."

"……."

"하지만 그 시간 동안 나 역시 가만 보고 있지만은 않을 거다."

"무슨 의미야?"

도영은 천천히 걸음을 옮겨 하윤에게로 다가갔다. 의자에 앉아 있는 하윤을 일으켜 세운 후 그녀를 품에 안았다.

"친구가 아닌 남자로 다가가는 일이 나에게도 쉬운 일은 아니야."

"아……."

"좋아하는 여자를 얻기 위해 나 역시 필사적일 테니 방심하진 마라. 이하윤."

"도영아……."

가슴이 뭉클해졌다. 자주 안기곤 했던 품이 오늘따라 더 따뜻하고 포근했다. 안심이 되는 것 같은 기분에 하윤은 눈물이 나올 것만 같았다.

친구로든 남자로든 내겐 너무나 큰 사람. 우정이든 사랑이든 다 필요 없어. 난 최도영을 잃고 싶지 않아. 언제까지고 이 품에 안겨 있고 싶어. 하지만 가능할까. 끝이 정해지지 않은 관계이기에 더 위태로운 이 감정을, 너와 내가 잃지 않고 함께할 수 있을까. 무서워, 두려워.

결국 참았던 눈물이 툭 하고 흘러내렸다. 어떤 의미로든 눈물을 참을 수가 없었다. 그런 하윤을 품에서 꺼낸 도영이 손을 뻗어 눈가의 눈물을 닦아주었다. 그리고 살포시 입을 맞췄다.

"나도 겁이 나."

"……."

"이하윤이 도망가버릴까 겁이 난다. 난 이미 너 없으면 안 되는 남자가 되어버렸는데."

"도영아."

"너무 오래 걸리지 마."

"……."

"이젠 친구가 아닌 남자로서 널 기다릴 거다."

망설임 없이 도영의 입술이 다가왔다. 입을 맞대는 것뿐이었지만 그의 마음이 전해지는 것 같아 하윤은 눈을 감을 수밖에 없었다. 거부할 수 없을 만큼 달콤하고 자상한 그의 마음에 콧잔등이 시큰해졌다.

"잊지 마. 이건 꿈이 아니야."

"……!"

잠시 멀어졌다 다시 다가온 도영의 입술은 꿈속의 키스보다 더욱 강렬하고 애절했다.

"하윤 씨!"

멀리서 손을 흔들며 밝게 웃는 우진의 얼굴이 하윤의 눈에 들어왔다. 뭐가 저렇게 즐거운 걸까. 함박웃음이 떠나질 않는 얼굴로 하윤에게 달려오고 있었다.

"천천히 오셔도 되는데요."

"그래도 숙녀를 기다리게 하는 건 매너가 아니죠. 미안해요, 기다리게 해서."

힐끔. 시계 쪽으로 눈을 돌렸다. 고장 난 게 아니라면 분명 20분이라는 시간이 남아 있었는데도 그는 하윤에게 미안하다 한다. 아니라며 재차 손을 흔들었지만 그는 여전히 미안한 기색이 역력했다. 처음 만났던 그날보다 훨씬 가볍고 편안한 옷차림으로 만난 두 사람은 약간 허름한 식당으로 들어갔다.

식당 안은 밖에서 봤던 것보다 훨씬 더 활기 넘쳤다. 기다리지 않고 앉게 된 것은 운이 좋았다며 우진이 웃어 보였다.

"조금 더 근사한 곳에서 식사하고 싶었는데, 정말 괜찮겠어요?"

"네. 사실 전 호텔보다 이런 맛집을 더 좋아하거든요. 여기 파스타가 맛있다고 소문이 자자하던데 기대되네요."

"하윤 씨가 좋다면 저도 좋아요. 뭐 드실래요?"

"음. 베스트 메뉴가 있네요. 저는 크림파스타를 먹어볼게요."

"그럼 저는 토마토파스타를 먹어보죠."

주문을 하고 얼마 지나지 않아 파스타가 테이블 위에 놓여졌다. 생각했던 것보다 훨씬 양이 많고 맛깔스러운 느낌이었다.

"맛있겠는데요? 하윤 씨, 맛있게 먹어요."

"우진 씨도요."

포크로 파스타를 돌돌 말아 입에 넣었다. 부드러우면서도 고소한 맛의 크림파스타는 상상했던 것보다 훨씬 더 근사한 맛이었다. 씹을수록 신선한 재료들과 풍미를 돋우는 소스들이 다양한 맛을 선사했다. 먹을 때마다 느껴지는 풍성한 맛에 하윤은 기분이 좋아졌다.

"도영이도 좋아하겠네."

"네? 하윤 씨, 뭐라고 했어요?"

"아, 아니에요."

생각지도 못한 타이밍에 툭 하고 튀어나오는 도영의 이름에 하윤은 당황스러웠다. 늘 맛있는 음식은 도영과 함께 먹어온 터라 자연스럽게 그를 떠올렸나 보다. 우진에게 실례라는 걸 알지만 사과할 여유조차 없는 자신이 부끄러웠다.

"그나저나 하윤 씨는 못 먹는 음식 없이 잘 드시나 봐요."

"골고루 잘 먹는 편이에요."

"혹시 정말 못 드시는 음식 있으시면 말씀해주실래요? 다음 메뉴 선정에 도움이 될 것 같은데."

궁금하다는 얼굴로 자신에게 물어오는 우진을 물끄러미 바라본 하윤은 의미 없는 웃음이 흘러나왔다. 연애라는 게 이런 느낌이겠지. 서로에 대해 하나씩 알아가고 이해해나가는 것.

하지만 웬일인지 이런 과정들이 번거롭고 귀찮게 느껴졌다.

"나중에 말씀드릴게요."

"갑자기 물어보면 생각이 안 날 때가 있죠. 하지만 다음엔 꼭 말씀해주세요. 그래야 실수하지 않죠."

우진의 말에 하윤은 대답 없이 웃어 보일 뿐이었다.

그는 참 친절하고 다정한 사람이었다. 첫 만남 때 느꼈던 감정이 그대로 전해지는 것을 보면 앞으로도 한결같은 사람일 것이다. 알게 모르게 상대를 배려하는 것이 몸에 배어 있고 적절한 타이밍에 대화를 이끌어내는 기술을 가진 사람이기도 했다. 하지만 도영의 고백을 받고, 자신의 마음을 알아버린 후 우진과의 만남은 의미 없는 일이라는 걸 깨달았다.

하윤은 자신이 생각했던 것보다 도영을 많이 좋아하고 있었고 깨닫는 순간 전이되듯 온몸에 퍼져 부정할 수 없게 되어버렸다. 그렇기에 오늘의 만남이 부담스럽게 느껴졌다. 그러나 꼭 한 번은 만나 정리를 해야 되는 관계이기도 했다.

"배부르죠? 생각보다 양이 많네요."

"그러게요."

"다 먹었으면 커피 한잔하러 갈까요?"

"그러는 게 좋겠어요."

우진의 말에 하윤은 고개를 끄덕였다. 굳이 하윤이 계산하겠다는데도 끝끝내 지갑을 열지 못하게 만든 그였다. 음식값이라도 치러 미안한 마음을 위안 삼아보려 했지만 그마저도 기회가 돌아오지 않았다.

얼마 걷지 않아 카페 하나가 눈에 들어왔다. 화려하진 않지만 아늑한 분위기에 카페였다. 싹싹한 종업원이 인사를 하고, 다정한 분위기에서 주문을 마쳤다. 2층 창가 쪽에 자리를 잡자 시원한 바람이 하윤과 우진을 간질였다. 기분 좋은 밤이었다.

우진이 주문한 아메리카노, 하윤이 주문한 딸기스무디가 테이블 위에 올려졌을 때 그녀는 말없이 아메리카노를 바라보았다. 피곤한 날이면 달달한 초콜릿과 아메리카노를 마시곤 하는 도영이 떠올랐다. 지금쯤 뭘 하고 있을까? 문득 그가 궁금해졌다.

"아까부터 궁금했는데 물어보질 못했어요."

"뭔데요?"

"저한테 할 말 있으셔서 나온 거죠?"

"아……."

우진의 말에 하윤은 당황한 듯 켁켁거렸다. 그것도 잠시, 이내 안정을 찾은 하윤이 잔을 내려놓으며 긴 한숨을 내쉬자 마음의 준비가 된 사람처럼 어깨를 들썩인 우진이 편안한 얼굴로 하윤을 바라봤다.

"얼굴에 고민이 많아 보여요."

"요즘 생각할 일이 좀 많아서요."

"제가 도움이 되면 좋을 텐데…… 어떻게 도와드리면 되나요?"

"우진 씨."

"부담 갖지 말아요."

"미안해요."

마음의 준비를 하고는 있었지만 예상대로 흘러가는 시나리오에 우진은 씁쓸한 미소를 띠었다. 무언가에 의지하듯 아메리카노를 들어 한 모금을 마신 그는 다음 말을 기다리는 사람처럼 무뚝뚝하게 고개를 끄덕였다. 그의 눈치를 살피던 하윤은 미안한 마음이 들었지만 더 이상 미룰 수는 없단 생각이 들었다. 이미 자신의 마음이 우진이 아닌 도영에게 있다는 걸 알아차렸음에도 시간을 끄는 건 우진에게 예의가 아니었다. 용기를 냈을 때 정리하는 게 좋을 거란 확신이 든 순간 조급하게 말을 이어갔다.

"이런 마음이 생길 줄 알았더라면 처음부터 소개팅을 하지 않았을 거예요. 생각지도 못하게 마음이 커져버려서 더 이상은 좋은 만남을 이어가기 어려울 것 같아요."

"좋아하는 사람이 생긴 거예요?"

"네."

"어떤 사람인데요?"

"네?"

"하윤 씨가 좋아하는 사람이 어떤 사람일까 궁금해서요."

"……."

"말하기 곤란한 사람이에요?"

"그건 아니지만 말하고 싶진 않아요."

"그렇군요."

"미안해요."

"미안할 게 뭐 있어요. 마음이 그렇다는데. 전 괜찮아요."

하윤은 고개를 들지 못했다. 이 사람과 미래를 약속한 것도, 연애를 시작한 것도 아니었지만 괜히 죽을죄라도 진 것인 양 마음이 괴로웠다. 별에게는 뭐라고 이야기해야 하나. 이런 순간이 오리라고는 생각도 하지 못한 터라 더욱 당황스러웠다. 하지만 마음을 전하고 나니 조금은 개운해지는 기분이 들었다.

"정말 미안해요. 나, 나쁜 여자죠?"

"네, 그런 것 같아요. 내 마음 설레게 해놓고 도망가버리다니. 마음이 아파요."

"조금만 더 빨리 깨달았더라면 우진 씨에게 상처 주는 일은 없었을 텐데, 정말 미안하다는 말밖에……."

"하윤 씨."

처음 만났던 날과 달리 하윤은 그와 있는 시간 내내 불편한 얼굴이었다. 웃는 얼굴이 어색하고, 말 한마디를 건넬 때도 그의 눈치를 살폈다. 우진은 그 모습이 마음에 들지 않았다. 씩씩하고 활발한, 티 없이 맑고 건강한 그녀의 에너지가 좋았었다. 그걸 잃게 만든 게 자신이란 생각이 들자 오히려 미안해진 건 우진 쪽이었다.

"우리 친구 할래요?"

"친구요?"

"네. 난 하윤 씨 마음에 들거든요. 남녀 사이가 꼭 연인일 필욘 없잖아요. 오빠 동생 사이면 좋을 것 같은데, 어때요?"

"……."

"이것도 거절이에요?"

"아니에요."

"다행이다. 이것마저 거절당했으면 진짜 창피할 뻔했어요."

"……."

"사실 나 하윤 씨 좋아했거든요. 지금도 좋아하고 있고. 그런데 하윤 씨에게 더 좋은 사람이 있다고 하면 양보하는 게 맞겠죠? 대신 친구라도 하고 싶어요. 어떤 의미로든 하윤 씨 옆에 있고 싶으니까."

끝끝내 자신을 배려하는 우진의 마음이 고마워 하윤은 환하게 웃어 보였다.

"허락한 거죠?"

"네. 좋은 오빠가 생긴 것 같아 기뻐요."

"그럼 우리 말 편하게 할까요?"

"좋아요. 오빠 먼저 말 놓으세요."

"오빠 동생 된 기념으로 축하주 어때?"

"좋아요."

생각했던 것보다 밝은 분위기로 마무리되어 하윤은 안심했다. 두 사람은 카페에서 나와 근처에 있는 삼겹살집으로 향했다.

"동글동글, 빰빰! 돌아, 돌아. 짜잔! 내 맘도 돌고, 휘리릭~ 너도 돌고오~ 짜라란!♪"

어느새 골목길로 들어선 하윤은 온 동네가 떠나가라 노래를 부르고 있었다. 집 앞까지 데려다주겠다는 우진을 겨우겨우 돌려보낸 후 슈퍼에 들렀다. 소주 두 병이 들어 있는 봉지를 들고 걸어가며 비틀거렸다. 오랜만에 마신 술 때문에 머리가 어지러웠지만 기분만은 최고였다.

지나가는 사람 하나 없는 골목길에서 비틀거리던 하윤은 숨이 찬 듯 전봇대에 몸을 기대 숨을 내뱉으며 주위를 살폈다. 어느새 자신의 오피스텔이 눈에 보이자 제대로 찾아왔구나 싶어 자랑스럽다는 듯 껄껄거리고 웃었다. 하지만 한 걸음 내딛기가 왜 이렇게 어지러운지, 자꾸만 길이 구불구불해 보여 눈을 박박 문질러야 했다. 그럼에도 불구하고 여전히 펴질 생각 없는 길이 야속하다는 듯 발을 동동 굴렀다.

"꼬일 대로 꼬인 세상이구만. 이눔아, 가만 있지 못할까? 너 이눔, 내가 술 깨면 확 다 밀어버린다?"

가만히 좀 있어라, 가만히. 어지러워 죽겠다며 구불거리는 길바닥을 손으로 눌러보지만 소용이 없었다. 그렇게 한참을 실랑이하던 하윤은 지쳤다는 듯 길바닥에 누워버렸다.

"내 나이가 어때서~ 사랑하기 딱 좋은 나인데.♪"

나이 서른에 길바닥에 누워 있다는 이야기를 들으면 우리 엄마는 나에게 뭐라 욕을 할까? 얼마나 고민이 많고 힘들면 술에 취해 인사불성이 되었냐며 걱정해주는 사람이 있긴 할까?

퍽이나. 나잇값 못한다며 등짝을 후려갈기겠지. 아, 내 편 없는 외로운 세상.

"내 편이 없긴 왜 없어? 우리 도영이가 있잖아! 딸꾹."

엄마도 해주지 않는 걱정을 제일 먼저 해줄 사람, 언제 어디서나 달려와 어깨를 두들겨주며 위로해줄 사람. 우리 최도영이!

그러나 도영을 생각하자 가슴 한편에 통증이 일며 눈물이 흘렀다.

"흐엉. 난 정말 멍청인가 봐. 아무것도 못하겠어. 흐엉, 이러지도 저러지도 못하겠다고."

이미 마음속엔 네가 있는데, 어딜 가든 최도영 너만 생각나는데, 자꾸만 주저하게 돼. 이미 너무 먼 길을 와버렸는데도 자꾸 겁이 나서 눈물이 흘러. 어쩜 좋아, 어떻게 해야 해?

그냥 좋아한다고 말해버릴까? 그럼 당장 행복해질까? 하지만 그러고 나면? 그 후엔 어떻게 해야 되는데? 혹시라도 내가 질리면? 다른 남자들처럼 날 버리고 다른 여잘 만나게 될까? 그것도 아니면 다른 남자들처럼 날 바보 취급하며 돌아설까? 무서워. 여태껏 해왔던 연애가 단 한 번도 근사한 적이 없었잖아. 그래서 더 두려운가 봐. 최도영도 남잔데, 그럴 수도 있는 거 아니야?

"……최도영은 그럴 리 없어."

그래, 최도영이라면 절대 날 버릴 수 없어.

하지만 그건 친구였을 때 이야기잖아. 마음 주고 몸 주면 이내 시들거리는 게 연애 아니야? 거지 같은 연애. 그렇게 당하고도 또 연애하고 싶니?

"괴롭다, 괴로워. 이러지도 저러지도 못해. 아오, 어지러워."

하윤은 정신줄을 붙잡으며 몸을 일으키려 했다. 하지만 자꾸만 손이 헛나가는 바람에 바닥으로 꼬꾸라지며 거친 바닥에 피부가 쓸렸다.

"아프냐, 나도 아프다."

차라리 상처가 나면 약이라도 바르지, 마음엔 약도 없다고.

눈물이 앞을 가렸지만 울지 않기 위해 이를 악물었다. 겨우 중심을 잡고 일어난 하윤이 바닥에 널부러진 봉투를 잡으려 손을 뻗었다. 하지만 손이 닿기도 전에 누군가가 그 봉투를 낚아챘다.

"저기요, 그거 제 거거든요."

"……."

"주세요. 제 돈 주고 샀어요. 아, 돈이 필요하시면 여기 지갑 있으니 가져가시고, 소주는 주세요."

"……."

"아닌가. 소주는 가져가시고 지갑은 주세요, 라고 해야 되나. 모르겠다."

하윤은 만사가 귀찮다는 듯 머리를 긁적였다. 그러고는 그를 지나쳐 한 걸음씩 걷기 시작했다. 소주고 나발이고 집에 가서 잠이나 자자, 라는 심정으로 집을 향해 걸었지만 여전히 제자리걸음이나 마찬가지였다.

"으, 으악!"

그 순간 미처 보지 못한 턱을 넘지 못한 하윤이 고꾸라지려 하자 곁에서 걷고 있던 남자가 그녀를 잡아주었다. 순간 놀란 하윤이 배시시 웃으며 허리를 굽혔다.

"고맙습니다, 생명의 은인님. 그 소주는 가져가세요. 사례입니다."

"적당히 좀 하지."

"네, 그러려고요. 그럼 안녕히 가세……."

"이 늦은 시간까지 그 남자랑 술 마신 거냐?"

"익숙한 목소린데."

"이하윤."

"익숙한 향기이기도 하고."

"……."

"우리 도영인가?"

풀썩. 하윤은 그대로 남자의 품으로 쓰러졌다.

높디높은 산을 오르는 기분이었다. 양쪽 귀가 번갈아가며 막혔다 뚫렸다를 반복하는 것 같았고 숨은 턱 끝까지 차올랐다. 아무리 숨을 내뱉어도 가슴이 꽉 막힌 듯 답답했고 목이 마른 듯 심한 갈증에 고통스러웠다.

"누가 물, 물 좀……."

시원한 물 한 모금만 마신다면 이 갈증이 사라질 텐데. 내 목소릴 듣고 있다면 도와주세요. 소리쳐보지만 산의 정상엔 아무도 없는 듯했다. 생사의 갈림길에 선 하윤은 갑자기 몰려드는 외로움에 설움이 북받쳤다.

"어형, 물 좀 주세요. 물이요."

물 한 모금이 모자라 생을 마감하게 생겼네요. 부디 다음 생에는 물고기로 태어나길. 두 손 모아 간절히 기도했다. 그리고 용기 내 산 정상의 끝으로 발을 내디디며 두 팔을 뻗었다. '난 이제 자유야. 프리덤' 자유를 원했던 한 여자는 그대로 산 아래로 몸을 던졌다. 그 순간, 고통스러울 정도로 차갑고 묵직한 무언가가 얼굴로 떨어졌다.

"앗, 차가워!"

손을 뻗어 정체를 확인하니 얼음장처럼 차가운 물수건이 얼굴 위를 뒤덮고 있었다. 수건에 덮여 눈만 껌뻑거리던 하윤은 보지 않아도 지금의 상황이 이해할 수 있을 것 같았다. 모든 걸 포기한 듯 한숨을 내쉬며 눈을 지그시 감았다. 그리고 꿈에서처럼 간절히 기도했다.

제발 눈앞에 최도영이 없기를. 제발 최도영이 아니기를.

"깼으면 일어나지."

젠장. 귀를 파고드는 도영의 목소리에 하윤은 쭈뼛거리는 몸을 일으켰다. 그러자 얼굴을 뒤덮고 있던 물수건이 이불 위로 떨어졌고 그 순간 팔짱을 낀 채 심기가 불편한 얼굴로 자신을 바라보고 있는 도영과 눈이 마주쳤다.

"구, 굿모닝."

"물 마셔."

기분이 좋아 보이지 않는 도영의 표정에 하윤은 눈을 질끈 감았다 뜨며 배시시 웃어 보였으나 도영은 관심 없다는 듯 턱으로 테이블 위의 물 잔을 가리켰다. 수건만큼이나 차가운 물이 잔에 담겨 있었고 하윤은 그것을 들어 한 모금도 남기지 않고 시원하게 들이켰다. 그제야 묵은 체증이 씻겨 내려간 것처럼 개운한 느낌이 들었다.

잔을 내려놓고 도영을 바라보자 그는 천천히 몸을 일으켜 침실 안에 있는 욕실 문을 열었다.

"들어가."

그 말을 끝으로 도영은 무뚝뚝한 얼굴로 침실을 빠져나갔다. 그리고 늘 그래왔던 것처럼 자연스럽게 찾아온 메스꺼움에 망설일 틈도 없이 침대에서 빠져나와 욕실로 뛰어 들어갔다. 변기 커버를 올리고 목구멍으로 넘어오는 묽은 것들을 게워내기 시작했다.

"아슬아슬했다."

조금만 늦었더라면 도영의 침대 위에 형형색색의 작품을 그렸을 것이다. 안도의 한숨을 내쉬며 변기 물을 내렸다. 터벅터벅 세면대 앞에 선 하윤은 자신의 것으로 추정되는 칫솔을 꺼내 양치질을 시작했다. 그리고 예전에 사다놓은 클렌징 제품을 찾아 세안까지 했다.

그제야 정신이 돌아온 하윤은 수건으로 얼굴을 닦으며 거울을 바라보았다. 다크서클이 내려앉은 눈 주변은 암흑처럼 어두컴컴해 보였다. 내가 또 울었었나. 도대체 얼마나 울고 얼마나 오랜 시간 잠을 잤길래 얼굴과 눈이 이렇게 퉁퉁 부어 있는 것일까. 게다가 거울에 비춰진 하윤은 자신의 옷이 아닌 도영의 티셔츠를 입고 있었다.

"형, 난 죽었다."

아직도 숙취로 머리가 어지러웠다. 게워내긴 했으나 여전히 속도 시끄러웠다. 제 컨디션을 찾을 때까지는 시간이 좀 걸릴 것 같았다. 모든 걸 체념한 채 욕실에서 나온 하윤은 어느새 침대 위에 앉아 팔짱을 낀 채 자신을 노려보고 있는 도영과 눈이 마주쳤다.

"조, 좋은 아침이야. 하하."

어색하게 웃는 하윤을 바라보던 도영은 여전히 말이 없었다. 살기 가득한 눈으로 하윤을 노려볼 뿐. 어떻게 해야 할까, 도망칠 궁리를 하던 하윤은 천천히 발걸음을 옮기며 웃기만 했다.

"스톱."

"……."

"한 걸음만 더 움직이면 가만 안 둔다."

"그, 그게……."

무서울 정도로 낮게 깔린 도영의 목소리에 하윤은 갑작스러운 한기를 느꼈다. 에어컨을 틀었나 싶어 주변을 살펴봤지만 끝내 찾지 못한 시선이 공중을 배회했다.

"도대체 어디까지 할래?"

"응?"

"술에 취한 네 모습, 수없이 봤지만 어쩜 그렇게 매번 다른 패턴으로 술주정을 할 수가 있지?

"하하하. 치, 칭찬인가?"

"편의점 테이블 위에 올라가 노래 부르기, 지나가는 사람들 과자 뺏어 먹기, 동네 애들이랑 쌈박질하기, 밤 12시에 담당 교수님께 전화 걸어 통곡하기, 커플 싸움에 끼어 오지랖 부리기, 오락실 가서 춤추기, 변기 위에서 잠들기, 입은 옷 벗기. 이젠 하다 하다 길바닥에 누워 울어?"

도영의 말에 하윤은 난감한 얼굴이었다. 자세히 기억이 나진 않지만 어젯밤 길바닥에 누워 울었나 보다. 제길, 하필이면 최도영에게 들킬 게 뭐야. 한동안 잔소리 대마왕 최도영에게 잡혀 살겠네.

눈을 질끈 감은 하윤은 두 손바닥을 맞대며 싹싹 빌기 시작했다.

"다신 안 그럴게, 응?"

"옷에 몇 번이나 토했는지 기억 나?"

"한…… 세 번?"

"말을 말자, 말을 마."

"그래서 내 옷은 잘 건조해놨어?"

"야, 인마."

하윤은 또 한 번 속없이 배시시 웃어 보였다. 화가 머리끝까지 난 도영에게 할 수 있는 건 모른 척 웃어 보이는 것밖에 없었다.

술을 먹으면 다양한 술주정을 부린다고 했지만 사실 하윤은 전혀 기억이 나질 않았다. 항상 필름이 끊기기 때문이다.

다음 날 아침 눈을 떠 물 한 잔을 마시면 바로 화장실로 들어가 모든 것을 게워내는 것이 유일하게 알고 있는 술버릇이고, 그것을 아는 도영이기에 술 마신 다음 날은 늘 물을 챙겨주고 자리를 비켜주었다. 겨우 정신을 차리고 나면 항상 자신의 옷이 아닌 도영의 옷을 입고 있었다. 생각해보면 만취한 다음 날엔 술버릇처럼 도영의 침대에 누워 있었다.

분명 어젯밤 여러 번 토를 했을 것이고, 그것을 치우느라 고생했을 도영이다. 그 사실은 도영의 입을 통해 듣지 않아도 짐작할 수 있었다.

"됐고, 너 여기 좀 앉아봐."

자신의 옆자리를 두드리자 하윤은 죄인처럼 고개를 숙이고 그의 옆에 앉았다. 도영은 화가 가라앉지 않는 듯 여전히 무표정한 얼굴로 거칠게 머리를 쓸어 올렸다.

"너 마지막으로 술 먹던 날. 분명 다신 술 마시지 말라고 했지? 근데 내 말을 무시해?"

"무시라니! 절대 무시한 거 아니야, 도영아."

"그럼 뭔데? 술이 떡이 돼서 길바닥에 누워 있는 널 발견한 내 기분이 어땠을 것 같아?"

"많이 당황했지?"

"농담하냐?"

"아, 아닙니다."

괜히 화를 돋우는 것 같아 하윤은 입을 닫기로 했다. 도영은 화가 나면 목소리가 평소보다 더 낮게 울리는데, 그 목소리는 정말 소름이 끼칠 정도로 무서웠다. 입이 바짝바짝 마르는 느낌이 들 정도로 살벌한 도영의 아우라에 하윤은 '나 죽었소' 하는 심정으로 고개를 푹 숙였다.

"위험천만한 세상이야. 제 몸도 못 가눌 정도로 술 취한 여자, 범죄의 대상이 되기 딱 좋은 거 몰라?"

"알아."

"알면서도 그렇게 마셨다는 거냐?"

"많이 마시려던 건 아니었는데 마시다 보니……."

"그 자식이랑 마셨냐?"

"아 참, 나 할 말 있어. 도영아, 나 우진 오빠 정리했어. 그리고 오빠 동생 하기로 했다? 잘했지?"

화를 내던 도영이 잘했다며 머리를 쓰다듬어줄 것 같은 기대감에 부푼 얼굴로 도영에게 머리를 들이밀었으나 그는 말없이 주먹을 쥐었다. '설마 때리려는 건 아니겠지' 갑자기 엄습해오는 두려움에 시선을 회피하며 후다닥 머리부터 피했다.

"이하윤."

"으, 응?"

"지금 우진 오빠라고 했냐?"

"아. 너도 알다시피 우진 오빠가 나보다 나이가 많고 해서."

"그 입 안 다물래?"

"넵!"

아차차. 눈치가 없어도 너무 없었다. 입을 다물고 쥐 죽은 듯이 가만히 있기로 했지만 자꾸만 말이 헛나가 도영의 기분을 더 나쁘게 만들고 있었다. 더 이상 화를 참을 수 없게 된 도영은 자리에서 일어나 담배를 찾아 입에 물었다. 아무리 화가 나도 집에선 절대 담배를 피우지 않던 도영인데, 상황이 심각해졌음을 짐작한 하윤이 그의 뒤로 조르르 달려갔다.

"도영아아아아, 아직도 많이 화났어?"

"저리 가."

"방에서 담배 피면 냄새 나잖아."

"나가 있어."

"싫어."

"그럼 내가 나갈까?"

"싫어."

"이하윤. 나 지금 장난할 기분 아니야."

"미안해. 진짜로 다신 술 먹고 술주정 부리지 않을게, 응?"

"……."

"요즘은 나도 좀 복잡해서……."

"……."

"아무튼 다신 술 안 먹어. 약속, 약속!"

하윤은 새끼손가락을 펴며 도영에게 손을 뻗었다. 배시시 웃으며 애교를 부리자 도영은 물고 있던 담배를 테이블 위에 올려놓았다. 여전히 화가 난 상태였지만 그 대상은 하윤이 아닌 자신이었기에 굳이 화풀이를 하고 싶진 않았다. 말없이 하윤의 행동을 지켜보던 도영이 그녀의 손가락에 자신의 손가락을 끼웠다.

"약~ 속! 약속했다, 최도영. 이제 화 풀기."

"……."

"미간에 힘 좀 풀지? 인상 쓰니까 되게 못돼 보인다."

"이하윤."

"장난, 장난. 사과하는 마음에서 애교 부리기. 응? 이제 그만 넘어와주라, 도영아."

하윤은 마지막 필살기를 부리며 그의 품 안으로 파고들었다. 도영은 어쩔 수 없다는 듯이 하윤의 등을 감싸 안았다.

더 많이 좋아하는 사람이 약자라 했던가. 하지만 한편으로는 여전히 명확하지 않은 관계에서 아슬아슬하게 버티고 있는 두 사람인데, 아무런 감정이 없는 사람처럼 품에 안기는 하윤이 야속했다.

자신의 티셔츠가 큰지 자꾸만 어깨로 흘러내리는 통에 가녀린 실루엣이 눈에 들어왔고, 그나마 제일 작은 사이즈를 입혔는데도 무릎 밑까지 내려와 아슬아슬하게 만들었다. 그 모습이 어찌나 귀엽고 아기 같은지, 하윤에게 더 이상 화를 낼 수 없는 자신이 바보처럼 느껴졌다. 뭐 하고 있냐, 최도영.

"옷 말랐을 거야. 나가서 갈아입고 와."

"고마워."

"그리고 오늘 저녁에 동창회 있는 거 안 잊었지?"

"헉. 오늘이었어?"

"……."

"지금 몇 시야?"

"2시."

"굿모닝이 아니었네. 나 늦잠 잤구나."

"……."

"얼른 준비해야겠다. 이따가 같이 갈 거지?"

"……."

"나 집에 들러 준비하고 올게. 이따 보자."

자신의 품에서 빠져나간 하윤은 또 한 번 웃어 보였다. 그 순간 뽀얀 피부 위에 깊게 파인 보조개가 도영의 눈에 들어왔다. 손을 흔들며 거실로 나가려는 하윤의 손목을 잡아당겨 다시 품 안에 넣은 도영은 깊은 한숨을 내쉬었다.

"오늘 일, 봐주는 거 아니야."

"에에? 그럼 뭐야아."

"너 술 마신 거 화나. 밤새 토하고 지쳐 잠든 모습 보는 것도 화나. 그런데 더 화가 나는 건, 다른 남자와 술을 마시고 있는 내내 연락이 안 되는 너에게 화를 낼 자격이 없다는 거야."

"도영아."

"친구로 화를 낼 수 있는 건 딱 거기까지야. 다른 남자와 술을 마시고 있을 네 모습을 상상하면 미친 듯이 화가 나고 걱정이 되는데, 더 다가갈 수 없는 내 자신이 싫다."

"……."

도영의 말에 하윤은 날카로운 무언가가 심장 쪽을 스쳐 지나가는 것과 같은 통증을 느껴야 했다.

"이하윤."

"응."

"널 보면 안고 싶고 입 맞추고 싶다 했던 내 마음이 우습게 보이냐? 아슬아슬하게 줄 타며 친구가 좋을지 연인이 좋을지 저울질하는 거야?"

"……."

"아무렇지 않게 안기고, 아무렇지 않게 입을 맞추면서 여전히 네 마음은 모르겠다는 식으로 구는 거, 상대에게 얼마나 큰 상처가 될지 생각해봤어?"

"……!"

"기다리겠다고 한 사람의 감정 따윈 관심도 없는 거지? 네 마음 편한대로 행동하면 아무것도 아닌 것처럼 자연스럽게 흘러갈 거라 생각하는 거지?"

"도영아, 그게 아니야."

"아니면 뭔데?"

도영의 말에 하윤은 말문이 막혔다. 틀린 말이 하나 없는 그의 말은 하윤을 더욱 아프게 만들었다.

그러고 보니 자신의 입장만 생각하고 있었던 것 같다. 기다리겠다는 도영의 말만 믿고 아무런 결정도 하지 않은 채 혼자만의 기분에 취해 있었던 것도 사실이다. 혼자 힘들어하고, 혼자 괴로워하면서도 걱정해주는 도영을 보면 안심이 됐고, 안아주는 도영을 보면 행복하기까지 했다. 명확하게 결정을 내리지도 않은 채 마음대로 해석하고 도영에게 행동해버렸다. 상처받은 도영의 표정에 하윤은 자신도 모르게 한 걸음 뒤로 물러섰다.

이런 결과를 원했던 건 아닌데, 왜 이렇게 꼬인 것인지 당황스러우면서도 서러운 기분이 들었다.

"됐다. 애초부터 기다리겠다고 한 놈은 난데 마음이 급해져 널 다그친 것 같다."

"도영아."

"가서 준비해."

"최도영, 내 말 좀 들어봐."

"아니, 더 이상 말하지 마. 분위기에 휩쓸려 억지로 내 옆에 두고 싶은 생각 없으니까."

"야, 최도영!"

탁. 침실을 빠져나간 도영의 뒷모습을 바라보고 있던 하윤은 그를 잡으려 따라 나갔지만, 현관문마저 열고 나가버린 그를 붙잡지 못했다. 버려진 것 같은 기분에 하윤은 왈칵 눈물이 쏟아졌다.

"나 때문이야."

속마음을 전하지 않은 채, 기다리겠다는 그의 마음을 마치 잊은 사람처럼 굴었다. 친구가 아닌 남자와 여자로 인식된 순간부터 이미 달라졌다는 걸 깨닫고 어른답게 굴었어야 했다. 근데 이게 뭐지. 자신의 마음을 기다리고 있는 도영에게 혼란을 주고 말았다.

마음이 이상했다. 날카로운 무언가가 가슴을 쿡쿡 찌르는 것 같았다. 그 순간 소리 없는 눈물이 얼굴을 타고 흘렀다.

"널 좋아해. 친구로든 남자로든, 난 널 좋아하고 있어. 도영아."

그녀의 고백은 메아리쳐 온 방을 채웠지만 정작 고백을 듣고 기뻐할 남자는 그곳에 없었다.

"여어- 최도영!"

"질리지도 않냐. 매번 클럽에서 모이는 거?"

시끄럽다는 듯 귀를 막고 들어온 도영이 현태의 옆자리에 앉자 먼저 와 있던 동창들이 하나둘씩 인사를 건넸다. 사람 좋은 얼굴로 웃으며 그들에게 인사를 하자 도영은 오랜만에 본 친구 녀석들이 반갑게 느껴졌다.

"너도 즐길 수 있을 때 즐겨라."

강남 일대에서 물 좋기로 소문난 대규모의 나이트클럽 '칸'이었다.

서른 개가 넘는 룸들이 각자의 의미를 띤 이름을 달고 화려하게 빛나고 있었다. 워낙에 땅값 비싸기로 소문난 강남에서 이런 대규모의 클럽을 유지할 수 있는 건 철저한 VIP 제도로 관리되고 있기 때문이다. 철저하게 사생활이 보장되는 프라이빗 공간이기에 유명 인사들은 물론 정재계의 인물들도 자주 출몰하는 곳이기도 했다.

"있는 놈들이 더한다고 하더니만."

"그나저나 왜 혼자야? 이하윤은?"

"아, 어디 좀 들렀다 온다고 먼저 가라더군."

"너희 싸웠니?"

현태와 도영의 이야기를 가만히 듣고 있던 태은이 도끼눈을 뜨고 달려들며 날카롭게 물었다. 그러자 도영은 말없이 태은에게 시선을 준 후 자신 앞에 놓여 있는 맥주잔을 들어 시원하게 들이켰다. 그리고 길게 한숨을 내쉬었다.

하윤의 기분을 상하게 하려던 건 아니었다. 기다린다고 해놓고 그 정도도 이해 못하고 다그치려 했던 것도 아니었다. 하지만 이미 못된 말들이 입 밖으로 튀어 나간 후였고, 하윤 역시 상처받은 얼굴이었다. 그렇게 두고 나오지 말걸.

그 상황을 견디기 힘들었던 자신의 선택이 하윤과의 거리를 더욱 멀어지게 한 것 같아 마음이 답답했다. 시간이 흘러 하윤의 집을 찾아갔지만 벨을 누르기도 전에 먼저 도착한 메시지를 확인해야 했다.

[일이 있어서 어디 들렀다 갈게. 먼저 가.]

명백한 거부. 거리를 두는 하윤의 메시지에 당장이라도 초인종을 누를까 했지만 말없이 돌아섰다. 미안한 마음과 동시에 한편으로는 차라리 잘되었다는 생각까지 들었다. 친구가 아닌 남자로 다가가기로 했으니 어느 정도의 선은 지켜주었으면 하는 마음에서였다. 그때는 현태의 말처럼 자꾸만 자극을 줘야 본인도 빨리 깨닫지 않겠나 싶어 먼저 이곳으로 출발한 것이다.

하지만 뒤늦게 뭔가 방법이 잘못된 것 같아 괜히 신경이 쓰였다. 진지하게 대화를 나누는 게 좋을 것 같다는 결론을 내린 도영은 하윤이 빨리 오기만을 바랐다.

"너희가 싸우는 일도 있고 참 별일이다. 뭔가 심경에 변화라도 생겼나 봐?"

"……."

"뭐야, 뭐야. 말 좀 해봐. 술 그만 마시고."

태은과 현태의 말에도 도영은 꿈쩍하지 않고 술만 마셨다. 다른 친구들 역시 두 사람의 이야기를 궁금해하는 듯했으나 지금은 말을 섞고 싶지 않았다. 분위기가 어색해지려는 걸 눈치챈 현태가 별일 아닐 것이라 친구들을 다독인 후 건배 제의를 했다.

"자자, 다들 귀를 쫑긋 열어라. 지금부터 중요한 이야기를 해준다."

"나는 재가 저런 소리 할 때마다 무섭더라."

"무슨 핵폭탄을 터트리려고 저런대."

"혼자 바람 잡지 말고 할 말 있음 빨리 해라."

"어이, 다들 조용하라니까? 흠흠."

현태가 비어 있는 맥주병에 숟가락을 꽂더니 마이크를 든 시늉을 했다. 그러자 다들 야유의 목소리를 보내며 그를 재촉했다.

"자, 딱 한 번만 말할 거니까 다들 귀 쫑긋 세우고 들어라."

"뭔데. 빨리 말해, 이 자식아."

"우리 사랑스러운 태은이가."

"아오, 지랄도 가지가지다."

"베이비를 품고 계신다."

"베이비…… 뭐?"

"자, 박수!"

정적. 신이 나 있는 현태와 쑥스러운지 얼굴을 돌린 태은을 번갈아 보던 친구들은 짜기라도 한 듯 동시에 말을 잃었다. 그들 사이에서 유일하게 평정심을 잃지 않던 도영이 피식하고 웃으며 축하의 말을 전했다.

"축하한다."

그제야 봉인이 해제된 것처럼 얼어 있던 친구들이 하나씩 박수를 치며 축하해주었다. 여전히 고개를 들지 못하고 있는 태은을 품에 안은 현태가 그녀의 이마에 도장을 찍듯 뽀뽀를 했다.

"청첩장 나왔으니까 다들 하나씩 받아 가라. 결혼식 날 빠지는 새끼들은 다 기억해뒀다가 니들 결혼식 날 깽판 놓을 줄 알아."

"저 자식, 어째 나이가 들수록 양아치 같냐?"

"야, 이태은. 너 정말 제정신 맞냐? 어째 골라도 박현태 같은 놈을."

"나도 그게 의문이다. 내가 제대로 된 선택을 한 건지, 휴."

"큭큭큭. 박현태, 이태은한테 잡혀 살겠네. 그림 딱 나온다."

"뭐? 이 자식들이."

다들 놀리기에 재미를 들렸는지 왁자지껄하게 웃어 보였다. 한바탕 시끌벅적한 분위기 속에서 술을 마시던 도영은 시간보다 한참 늦어지는 하윤이 걱정되었다.

"그나저나 요즘 사업 잘되간다며? 현태 이 비싼 놈을 고문 변호사로 쓰고 있을 정도니 말 다했지."

친구 녀석이 툭 하고 도영의 안부를 물었다.

"갈 곳 없다기에 데리고 있는 중인데, 귀찮아 죽겠다."

"뭐어? 어떻게 그런 말을. 흑흑, 나 상처받았어."

현태의 주정에 도영은 피식 웃어버렸다.

"최도영, 너 진짜 대단한 놈이야. 학창 시절부터 특출 나긴 했어도 공부 쪽에 소질 있었던 거 아니었어? 대학도 그쪽으로 갔었지, 아마?"

"……."

"그래서 역시 최도영이다 했는데, 어느 날 갑자기 CL엔터테인먼트 이사가 됐다는 소식을 듣고 얼마나 놀랐는지 알아?"

친구 녀석의 말에 도영은 씁쓸하게 웃으며 잔을 들었다.

"이제 공부는 아예 접은 거야?"

"……."

"뭐야. 미련이 남은 얼굴인데? 이러다가 홀연히 미국으로 사라지는 건 아니지?"

"조용히 하고 술이나 마셔, 인마."

도영은 장난처럼 웃으며 그에게도 잔을 건넸다.

"하윤이가 많이 늦네. 약속 시간 어기는 일 없는 녀석인데."

태은이 휴대폰 액정으로 시간을 확인했다.

도영 역시 몸은 이곳에 있지만 마음은 하윤의 곁에 가 있었다. 무슨 대화를 나누고 있는지, 내가 마시는 게 술인지 구분이 잘 되지 않았다. 그 순간 도영의 휴대폰에서 진동이 울렸다.

혹시나 하윤일까, 급하게 액정을 들여다봤지만 원하는 사람의 것은 아니었다. 자리에서 일어난 도영은 칸을 빠져나왔다.

"여보세요?"

-선배, 저예요. 유림이.

도영의 얼굴에 미소가 머물렀다. 비록 금방 사라져버렸지만, 오랜만에 들려오는 후배의 목소리에 반가운 기색을 표했다.

"오랜만이네. 잘 지내?"

-네, 여전히 씩씩하게 잘 지내고 있습니다. 선배는요?

"음. 여전해."

-그렇군요. 보고 싶네요, 도영 선배. 조만간 한국에 들를 일이 생길 것 같은데, 밥 사주실 거죠?

"한국에 아는 사람 없냐? 왜 매번 나한테 밥을 사달래?"

-선배가 돈이 많잖아요. 게다가 대화도 제일 잘 통하고.

도영은 피식 웃었다.

"하루 벌어 겨우 먹고 사는 사람한테 무슨."

-거짓말 마요. 하루에도 몇 개씩 쏟아져 나오는 기사가 CL엔터테인먼트에 대해서인 거, 미국에서도 다 알거든요.

"공부는 안 하고 매일 농땡이만 치는 거 아니냐?"

-헛.

유림이 당황해했지만 도영은 그냥 웃고 말았다. 워낙에 쾌활하고 씩씩한 성격이라 남동생처럼 여기던 대학 후배 유림과의 통화는 도영의 긴장을 잠시 내려놓게 만들어주었다.

-아무튼 곧 갑니다. 긴장하고 계세요.

"하나도 안 무섭다, 인마."

-무서울 걸요? 조만간 무서운 소식 들고 갈 거니까요.

도대체 얼마나 무서운 소식일지 도영은 그저 웃었다. 잠시 후 통화를 끊은 도영은 담배 하나를 입에 물었다.

[하윤이 거의 다 왔다는데? 넌 어디 갔어?]

손에 들고 있던 휴대폰의 액정을 확인한 순간, 도영은 물고 있던 담배를 발로 지르밟고 칸으로 들어갔다.

시끄러운 음악 소리와 발 디딜 틈 없이 분주한 스테이지를 지나치던 도영은 멀리서 걸어오고 있는 하윤을 발견했다.

평소보다 화장을 하고 신경 쓴 태가 나는 모습에 지나가던 하이에나들이 하윤에게 달려들며 작업을 걸고 있었다. 도영은 망설임 없이 그들에게 걸어갔다.

"나랑 춤추지 않을래?"

그녀의 곁에서 알짱거리며 몸을 비비려는 남자를 피해 돌아 걷던 하윤은 비틀거렸다. 하이힐을 신어서인지 중심을 잡지 못하고 넘어지려 하자 누군가가 그녀의 허리를 감싸 안았다. 그러자 그 앞에서 작업을 걸던 남자의 눈이 커졌다.

"거슬리게 하지 말고 꺼져라."

악문 잇새로 겨우 내뱉는 그 말이 얼마나 무섭게 들리는지, 남자는 후다닥 도망갔다. 남겨진 하윤은 자신의 허리를 감싸준 그의 팔에 기대며 겨우 중심을 잡았다.

"고마워."

하윤은 어색하게 웃었다. 그 모습을 지켜본 도영의 표정이 구겨졌다.

"왜 그런 쓸데없는 걸 신고 와? 진짜 클럽에 놀러 오기라도 한 건가?"

"그냥, 기분 낼 겸."

"……."

기분을 상하게 만든 게 자신인 것 같아 도영은 더 이상 잔소리를 늘어놓지 못했다. 어색한 분위기를 피하려 앞서 걷는 하윤의 주변을 지키듯 걷는 일 외에는 할 수 있는 게 없었다. 씁쓸했다.

하윤이 룸에 들어가자 다들 반가워하며 그녀를 맞이했다. 안부의 대화들이 오고 갔지만 하윤은 평소처럼 웃으며 맞받아칠 여유가 없었다. 맞은편에 앉아 술만 마시는 도영 때문이었다.

하윤은 애꿎은 바닥만 차댔다. 공들여 화장도 하고 예쁘게 차려입었는데 도영은 말이 없다. 시선도 제대로 주지 않은 채 술만 마신다. 하윤은 속이 탔다.

이렇게라도 꾸미고 오면 예뻐서라도 머리를 쓰다듬어줄 것이라 착각했던 것일까? 어떻게든 그의 눈에 들고 싶어 애를 쓰던 자신의 모습이 바보같이 느껴졌다. 하윤은 힐끔힐끔 그를 쳐다봤지만 그의 시선은 다른 곳만 향했다.

하윤은 자신도 모르는 사이 섭섭함을 느끼고 있었다.

"너네 싸웠지?"

"응? 아, 아니. 우리가 뭐 싸울 일이 있어?"

1차를 파하고 2차로 넘어가려는데 집에 가겠다는 하윤의 옆으로 태은이 다가와 물었다. 눈치 100단인 태은의 말에 하윤은 어색하게 웃으며 도영을 바라봤지만 그는 아무런 말이 없었다.

"부부 싸움은 칼로 물 베기란다. 너희라고 다르니? 20년을 부부처럼 살았으니, 잘들 풀어. 아무튼 우리는 2차 갈 건데 너희는 안 간다고?"

"좀 피곤하네."

"그래. 어서 들어가서 화해들 해."

피곤하다는 핑계에도 쉽게 넘어가지 않는 태은의 눈치에 하윤은 결국 픽, 하고 웃어버렸다. 오랜만에 만난 동창회에서 너무 무뚝뚝하게 앉아 있었던 게 아닌가 후회됐지만 밝게 웃는 태은의 모습을 보니 마음이 놓였다.

"임산부님, 조심하세요. 노래방에서 날뛰지 마시고요."

"네, 알겠습니다. 조심히 들어가."

태은은 친구들과 사라졌다. 그리고 남은 사람은 도영과 하윤, 둘뿐이었다.

"음. 차 가져왔어?"

조금이나마 어색함을 달래려 먼저 입을 연 건 하윤이었다. 그러자 도영이 물끄러미 그녀를 바라보며 고개를 저었다.

"나도 안 가져왔는데. 택시 타고 갈까?"

도영은 고개를 끄덕였다. 하윤은 어색하게 웃으며 먼저 걸음을 옮겼다.

어색해, 어쩜 좋아. 어떻게 해야 돼?

하윤은 차를 가지고 오지 않은 걸 후회했다. 하긴 가지고 왔어도 결국엔 같이 갔겠지. 피하고 싶어도 피할 수 있는 구조가 아니라는 걸 알아차린 하윤은 이 상황을 어떻게 풀어야 할지 고민이 되었다.

그 순간, 탁 하는 소리와 함께 그녀의 걸음을 멈춰졌다.

"커피 한잔하자."

하윤의 손목을 낚아챈 도영이 말했다.

"그, 그래. 이 근처에 어디 카페가 있을 텐데."

카페를 찾듯 주변을 두리번거리는 하윤의 손목을 잡아당긴 도영은 그녀의 손가락 사이로 자신의 손가락을 끼웠다.

"집으로 가자."

"응? 커피 마시자며."

"가자."

도영은 그녀의 손을 잡은 채 걷기 시작했다. 두 사람은 아무런 대화도 나누지 않은 채 정류장을 향해 걸었다. 주말이라 그런지 도로에 택시는 많았다. 하지만 그만큼 택시를 타려는 사람도 많았다. 손을 뻗어 택시를 세워도 번번이 순서를 놓치고 말았다. 이러다가 집에 갈 수 있나 할 때쯤 그들 앞에 버스가 섰다. 집 근처까지 가는 시내버스였다.

"도영아, 우리 버스 타자."

하윤은 도영의 대답을 듣기도 전에 그의 손을 잡아당겨 버스에 올라탔다. 뒷자리로 걸어가 나란히 앉자 버스가 출발했다.

"버스, 진짜 오랜만이다. 고등학교 때 타고 처음인가?"

"아마도."

"그땐 시루떡처럼 눌려서 겨우 학교를 오고 갔는데, 이젠 그럴 일이 없네. 벌써 이렇게 나이를 먹었다니, 새삼 놀랍다."

"……."

하윤은 그 시절을 떠올렸다.

고등학교 시절, 버스에 올라 자리가 나면 도영은 무조건 하윤을 앉혀주었다. 친구들의 야유 소리도 무시한 채 그녀가 편히 쉴 수 있게 해주었다. 야간 자율 학습이 끝나고 집에 가는 날이면 이렇게 두 사람은 맨 뒷자리에 앉아 이야기를 나누곤 했었다.

"그땐 커서 뭐가 될래? 어른이 되면 뭐 하고 싶어? 라고 물었었는데, 지금은 더 클 것도 없으니 왠지 좀 우울하네."

추억에 잠긴 하윤은 도영과 싸워 감정이 틀어졌다는 걸 잊은 듯했다.

"도영아, 어릴 때도 난 너에게 많이 의지했던 것 같아. 늘 같이 타던 버스, 늘 같이 앉던 자리에 네가 없는 날은 참 많이도 외롭고 쓸쓸했었어. 넌 모르지?"

왜 모르겠는가. 혹시나 일이 생겨 혼자 집에 보내야 되는 날이면 도영은 도착했다는 메시지를 받기 전까지 안절부절했었다.

"오늘도 그랬어. 네가 없는 그 몇 시간이 참 외롭고 쓸쓸하더라. 그래서 생각해봤지. 왜일까, 왜 이러는 걸까."

"……."

"결과는 하나더라고."

"이하윤."

"나 너 좋아해."

"내가 미안…… 뭐?"

"나도 최도영을 남자로 좋아하고 있다고."

생각지도 못한 타이밍이었다. 저격을 당한 것처럼 불쑥 마음속으로 파고든 그녀의 고백은 도영에게 큰 충격을 전해주었다.

"진작부터 널 좋아하고 있었어. 하지만 겁이 나서 말을 못하겠더라고. 너도 알고 있지? 내가 어떤 남자들을 만나왔고, 어떤 연애를 해왔는지."

"……."

"늘 배신당하고 그것도 모자라 처참하게 차였어. 연애라는 거 진절머리 날 정도로 지겨워. 그뿐인 줄 아니? 온갖 달콤한 말로 유혹해놓고 질렸다며 돌아서는 남자들도 지긋지긋해."

"……."

"그래서 더욱 겁이 나. 그런 쓰레기들과 최도영은 비교 자체가 불가능하다는 걸 알면서도 내 마음속에 있는 불신들이 끝도 없이 날 괴롭혀. 게다가 우린 20년 동안 친구였잖아. 피를 나눈 가족들보다 더 많이 의지하고 좋아하는 너인데, 그런 너를 잃을까 무서워."

자신을 바라보고 있는 도영의 눈빛이 느껴졌지만 하윤은 그에게로 고개를 돌리는 일이 쉽지 않았다. 눈을 마주치면 어렵게 용기 낸 마음을 모두 전할 수 없을 것 같았다.

"난 여자로서 크게 매력이 없는 타입인 거 너도 알잖아. 아마 금방 질려버릴지도 몰라."

"하윤아."

"지금 당장은 그럴 리 없다고 해도, 시간이라는 게 그렇게 만들어버리더라고."

"……."

"하지만 마음 정도는 전해야 된다는 생각이 들었어. 나도 널 남자로 좋아하고 있어. 하지만 여전히 겁을 내고 있고 다가가는 것도, 물러서는 것도 할 수 없어."

"……."

"황, 황당하지? 나이 서른 먹고도 내가 이렇다, 도영아."

머리를 긁적이며 딴청을 피우는 하윤은 이상하게 눈물이 나올 것 같았다. 이런 자신의 모습이 한심하기도 하고 바보 같기도 했다. 마음을 전한다고는 했지만, 이건 오히려 도영을 더욱 부담스럽게 하는 게 아닌가 싶어 후회스러웠다.

자신의 말을 듣고도 아무런 반응을 보이지 않는 도영이 불안했다. 고집스럽다며, 못되고 이기적인 나라서 친구고 연인이고 아무것도 하지 않겠다고 할까봐 무서웠다.

"모, 못들은 걸로, 읍."

모든 걸 다 되돌리고 싶은 마음에 닫혀 있던 입을 떼는 순간 따뜻한 무언가가 그녀의 입술에 닿았다 떨어졌다. 그리고 두 사람의 시선이 공중에 부딪혔다.

"그거면 됐다. 날 좋아한다는 네 마음, 그거면 충분해."

"도, 도영아."

"뭐든 새로운 도전에는 두려움이 앞서기 마련이지. 하지만 마음이 있다면 충분히 극복할 수 있다고 본다. 서로 좋아하는 마음, 확인했으니까 친구 그만하고 애인 하자."

근사한 그의 말에 넋을 잃은 듯 하윤은 한동안 말을 이어가지 못했다. 그런 그녀를 사랑스럽게 바라보는 도영은 세상을 다 얻은 사람처럼 밝게 웃었다.

“무르기 없기. 오늘부터 우리 친구 때려치는 거다?”

덜컹, 때마침 움직이던 버스가 과속방지턱에 걸렸는지 크게 덜컹거렸다. 그러나 그것은 두 사람에게 방해가 되지 않았다.

이글이글 타오르는 도영의 눈동자를 마주한 하윤은 다시 다가오는 그의 입술에 눈을 감았다.

"우리 오랜만에 술 한잔할까?"

버스에서 내린 두 사람은 맞잡은 손을 앞뒤로 흔들며 걷고 있었다. 밤공기가 기분 좋게 내려앉자 하윤의 마음도 살짝 들떴다.

"갑자기 웬 술?"

"최도영과 진하게 한잔 하고 싶어서."

하윤의 말에 도영의 눈매가 가늘어졌다. 평소 그녀의 술주정이라면 학을 떼는 도영이었지만 오늘따라 반갑게 느껴졌다. 후환이 두렵기는 했으나, 끈적이는 눈빛으로 바라보며 소주를 마시는 시늉을 하는 하윤의 애교에 끝내 넘어가고 만 것이다.

편안한 옷으로 갈아입은 두 사람은 팔짱을 끼고 걸어 나와 가까운 포장마차로 향했다.

"이모, 여기 오뎅 국물이랑 순대볶음. 그리고 소주 일 병이요!"

우렁찬 목소리로 주문하는 하윤은 도영과의 술자리를 기대하는 눈치였다. 잠시 후 주문한 안주와 소주가 테이블 위에 세팅되자 하윤은 숙련된 솜씨로 소주병 뚜껑을 깠다. 쪼로록, 술 잔 안으로 담겨지는 소주가 오늘따라 맑고 투명해 보이는 건 왜일까. 도영은 자신도 모르게 군침이 넘어가는 걸 느껴야 했다.

"한잔할까?"

하윤만큼이나 들뜬 도영이 잔을 들었다. 건배를 외치고 소주를 털어 넣자 목구멍으로 넘어가는 쓴 기운이 알싸하게 느껴졌다. 콧잔등에서 느껴지는 찌릿한 감각에 도영은 기분이 좋아졌다. 어느새 안주를 집어 든 하윤이 그의 앞으로 젓가락을 내밀었다. 이제 막 나온 순대볶음은 꿀맛이었다.

"맛있지?"

"음."

"내가 먹여주니까 맛있는 거야."

"그렇다고 하자."

도영의 대답이 마음에 들지 않았는지 그녀는 눈을 흘겼지만 그 모습마저 귀여워 피식 웃어버렸다.

"좋다. 날씨도 좋고, 맛도 좋고, 소주도 좋고, 무엇보다 최도영이랑 같이 있으니까 좋다."

이런 게 행복이겠지. 하윤만큼이나 지금이 행복한 도영이었다.

그래서일까. 하윤은 평소보다 빠르게 술을 마시기 시작했다. 그 장난에 맞춰주다 보니 금방 빈 병이 늘어났다.

"도영아, 나 뭐 하나 물어봐도 돼?"

"뭐든."

술기운이 오른 하윤은 어지러운 머리를 부여잡으며 평소 맨정신에는 묻지 못하고 간직했던 질문을 하기로 했다. 뭐, 생각하기도 전에 입에서 말이 먼저 나갔으니 이건 본인의 의지와는 상관없는 일이기도 했다.

"왜 여자 친구가 없었어?"

"……."

"난 남자 친구가 많았고 금방 헤어지는 일을 반복하는 동안 넌 늘 애인이 없었어. 왜 그랬어? 너를 좋아하는 여자들, 많았잖아."

"그랬나."

술에 취한 하윤의 발음이 꼬이는 걸 느낄 수 있었다. 눈동자도 흐려지고 몸은 자꾸 흔들렸다. 하지만 꼭 대답을 듣고야 말겠다는 눈빛으로 집요하게 물어왔다.

"아니면 나한테는 소개시켜주지 않았던 거야?"

"……."

"그렇잖아. 넌 멋지고 근사한 남자인데, 딸꾹. 애인이 없다는 건 말이 안 되고, 딸꾹. 아무리 최도영이라도 여자에 아예 관심 없진 않았을 거 아냐. 한참 사춘기인데, 딸꾹."

안 하던 딸꾹질까지 하면서도 하윤은 말을 이어갔다. 도영은 물잔에 물은 담아 그녀에게 건넸다.

"아아, 기억난다. 차유림!"

"뭘?"

"미국에서 대학 다닐 때 같은 학과였잖아. 후배였던가? 그 여자애가 매일 네 옆에 붙어서 여자 친구 행세했었잖아."

"……."

"볼 때마다 예뻐서 놀랐는데, 성격까지 시원시원하고 싹싹해서 두 번 놀랐어. 인기 많았던 것 같은데……. 매번 같은 연구실에서 공부하면서 안 흔들렸어? 유림 씨는 너 좋아했었잖아."

도영은 귀찮다는 듯 술을 입에 털어 넣었다. 그러자 하윤도 술 한 잔을 따라 마셨다.

"말해봐. 너도 좋아했어?"

"아니."

"에이, 솔직히 말해보라니까? 거의 하루 종일 붙어 있는데 없던 정도 생기지, 안 생겨?"

"남동생 같은 녀석이야."

"거짓말. 거짓말이지?"

하윤은 마음에도 없는 질문을 했다. 거짓말을 할 리가 없지. 그런데도 아니라는 확실한 표현을 듣고 싶었다.

"단 한 번도 여자로 본 적이 없어. 그때 역시 난 너밖에 없었으니까."

친구로든, 그 이상으로든. 정말 그때도 도영에겐 하윤밖에 보이지 않았던 것 같다.

"치, 그래도 난 좀 질투했다? 예쁜데 공부도 잘하고, 매일같이 붙어 있으니까 나보다 더 친해지는 거 아닌가 하고 샘났었어."

"근데 왜 말을 안 했어?"

"쪼잔해 보일까 봐. 나이도 많은데 유치하게 군다는 소리 들을까 봐."

하윤의 말에 도영은 피식 웃었다. 만일 그때 장난식으로라도 표현해주었다면 더 빨리 서로의 마음을 알아차리지 않았을까.

"신경 쓰지 마. 나한테 여자는 너뿐이야. 알았지?"

꽝. 그 순간 테이블 위로 무언가가 떨어지는 소리가 들렸다. 놀란 도영이 고개를 들어 하윤을 바라봤다.

이렇게 중요한 말을 하는 순간에!

"이하윤!"

취할 대로 취한 하윤은 정신을 잃고 테이블 위로 머리를 박았다.

"너무 반짝반짝 눈이 부셔, 놔놔놔놔놔! 너무 짝 짝 놀란 나는 오오오오오~"

축 늘어진 몸을 안아 들고 포장마차를 빠져나올 때쯤 하윤은 정신을 차렸다. 제발 집까지 무사히 잠들어 있어주길 바랐는데 하늘도 무심하시지. 하윤의 술주정이 시작되었다.

항상 그렇듯 큰 소리로 노래를 부르기 시작했다. 그 소리가 어찌나 크고 우렁찬지 도영은 숨도 한 번 쉬지 않고 오피스텔로 달려왔다. 그나마 집 가까이로 가길 잘했다며.

집 안으로 들어오자마자 침대로 고꾸라지듯이 널부러진 하윤은 여전히 노래를 흥얼거렸다.

과하게 꼬여버린 발음이 우스꽝스러웠다. 제대로 몸도 못 가누면서도 주먹을 쥐고 사방으로 흔들어댔다. 아무래도 안무 중 하나인 듯싶었다.

테이블 위에 방금 탄 꿀물을 내려놓던 그 순간 감은 눈을 뜬 하윤이 비틀거리는 몸을 일으켜 세워 침대에서 내려왔다.

"왜 그래? 뭐 필요해?"

"그대 내 곁에 선 순간, 그 눈빛이 너무 조하. 워제는, 울었쥐만 오늘은 당신 때매 내일은 행복할 커야."

다시 시작된 하윤의 노래에 도영은 멈칫거리며 한 걸음 물러섰다. 처음에는 재밌고 귀여웠는데 슬슬 무서워진 탓이다. 자신도 모르게 웃음이 흘러나오던 순간, 엎드려 있던 하윤이 벌떡 일어났다. 또 시작이다, 또. 그윽한 눈빛으로 도영에게 시선을 건넨 하윤이 손가락을 펼친 채 자신에게로 다가왔다.

"당신 없이 아무것도 이젠 할 수 없숴. 사랑밖에 난 몰뤄."

어느새 그의 목에 팔을 두른 하윤은 의미심장하게 웃어 보였다.

"말은 안 했지만 오늘 하루 힘들었던 거 아니야? 그러지 않고서야 애가……."

성격답지 않게 중얼중얼, 말을 더듬기까지 했다. 놀란 듯 뒷걸음치려 했지만 하윤이 용납하지 않았다. 그윽하게 혹은 야릇하게 자신을 바라보던 하윤은 자신보다 한참 큰 도영의 어깨를 지그시 누르며 입을 맞춰왔다.

하지만 도영은 자꾸만 웃음이 삐져나왔다. 이 상황을 입맞춤이라고 해야 될지 판단이 서질 않았기 때문이다. 술에 취해 어마어마한 주사를 구사하던 하윤은 도영과 입을 맞추고 있었지만 발은 스텝을 밟듯 동동거리고 있었다. 정신이 사나울 정도로 산만하게 움직이던 하윤은 굳은 의지를 보이며 도영의 목에 팔을 감았다. 그와 동시에 어디서 본 건 있는지 각도를 틀며 입을 맞추려 애를 썼다. 그 모습이 혼자 보기 아까울 정도였다. 금방이라도 목젖까지 보이며 웃을 것 같아 허벅지를 찔러가며 침을 삼켰다.

잠시 후 재미가 없어졌는지 풀이 죽은 하윤이 도영의 목을 감싸고 있던 팔을 풀었다. 여전히 취해 정신이 몽롱해 보이는 눈빛으로 야릇하게 도영을 바라보았다. 금방이라도 거사를 치를 것처럼 자세를 잡으며 빙그레 웃어 보였다. 평소 같았다면 침이 꿀꺽 넘어가고 주체할 수 없는 흥분이 온몸을 타고 올랐을 것이다. 하지만 지금의 하윤은 한 편의 드라마를 찍고 있는 사람처럼 보였다. 도영은 시청자의 입장에서 그녀를 물끄러미 바라보며 다음 신을 기대하고 있었다.

"어이, 최도영이."

"음?"

"나 오늘 좀 한가한데, 그대는 어떤가?"

노래를 부를 때와는 사뭇 다른 완벽한 발음이었다. 헝클어질 대로 헝클어진 긴 머리를 시트에 흘리며 침대 위를 뒹굴어 다녔다. 대사와 전혀 어울리지 않는 행동이었다. 20년을 봐왔던 사이이고, 그녀의 주사 역시 지겨울 정도로 당해봤지만 매번 같은 패턴이 없다는 게 신기할 정도였다. 한 번 거하게 취하면 하윤의 속에 잠재되어 있는 인격들이 무지막지하게 튀어나왔기 때문이다. 그것도 통제가 불가능한 녀석들로.

"하하하, 시간을 내어주니 고맙지 않은가? 뭐, 뭐 그렇다고 나라고 바쁘지 않은 사람은 아니라네."

"……."

"그러니 자네는 수청을 들라. 하하하하하, 하지만 난 이만 가봐야겠네. 선약이 있거든."

"……."

"어허잇! 어디 바짓가랑이를 잡고 늘어져? 안 되겠다. 질척거리는 자네와는 이제 끝이야. 날 쿨하게 보내주게나."

뒹굴거리다 다리에 엉켜버린 이불로 시선이 옮겨졌다. 바짓가랑이를 잡는 게 이불이라는 사실은 꿈에도 모르는 듯 연기에 심취한 하윤이었다.

"이거 놓으래도! 네 이놈! 이런다 해서 내 마음이 돌아오진 않을 게야."

"……."

"정성이 갸륵하구나. 그 마음 고이고이 접어 내 멀리 가더라도 잊지 않으마."

"……."

"하지만 지금은 놓아라. 내 갈 길이 멀다 하지 않느냐!"

"……."

"놔라, 제발 놓아라. 이러다 네 앞에서 싸겠구나."

도영은 결국 참고 참았던 웃음을 터트렸다. 변덕이 죽을 끓는 대사를 맛깔스럽게 구사하는 하윤의 능력이 대단해 보였다. 대본도 없는 이 연극에서 열연을 펼치는 주연의 모습에 자신도 모르는 사이 몰입하고 있었다.

"웃어?"

아차. 아직 끝나지 않았지.

"네 이놈, 슬프다 못해 허파에 바람이라도 든 게냐? 웃음이 나올만도 하지. 님이 떠나는데 어찌 웃지 않고 견디겠느냐. 정말 슬프면 눈물이 아니라 웃음이 나는 게야."

"아, 예."

"하지만 지금은 비켜라. 놓아라! 날 놓아주란 말이다."

"어디로 가실 겁니까?"

도영은 상대 배우라도 된 듯 쿵 짝을 맞춰주었다. 그러자 하윤은 침대에서 벌떡 일어났다.

"알 거 없다!"

단호하게 소리를 지르고 도영을 스쳐 지나간 하윤은 욕실 앞에 섰다. 문을 잡아당기는 듯 보였으나 자꾸만 손이 미끄러졌다. 문 앞에서 같은 동작을 반복하던 하윤은 제자리걸음을 하는 동시에 무언가를 찾는 듯 시선을 바삐 움직였다.

서, 설마?

"요강을 어디다 치운 게야? 이런 식으로 발을 붙잡아도 소용없대도."

"……."

"무정한 것. 치울 게 없어 요강을 치워버린 게냐, 네 이놈! 다신 눈길도 주지 않으마. 하지만 그간 정이 있으니 떠날 때 떠나더라도 내 흔적 정도는 남겨줘야겠지."

그 순간이었다. 털썩 그 자리에 쪼그려 앉으려는 하윤을 발견한 도영은 그녀를 팔을 잡아당겨 욕실 안으로 밀고 서둘러 문을 닫았다.

"이젠 하다 하다……."

뒷목을 잡던 도영은 긴 한숨을 내쉬었다. 술, 술, 술! 그놈의 술이 문제다.

그러고 보니 처음 그녀와 술자리를 가졌을 때 하윤의 주사는 도영에게 문화적 충격으로 다가왔다. 거나하게 취한 하윤은 술집의 골든 벨을 울렸고, 많은 이들의 열광을 한 몸에 받았다. 그래, 거기까지는 그럴 수 있다고 치자. 그러나 흥분한 하윤은 테이블로 올라가 춤을 추며 이 남자, 저 남자에게 욕을 하기 시작했다. 그들은 장난처럼 내뱉는 욕설에 다행히 웃어주었지만, 도영에겐 식은땀이 줄줄 흐르는 시간이었다.

그들의 나이 고작 스무 살 때 일어난 일이었다. 급하게 그곳을 빠져나와 집까지 가는 길이 얼마나 길고 험하던지, 다시 생각해도 아찔하다. 절대 술을 먹이지 말자고 다짐했지만 쉽지 않았다. 하윤은 보잘 것 없는 놈들과의 연애가 끝나면 주구장창 술을 마셔댔다. 그리고 취했다.

"생각하고 싶지도 않다."

옛 생각에 정신이 어지러워진 도영은 길게 한숨을 내쉬며 하윤이 나오길 기다렸다. 욕실에서 볼일을 봤는지 조용하기만 한 그곳의 문을 살짝 열었다. 그 와중에 흘러내린 옷을 끼워 입고 피곤했는지 졸고 있었다. 변기에 앉아 금방이라도 바닥으로 꼬꾸라질 것처럼 격하게 머리를 휘두르고 있었다. 그 모습에 또 한 번 웃음이 터졌다.

사실 걱정되고 무섭지만 재밌고 귀여울 때도 있다. 남들이 들으면 쌍욕을 퍼부을 일이었지만 도영에게는 그 모습마저도 사랑스럽게 느껴졌다. 사랑이 뭔지, 참 우스웠다. 잠든 하윤을 안아 든 도영은 혹시라도 깰까 조심스레 침대 위에 그녀를 눕혀주었다. 곤하게 잠이 들었는지 더 이상 뒤척이지도 않았다. 격렬했던 댄스 타임으로 얼굴이 꽤 붉어져 있었다. 머리도 헝클어지고 화장도 번져 있었다. 하지만 크게 신경 쓰이지 않았다. 이렇게 무방비한 모습, 자신 앞에서만 보여주는 모습이라 생각하니 큰 의미로 다가왔다. 사랑스러운 내 여자. 얼룩진 얼굴 위로 입술을 내린 도영은 쪽 하는 소리와 함께 입술을 떼내었다.

"잘 자."

친구였을 때도 하윤은 자신의 집에서 자고 가는 일이 종종 있었다. 물론 건너편에 있는 방을 자신의 방처럼 사용하곤 했는데, 이젠 자연스럽게 그의 침대에 누워 있다. 기분이 묘했다.

연인 사이가 아닌 부부로 함께하는 기분은 어떨까. 조금 더 완전한 사이가 된다면 훨씬 더 행복하지 않을까.

이제 막 연인이 되었음에도 불구하고 도영은 부부라는 관계에 또 다른 갈증을 느끼고 있었다.

"분발해야겠군."

도영은 의지에 불타는 두 주먹을 불끈 쥐었다.

목이 말라 주방에 들어가니 하윤은 미리 준비해놓았던 꿀물을 마시고 있었다. 금방 깨어났는지 여전히 어지러운 초점을 겨우 잡는 듯 보였다. 시원하게 한 잔 들이마신 하윤이 도영을 올려다봤다. 어깨를 들썩인 도영은 늘 그랬던 것처럼 천천히 걸어가 욕실의 문을 열었다. 잠시 후 우다다다닥, 하는 소리와 함께 하윤이 욕실로 뛰어 들어갔다. 잠시 후 개운한 표정으로 나온 그녀는 조금 지쳐 보였다.

"참 한결같네."

주사는 다이나믹해도, 마지막은 한결같았다. 어느 정도 정신이 들면 물 한 잔을 마시고 욕실로 달려가 게워내는 일. 그 과정이 지나고 나면 한숨 돌릴 수 있는 여유가 생겼다. 천천히 걸어와 침대에 누운 하윤의 옆에 자리를 잡은 도영이 괜찮냐며 그녀의 머리를 쓰다듬었다.

"괜찮아. 근데 왜 넌 멀쩡해? 술 나 혼자 마셨니?"

"음. 아마도?"

"뭐? 배신자. 왜 나만 취하게 놔둬? 아이고, 머리야."

"한 잔도 안 주고 마시던 사람이 누군데?"

"그랬나. 아, 몰라."

하윤은 침대 헤드에 등을 기댄 채 앉아 있는 도영을 바라봤다.

"왜."

"내 남친. 정말 잘생겼다."

"……."

"눈, 코, 입. 어디 하나 빼놓을 데가 없네."

"그뿐인 줄 아냐."

"물론, 물론. 몸매 예술, 기럭지 예술. 돈도 잘 벌지, 게다가 이렇게 자상하기까지."

"신랑감 1호, 그 정도는 되는가 보다."

"미안하게도 자백은 탈락이야."

홱. 하윤은 장난스럽게 그에게서 등을 돌려 누웠다. 그러자 도영이 마음에 들지 않는다는 듯 얼굴을 구기며 하윤의 어깨를 잡아 돌렸다. 그제야 눈이 마주치자 만족스러운 듯 그녀의 이마에 입을 맞췄다. 그러고는 뚫어져라 하윤을 바라봤다.

"왜?"

이번엔 하윤이 물었다.

"내 여친, 정말 예쁘다."

"신붓감 1호 정도 되나?"

"얼굴만 예뻐서 탈락."

"뭐?"

"휴."

"뭐, 뭐야, 그 깊은 한숨은?"

하윤이 눈을 길게 뜨며 도영을 노려봤다. 그러자 도영은 또 한 번 길게 숨을 내쉬었다.

솔직히 말할까. 그래, 넌 예뻐. 조그마한 얼굴에 큰 눈동자, 또렷한 이목구비에 뽀얀 피부. 안으면 품에 쏙 들어오는 키에 적당한 볼륨감. 자신의 일에 최선을 다하고 열정적인 것까지도 오케이. 근데 술만 마시면, 아휴.

"술은 끊자. 정 끊는 게 어렵거든 취하지 않을 만큼만 마셔라, 좀."

"그럴 거면 왜 술을 마셔?"

"됐다, 더 말해서 뭐하겠냐."

"헤헤."

"웃지 마. 얄미우니까."

"히죽히죽. 헤헤. 배시시. 꺄르륵."

뻔뻔한 얼굴로 한 글자씩 또박또박 내뱉는다. 애교라고는 전혀 느껴지지 않는 딱딱한 말투로. 그러면서 방싯 웃어 보인다. 눈이 반절 정도 접히자 도영은 백기를 들었다.

"으이구."

결국 참지 못하고 그녀의 입술에 입을 맞췄다. 쪽 소리와 함께 도영의 입술이 닿았다 멀어지자 하윤은 또 한 번 방싯 웃었다. 그러자 도영이 다시 다가왔다.

"사랑스러워 죽겠지? 나이 서른 먹고도 이렇게 귀여운 여자 봤어?"

"못 봤다."

"호호."

입을 가리고 또 웃는다. 미워야 하는데, 예뻐 죽겠다.

"거, 아무 데서나 웃고 다니지 말지."

"왜? 다른 남자들 홀리고 다닐까 봐?"

"아니, 그 나이에 실없이 웃어젖히면 사람들이 이상하게 생각한다."

빠직. 그래, 그 단어와 아주 적합한 표정이 하윤의 얼굴에 내려앉았다. 그러자 도영은 쿡쿡, 웃음이 터져 나왔다. 도대체 표정이 몇 개야. 단순한 그녀의 모습까지도 사랑스럽다.

"이상하게 생각하는지 안 하는지는 두고 보라고!"

"그러시든지."

도영은 마냥 재밌다는 얼굴로 하윤의 얼굴을 쓰다듬었다. '예뻐, 예뻐' 라는 말이 입이 아닌 눈에서 쏟아져 나왔다.

저녁이 다 된 시간, 스케줄을 마치고 돌아온 휘율은 도영의 부름에 이사실로 달려왔다.

"여기."

이사실에 모여 있는 세 사람의 눈동자가 TV 앞에서 깜빡거렸다. 도영은 무언갈 찾아낸 것처럼 리모턴을 이용해 정지 버튼을 눌렀다.

"방금 전에 봤던 그 부분에서, 늘 스텝이 따로 놀아."

"아……."

"모니터 안 했어?"

도영의 날카로운 질문에 휘율은 머리를 긁적였다.

'스케줄이 바빠서요'라고 변명했지만 아무도 그의 편이 되어주지 않았다. 긴 한숨을 내쉰 도영과 진서가 소파에 몸을 신자 휘율은 머쓱하게 웃었다.

"이동하는 도중에라도 모니터 꼭 해. 저런 사소한 실수들이 계속되면 군기 빠졌다는 소리 듣기 십상이야."

"네, 이사님."

삐죽. '그 미세한 차이를 누가 알아챈다고요'라는 말을 덧붙이고 싶었지만 휘율은 꾹 참았다. 입술이 삐죽거리는 것까지는 말리지 못했지만.

"왜? 잔소리처럼 들려?"

"아. 닙. 니. 다."

"까분다."

"아. 닙. 니. 다."

살인적인 스케줄을 잡는 게 누구 지시인데! 라며 노려보지만 도영과 진서는 피식하고 웃을 뿐이었다.

인기가 많으니 스케줄에 쫓기는 건 당연한 일이었다. 그걸 알면서도 잔소리를 퍼붓는 도영이 얄미울 만도 했다.

"요즘 바쁘지?"

"네. 이사님 덕분에 쉴 틈이 없습니다."

그 와중에도 따뜻한 한 사람, 진서의 말에 휘율의 눈이 반짝였다.

"젊을 때 열심히 해야지. 인기가 평생 가는 줄 알아?"

"아, 뉘예, 뉘예."

굽신굽신, 허리를 굽히며 양손을 부비는 휘율의 능청에 진서는 피식 웃고서는 잊고 있던 이야기를 전해주었다.

"짜식. 아 참, 실장님이 도시락 왔다고 끝나면 내려오라더라."

"배고픈데 잘됐다."

"그래. 바쁠수록 몸 잘 챙겨가며 일해."

"우리 진서 형, 겁나게 감도옹."

"까불지 말고."

휘율이 넉살을 부리며 진서의 어깨에 매달렸다. 그러자 진서는 진절머리 난다는 듯 그의 손을 털어냈다. '나는 사내 자식 안 키운다'라며.

"형, 저녁 먹었어요? 아니면 같이 도시락 먹으러 내려가요."

진서가 도영의 눈치를 살폈다. 그러자 휘율이 말을 낚아채며 이어갔다.

"이사님은 빼고요. 도시락 같은 거 안 먹음! 이라고 얼굴에 쓰여 있잖아요. 괜히 드셨다가 탈 나면 크~ 은 일 나겠죠? 그러니 우리만 가요."

휘율의 말에 의자에 앉아 있던 도영의 눈썹이 삐죽거렸다. 심기를 건드렸다는 표시였다. 순간 움찔한 건 진서였다. 중간에 껴서 난감해졌다는 표정으로 얼굴을 구겼다.

"됐으니까 너나 먹으러 가."

"왜요? 이사님이 밥도 못 먹게 해요?"

"……."

"아니면 혼자 먹는 거 싫어하는 어린애, 뭐 그런 타입인가?"

"야, 휘율아."

"흥. 그런 거 아니면 가요."

유치해. 도영은 입에서 툭 하고 튀어나올 뻔한 말을 삼키며 자리에서 일어났다. 퇴근할 요량으로 가방을 챙겨 유유히 이사실을 빠져나갔다. 그러자 진서가 그의 뒤를 따라가려는데, 도영이 홱 하고 뒤를 돌아봤다.

"하진서. 이 실장 어딨어?"

"네? 아, 연습실이요."

"가자. 배고픈데."

"네?"

도영은 휘율을 힐끗 노려보고서는 긴 다리를 이용해 그들을 앞질러 가버렸다. 황당하다는 듯 그의 뒷모습을 바라보고 있던 휘율이 이유를 묻는 얼굴로 진서를 바라봤지만 그는 어깨를 들썩이며 도영의 뒤를 쫓아갔다. 남겨진 휘율은 타박타박 걸으며 투덜거렸다.

"쳇. 이 실장은 왜 찾아? 배고픈 거랑 하윤 누나가 무슨 상관이라고."

휘율이 연습실에 도착했을 때 도영은 하윤의 옆자리에 앉아 있었다. 넉넉하게 주문한 탓에 도영과 진서의 몫이 남았는지 만족스러워하는 얼굴이었다.

"와서 앉아."

"네."

창호의 말에 비어 있는 자리에 털썩 앉았다.

앞에 놓인 도시락을 본 순간 배고픔에 아우성쳤다. 휘율은 '잘 먹겠습니다' 외치고 젓가락을 움직였다.

"맛이 죽이네."

하루 종일 김밥 몇 줄로 겨우 버티다가 뜨끈한 국물이 함께 있는 도시락을 먹으니 이곳이 천국 같았다. 오, 할렐루야를 외치던 그는 자신의 맞은편에 앉아 있는 도영에게로 시선을 옮겼다.

그러자 놀라운 광경이 눈에 들어왔다. 도영이 고기 반찬을 들어 하윤의 접시에 놔주는 게 아닌가?

'이건 또 무슨 시추에이션?'

휘율은 재미난 것을 발견한 사람처럼 그들을 주시했다. 반찬을 건네주는 도영과 싫다며 밀어내는 하윤의 투닥거림이 두 사람의 관계를 친근해 보이게 했다. 그 순간 도영이 소리 없이 입을 달싹이자 하윤의 얼굴이 벌게졌다. 도시락에 얼굴을 파묻고 밥을 먹는 그녀를 바라보는 도영의 눈빛에는 애정이 묻어났다.

휘율은 잠시 주변을 살폈다. 다들 밥을 먹느라 정신이 없어 보였고, 특별히 의심해서 보지 않으면 이상한 점은 없어 보였다. 하지만 눈치 빠른 휘율이 그걸 놓칠 리 없었다. 휘익, 소리 없이 휘파람을 불었다.

"이 집 도시락 진짜 맛있네요. 이사님, 다음에 여기서 또 시켜 먹을까요?"

진서의 호들갑에 다들 허허 웃어 보였다. 자주 시켜 먹으니 배고플 땐 연습실로 찾아오라는 하윤의 다정한 말에 감동이라도 받은 듯 헤헤거렸다. 어느새 쫄래쫄래 하윤을 쫓아간 진서가 이것저것 묻기 시작했다.

"예전에도 한 번 얻어먹은 적 있었는데, 그 집 거 아닌가 봐요?"

"네. 조미료 맛도 많이 나고, 재료가 신선하지 않은 것 같아 바꿨어요."

"신의 한 수네요. 고작 도시락이라고 생각했는데, 웬만한 집 밥보다 더 맛있어요."

"입에 잘 맞았다니 다행이에요. 가까우니까 나중에 여자 친구랑 소풍 가실 때 한번 가보세요."

씽긋. 하윤이 웃어 보이자 진서의 심장이 쿵 하고 바닥으로 떨어졌다. 평소에는 미처 느끼지 못했던 미소의 싱그러움이 그를 어지럽게 만들었다. 그러자 하윤이 손을 뻗어 진서의 이마에 얹었다.

"열 있어요? 얼굴이……."

"아, 아, 아닙니다. 아니에요! 너무 맛있어서 흥분했나 봐요. 하하, 괜찮습니다."

진서가 당황한 모습을 보이자 하윤은 다시 한 번 싱긋 웃고서는 등을 돌렸다. 가방을 챙기려는지 소지품이 있는 쪽으로 가자 남겨진 진서가 이마를 쓸어내렸다. 갑작스럽게 식은땀이 흐르는 것 같은 기분이었지만 손에 묻는 건 없었다. 한숨을 내쉬고 뒤를 돌아서자 의자에 앉아 못마땅한 얼굴을 하고 있는 도영과 눈이 마주쳤다. 소름이 끼칠 정도의 냉기에 움찔했다.

도영은 시선을 돌려 하윤을 바라보았다. 하윤은 마치 무언가를 알고 있는 사람처럼 그와 눈이 마주치자 혀를 내밀었다. 자신에게 이죽이는 그녀의 모습을 보자 그제야 당했다, 라는 생각이 들었다.

며칠 전 다른 남자 앞에서 아무렇지 않게 웃을까 봐 농담처럼 주고받았던 대화를 아직도 마음에 두고 있는 게 분명했다. 진서처럼 심약한 남자들은 웃음 한 방에 넋을 잃고 반할 테니 조심하라 하고 싶었던 건데, 금세 불안한 마음이 들게끔 예쁘게 웃는 하윤을 보자 도영은 질투가 났다.

"표정 관리 좀 하시죠. 다 티 나요."

그 순간, 자신의 귓가에 남자의 목소리가 불쑥 들어왔다. 뒤돌아 보니 휘율이었다. 능글맞은 표정으로 의자를 끌고 와 자신의 옆자리에 앉은 그는 약 올리듯 이상한 표정을 지어 보였다.

"뭐?"

"이사님, 우리 실장님 좋아해요?"

"……."

"오호, 부정은 안 하시네?"

"관심 꺼."

"회사 규정에 사내 연애는 금물 아닌가요?"

"관심 끄랬다."

"호호. 이미 가진 관심을 어떻게 꺼요?"

목적이 있는 얼굴로 싱글거리자 도영은 심기가 불편해졌다. 하윤을 당당히 '내 여자다'라고 말하고 싶은 심정이 굴뚝같았지만 하윤이 원치 않을 것이다. 휘율의 말대로 사내 연애가 금지되어 있는 회사이기도 했지만 그걸 떠나 팀원들과 불편해질까 염려할 것이다.

"이번 활동 내내 우리 하윤 누나한테 대시하는 놈들이 얼마나 많은지, 제 몸이 열 개라도 부족할 지경이라니까요?"

능글맞은 표정의 휘율을 보자 방금 전에 먹었던 도시락이 넘어올 것만 같았다. 그의 말처럼 하윤은 어딜 가나 인기가 많은 타입이었지만 따로 고백을 받았다는 이야기는 전해 들은 게 없었다.

"바쁜 와중에도 이 몸이 우리 하윤 누나를 위해 잔반 처리를 확실히 하고 있다는 거 아닙니까. 이놈, 저놈 얼마나 눈독을 들이는지, 나만 한눈팔면 이때다 싶어 달려들 걸요?"

"……."

"짝사랑이에요, 아니면 연애 중이에요?"

"……."

"뭐, 말씀하기 싫으시면 안 하셔도 돼요. 괜히 오해한 거라면 제가 나설 필요 없죠, 뭐. 앞으로 이놈, 저놈이 와서 전화번호를 물어본다거나, 데이트 신청을 한다거나 그러면 그냥 그러려니 하는 게 낫겠죠? 하긴, 이제 와 생각해보니 우리 하윤 누나도 서른인데 빨리 괜찮은 놈 물어다 시집가야죠. 이런, 내가 눈치가 없어도 너~ 무 없었네."

과장일 게 빤한 말임을 알고 있음에도 자꾸만 화가 치밀었다. 넘어가지 말아야지, 말아야지 하는데도 얇은 귀가 팔랑거리는 느낌이었다.

"그럼 그렇게 알고 가겠습니다. 아이고, 피곤해라."

휘율이 천천히 자리에서 일어났다. 이쯤이면 입질이 올 때가 됐는데, 생각하는 순간 도영이 그의 팔을 잡아 자리에 앉혔다.

"왜요?"

"야, 강휘율."

다른 사람에겐 들리지 않을 만큼 작은 목소리였다. 낮고 음침하기까지 해서 휘율은 자신도 모르는 새 몸을 떨고 있었다.

"하윤 누나 앞에 '우리'라는 소리 좀 빼라."

"네?"

"듣기 거슬리니까."

'우리 하윤 누나'라는 말을 하지 말라는 건가? 휘율의 입꼬리가 삐죽거렸다.

"왜요? 내 맘이지."

"죽는다."

"어어? 지금 그렇게 무서운 표정으로 이야기하실 거예요? 나 막 슬퍼지려고 그러네?"

"……."

그의 눈이 날카롭게 변하고, 입이 한일자로 굳게 닫혔다. 그러자 움찔한 휘율이 눈동자를 굴리더니 이내 어깨를 축 늘어트렸다.

"강휘율."

"네."

"관심 꺼. 알았냐?"

"아, 예."

달갑지 않은 말투였다. 전세를 역전해볼까 하고 시도했던 일이었지만 상대는 강했다. 강휘율이 최도영을 상대로 딜을 하려 했다니, 기가 막힐 노릇이다.

살벌하게 휘율을 노려보던 도영이 자리에서 일어났다. 멀리서 나갈 준비를 하고 있는 하윤에게 눈짓을 하자 의미를 알아차린 그녀가 고개를 끄덕였다. 그것을 확인한 도영이 자신의 옆에 풀이 죽어 앉아 있는 휘율에게로 시선을 옮겼다.

"열심히 해라."

"지금도 죽어라 열심히 하고 있거든요. 근면 성실! 그게 요즘 저에게 딱 맞는…….”

“다른 놈들이 추파 던지면 인정사정 보지 말고 주먹을 날려.”

“네?”

“어떤 개념 없는 놈들인지 끝까지 쫓아가 매장시켜버릴 테니까.”

“에에?”

살벌하다 못해 섬뜩한 최도영 이사가 연습실을 빠져나갔다.

머리부터 발끝까지 빈틈 하나 없이 완벽한 남자. 딱 봐도 고급스러움이 줄줄 흐르는 남자의 뒷모습에 질투라는 분노의 오로라가 넘실대는 것 같았다.

‘매장이라니, 거 참. 사랑 한번 살벌하게 하시네요.’

휘율은 포스부터 남다른 도영의 모습에 낄낄거리고 웃어 보였다. 전세 역전까지는 아니었어도, 꽤 괜찮은 결과였다.

며칠 후. 새벽까지 이어진 보이는 라디오 스케줄을 마지막으로 하루의 일정은 끝이 났다. 몸이 찌뿌듯해 스트레칭을 한 뒤 차에 올라탔다.

휘율의 타이틀곡 ‘프러포즈’는 앞으로 3주간 활동한 후 후속곡으로 바꿔 활동을 이어간다. 이미 타이틀곡에 맞는 의상을 수십 벌 제작해놓은 하윤은 후속곡에 대한 전체적인 이미지와 의상을 생각나는 대로 수첩에 옮겨 적고 있었다.

순간순간 떠오르는 이미지를 적어놓아야만 실수가 없음을 잘 알고 있는 하윤의 수첩은 그녀의 보물 1호였다. 한참을 그림 그리기에 집중하던 하윤은 피곤한 듯 콧잔등을 눌렀다. 그 순간 웡웡거리는 소리와 함께 휴대폰 액정에 불이 들어왔다.

"여보세요."

-어디야? 퇴근하고 있어?

반가운 목소리에 하윤의 입이 귀까지 걸렸지만 잠시뿐이었다. 새벽이 넘어 스케줄이 겨우 끝난 하윤은 그렇다 치더라도, 이 시간까지 잠들지 않은 도영이 걱정되었다.

"응, 지금 퇴근하는 중. 오늘 좀 늦었다."

-나도 아직. 강휘율이 바쁜 건 좋은데 그 덕에 이하윤까지 바빠지는 것 같아 싫다.

"젊을 때 한 푼이라도 더 벌어야지."

-돈 많이 벌어서 뭐하게? 시집 갈 자금 마련하게?

"당연하지. 한시가 급하다고."

-나한테 시집오고 싶어 마음이 급하다는 소리로 들리네.

도영의 말에 하윤은 경악하듯 입을 다물지 못했다. 갈수록 닭살에, 능청까지. 당해낼 재간이 없을 만큼 능구렁이가 된 도영의 목소리가 그녀를 웃게 만들었다.

"그건 지켜봐야 알지 않을까? 네가 될지, 아니면 다른 남자가 될지는. 아직 결정하지 못했거든"

-그래, 잘 따져보고 신중하게 결정해.

단박에 화를 내며 따져들 줄 알았는데 의외의 대답이 날아왔다.

"그래야지. 인생에 단 한 번뿐인데 어설픈 놈 잡아서 결혼할 수야 있나."

-나이를 허투루 먹진 않았네. 똑똑한 우리 이하윤.

"흥. 밥이나 잘 챙겨 드셔. 난 바빠서 끊어야겠으니."

-갑자기 왜?

"어설픈 놈 말고 제대로 된 놈 잡으려면 지금부터 눈에 쌍심지를 켜고 둘러봐야 될 거 아냐?"

자신도 모르게 삐죽거리는 목소리가 튀어나왔다. 무덤덤한 그의 목소리가 괜히 그녀를 토라지게 만들었다.

-그 제대로 된 놈, 어디 안 가고 얌전히 기다리고 있으니 쌍심지는 꺼둬.

"흥. 누구 맘대로?"

-툴툴거리는 네 모습, 보고 싶다. 찡찡거려도 좋고, 화를 내도 좋으니 눈앞에 좀 나타나라.

"치. 못 가는 거 뻔히 알고 수 쓰는 거지?"

-들켰나?

"너……!"

-하윤아. 잘난 놈들 득실거리는 방송국에서 한눈팔지 말고 일만 열심히 해. 그놈들 중 멋있는 놈들은 있어도 제대로 된 놈 하나 없으니 괜히 눈 돌리지 말고.

"치."

마음이 풀렸는지 고새 입이 빙구처럼 벌어졌다. 금방이라도 소리 내 웃을 것 같아 손으로 입을 가려야 할 정도였다.

한참을 통화하던 하윤은 멀리서 느껴지는 시선에 고개를 돌렸다. 주위를 둘러보니 어느새 차는 하윤의 집에 도착해 창호가 하윤이 내리길 기다리고 있었다. 순간 당황한 하윤은 말을 더듬었다.

"아, 아무튼 끊어야겠다. 그, 그러니까 이따 전화할게."

뚝. 도영의 목소리가 들리는 것 같았지만 하윤은 급하게 종료 버튼을 눌러버렸다. 통화에 집중하느라 도착한 줄도 모르고 있었다.

"그럼 조심히 들어가세요."

휘율과 별을 먼저 내려준 창호는 하윤이 오피스텔 안으로 사라질 때까지 시선을 놓지 않았다. 그리고 얼마 후 베란다에서 손을 흔드는 하윤이 보이자 꺼놨던 시동을 켜 천천히 차를 움직였다.

"뭐 해?"

차가 골목길을 빠져나갈 때쯤 뒤에서 느껴지는 따뜻한 느낌에 하윤은 놀란 듯 어깨를 들썩였다. 그 순간 그의 향기가 그녀의 품 안으로 들어왔다. 긴장의 연속이었던 하루가 한순간에 녹아내리는 느낌이 들었다. 지그시 눈을 감은 하윤은 자신을 포근히 안아주는 남자에게 몸을 기대며 웃어 보였다.

"창호 씨 배웅."

"……."

"왜 그런 눈으로 봐?"

하윤의 다정한 목소리에 그녀의 몸을 휙 돌린 그가 성이 난 얼굴로 눈을 마주쳐왔다. 달래듯 그의 머리칼을 쓰다듬던 하윤의 손을 덥석 잡아든 남자가 그녀의 앞으로 한 걸음 다가갔다.

"다정한 목소리로 내 이름만 불러줬음 좋겠는데."

"……."

"불러봐."

"도영아."

"……."

"최도영."

눈물이 날 정도로 다정한 그녀의 목소리가 도영의 귓가에 박혀 들자 그제야 편안한 기분이 들었다.

천방지축인 서른의 이하윤은 스무 살 때도 이렇게 다정하게 자신을 불러주었었다. 그 목소리가 얼마나 자신을 진정시켜주는지, 또 얼마나 긴장되게 만드는지 모를 것이다. 이제 와 생각해보면 온전히 친구였을 때도 그녀의 목소리는 유난히도 자신을 설레게 했던 것 같다. 지금처럼.

조심스럽게 하윤을 품 안에 안은 도영은 그녀의 어깨에 얼굴을 묻었다. 하루 종일 그리웠던 향이 그의 코끝을 간질이자 마음 한편이 먹먹해졌다.

"가끔 보면 딴사람 같아. 상황에 상관없이 닭살스러운 말을 툭 툭 내뱉고, 지금처럼 말도 안 되게 유치해지고. 정말 최도영 맞아?"

쪽. 이죽거리던 하윤의 입술 위에 살포시 입을 내려앉히던 도영은 만족스러운 듯 웃어 보였다. 투정을 부리듯 안겨오는 그녀의 머리카락을 쓰다듬으며 입을 열었다.

"사랑받는 남자는 어린아이처럼 한없이 약해지곤 해. 나라고 별다를 게 있을까?"

그녀의 귓가에 속삭이자 하윤은 행복하다는 듯 그를 더욱 꽉 안았다.

"내가 오늘 말했던가?"

"뭘?"

"나 너 좋아 죽겠다."

쪽. 쪽. 쪽. 도영의 입술 세례가 이어졌다.

"최도영!"

더 이상 참을 수 없다는 듯 그를 밀어냈지만 남자의 힘을 이겨 낼 재간이 없었다.

"매일 이렇게 예쁘기만 해라. 알았지?"

"흥. 콩깍지가 단단히 씌었어. 콩깍지 벗겨진 다음엔 어쩌려고?"

"그때쯤엔 애인 청산해야지."

"뭐?"

"그리고 내 마누라 시켜주지, 뭐. 그 정도면 다시 시작하는 기분 나겠지?"

"좀 이상한데? 마누라도 재미없어지면?"

"그땐 애기 엄마 시켜줄게. 그때 또다시 시작하자."

"뭐, 뭔가 이상해. 끌려가는 기분이야."

"그래, 앞으로도 내 손 놓지 말고 내가 이끄는 곳으로 오기만 하면 돼. 알았지?"

하윤은 도영이 손을 내밀며 웃어 보이자 '에라, 모르겠다'라며 내민 도영의 손을 꽉 잡았다. 절대 놓지 않겠다는 듯 손가락 사이사이를 교차시킨 두 사람은 눈을 마주하며 행복하게 웃었다. 그 순간 도영이 하윤의 손등에 입을 맞추며 '사랑한다' 속삭였다. 그 모습을 물끄러미 바라보고 있던 하윤은 '느끼한 거 완전 안 어울려!'라며 배꼽을 잡고 웃어젖혔다.

"도영아."

"응?"

그의 품 안에 안겨 있자 하윤은 세상을 다 얻은 사람처럼 풍족해졌다. 몸도 마음도, 행복하기만 한 것 같았다. 언제나 그래왔다. 세상을 살며 억울한 일, 당한 적도 별로 없지만 혹여나 그런 일이 생길 것 같으면 도영이 그녀 앞에 섰다. 진흙길엔 도영이, 꽃길엔 하윤이. 손가락 하나 다치지 못하게 지켜주던 도영이었다. 친구일 때도 그랬는데, 연인이 된 지금은 오죽하겠는가.

지금 와 생각해보면 도영은 친구 같은 느낌보다 오빠 같은 느낌이 더 강했던 것 같다. 막내 여동생을 대하는 것처럼 늘 자신을 조심히 대해주었던 도영이었는데, 어릴 땐 그게 당연한 것처럼 여겨졌다. 남들이 보면 유난이라 느낄 수 있는 것들도 우리들에겐 당연한 일이고, 익숙한 일이기에 거부감이 없었다.

"고맙고 미안해."

늘 투덜거리고 투정 부리던 내 모습을 물끄러미 바라보며 고개를 끄덕여주던 너에게 얼마나 많은 위로를 얻었는지 너는 알까. 힘든 일, 괴로운 일을 털어놓고 나면 얼마나 후련해졌는지 너는 알까. 그게 너의 마음을 더 무겁게 하는 일이라는 걸 알면서도 너에게만 속내를 비췄던 걸 알까.

남자 친구와 헤어지고 돌아와 목 놓아 엉엉 울던 날, 눈물이 그칠 때까지 말없이 곁에 있어주던 너였지. 다음 날이면 그 녀석 얼굴이 묵사발처럼 일그러져 있을 때 얼마나 속이 시원했었는지 넌 모를 거야. 그런 너였는데, 고마워할 줄은 모르고 당연하게 여기고 의지만 했던 나였어. 20년을 함께 지내오며 그림자처럼 묵묵히 뒤에서 지켜주던 너였는데 난 왜 매일 투정만 부렸을까.

하윤은 눈을 감았다. 안겨 있는 도영의 품이 따뜻해 떨어지고 싶지 않았다. 언제나처럼 늘 함께이고 싶었다.

"도영아."

"응?"

"우리 앞으로도 늘 함께하자."

"그래."

도영은 어느새 눈가가 촉촉해져 있는 하윤을 바라봤다. 어떤 의미의 눈물일까 싶었지만 도영은 말없이 그녀의 눈가를 어루만져 주고 입을 맞췄다. 그 어느 때보다 따뜻한 입맞춤이었다.

-단 한 번도 너 없는 미래를 상상해본 적 없어. 내 삶이 너였듯이 내 미래도 너일 거야.

-안 돼! 이제 그만하고 놔줘, 응? 그래야 우리가 살아. 이러는 건 미련한 짓이야."

-너 없는 삶을 사느니 죽는 게 낫겠다.

화를 내며 돌아선 남자의 뒷모습이 너무나도 아파 보였다. 한 치의 망설임도 없이 바다로 뛰어드는 남자를 본 순간 여자는 눈을 감아버리고 말았다.

-이러지 마, 이러지 마.

-말했지. 너 없는 삶은 내게 지옥과도 같아. 잃느니 내 자신을 버리는 게 내겐 더 쉬운 일이야!

-미안해, 미안해.

여자는 눈물이 흐르는 눈을 가리며 오열했다.

똑똑. 방금 전까지만 해도 애절하게 사랑의 대화를 나누던 두 사람의 목소리가 리모컨 음량 조절 버튼을 누르는 도영에 의해 조용해졌다.

소리는 줄어들었지만 배우들의 감정 연기가 계속되고 있는 모니터를 주시하던 도영은 리모컨을 들어 전원을 꺼버렸다.

"반응은 어때? 내가 봤을 때는 그럭저럭 괜찮은 것 같은데."

"방송되기 전에는 이름도 없는 신인 배우가 주연을 맡았다고 해서 다들 우려의 목소리를 높였고, 관심만큼이나 악플의 수도 어마어마했죠. 하지만 지금은 합격점을 받은 상태라 안심하고 있어요."

진서의 말에 도영은 고개를 끄덕였다.

대한민국에서 내로라하는 드라마 작가의 작품을 따내는 일은 결코 쉬운 일이 아니었다. 연습생 시절이 길긴 했지만 연기력을 평가받을 기회조차 없어 오디션을 보러 갈 때마다 낙방을 하던 신인 배우가 이름만 들어도 반은 먹고 들어간다는 작가의 드라마 여자 주인공으로 발탁되었다. 남자 주인공은 톱배우인 데 반해 이제 막 연기를 시작한 신인 배우가 여자 주인공으로 발탁된 건 이례적인 일이라 다들 걱정의 목소리를 높였었다. 하지만 이 모든 것을 가능하게끔 만드는 것이 바로 엔터테인먼트의 힘이었다.

"애썼다. 연기 연습 게을리하지 않게 신경 써."

"네, 이사님."

무(無)에서 유(有)를 창조하는 일은 당사자의 몫이겠지만 그 길을 열어주는 건 자신의 일이었다.

도영은 진서가 건넨 서류를 열어 눈으로 훑은 후 사인란에 서명을 했다. 결재가 떨어진 서류를 받아 든 진서는 오늘따라 피곤해 보이는 도영의 얼굴에서 눈을 떼지 못했다.

"커피 한잔 드려요?"

진서의 말에 도영은 작게 고개를 끄덕였다. 잠시 후 이제 막 내린 블랙커피가 도영의 책상 위에 놓여졌고, 진서는 그를 위해 자리를 비켜주었다. 혼자 남은 도영은 기계적으로 놀리던 손을 멈추고 서류철을 닫아버렸다.

피곤이 몰려드는 눈가를 지그시 누르며 눈을 감았다. 그리고 길게 한숨을 내쉬었다.

"……."

피곤했다.

모든 걸 다 놓아버리고 싶을 정도로 피곤했다.

어쩌면 이 모든 것에서 권태감을 느끼고 있는지도 모르겠다.

도영은 살며시 눈을 떴다.

처음 아버지의 부름을 계기로 이 일을 시작하게 됐지만 자신이 좋아하던 일을 포기한 채 달려올 수 있었던 가장 큰 이유는 하윤 때문이었다. 언제 어디서나 늘 같은 곳에 서 있는 나무처럼, 그녀에게 든든한 버팀목이 되어주고 싶었고, 언제 어디서나 늘 같은 곳을 비추는 가로등처럼, 그녀에게 빛이 되어주고 싶었다. 자신은 진흙 속에 뒹굴더라도 하윤만은 늘 꽃길을 걷게 해주고 싶었다. 그거면 충분할 것이라 생각했고, 지금도 앞으로도 변함없을 사실이기도 했다. 하지만 그녀가 없는 공간에서 느끼게 되는 상실감과 권태감은 매번 그를 무기력하게 만들기 충분했다.

"내게도 꿈이 있었던가."

결국 답을 들을 수 없다는 걸 알면서도 이따금씩 자신에게 묻곤 했다.

꿈. 언젠가는 이루어질 거라 믿으며 앞만 보고 달려가게 만드는 목표. 그에게도 분명 있었다. 어릴 적부터 단 한 번도 바뀌지 않을 정도로 간절하게 원하던 자신의 모습이 그에게도 있었다. 생각만 해도 가슴이 두근거리고 몸서리가 쳐지는 그 설렘의 기억이 그를 흥분시켰지만 그것뿐이었다. 더 이상 돌아갈 수 없다는 걸 알고 있는데 떠올려 무엇하겠는가. 도영의 마음속에선 그렇게 정리된 후였다.

위잉. 지독히도 조용한 공간에서 진동 소리는 유난히도 크게 들렸다. 도영이 몸을 돌려 책상 위에 올려놓은 휴대폰을 들자 메시지가 도착해 있었다.

[남자 친구님. 뭐 하세요?]

하윤의 메시지였다. 오늘 아침, 피곤했는지 한참을 구시렁거리며 출근하던 그녀의 모습이 떠올라 작게 미소 지었다.

[너 언제 오나 생각 중.]

생각의 끝엔 언제나 하윤이 있었다. 예전에도 지금도 앞으로도 그럴 것이다. 방금 전까지만 해도 시끄러웠던 머릿속이 언제 그랬냐는 듯 조용해졌다. 겨우 메시지 한 통인데, 마치 자신의 옆에서 속삭이는 것처럼 그녀의 목소리가 그의 귀를 맴돌았다.

[왜? 내가 가면 뭐 하려고? 음? 뭐 하려고오~?]

장난처럼 말을 늘어뜨리는 하윤의 의도를 파악한 도영은 또 한 번 미소 지었다. 글쎄, 뭐 할까. 너 오면 뭐부터 할까.

어떤 답을 보내야 하윤이 한 번이라도 웃을까, 고민이 됐다.

[어랏, 대답 없는 거 봐. 너 지금 야한 생각 중?]

답을 채 보내기도 전에 도착한 하윤의 메시지에 도영은 큭큭거리고 웃었다. 하지만 그것도 잠시, 하윤에게서 메시지가 연달아 쏟아지기 시작했다.

[딱 걸렸네, 딱 걸렸어. 이 남자가 정말 응큼하다니까!]

[이사님, 냉수 먹고 속 차리세요. 지금 훤한 대낮이거든요!]

[근데 그거 알아?]

[나 살짝 떨렸다?]

도영은 쉴 새 없이 도착하는 메시지를 읽으며 하윤의 모습을 상상했다. 늘 들어왔던 목소리와 말투이기에 글씨로만 전해지는 내용임에도 불구하고 그녀의 표정까지 떠올릴 수 있었다.

눈을 가늘게 뜨며 입을 삐죽이는 모습, 허리에 손을 올린 채 심오한 얼굴로 따져 묻고 있을 모습, 속셈이 있는 얼굴로 몰래 다가와 속삭이는 모습까지. 그 어느 것 하나 예쁘지 않은 게 없었다.

도영은 쏟아지는 메시지를 감당할 수 없어 통화 버튼을 눌렀다. 당장에라도 목소리를 듣지 않으면 이 지독한 갈증은 해소되지 않을 것이다.

-여보세요?

"그래, 여보시다."

-아, 정말. 캐릭터를 너무 빨리 바꾸지 말라니까? 무진장 적응 안 되거든요.

"어디야?"

-최도영 마음속?

"큭큭, 그쪽도 천천히 하시죠."

-이에는 이, 눈에는 눈이라죠?

도영은 또 한 번 웃음이 터져 나왔다. 기대했던 만큼 예쁘게 쏘아붙이는 하윤의 목소리는 도영의 불안했던 마음을 안정시켜주는 힘이 있었다.

"그래서 언제 오는데? 얼마나 기다려야 돼?"

-알려줄까, 말까?

"알려줘. 알고라도 있어야 나도 힘내서 일할 거 아냐."

-음. 저녁밥 맛있는 거 해준다고 약속하면.

"뭐가 먹고 싶은데?"

-차돌박이.

그럼 그렇지. 하여튼 쉽게 넘어가는 법이 없어요. 어딜 가든 절대 굶어죽지는 않을 하윤의 능구렁이 화법에 도영은 두 손 두 발을 다 들었다. 그럼에도 불구하고 밉지가 않다는 게 문제였다. 오히려 사랑스러우면 모를까.

"몇 시까지 올 건데?"

-6시쯤 들어갈까요, 이사님?

"가능해?"

-못할 건 또 뭐야? 배 째라 하지, 뭐.

"가만 보면 우리 회사에서 제일 날로 월급 받는 건 이하윤 실장 같네."

-이제 아셨어요? 제가 그 회사 이사랑 연애하거든요. 지금 몸도 마음도 몽땅 홀린 터라 무서울 게 없어요.

"겁도 없지. 그러다가 나중에 잘리면 어쩌려고? 대책은 있습니까?"

-확 시집가버리죠, 뭐. 굿 아이디어죠?

도영은 결국 목젖이 보여라 웃어버리고 말았다. 만일 문밖에 진서가 있었더라면 당황해할 정도로 큰 소리로 웃고 말았다.

이하윤, 이 못 말리는 여자.

냉정하기로 소문난, 표정 없기로 소문난 최도영을 이렇게 바보처럼 웃을 수 있게 만드는 능력은 오로지 하윤만이 가지고 있었다.

"내가 졌다, 졌어."

-차돌박이에 소주 콜?

"술은 안 돼."

-왜에에에에.

억울해하는 목소리가 귀를 타고 흘러 들어왔지만 도영은 단호했다. 또 한 번 술 먹고 술주정을 부린다면, 윽. 생각하기도 싫다, 싫어. 도영은 절대 넘어가지 않기로 굳게 마음먹었다.

"차돌박이라도 먹고 싶으면 얌전히 말 들어."

-흥. 비싸게 굴긴.

"대답."

-아, 뉘예, 뉘예. 그람요, 누구 말씀이신데유. 아이고, 그람요.

"밥 잘 챙겨먹고 일 끝나면 바로 귀가하도록 해."

-그람요, 그람요.

"끝까지 까분다."

흥흥, 하는 소리가 계속 들려왔다. 하지만 조금만 더 듣고 있으면 홀라당 넘어가버릴 것 같아 도영은 급히 전화를 끊기로 했다.

"바빠서 끊어야겠다. 이따 보자. 보고 싶다, 하윤아."

-치.

“…….”

-나도 그러네요. 흥, 더 이상은 자존심이 허락 못해! 아무튼 이따 봐. 안녕!

뚝. 끊어진 휴대폰을 바라보며 도영은 살며시 미소 지었다. 술을 허락해주지 않았다는 이유로 자존심이 상해 보고 싶다는 말을 아끼는 이 여자를 어떻게 해야 될까. 도영은 기가 막혀하면서도 흘러나오는 웃음을 참지 못했다.

“차돌박이라.”

장을 보고 들어가려면 시간이 빠듯하겠군.

도영은 손목에 걸려 있는 시계를 바라보며 급하게 자리에 앉았다. 좀 전까지만 해도 숨이 턱턱 막힐 정도로 답답한 공간이었지만 그의 표정은 전과 달리 즐거워 보였다. 콧노래를 흥얼거릴 정도로.

똑똑. 한참 일에 몰두하고 있을 때쯤 노크 소리에 고개를 드니 벌써 점심시간이 훌쩍 지난 후였다. 정신없이 일에 몰두하다 보니 시간 가는 줄을 몰랐던 모양이다.

“네.”

도영의 말에 문이 열렸다. 그리고 진서가 성큼 들어왔다.

“아무리 일이 많아도 식사는 하셔야죠. 오늘 구내식당 메뉴가 육개장이라는데, 어떠세요?”

“안 그래도 슬슬 배가 고프던 차였는데 잘됐군. 가자.”

자리에서 일어나 재킷을 걸치는 도영의 모습을 바라보던 진서는 아까 전까지만 해도 피곤한 기색이 역력했던 그의 얼굴과는 달리 생기가 도는 분위기에 고개를 갸웃거렸다.

"무슨 좋은 일 있으세요?"

"왜?"

"그냥, 기분이 좋아 보이셔서요."

"왜. 난 기분 좋으면 안 되나?"

"어엇. 다시 보니까 아닌 듯. 제가 실언했네요."

"너 인마."

"육개장은 따뜻할 때 먹어야 제맛이죠. 하하, 조금만 늦었다가는 문 닫겠네요. 어서 가시죠."

땀을 닦는 시늉을 하며 멀어지는 진서의 모습에 도영은 살짝 미소 지으며 그의 뒤를 따랐다.

띵. 엘리베이터가 도착했는지 제 층에 멈추자 두 사람은 몸을 움직였다. 문이 열리고 들어가려는데, 누군가가 툭 하고 튀어나왔다.

"……."

그 순간 진서가 당황해하며 상대를 바라봤다. 이사실이 있는 층엔 다른 부서가 없기 때문에 이곳까지 올라왔다는 것은 이사실에 볼일이 있다는 것을 의미했다.

"무슨 일로……."

"선배!"

진서의 말은 들은 척도 하지 않는 여자가 도영에게로 다가갔다.

"조금만 늦었으면 못 만날 뻔했네. 멀리서 왔는데 찬바람 맞으면 너무 서글프잖아요."

"차유림, 너 어떻게……."

"저번에 말씀드렸잖아요. 곧 한국 간다고요. 맛있는 밥, 사주실 거죠?"

몇 년 만에 만난 유림은 스스럼없이 말해왔다. 도영도 어제 만난 사람처럼 어색하지가 않았다. 군대 간 남동생이 돌아온 느낌이랄까, 반갑기까지 했다.

"그래. 그나저나 잘 지냈나?"

"보시다시피 잘 지냈어요. 선배는 여전히 멋있네요."

여자는 싱그러운 미소를 띠며 도영에게 말을 건넸다. 옆에 서 있던 진서는 두 사람 사이에 방해꾼이 된 것 같아 한 발자국 멀리 서서 낯선 이를 훑어보았다.

한눈에 봐도 미인이라는 걸 알 수 있을 정도로 예쁜 얼굴이었다. 늘씬한 몸매는 두말할 것도 없고, 특유의 생기가 흘러넘치는 분위기가 인상적이었다.

"아, 혹시 어디 가시는 길이었어요? 미리 연락을 하고 올 걸 그랬나?"

"식사하러 가는 길이었어. 같이 갈래?"

"그래도 돼요?"

세 사람은 구내식당으로 향했다.

"가끔 메일 보냈었는데 답장 한 번이 없어서 섭섭했어요."

"바빴거든."

테이블에 앉아 식사를 하는 도중에 유림의 푸념이 시작되었다. 하지만 도를 넘지 않는 선에서 애교 있는 말투로 말을 이어갔고, 도영은 보이지 않게 웃으며 짧게 고개를 끄덕이고 답했다.

식사를 마친 두 사람은 이사실에 자리를 잡았다.

"그동안 어떻게 지냈어요?"

"보시다시피. 일만 하며 살았지."

"재미없었겠다. 선배, 이 일 별로 안 좋아했잖아요."

"그랬나. 지금은 괜찮아."

커피를 한 모금 마시며 대화를 끊는 도영의 모습을 물끄러미 바라보던 유림은 화제를 전환하기로 했다. 처음부터 아픈 구석을 건드려 쫓겨나는 불상사는 생각하고 싶지 않으니 말이다.

"하윤 언니는 잘 지내요?"

"요즘 바쁘긴 해도 잘 지내고 있어. 워낙 씩씩한 녀석이잖아."

"……."

방금 전까지만 해도 무뚝뚝하던 그의 얼굴에 온기가 피어올랐다. 그 모습에 유림은 눈썹을 삐죽거렸다.

"하윤 언니에 대한 선배의 애정, 여전한가 봐요."

"왜?"

"언니 이름만 나와도 웃고 있으니까요. 그렇게 사랑스러운 얼굴로 웃으면 다들 연인 사이라고 오해하기 십상이에요."

"그래?"

도영은 보일 듯 말 듯 웃어 보였다.

"그 미소 뭐예요? 설마 두 사람…… 연애라도 하는 거예요?"

"얼마 되진 않았어."

"오, 마이 갓! 정말이라고요? 20년을 친구로 지내온 두 사람이 연인이 되었다는 거예요, 선배?"

"그래. 간절하니 이루어지더군."

유림은 뒷목을 잡고 쓰러지는 시늉을 했지만 도영은 여유롭게 커피를 마실 뿐이었다. 이성을 찾은 유림은 박수를 치며 축하의 인사를 건넸다.

"축하해요, 선배."

"고맙다."

"축하주라도 한잔해야 하는 거 아니에요?"

"그럴 시간은 있고? 언제 다시 돌아가는데?"

"미션을 완수하면요."

그 순간 도영과 유림의 눈빛이 공중에서 부딪쳤다. 알 수 없는 스파크가 파바박, 하고 튀는 듯해 유림은 몸을 살짝 떨어야 했다. 말의 뜻을 묻는 도영의 눈빛이 강렬해지자 유림은 마른침을 모아 삼켰다.

"이왕 이렇게 된 거 뜸들이지 않고 말할게요. 사실 교수님께서 이번에 새로운 프로젝트를 진행하고자 하시는데 선배의 도움이 필요하셔요."

"도움이라니, 내가 무슨 도움이 된다고. 그리고 내 나이 벌써 서른이다. 돌아가서 뭘 할 수 있겠어?"

"교수님 나이는 예순이세요. 잊으신 건 아니시죠?"

유림의 재치 있는 말에 도영은 피식하고 웃어버렸다.

벌써 교수님의 나이가 예순이 되셨나. 늘 밝고 명랑하신 교수님의 모습이 도영의 머릿속을 스쳐 지나갔다. 나이에 맞지 않게 위트가 있으셨던, 그러면서도 일을 할 땐 누구보다 열정적으로 빛이 나던 분이셨다. 그런 분을 어떻게 잊겠는가. 존경하는 분이자 자신의 롤모델이셨던 그분을.

"늘 선배를 아들처럼 생각하시던 교수님이시잖아요. 한계를 느끼실 때마다 선배 이야기를 꺼내세요. 누구보다 속 깊고, 누구보다 일에 열정적이던 선배를 그리워하며 외로워하세요. 아시잖아요. 교수님께 선배는 가족 이상의 의미였다는 것을."

"……."

"선배가 모든 걸 다 포기하고 한국으로 돌아갔을 때 교수님께서는 한동안 상실감에 모든 연구를 내려놓으셨어요. 마음이 허하시다며 창밖만 보시더라고요."

"……."

"그래서인지 건강도 많이 안 좋아지셨어요. 마치 이번 프로젝트가 마지막인 사람처럼 연구실에서만 지내시고요."

유림의 목소리가 점점 작아졌다. 도영만큼이나 교수님을 따랐던 유림에게도 그의 쇠약해진 모습을 지켜보는 일은 괴로운 일 중 하나였을 것이다. 누구보다 그 마음을 이해하는 도영은 입 안이 썼다.

"이번이 마지막 프로젝트가 될지도 몰라요, 선배. 단 한 번만 교수님 곁으로 돌아와주시면 안 되나요?"

"……."

"선배."

도영은 말이 없었다. 그 모습에 유림은 몇 년 전 거절의 의사를 밝히던 선배의 모습과 오버랩되어 마음이 급해졌다.

"공부하고 싶은 마음, 여전히 남아 있는 거죠?"

"……."

"전 알 수 있어요. 선배가 그 일을 얼마나 많이 사랑하고 아꼈는지를. 누구보다 연구에 열정적이던 선배를 아직도 기억하고 있단 말이에요. 이깟 이사 자리, 선배가 원해서 앉아 있는 거 아니잖아요. 누군가를 위해 모든 걸 다 포기하고 앉아 있는 이 허물뿐인 자리, 만족하세요? 몸에도 맞지 않는 옷을 입고 있으시면서, 행복하세요?"

"유림아."

"단 한 번 정도는 괜찮잖아요. 하윤 언니가 마음에 걸려서 그러세요? 평생 돌아오지 않는 것도 아니잖아요. 이번 프로젝트만 끝마치고 다시 돌아오면 되잖아요. 네?"

"이미 손 놓은 지 너무 오래됐다. 다시 시작한다고 해도 예전 같을 수 없어."

도영의 단호한 말에 유림은 좌절했다. 비행기를 타고 오는 순간부터 예상은 했지만 생각했던 것보다 훨씬 큰 좌절감에 눈물이 날 것 같았다.

"아뇨, 선배는 단 한 번도 연구에 대한 마음을 접지 않으셨을 거예요."

"아니. 한국에 돌아와서 단 한 번도 떠올린 적 없어."

"그럼 지금의 상황에 만족하세요? 행복하시냐고요."

선뜻 대답할 수가 없었다.

쏟아지는 서류들에 사인을 하고 있는 자신이 기계처럼 느껴졌던 적이 있었다. 맞지 않는 일을 하면서 매일같이 느껴야 했던 회의감에 화가 났고, 왜 이렇게까지 살아야 하나 싶은 좌절감에 자신이 한심하기도 했었다. 하지만 모두 스스로의 선택이 아니던가.

"행복해. 난 지금이 가장 만족스럽다."

처음부터 알고 있었잖아. 이 자리에 앉는 순간부터 다 감당하기로 했잖아. 내가 하고자 했던 일, 내가 원했던 일. 그 모든 것들이

1순위가 될 수 없다는 것을. 평생 다시 시작하지 못하더라도 후회하지 않겠다고 마음먹었었다.

"그러니 이번 일은 못 들은 걸로 하자. 더 이상 이런 일로 찾아오지 않았으면 좋겠다."

"선배."

"돌아가."

머나먼 타국에서 날아온 유림을 단칼에 거절한 도영은 자리에서 일어나 창가 쪽으로 다가갔다. 더 이상 대화를 나누고 싶지 않다는 도영의 마음을 알아차린 유림은 주먹을 쥐었다.

"오늘은 돌아갈게요."

"……."

"전 일주일 후에 다시 미국으로 가요. 그러니 그동안 다시 한 번만 생각해주세요."

"생각해볼 필요 없다. 난 절대 돌아가지 않아."

차가운 도영의 말에 유림의 심장이 쩍 하고 갈라지는 것 같았다. 뒤돌아선 도영의 모습이 자신의 마음까지 거절하는 것 같아 괴로웠다. 눈물이 솟구칠 것 같은 마음에 자리에서 일어난 유림은 문 쪽으로 걸어갔다.

"가기 전에 하윤 언니랑 셋이서 식사 한번 해요. 제가 대접할게요."

"……."

"절대 하윤 언니에게 내색하지 않을 테니 그런 점이 걱정이시라면 마음 놓으셔도 돼요."

"그래."

그제야 대답을 한다. 유림은 긴 한숨을 내쉬었다.

"하지만 선배, 다시 한 번 생각해주세요. 이번 일이 아니더라도 교수님을 평생 안 보실 건 아니잖아요."

"……."

"마지막 프로젝트가 될지도 몰라요, 선배."

"유림아."

"……갈게요. 그럼 수고하세요."

유림은 더 이상 거절당하기 싫은 사람처럼 도망치듯 이사실을 빠져나갔다. 쾅, 하는 소리와 함께 문이 닫히자 도영은 막혔던 숨을 뱉어내듯 거칠게 숨을 내쉬며 창문을 열었다. 왠지 공기가 희박한 느낌이었다.

지글거리는 된장찌개와 붉은빛을 잃어가면서도 자태를 잃지 않는 차돌박이의 한상차림은 하윤의 입을 떡 벌어지게 만들었다. 게다가 소주까지. 환상의 궁합이라며 연신 물개박수를 쳐댔다.

"그렇게 좋아?"

"열심히 일한 자, 먹어라! 취해라! 뻗어라! 삼종 세트가 가능하게끔 만드는 식탁이잖아. 아, 보기만 해도 너무 행복해. 군침이 꼴깍꼴깍."

"익었다. 얼른 먹어."

"잘 먹겠습니다아!"

도영의 말이 끝나기도 전에 차돌박이 한 점을 젓가락으로 집은 하윤은 기름장에 살짝 찍어 입 안에 쏙 넣었다. 그러고는 황홀한 표정으로 팔다리를 휘저었다.

"생각했던 것보다 훨씬 맛있어. 대박이야, 도영아."

"많이 먹어."

"자, 그럼 이쯤에서 한잔하실까요?"

하윤은 빠른 손놀림으로 두 사람의 잔을 가득 채웠다. 그러고는 자신의 잔을 들어 도영 앞에 내밀자 도영은 피식 웃으며 건배 제의를 받아들였다.

"크앗, 소주 맛이 차돌박이 저리 가라네."

"……."

"자, 아! 고기 굽느라 수고한 최도영도 한 입 드세요."

그제야 도영의 노고를 떠올린 하윤이 차돌박이 한 점을 그의 입에 넣어주었다. 도영은 말없이 고기를 받아먹으며 웃었다. '맛있지? 맛있지?' 답을 묻고는 있지만 확신의 찬 눈동자로 그를 다그쳤다. 도영은 조용히 고개를 끄덕이고는 엄지를 치켜세워주었다.

"당연하지. 누가 구웠는데?"

"아, 그러시겠죠."

하윤은 김이 팍 샌 얼굴로 도영을 놀려댔지만 그것도 잠시, 고기를 향한 그녀의 열정을 담아 젓가락을 놀렸다.

차돌박이 한 점, 소주 한 잔. 마무리로 된장찌개 한 숟갈까지. 크아, 이곳이 지상낙원이렷다.

"잘도 먹는다."

도영은 뜨거운 불판을 가로질러 하윤의 머리를 쓰다듬었다. 평소 깔끔하기로 소문난 그였지만 집 안에 고기 냄새가 스며들든, 연기로 가득 차든 관심 없어 보였다. 오로지 잘 먹는 하윤이 예뻐 보일 뿐. 혹시나 먹는 흐름이 끊길까 잘 익은 고기가 떨어지지 않게 열심히 고기를 구웠다.

"잘도 굽는다."

이번엔 하윤이 손을 뻗어 도영의 머리를 쓰다듬어주었다. 그러자 도영은 만족스럽지 않다는 표정으로 어깨를 들썩였다.

'욕심쟁이'하윤이 투덜거리더니 자리에서 일어나 그에게 입술을 쭉 내밀었다.

"입술을 하사하시겠다."

불판 위, 연기가 그녀의 턱까지 닿아 오르는데도 하윤은 닭똥집 같은 입술을 내밀고 도영을 기다렸다. 자세가 불편했지만 상관없었다. 자신을 위해 장을 보고 상을 차린 도영이 기특했으니 이 정도 상은 내려줘야겠단 심산이었다. 하지만 한참을 기다려도 기척이 없자 한쪽 눈을 힐끔 뜨고 도영의 행동을 주시했다. 그 순간, 찰칵 하는 소리와 함께 배꼽을 잡고 웃는 그가 보였다.

"뭐, 뭐 하는 거야?"

도영은 웃으면서 방금 전 찍었던 사진을 하윤의 얼굴 앞으로 들이밀었다. 연기가 턱 밑까지 차올라 수염을 기른 신선처럼 보였고, 눈을 감은 채 입술을 내민 여자의 얼굴엔 붉은 기가 돌아 술에 취한 노인 같았다. 이게 뭐냐며 소리를 빽 질렀지만 도영은 여전히 웃음을 멈추지 못했다.

"다신 뽀뽀해주나 봐! 기특하다는 거 취소야!"

"왜? 마음에 안 들어?"

"에라이! 마음에 든다. 아주 마음에 들어! 흥, 쳇. 제길."

"마음에 든다면서?"

"유, 유포하진 않을 거지?"

도영은 한 번 더 배꼽을 잡았다. 유포라니. 이 사진을 어디다가, 누구에게 유포한단 말인지. 하윤은 안쓰러울 정도로 당황해하고 있었다.

“지워주면 더 좋으련만. 아무리 봐도 너무 못생겼잖아.”

“괜찮아, 매력 있어.”

“매, 매력?”

“신비로운 매력.”

“음?”

“불판 위를 나는 만취 노인의 신비로운 매력이랄까.”

“야! 최도영!”

결국 하윤은 자리에서 일어나 도영에게로 달려들었다. 그러자 도영은 빠른 손놀림으로 휴대폰을 주머니에 쏙 넣고서는 달려드는 하윤을 품에 안았다. 그의 품에 안긴 하윤은 자신보다 한참이나 크고 한참이나 넓은 품에 파묻힌 신세가 되었다.

“나한테 이기려면 한참 더 크셔야 될 것 같네요, 노인님.”

“으헝, 억울해.”

“특별히 유포하진 않을게.”

“정말?”

“음. 이 좋은 웃음거리를 왜 유포해? 우울하고 힘들 때 혼자 한 번씩 꺼내 보면서 즐거워해야지. 얼마나 좋아, 돈도 안 들이고 힐링하는 게.”

“너 죽고 나 죽자.”

“어엇? 고기 탄다, 고기!”

도영의 말에 하윤은 모든 행동을 멈췄다. 어느새 자신의 자리로 돌아가 사망 직전의 고기들을 접시에 옮기고 있는 하윤을 본 도영은 눈물이 날 때까지 웃어야만 했다.

행복, 더 근사한 게 필요해? 내가 얻고자 했던 행복을 여기서 다 얻고 있는데 그깟 버거운 짐을 어깨에 싣고 있는 게, 그게 무슨 괴로움일 수가 있어? 힘들면 어때서? 아프고 괴로우면 어때서? 이렇게 행복한데. 저 여자의 웃는 얼굴 하나만으로도 세상을 다 가진 것처럼 행복한데. 나한텐 꿈 따윈 필요 없어, 유림아. 내게 꿈이 있어야 한다면 그 꿈의 주인은 하윤이 될 테니까.

도영은 자신을 노려보는 하윤을 지그시 바라보았다.

"범죄자치고 너무 여유롭다?"

"범죄자라니?"

"그렇잖아. 살인미수라고!"

"하? 차돌박이 살인미수?"

"거봐, 지은 죄가 있으니까 한 번에 알아듣잖아!"

"나 참. 한눈판 사람이 누군데?"

"설마 나?"

"그럼 여기 또 누가 있어?"

"허어, 참."

하윤은 기가 막힌 듯 눈을 흘기면서도 사망 직전의 고기들을 빠르게 해치워갔다.

"그렇게 먹으 면 체한다. 소주도 한 잔씩 마셔가면서……."

도영이 건넨 술잔에 짠을 하며 하윤은 소주마저도 시원하게 입안으로 털어 넣었다. 슬슬 배가 부르고 취기가 오르자 하윤은 실실거리고 웃기 시작했다.

"집에서 먹으니까 술주정 부릴 일도 없고, 좋다. 그치?"

하윤의 말에 도영은 대답하지 않았다. 말이라면 정확히 해야지. 술주정 부릴 일이 없는 게 아니라, 네 술주정을 다른 사람에게 보이지 않아도 되니 다행인 거겠지.

도영은 자신의 잔에 술을 따랐다.

"그래도 이제 그만 마셔. 자야지."

하윤은 고개를 돌려 시계를 확인했다. 아직 8시밖에 되지 않았는데 벌써 자란다. 흥, 하윤이 토라진 듯한 소릴 내자 도영은 자신의 잔을 비우고 하윤을 바라봤다.

"왜?"

"이렇게 일찍 재우려는 의도가 뭐야?"

"의도라니?"

"흥. 빤히 보이는 수작, 안 넘어가거든요?"

무슨 소리냐고 하려다 도영은 입을 다물었다. 하윤이 생각하는 그림을 그릴 생각은 없었지만 새초롬하게 눈을 뜨는 그녀를 보니 갑작스레 온몸이 뜨거워졌다.

"왜 안 넘어오는데?"

목에 뭔가 걸린 듯 쉰 소리가 흘러나왔다. 그건 아마 욕망 앞에 흐트러진 호흡이 제 맘대로 조절되지 않은 탓일 것이다.

"나 오늘은 집에 가서 잘 거야."

그러고 보니 하윤은 옷 갈아입는 일을 제외하고는 도영과 거의 같이 생활하고 있었다. 그래봤자 밥 먹고 잠을 자는 일뿐이었지만.

친구일 때도 2층 거리의 집에 가는 게 귀찮아 자주 자고 갔던 하윤이었는데 연인이 된 뒤엔 밤마다 그의 집에서 잠들고 아침이 되면 출근하기에 정신이 없어 그렇게 됐던 것 같다.

"그러든지."

하윤의 말에 도영은 심드렁한 목소리로 내뱉었다.

"난 다 먹었으니까 이만 일어날게."

"음."

심통이 난 게 분명하다. 뭣 때문인지는 모르겠지만.

어찌 되었던 잔뜩 불퉁한 얼굴로 현관문 앞까지 단숨에 걸어간 하윤을 바라보던 도영도 자리에서 일어났다.

"왜?"

"배웅."

"됐거든요!"

잡는 것도 아니고 배웅? 흥. 하윤의 목소리가 더욱 높아졌다. '나 토라졌으니 달려줘!'라고 말하는 여자의 언어를 도영은 이해하지 못하는 듯했다. 하윤은 현관문을 열고 엘리베이터 앞까지 걸어갔다. 그때까지도 배웅을 하는 도영에게 눈길 한번 주지 않고 도착한 엘리베이터에 몸을 실었다.

"잘 있어."

"음."

문이 닫히기 직전 손을 쑥 집어넣은 도영이 열리는 문틈 사이로 들어오더니 닫힘 버튼을 눌렀다. 엘리베이터는 유연하게 6층으로 내려가기 시작했다.

"왜 타?"

묻는 말에 대답하기도 전에 도착한 엘리베이터의 문이 열렸다. 그러자 도영이 먼저 내렸고, 하윤이 그를 뒤따랐다.

"이제 가."

"들어가는 거 보고."

"흥."

또 흥이란다. 하윤은 보란 듯이 문을 열었고 현관문을 닫으며 손을 흔들었다. '진짜 가버렷!'이라고 외치는 것 같았지만 도영은 씨익 웃을 뿐이었다. 쾅! 문이 닫혔다.

"흥, 가끔 보면 둔탱이야, 아주! 못된 최도영!"

하윤은 신발을 벗고 성큼성큼 거실로 들어왔다. 목이 타는 것 같아 냉장고로 향하는데 초인종 소리가 들렸다.

"장난치지 마. 문 안 열어줄 거거든?"

삐죽거리며 대답했다. 냉장고를 열어 시원한 물을 꺼낸 하윤은 잔에 물을 따라 마셨다. 그러는 동안도 초인종 소리는 계속 울렸다. 귀찮아진 하윤이 현관문 앞까지 걸어가 허리에 손을 올렸다.

"안 열어줄 거래도?"

"……."

"야, 최도영!"

딩동, 딩동. 이젠 귀가 다 아프다. 하윤은 참지 못하고 벌컥 문을 열었다.

"최도영, 너 진짜……. 흡!"

그 순간 도영의 얼굴이 살짝 보이는 듯하더니 거친 입술이 그녀의 입술에 내려앉았다.

"분명 네가 열어준 거다."

"아니, 그게……."

따져 물으려는 하윤의 입술을 삼킨 도영은 그녀를 번쩍 안아

들었다.

"사랑해. 난 너만 있으면 돼. 알지?"

그거면 됐다. 이 여자, 이 사랑 하나만 있으면 그 어떤 것도 필요치 않았다. 도영은 하루 종일 자신을 괴롭혔던 고민들로부터 멀어지고 있었다.

[윤성 호텔 6시, 괜찮으세요?]

도영은 도착한 메시지를 한참 동안 바라보았다. 유림이 다녀간 지 벌써 3일이라는 시간이 흘렀다.

[그래.]

망설이듯 손가락을 액정 위에서 놀리던 그가 결국 짧게 답장을 보내고는 휴대폰을 내려놓았다. 긴 한숨이 흘러나왔다.

생각하지 않으려고 무던히도 애썼던 3일이었다. 하지만 이미 귀를 타고 흘러온 유림의 이야기에 마음이 흔들리지 않았다면 그 것은 거짓말일 것이다.

하윤의 집에서 잠이 들었던 날, 그는 과거로 돌아가 있었다.

그의 아버지인 크리스 최는 인기 절정이던 시절, 활발한 활동을 하는 내내 몸이 좋지 않았었다. 단 한 번도 기사가 난 적이 없어 대중은 알 리 없는 사실이었지만 그를 옆에서 지켜보는 도영은 아버지가 일을 하기 위해 그 모든 고통을 감수하고 있다는 것을 알고 있었다.

그의 매니저는 크리스 최의 고통을 조금이라도 덜어주기 위해 다양한 약을 구비하고 다녔는데, 그 종류가 너무 많아 어린 도영이 겁을 먹을 정도였다. 그래서 생각했다. 아버지가 조금이라도 덜 힘들었으면. 아버지의 아픔을 조금이라도 덜어줄 수 있는 약이 있었으면 좋겠다고. 그리고 도영은 연구를 시작했다.

어릴 때 공부하던 것들은 어디까지나 이론을 습득하는 정도였다. 딱히 연구라고 칭할 것도 없었지만 분명 그에게는 재미있는 일 중 하나였다. 기존의 약들이 가지고 있는 부작용을 최소화시키면서 복잡한 기능들을 한 번에 엮을 수 있는 약을 만들어내고 싶었다. 바쁜 아버지가 여러 종류의 약을 단번에 삼키지 않아도 되는 그런 약 말이다. 그러다 보니 그 일에 흥미를 갖게 되었고, 그의 연구는 본격적으로 시작되었다.

하윤이 패션디렉터로서의 꿈을 키우기 위해 한국이 아닌 미국의 대학에 관심을 갖게 되면서 도영 역시 자연스럽게 같은 학교로 관심을 돌렸다. 물론 과와 생활 패턴이 달라 만나는 일이 매일 같을 수는 없었지만 그래도 그들은 여전히 함께였다.

미국에서의 생활은 꽤 만족스러웠다. 관련 학과에서 전문적인 지식을 쌓을 수 있어 좋았고, 좋은 교수님을 만나 넓은 시야를 가질 수 있게 되었다. 다양한 도전과 연구는 계속되었고, 실패와 좌절 속에서도 그의 열정은 불타올랐다. 냉철하고 이성적인 그의 성격과 잘 어울리는 일이라고 생각했다. 가만히 앉아 오랜 시간 일에 몰두하는 것 또한 도영의 장점이었기에 모든 것들이 잘 맞아떨어졌다.

그뿐이겠는가. 도영은 처음으로 자신의 꿈을 향해 가는 길이 행복하다는 것을 깨달을 수 있었다. 어릴 적부터 자연스럽게 흘러왔던 모든 일들이 행복하지 않았다고 할 수는 없었지만 그때와는 조금 다른, 성취감에서 얻게 되는 행복감이었다. 그건 말로 표현할 수 없을 정도의 만족감이기도 했다. 밤을 새워가며 공부를 하고 연구에 몰두하는 일은 그의 육체를 피곤하게 했지만 정신만은 온전케 해주었다. 그만큼 그 순간들이 즐거웠었다.

아버지가 허리 부상을 입어 한국에서 재활 치료를 시작하고 태열과 뜻을 맞춰 CL엔터테인먼트를 설립했을 때, 그는 망설였다. 아버지를 위해 시작한 공부이지만 왠지 모를 미련이 남아 있었다. 공부를 더 하고 싶었다. 몇날 며칠을 고민한 끝에 하윤과 미국에 남아 있기로 마음먹었다. 하지만 채 몇 시간도 되지 않아 그는 마음을 바꿔야만 했다. 하윤이 한국에서 열리는 패션쇼에 스태프로 채용되면서 급하게 미국 생활을 정리했기 때문이다.

공부를 하고 싶었던 그의 마음은 어느새 사라졌다. 아버지의 계속되는 권유라 핑계 댔지만 도영은 하윤의 곁에 있고 싶었다. 그렇게 미국 생활을 정리하고 아버지의 일을 돕기 시작하면서 CL엔터테인먼트의 이사가 되었다.

"……."

도영은 고개를 흔들었다. 아무리 생각하고 또 생각해도 결론은 하나다. 하윤을 남겨둔 채로는 어디로도 가고 싶지 않다는 것. 그 무엇을 포기하더라도 하윤의 곁에서 그녀에게 힘이 되어주고 싶다는 것, 그것뿐이었다.

"그거면 됐어."

하윤이 없는 자신은 생각하고 싶지 않다. 친구일 때도 끔찍하게 아꼈는데 연인이 된 지금은 오죽하겠는가. 절대 단 한 순간도 멀어지고 싶지 않다. 두 사람 사이에 거리가 생기는 일은 죽어도 싫다. 아무리 지금의 일이 버겁고 힘들어도 상관없었다. 지금까지도 버텨왔는데 앞으로 못 버틸 게 뭐가 있겠는가. 자신의 옆엔 늘 하윤이 있을 테니, 그거면 됐다. 더 이상 지나간 꿈에 미련을 두고 싶지 않았다.

확실히 정리하자. 더 이상 이런 감정, 더 이상 이런 혼란은 원치 않았다. 몇 년 동안 잊고 살아왔던, 다신 떠올리지 않아도 될 기억들을 떠올리며 고민하는 일은 시간 낭비일 뿐이었다.

저녁 식사 시간이 가까워져서인지 도로는 조금 복잡했다. 약속 시간에 겨우 도착할 것 같아 조수석에 앉아 있는 하윤의 마음은 급해졌다.

"차가 너무 밀리네. 이러다가 늦겠어."

"……."

"도영아?"

하윤은 말없이 창틀에 팔을 대고 도영을 불렀지만 그는 답이 없었다. 손바닥을 들어 그의 눈앞에서 휘휘 젓자 그제야 도영이 고개를 돌려 그녀를 바라봤다.

"무슨 생각 해?"

"음? 아무것도."

"그럴 땐 당연히 네 생각이지, 라고 말해야 되는 거예요."

"아."

도영은 손을 잡아오는 하윤에게서 시선을 떼지 못한 채 피식 웃었다.

"그나저나 유림 씨, 여전히 예쁘려나?"

"뭐, 예전이나 똑같던걸."

"예쁘단 얘기네."

미국에서 대학을 다닐 당시 도영의 옆에서 떨어지지 않던 유림이었다. 연인 사이 아니냐고 오해받을 정도로 사이가 좋았던 터라 하윤 역시 안면이 있었다. 몇 번 같이 밥을 먹기도 했었는데 이상하게 친해지진 않았다. 나이 차이가 많이 나는 것도 아닌데 묘한 거리감이 느껴져 어색했었다.

어느새 도로가 여유로워졌는지 유연하게 운전을 하던 도영은 윤성 호텔 앞에 차를 세웠다. 키를 건네고 라운지로 들어서자 멀리서 두 사람을 알아본 여자가 일어나 손을 흔들었다. 유림이었다.

"선배, 왔어요? 하윤 언니도 오랜만이네요. 잘 지내셨죠?"

"아, 네. 유림 씨도 잘 지냈어요? 여전히 예쁘네요."

하윤의 인사에 유림은 방싯 웃었다.

윽, 예뻐. 걘 왜 저렇게 예뻐? 나이를 어디로 먹은 거야?

속으로 투덜거리는 하윤이었지만 얼굴은 연신 웃고 있었다. 이렇게 어색하게 웃다 금방이라도 입가에 경련이 일어날 것 같아 손으로 볼을 톡톡 두드렸다.

두 여자가 대화를 나누던 사이 도영은 자리에 앉았다. 잠시 후 다가온 웨이터에게 주문을 한 뒤 세 사람은 대화를 이어갔다.

"두 분 연인이 되셨다는 이야기 들었어요. 축하드려요, 언니."

"어머, 도영이가 그래요? 고마워요. 왠지 좀 쑥스럽네."

순식간에 얼굴이 달아오른 하윤이 손부채질을 하자 도영은 고개를 돌려 자신의 옆자리에 앉아 있는 그녀에게 물 잔을 건넸다. 자연스럽게 물을 한 모금 마신 하윤은 테이블 위에 잔을 내려놓았다. 유림의 표정이 순간 날카로워졌지만 이내 웃음을 띠었다.

"여전히 보기 좋아요. 질투 날 만큼."

"유림 씨는 애인 없어요? 인기 많을 것 같은데."

"아직 짝을 못 만나서요. 언젠가는 제 마음을 알아줄 사람이 나타나겠죠. 언젠가는요."

말은 하윤에게 하고 있지만 시선은 어느새 도영에게 닿아 있었다. 묘한 기분에 휩싸인 하윤은 당황한 얼굴로 두 사람을 번갈아 봤지만 도영은 말이 없었다. 잠시 후 주문한 음식이 테이블 위로 세팅되자 식사는 시작되었다.

"하윤 언니, 그거 알아요? 학교 다닐 때요. 저희 과에 여자가 여덟 명 정도 되었었는데 두 명 빼고 다 도영 선배 좋아했었어요."

"아, 그래요?"

"네. 연구하는 모습이 섹시하다는 둥, 펜만 들어도 멋지다며 환호성을 내지르곤 했었어요. 그 당시 최고의 인기남이었죠."

"……."

"그러고 보면 도영 선배는 한 가지 일에 몰두할 때 더욱 빛이 나는 사람 같아요. 사실 매일 연구실에만 있는다고 구박했지만, 그때 그 모습이 얼마나 멋졌는지 몰라요. 아직도 기억날 정도로."

탁. 유림의 말이 끝나기도 전에 도영이 거칠게 나이프를 내려놓았다. 그 소리가 소름 끼칠 정도로 차갑고 냉정해서 두 여자의 시선이 모두 그에게로 향했다. 하지만 도영의 눈빛은 유림에게 향해 있었고, 말로 표현할 수 없는 냉정한 기운이 그의 눈에서 흘러나오고 있었다.

"이미 지나간 이야기, 할 필요 있나?"

"아……."

유림은 당황한 기색이 역력했다.

하윤은 어색해진 분위기를 무마하고자 그에게 손을 뻗었다. 그러나 그에게 뻗으려던 손이 테이블 위 접시를 건드렸고, 샐러드가 하윤의 바지로 떨어졌다. 순식간에 더러워진 바지를 티슈로 닦던 하윤은 자리에서 일어났다.

"잠시 화장실 좀 다녀올게."

"조심해."

도영의 말에 대답도 하지 못한 채 하윤은 빠른 걸음으로 사라졌다. 남겨진 두 사람은 말이 없었다. 어색한 침묵, 무거운 침묵이 흐르는 것도 잠시, 도영은 앞에 놓인 물 잔을 들어 목을 축였다. 입맛이 달아난 유림은 들고 있던 포크를 내려놓았다.

"선배, 생각 좀 해보셨어요?"

"그래. 네 말대로 며칠 생각해봤어."

"……."

"근데 결론은 똑같아. 난 다시 미국으로 돌아갈 생각 없다."

"선배!"

"난 널 좋은 후배로 생각하고 있어. 자꾸 이런 억지를 부려 우리 사이가 틀어지지 않기만을 바랄 뿐이다. 앞으로는 이런 일로 시간 낭비하지 마."

조금의 가능성도 열어두지 않는 듯한 단호한 말에 유림은 좌절했다. 이미 답은 알고 있었다. 알고 있었으면서도 상처가 너무 컸다.

"하윤 언니 때문인가요?"

"……."

"정말 그 이유예요?"
유림은 이를 악물고 물었다. 하지만 도영은 답이 없었다.

"어? 도영이 어디 갔어요?"
화장실에 다녀온 하윤은 테이블에 덩그러니 혼자만 앉아 있는 유림을 바라보며 물었다. 자신이 나간 후로 손을 대지 않았는지 테이블 위 음식들은 차갑게 식어 있었다. 아까워서 어쩌나. 입맛을 다시며 라운지 안을 살펴봤지만 도영은 보이지 않았다.
"전화받으러 나갔어요."
"아."
유림의 말에 하윤은 그녀를 바라봤다. 아까와는 달리 조금 변한 얼굴. 화가 난 것 같기도 하고 눈물이 터져 나올 것처럼 울먹이고 있는 것 같기도 했다.
"무슨 일 있어요? 안색이 영 안 좋네."
"……."
그 순간 유림은 많은 고민에 휩싸였다. 분명 하윤에게는 그 어떤 말도 하지 않겠다 약속하고 나온 자리다. 하지만 도영이 안타까워 견딜 수가 없다. 말을 할까. 도와달라 말을 할까.
유림은 고민했다. 그리고 마음이 급해졌다.
"하윤 언니, 부탁 하나만 들어주면 안 돼요?"
급한 마음에 결국 툭 튀어나와 버렸다.
부탁, 이걸 부탁이라고 해야 될지. 하지만 고민할 시간이 없었다.
"무슨 부탁이요?"

유림은 가방에서 수첩과 펜을 꺼내 들었다. 그러고는 무언가를 휘갈기는 듯하더니 손을 뻗어 하윤의 손바닥 위에 척 하고 올려놓았다.

"제 전화번호예요. 도영 선배에 대한 아주 중요한 일이니까 꼭 전화주세요. 제 부탁은 만나서 말씀드릴게요."

"그게 무슨……."

"선배한테는 비밀로 해주시고요."

비밀? 하윤은 손바닥 위에 놓인 종이를 물끄러미 바라봤다.

"넣어요, 선배 들어오시니까."

유림의 말에 하윤은 자신도 모르게 그녀의 전화번호가 적힌 종이를 가방에 넣었다.

가슴 한구석에 묵직한 무언가가 박힌 것처럼 불편해진 마음은 식사가 끝나는 순간까지도 계속 이어졌다.

웡, 웡.

스케줄 표를 들여다보던 하윤은 시끄럽게 반복되는 진동 소리에 전화를 받았다. 유림이었다.

-점심 식사를 같이했으면 해요. 위치는 메시지로 보내드릴게요. 그리고 오늘 저 만나는 거, 선배한테는 말씀하지 마세요.

"아, 네. 그럼 이따 봐요."

-네.

끊겨진 전화를 바라보고 있던 하윤은 어제 유림을 만나고 나서부터 계속 기분이 좋지 않았다.

부탁, 도영 선배에게 아주 중요한 일, 비밀.

"도대체 뭐야."

하윤은 머리를 긁적였다. 다행히 휘율의 스케줄이 마무리되어가고 있는 시점이라 점심 약속이 무리가 되는 일은 아니었다. 하지만 이상하게 내키지 않았다. 연달아 한숨을 내쉰 하윤은 그녀와의 약속 시간이 얼마 남지 않았다는 걸 깨닫고 자리에서 일어섰다.

유림이 찍어 보낸 장소는 회사와 그리 멀지 않은 곳이었다. 엘리베이터를 타고 내려온 하윤이 로비를 걸었다.

도대체 뭘까. 도대체 무슨 일이기에 비밀이라는 거지?

생각하고 또 생각했지만 하윤과 유림 사이에 도영을 두고 할 이야기가 있을 리 없었다. 아무리 머리를 굴리고 고민해도 답이 나오지 않아 머릿속이 복잡했다.

"일단 가보면 알겠지."

하윤은 터벅터벅 걸음을 옮겼다.

잠시 후 한정식집에 도착한 하윤은 직원이 안내해주는 방으로 들어갔다. 룸 형식으로 되어 있어 대화하기에 적격인 장소였다.

드르륵, 방 안을 살펴보고 있는데 문이 열리고 유림이 들어왔다. 어제보다 훨씬 더 엉망인 얼굴로.

잠을 잘 못 잤나? 왜 저렇게 초췌해?

하윤은 고개를 갸웃거리며 인사를 건네오는 유림에게 손짓했다.

"어디 안 좋아요? 안색이 영 안 좋네요."

"그럴 일이 있어서요. 일단 식사부터 하시죠."

유림은 여유로운 척하고 있었으나 실은 마음이 조급했다. 식사는 아무래도 좋으니 당장에라도 이야기를 털어놓고 싶은 마음이었다.

잠시 후 주문한 정식이 세팅되었고 두 사람 사이에는 적막이 흘렀다. 어색함과 더불어 민망함까지 느껴지자 밥이라도 먹자 싶었던 하윤이 숟가락을 들었다. 하지만 여전히 그대로 앉아만 있는 유림이 마음에 걸렸다.

"이야기 먼저 할래요?"

"그래도 돼요?"

기다렸다는 듯 유림이 대답하자 하윤은 고개를 끄덕이며 숟가락을 내려놓았다. 유림은 물로 목을 축였다.

"도영 선배와 함께 미국으로 가고 싶어요."

"……네?"

캑캑. 유림을 따라 목을 축이던 하윤은 그녀의 말에 사레가 걸린 듯 캑캑거렸다. 그러거나 말거나 유림은 길게 호흡을 내뱉은 후 말을 이어갔다.

"선배를 친아들 이상으로 사랑하시는 교수님이 계세요. 공부하는 내내 진심으로 선배를 아끼고 사랑하셨죠. 그분 건강이 많이 안 좋아지셨어요. 그럴 리 없다 생각하지만 본인 스스로 생애 마지막 프로젝트를 준비하고 계시고, 그 과정에서 도영 선배의 도움을 필요로 하세요."

"……."

"언니도 아시죠? 누구보다 자신의 일을 사랑하고 열정적이었던 도영 선배의 모습. 그런데 어느 날 갑자기 그 모든 걸 다 접고 한국으로 가버렸어요. 어떠한 말도 없이, 어떠한 약속도 없이 그대로 사라져버렸죠. 그 후 남은 사람들이 얼마나 많은 상실감을 느껴야 했는지……."

"……."

"남은 저희도 그 정도였는데 그 좋아하는 일을 버리듯 포기하고 사라져버린 도영 선배의 마음은 어땠겠어요? 모든 게 다 무너지는 심정이었겠죠. 안 그래요?"

유림의 말에 하윤은 아무런 반응도 할 수 없었다.

이게 지금 무슨 소리인가, 아직 감이 잘 잡히지 않았다.

"하루 종일 연구실에서 살 정도로 공부를 좋아하던 선배가 좋아하지도 않는 경영에 뛰어들면서 얼마나 많은 회의감을 느꼈을지 생각해본 적 있어요? 매일같이 자신에게 맞지도 않는 옷을 입으면서 얼마나 괴로워했을지 이해해보려 한 적 있어요?"

"……."

"전혀 모르는 일이죠, 언니?"

하윤은 여전히 머릿속이 멍했다. 도대체 무슨 말을 하는 것인지 묻고 싶었지만 입이 열리지 않았다.

"선배는 항상 언니가 먼저였어요. 친구일 때도, 연인인 지금도 여전히 언니가 1순위예요. 왜 그러는 걸까요? 도대체 그깟 사랑이 뭐길래 선배는 항상 약자인 걸까요?"

"약자라니. 무슨 소리예요, 도대체."

"단 한 번이라도 선배의 마음 들여다본 적 있어요? 그 좋아하는 일을 왜 다 버리고 한국으로 왔는지, 공부하고 연구하던 사람이 왜 하루아침에 경영에 뛰어들었는지. 그러면서도 왜 더 높은 자리에 앉으려 애를 쓰는지, 언니는 한 번이라도 선배의 마음을 다독여준 적 있나요?"

오열하는 그녀 앞에서 하윤은 죄인처럼 앉아 있었다.

도대체 이게 무슨 말이야.

속사포처럼 내뱉는 그녀의 말에 어떤 대답도 할 수가 없었다.

"이번 한 번만 양보해줘요. 언니가 선배를 보내줘요. 네? 오래 안 걸릴 거예요. 그러니까 제발, 선배에게 꿈을 이룰 시간을 줘요. 네?"

꿈을 이룰 시간을 주라고? 꿈? 도영의 꿈이 뭐였더라? 그가 되고 싶었던 미래의 모습이 뭐였더라? 하윤은 머릿속이 어지러웠다. 모든 걸 다 알고 있다고 생각했는데 정작 중요한 도영의 꿈을 잊어버린 채 살고 있었다.

"제발요. 선배도 한 번쯤은 행복해져야 하잖아요. 몇 년 동안 언니를 위해 모든 걸 다 내려놓고 살았으니 이번엔 언니가 포기해줘요. 네?"

"……도영이는, 가겠대요?"

"어떨 것 같아요? 가겠다고 했을 것 같아요?"

아니. 아닐 것 같아요. 하윤은 알고 있지만 대답할 수 없었다.

"선배 인생을 언니가 통째로 쥐고 흔든다는 생각 안 해요? 정말 너무하잖아요. 언닌 너무 이기적이고 나빠요. 선배가 주는 마음을 너무나 당연하게 받아들이면서 선배에겐 조그마한 기회도 주질 않잖아요. 선배가 가여워요. 너무 안쓰러워요."

울먹이는 유림을 바라본 하윤은 고개를 떨궜다.

그래. 언젠가 술에 취한 날 도영은 자신에게 말했었다.

'넌 하고 싶은 일 마음껏 하면서 날아다녀. 내가 늘 지켜줄 테니까.'

……내가 늘 지켜줄 테니까.

눈물이 뚝 떨어졌다.

잊고 있었다. 아니 하나도 기억하지 못하고 있었다.

이렇게 이기적인 여자였다니. 이렇게, 이렇게.

오열하며 울던 유림은 3일 후에 미국으로 돌아간다는 말을 끝으로 식당을 빠져나갔다.

홀로 남겨진 하윤은 낮부터 술잔을 기울였다. 술이라도 마시지 않으면 도저히 견딜 수가 없을 것 같아 말없이 술을 마셨다. 순식간에 몇 병이 비워졌지만 취기조차 느끼지 못했다.

차라리 취하면 좋을 텐데.

마시면 마실수록 유림의 말 한마디 한마디가 비수가 되어 날아왔다.

도영이 신약 개발을 위해 밤낮없이 연구에 매진했다는 것과 공부를 하느라 애썼다는 사실은 알고 있었다. 거짓말 조금 보태면 24시간을 연구실에서 보냈을 정도니까. 특히나 그는 1학년 때부터 교수의 눈에 띄어 1학년은 누릴 수 없는 많은 것을 하사받았었다. 누군가의 시기와 질투 속에서도 그는 꿋꿋이 자신의 일에 최선을 다했었다.

약자. 단 한 번도 도영과 자신 사이에 약자가 있을 거란 생각을 해본 적 없었다. 친구에서 연인이 되기까지가 힘들었을 뿐이지, 그 후로는 더할 나위 없이 서로 사랑했다. 하지만 그건 하윤의 생각이었을 뿐일까. 다른 사람 눈엔 도영이 약자였던 모양이다.

하윤은 씁쓸해지는 기분을 떨칠 수가 없었다. 또 한 잔을 입에 털어 넣었다.

도영이 행복해지기 위해, 날 위해 살아온 그를 위해 이번엔 내가 포기를 해야 한다는 건가. 어떻게? 머나먼 미국으로 손 흔들며 보내줘? 그러면 도영이가 행복해지는 거야? 빠이빠이, 다녀오라고 웃어주면 도영이가 꿈을 향해 훨훨 날아갈 수 있는 거야?

결국 내가 발목을 잡고 있다는 말인 거네, 그런 거네.

유림의 말처럼 도영의 인생을 통째로 집어삼킨 게 나이지 않을까. 이렇게 이기적이고 못된 여자였다니.

하윤은 눈물이 흘렀다.

왜 내 옆에선 행복할 수 없는 거야? 그깟 꿈, 그게 중요해?

중요하지 않을 리 없잖아. 당연한 걸.

그걸 몰랐어? 왜 그걸 이제야 깨달았어? 이젠 너 없인 아무것도 못하는 나인데, 이제 와서 나더러 어떡하라고?

보내줘야지. 오래 걸리는 게 아니잖아. 그러니 손 흔들어줘야지.

천사와 악마가 대립하는 듯 마음속이 시끄러웠다. 이놈들은 술에 취하지도 않나. 너희들이라도 취해 널부러져라.

눈물을 닦으며 하윤은 술 한 잔을 마셨다.

"마음이 아프다."

퍽퍽. 가슴을 주먹으로 내리치면서도 아픔을 느끼지 못했다.

윙, 윙. 윙, 윙.

쉴 새 없이 울리는 휴대폰 진동이 오늘따라 왜 이리 그녀를 가만두지 않는지 모르겠다.

벌써 30분째다. 받을까, 말까. 고민하던 새에 진동이 멎었다. 그리고 3초도 안 돼 다시 울리기 시작했다.

"널 어쩌면 좋니."

[♥못 하는 게 없는 내 남자 친구♥]

저장해놓은 그의 이름이 유난히도 그녀의 가슴을 아프게 했다.

타는 듯한 갈증에 눈을 뜬 하윤은 눈이 부시도록 반짝이는 형광등 불빛에 눈을 찡그렸다.

"마셔."

누군가가 건넨 물 잔을 받아든 하윤은 단숨에 잔을 비웠다. 갈증이 가시자 그제야 숨을 쉴 수 있었다. 하지만 그것도 잠시, 깨질 듯한 머리를 부여잡고 욕실로 달려 들어갔다.

"욱, 욱!"

얼마나 마셨더라. 세는 것을 포기한 채 무작정 술만 마셨다. 모든 것을 다 쏟아낸 하윤이 고개를 들어 거울을 바라봤다. 엉망이 된 몰골 따위 이젠 뭐라 생각하고 싶지도 않다. 대충 물로 얼굴을 닦아낸 하윤은 욕실을 둘러보았다. 익숙한 모습과 향을 알아차린 순간, 이곳이 도영의 집이라는 걸 깨달았다. 천천히 욕실을 빠져나오자 아니나 다를까 도영은 잔뜩 화가 난 얼굴로 문 앞에 서 있었다.

하윤은 천천히 걸어가 침대 위에 앉았다. 그러자 기다렸다는 듯 도영이 입을 열었다.

"왜 전화 안 받아?"

"……."

"대낮부터 술은 왜?"

도영의 말에 하윤은 고개를 푹 숙였다.

"미안해."

"뭐?"

"미안하다고. 어쩔 수 없는 상황이었어."

"어쩔 수 없는 상황이라는 게 뭔데? 납득이 되게 설명을 해봐."

하윤은 고개를 들어 그를 바라보았다. 화가 머리끝까지 났음에도 불구하고 이성을 잃지 않으려 애쓰는 것 같았다. 소리를 지르는 순간 싸움이 될 것이고 서로 감정만 상하는 결과를 만들어낼 게 뻔했다. 그래서 그는 이를 악물고 화를 참고 있었다.

"……."

"말 안 해?"

"하고 싶지 않아."

"이하윤!"

"오늘은 그냥 봐주면 안 될까?"

머릿속이 너무 복잡했다. 무슨 말을 해야 할지, 어떤 말로 설명을 하는 게 좋을지 결론이 나지 않는다. 그런 상태에서 제멋대로 입을 놀렸다가는 엉뚱한 말이 튀어나올지도 모른다. 그런 상황만큼은 일어나지 않길 바랐다.

"당장 말해."

"싫어."

"점심 먹으러 나간다던 애가 전화를 수십 통 해도 받질 않고, 겨우 연결이 됐는데 술을 먹고 쓰러졌단 이야기를 모르는 사람에게서 전해 들어야 했어. 널 기다리는 동안 내 기분이 어떨지 생각해봤어? 그러니 난 들어야겠어. 왜 내가 없는 곳에서 술을 마셨어야 했으며, 왜 말을 하지 않으려는 건지. 난 들어야겠다고!"

"그만해! 말하고 싶지 않다고 했잖아!"

하윤은 결국 참지 못하고 소리를 질렀다. 격해질 대로 격해진 감정 끝에 두 사람은 아슬아슬하게 매달려 있었다. 위태로웠다.

"왜 넌 항상 그런 식이야? 너에 관한 이야기는 입조차 벙긋하지 않으면서 왜 난 다 말해야 돼? 나도 말하기 싫어. 하기 싫은 날이 있는 거잖아. 근데 왜 난 취조당하듯이 말해야 되냐고?"

"이하윤."

"나 원래 이래. 다른 사람 생각은 눈곱만큼도 못해. 이기적이고 못돼먹어서 늘 이 모양이야. 20년을 알아놓고 아직도 모르니?"

"너 말 다했어?"

"왜? 말하라며. 내가 하고 싶은 말 다해도 되는 거 아니었어?"

그만해, 이하윤. 제발 그만해. 아무리 자신을 다그쳐도 한 번 틀어져버린 마음은 쉽게 통제되지 않았다. 이제야 취기가 오르는 건가, 왜 통제가 되질 않는 거지? 하윤은 미칠 것만 같았다.

"이하윤!"

"너야말로 왜 나한테 말하지 않았어?"

"뭐?"

"차유림이 너 미국으로 데려가기 위해 왔다는 거, 왜 말 안했냐고."

"……!"

생각지도 못한 하윤의 말에 도영은 멈칫했다.

어떻게, 어떻게 알았지? 하지만 상관없었다.

"이미 다 끝난 일이야."

"난 다른 사람을 통해 겨우 알게 됐는데, 넌 이미 다 끝났니? 참 웃기다. 왜 말 안했어? 내가 바짓가랑이라도 잡고 늘어질까 봐 겁났어?"

"……일단 진정해. 너 지금 감정이 너무 격해져 있어."

"내가 겨우 그 정도밖에 안 돼? 상의할 가치조차 없니?"

"그런 게 아니야!"

자신의 말은 들을 생각도 없는 하윤의 태도에 도영은 화가 났다.

"걱정 끼치고 싶지 않았어. 어차피 난 가지 않을 거니까."

"왜?"

무엇을 위해? 날 위해?

하윤은 끝내 묻지 못했다. 하지만 알 수 있었다. 그는 분명 하윤을 위해 자신의 기회를 버리려 하는 것이었다.

"좋은 기회라며. 어쩌면 마지막이 될지도 모르는 일이라는데 왜 바보처럼 놓치려 해?"

"……."

"지금 생각해보면 넌 그곳에서의 생활을 즐거워했어. 여유로워 보였고, 누구보다 멋졌어. 늘 반복되는 일상에서도 지루함 따위 느끼지 못하는 사람처럼 행복해했던 것 같아. 그런데 지금은 어떻니? 만족하니? 내가 보기엔 안 그런 것 같은데. 겨우겨우 하루를 살아가는 것 같은데, 아니야?"

도영은 마음이 아팠다. 그의 눈에 하윤은 술기운이 채 가시지 않아 기운이 없어 보였다. 두통이 있는지 연신 이마를 쓸어내렸고, 속이 좋지 않은지 가슴을 두들기기도 했다. 자신보다 더 괴로운 얼굴을 하고 있는 하윤의 모든 것이 자신의 탓인 것 같아 속이 상했다.

"항상 멋지고 근사한 내 친구 최도영이 왜 이렇게 바보가 되었을까? 도대체 내가 뭐라고, 이렇게 이기적인 내가 뭐라고 모든 걸 다 포기하고 내 곁에 있는 거니?"

"하윤아."

"몰랐어, 전혀 몰랐어. 네가 얼마나 힘들고 괴로울지, 얼마나 재미없는 삶을 살고 있는지 눈치채지 못했어. 아마 영원히 모르고 살았겠지. 이기적인 나는, 나밖에 모르는 나는……."

"……."

"가, 도영아. 미국으로 가."

쿵. 힘없이 툭 내뱉는 하윤의 말에 도영의 심장이 바닥으로 떨어졌다. 텅 비어버린 가슴에 찬바람이 부는지 시리게 욱신거렸다.

말도 안 돼. 어딜 가라고? 널 두고?

"유림이한테 무슨 말을 들었는지 모르겠지만 다 상관없는 이야기야. 처음부터 미국으로 돌아갈 생각 따위 없었어. 그런 마음을 가질 거였다면 한국으로 오지도 않았겠지. 자책하지 마, 제발. 후회한 적 없어, 단 한순간도. 네 옆에 있는 것만으로도 충분했으니까. 지금도 그렇고 앞으로도 변하지 않을 사실이야. 그 어떠한 것도 너를 대신할 수 없다, 하윤아. 그러니까……."

"싫어, 더 이상은 싫어."

하윤은 듣기 싫은 이야기를 억지로 듣는 사람처럼 고통스럽게 얼굴을 구겼다. 자리에서 벌떡 일어나 안절부절하지 못하고 방을 왔다 갔다거리면서 거칠게 머리를 쓸어 올렸다. 도영은 점점 불안했다.

"너도 네 삶이 있는 거잖아. 여자 때문에 모든 걸 다 포기하고 꼭두각시처럼 사는 거, 지겹지도 않니? 왜 그렇게 바보처럼 굴어?

너 미국 가면 우리 사이가 틀어지기라도 하니? 그렇게 자신 없어? 사랑한다며. 근데 뭐가 문제야?"

"하윤아."

"왜 끝까지 사람을 비참하게 만들어? 왜 날 한 사람의 인생을 통째로 쥐고 흔드는 이기적인 여자로 만드냔 말이야. 사랑이 그렇게 중요해? 네 인생을 통째로 버릴 만큼?"

하윤은 자신을 말리고 싶었다. 그만하라고 외치는 이성의 소리는 들리지 않은 지 오래였다. 손을 뻗어 입이라도 막았으면 좋겠는데, 그조차도 자신의 의지로 되는 일이 아니었다.

악을 지르며 달려드는 하윤의 모습을 바라보고 있는 도영의 표정은 무서울 정도로 차가워졌다. 말하지 않아도 안다. 상처받고 있는 것이다. 마음에도 없는 말이라는 걸 머리로는 이해하지만 그 모든 것이 비수가 되어 꽂히고 있을 것이다. 하지만 멈출 수가 없다. 하윤은 자신이 원망스러웠다.

"이런 게 사랑이라면, 서로에게 상처만 주는 게 사랑이라면 그만하자. 빼앗고 고집 피우는 게 사랑이라면 그만두는 게 맞아."

"무슨 뜻이야."

도영은 이를 악물었다. 잇새로 흘러나오는 말 한마디에 하윤은 몸을 떨어야만 했다.

"무슨 뜻이냐고 물었어."

"미국으로 가. 네가 하고 싶은 공부 하고 돌아와. 그때 다시 시작하자."

"헤어지자는 뜻이야?"

울컥. 하윤의 눈에 눈물이 고였다.

이렇게까지 하려던 건 아니었다. 널 보내고 남을 나 역시 힘들겠지만 서로 잘 견뎌보자고 말하고 싶었다. 언제든지 돌아올 때까지 기다리겠노라고 말하고 싶었다. 아니 사실은 가지 말라고 말하고 싶었다. 내가 더 잘하겠다고, 내가 더 멋진 여자가 되기 위해 노력할 테니 가지 말라고 말하고 싶었을지도 모른다. 하지만 그럴 수가 없다.

"필요하다면."

눈물이 뚝 하고 떨어졌다. 볼을 타고 흘러내리는 눈물은 쉴 새 없이 턱에 고였다. 닦아낼 틈도 없이 그녀는 울먹였다.

"그 말, 진심이야?"

도영은 다시 물었다. 잘못 들었기를 바라면서. 하지만 그는 좌절해야 했다. 하윤이 고개를 끄덕였기 때문이다.

쾅. 그 순간 도영의 주먹이 침실 테이블을 내리쳤다.

"헤어지자고? 고작 이런 일 때문에 20년을 함께 지내온 나와 헤어지겠다고? 이하윤, 너 도대체 왜 이래?"

"……."

"내가 다 필요 없다고 했잖아. 그깟 꿈? 내가 하고 싶었던 일? 그게 무슨 상관인데. 그런 거 없어도 충분히 행복하게 살고 있어. 꿈, 그깟 게 그리 대단한 건가? 너와 함께 있으면 그 어떤 것도 필요치 않아. 그런데 헤어지자고? 나조차도 네가 없는 날 상상할 수 없는데, 상상조차 하고 싶지도 않은데, 넌 고작 이런 일로 내 손을 놓으려 해?"

"넌 너무 많은 걸 잃었어. 나 때문에, 나 때문에."

쾅! 또 한 번 그가 테이블을 내리쳤다.

"뭘? 내가 뭘 잃었는데?"

"……!"

하윤은 고개를 들어 그를 바라봤다. 그의 눈은 차갑게 식어 있었다. 살얼음이 뚝뚝 떨어지는 그의 눈빛과 목소리에 하윤은 몸이 덜덜 떨릴 지경이었다.

"난 너만 있으면 돼. 다른 건 다 필요 없어. 그랬는데, 그랬었는데. 네가 날 버린 이 순간부터 나란 놈도 별 의미가 없다."

침실을 박차고 나간 그가 현관문을 빠져나가는 소리가 들렸지만 하윤은 제자리에서 움직일 수가 없었다. 여전히 몸은 떨렸고, 제 몸이 아닌 것처럼 주체할 수가 없었다.

"내가, 내가 무슨 짓을……."

결국 바닥에 주저앉은 하윤은 손으로 얼굴을 가렸다. 눈물이 흘렀다. 가슴 어딘가에서 흘러나오는 눈물은 유난히도 뜨겁고 아팠다. 소리조차 나지 않는 울음에 하윤은 숨조차 제대로 쉴 수가 없었다.

"흑……."

지겨웠다. 한심한 자신의 모습이.

보내주는 일이 맞는 것이라 생각했다. 한 번쯤은 그리웠던 곳에서의 기억을 떠올리는 것도 나쁘지 않을 것이라 생각했다. 기다리겠노라 말하며 웃어주면 마음 편히 다녀올 수 있지 않을까 생각했다. 그런데 그건 어디까지나 하윤의 마음뿐이었다.

도영이 원한 건 그저 함께 있는 것. 변함없이 서로의 곁을 나누는 것. 그게 그의 진정한 꿈이자 바람이었는지도 모른다. 하지만 그런 그에게 이별을 고하다니.

"정말 형편없다."

하윤은 무릎을 세워 팔로 감싸 안았다. 눈물이 흐르거나 말거나, 이제 닦는 일도 귀찮게 느껴졌다. 눈이 욱신거리고 핏줄이 날을 세웠지만 도영의 아픔을 십 분의 일도 헤아릴 수 없는 고통일 것이다.

윙, 윙. 윙, 윙.

울려대는 진동 소리가 들리지 않는 사람처럼 그는 계속 술잔을 기울였다. 술집 안에서의 소음들은 어느새 사라지고 난 후였다. 그는 지금, 오로지 혼자였다.

'미국으로 가.'

'서로에게 상처만 주는 게 사랑이라면 그만하자. 빼앗고 고집 피우는 게 사랑이라면 그만두는 게 맞아.'

하윤의 목소리가 들릴 때마다 도영의 머리가 지끈거렸다.

취해, 취해버리고 잊어. 못 들은 걸로 해.

아무리 외쳐도 소용없었다.

헤어지자는 말이 그녀에게도 쉬웠던 건 아닐 것이다. 보고 있는 도영의 가슴이 저밀 정도로 그녀는 괴로워하고 있었으니까.

도영은 술이 가득 담긴 잔을 들어 단숨에 털어 넣었다. 그리고 또 빈 잔에 술을 채웠다.

항상 두려웠다. 혹시나 하윤이 아플까, 하윤이 상처 입을까. 그 모습을 보고만 있어야 하는 도영은 모든 것이 자신의 탓인 양 가슴이 아팠다. 울부짖는 그녀를 보는 순간, 20년간 지켜내려 했던 무언가가 가슴속에서 펑 하고 터져버린 걸 느낄 수 있었다.

가라고 소리치는 모습, 헤어지자고 말하는 모습. 그건 모두 자신이 만들어낸 모습일지 모른다. 모른 척 밀어두었던 작은 미련들이 쌓이고 쌓여 하윤을 괴롭히게 될 줄은 몰랐다.

꿈? 이젠 더 이상 관심 없는 일이 되었다. 그건 정말이었다.

그런데 왜 믿어주질 않는 것일까. 아마 하윤은 그녀를 위해 자신이 거짓말을 하고 있다 생각하는 것 같았다. 그녀를 위해 모든 걸 다 포기하려 하는 것이라 단정 지어버렸다. 이제 정말 필요 없는 일인데.

도영은 술 한 잔을 입에 털어 넣었다. 썼다, 지독히도.

"어렵네."

어떻게 해야 하윤이 덜 힘들까. 난 정말 괜찮으니 잊으라 말하면 아무렇지 않은 척 웃어줄까? 아닐 것이다. 하윤이라면 평생 이번 일을 마음에 묻은 채 그에게 미안해할 것이다.

그럼 그녀의 뜻대로 해줘야 할까. 그러면 그녀의 마음이 편해질까. 그럼 난, 널 잃어야 하는 난?

입 안이 썼다. 그게 알코올 때문인지, 이러지도 저러지도 못하는 자신의 마음 때문인지 알 수가 없었다.

다음 날 아침이 돼서야 도영은 집으로 돌아올 수 있었다. 온몸에서 술 냄새가 진동했다. 금방이라도 쓰러질 듯 비틀거리는 도영의 몸을 누군가가 잡아주었다.

굳이 누구인지 알아차리려 하지 않아도 알 수밖에 없는 사람. 떨려오는 손길에서 얼마나 자신을 걱정했는지 알게 해주는 사람. 이 손을 놓을 수 있을까. 도영은 가슴이 아팠다.

그것도 잠시, 탁. 그가 하윤의 손을 쳐냈다.

"가."

"……."

"다신 내 집에 오지 마."

"도영아."

"가!"

도영은 사정없이 팔을 휘둘렀다. 그녀가 뻗어오는 손길이 진절머리라도 나는 사람처럼 거칠게 움직였다. 그러자 하윤은 조심스레 그를 소파에 앉혀놓고 주방으로 사라졌다.

도영은 하윤 몰래 그녀의 뒷모습을 눈으로 좇았다.

"마셔."

하윤의 손이 바들바들 떨렸다. 이렇게 엉망이 된 도영의 모습은 처음이라 가슴이 무너져 내렸다. 누구에게나 당당하고 멋진 남자인데 고작 나 때문에, 이기적인 나 때문에 엉망이 되어 있었다. 정말이지 미칠 것만 같았다.

"너 뭐 하는 거야?"

도영은 흐릿한 시선 끝에 잔뜩 굳어 있는 하윤을 찾아냈다. 건네는 컵을 물끄러미 바라보며 비릿하게 웃었다.

헤어지자고 말한 건 너잖아. 근데 왜 그런 표정을 짓고 있어.

"적선이라도 할 모양이지?"

"……."

"됐으니까 그냥 가. 더 이상 네 얼굴 보고 싶지 않아."

"도영아."

"가."

정말 보고 싶지 않았다. 저렇게 아파하는 모습, 마치 죄인이 된 것처럼 고개도 들지 못하고 울먹이는 모습. 항상 당당하고 예쁜 내 연인이 왜 저렇게 작아졌을까. 왜 저렇게 힘이 빠져 있는 거야. 도영은 괴로웠다. 차라리 내가 아프고 말아, 내가 힘들고 말아.

계속 가란 말만 되풀이했다. 꼴도 보기 싫은 것처럼, 당장이라도 나가줬으면 하는 얼굴로 하윤을 바라보자 겨우 버티고 서 있던 하윤이 매서운 그의 시선을 견디지 못하고 이를 악문 채 돌아섰다. 도영은 그 순간 덜컹거리던 자신의 심장이 얼마 버티지 못할 것이라는 걸 알아차렸다.

현관문까지 걸어가는 하윤의 모습이 위태로워 보였다. 도영은 금방이라도 달려가 그녀를 품에 안을까 봐 이를 악물어야 했다.

"이하윤."

그제야 하윤은 몸을 돌렸다. 여전히 차갑고 냉담한 시선. 방금 전까지 술에 취해 비틀거렸던 사람이 맞나 싶을 정도로 하윤을 정확히 바라보고 있었다.

"마지막으로 한 번만 묻자."

"……."

"후회하지 않을 자신, 있어?"

도영의 말에 하윤은 목구멍이 막혀버린 사람처럼 숨조차 제대로 내뱉지 못했다.

"지금이라도 늦지 않았어. 후회할 것 같으면……."

"아니. 후회하지 않을 거야. 그러니까 마음 편히 가."

와장창. 마지막 기대마저도 산산조각이 나고 말았다. 도영은 이를 악물었다.

"지금이 아니라면 보내줄 수 없을 거야. 괜찮으니까 가, 도영아. 하고 싶은 공부 마음껏 해. 그래야 내 마음이 편할 것 같아."

"……."

"내 맘 편하자고 보내는 거야. 평생 네 발목 붙잡은 여자가 되고 싶지 않아서 보내려는 거니까 나는 걱정하지 마."

"……."

"난 네가 내 걱정 말고 떠났으면 좋겠어."

하윤은 힘없이 웃었다. 그 모습에 도영은 여태껏 억지로라도 붙잡고 있던 무언가가 툭 하고 풀리는 것 같은 기분이었다. 허무하고 허탈했다.

"갈게."

하윤은 돌아섰다. 매몰차게 돌아서고 싶은데 자꾸만 발이 떨어지지 않는 사람처럼 머뭇거렸다.

도영은 아픈 뒷모습을 눈에 담으며 떨어지지 않는 입을 떼었다.

"이틀 후에 미국 간다."

"……!"

"안 돌아올지도 몰라."

움찔. 도영의 말에 하윤의 시선이 흔들렸다.

"네가 없는 그곳은 내게 지옥 같을 거야. 하지만 떠나지 않으면 견딜 수가 없을 것 같다. 여기보단 낫겠지. 그래서 가기로 했다."

"……."

"잘 지내라."

"도영아."

도영은 눈을 감았다. 금방이라도 눈물이 치솟을 것 같았다.

이렇게 약한 남자였나. 사랑 앞에, 이별 앞에 이렇게 무너져버릴 정도로.

"가, 이제."

망설이는 하윤을 바라보며 도영은 마지막으로 차갑게 내뱉었다. 그러지 않으면 바들바들 떨고 있는 하윤의 어깨를 안아버릴 것 같아서, 그러고 나면 다신 독한 마음먹지 못하고 매달릴 것 같아서 더 이를 악물었다.

"잘 가."

겨우 숨을 뱉으며 들리지도 않는 목소리로 이별을 고하는 하윤의 목소리가 도영의 귓가에 박혀들었다. 그 순간 간당거리던 심장이 바닥으로 뚝 떨어져 잔인하게 짓밟혔다.

정말 끝. 이대로 끝.

집을 박차고 나간 하윤의 뒷모습이 사라지자 도영은 두 손으로 얼굴을 가렸다.

"……."

결국 참았던 눈물이 왈칵 쏟아졌다.

허탈했다. 지금껏 지켜왔던 모든 것들이, 지금껏 놓지 않으려 애썼던 모든 것들이 손가락 사이로 흘러 내려가는 기분이었다.

도영의 어깨가 거칠게 들썩였다.

겁이 난다. 하윤이 네가 없는 삶이 나에겐 무슨 소용이 있을까. 네가 없는 하루가 나에겐 무슨 의미가 있을까. 무서울 정도로 겁이 난다, 하윤아.

도영은 죽는 게 아닐까 싶을 정도의 통증을 느끼고 있었다.

하지만 견뎌내려 애를 썼다.

잘했다, 최도영. 정말 잘했다.

도영은 무너져 내리는 자신을 다독였다. 위로가 되지 않을 다독임이었지만 그거라도 하지 않으면 안 될 것만 같았다.

늘 그래왔듯이 하윤을 위해 한 발자국 물러서야 하는 건 자신의 몫이니 이번에도 그녀의 뜻대로 해주는 게 옳은 일이라 수없이 되뇌였다.

"하윤아."

도영은 밤새 그녀의 이름을 불렀다.

괜찮다고, 잘한 일이라고 수없이 말해놓고도 안 가면 안 되냐고 묻고 있는 자신을 발견했다. 그 무엇보다 네가 더 중요하다고, 너만 있으면 된다고 말하고 싶었다. 그러다가도 괴로워하며 소리를 지르던 하윤의 모습이 떠오르면 다시 또 원점으로 돌아갔다. 무언가를 잃어버린 어린아이처럼 초조하고 불안한 마음이었다.

하지만 결론은 늘 하윤이었다. 힘들겠지만, 당분간은 죽을 것처럼 겨우 살아가겠지만 그녀 마음 하나 편하게 할 수 있다면 됐다. 평생 도영을 보며 가졌어야 할 죄책감 같은 거, 다 날려버릴 수만 있다면 그걸로 충분했다.

닿을 수도, 닿아서도 안 되는 안타까운 마음이 방 안을 가득 메웠다.

오늘 난 너를 잃고, 나를 잃었다.

하윤은 천천히 눈을 떴다. 흐르지 않기를 간절히 바랐던 시간들은 더욱 빠르게 흘렀고, 오늘은 도영이 미국으로 가는 날이었다.

잘 가라는 마음에도 없는 말과 함께 20년의 세월도 종지부를 찍는 듯했다. 친구로 시작된 인연이 연인이 되고 결국 남보다 못한 사이로 돌아서고 말았다.

시계를 바라봤다. 새벽 6시밖에 되지 않은 시간이었지만 하윤은 외출 준비를 서둘렀다.

어젯밤, 잠들기 직전 유림에게서 전화가 걸려왔다. 고맙다는 말과 함께 아침 10시 비행기로 출국한다 했다. 통화는 길지 않았다. 2분 남짓. 끊어진 전화를 물끄러미 바라보다 잠든 하윤은 덩그러니 홀로 남겨진 방 한구석에서 잠들고 깨어나는 순간까지 우는 꿈을 꿨다. 그래서일까, 마음이 좋지 않았다.

씻고 나와 화장을 했다. 예쁜 옷도 입었다. 그리고 거울 앞에서 한참을 웃었다. 어떻게 웃으면 그가 조금이나마 마음 편히 갈 수 있을까 고민을 했다. 사실 부질없는 짓이겠지만 뭐라도 하지 않으면 견딜 수가 없을 것 같았다. 시계를 바라봤다. 이제 슬슬 출발해야 하는데 발걸음이 떨어지질 않았다.

엘리베이터를 타고 주차장까지 내려온 하윤은 걸음을 멈췄다. 그곳에 도영이 있었기 때문이다. 차에 짐을 싣는지 분주해 보였다. 정말 다신 돌아오지 않으려는 걸까, 무슨 짐을 저렇게 많이.

그 순간 도영과 하윤의 눈이 마주쳤다. 하윤은 어색하게 웃으며 그에게로 걸어갔다. 이제 그의 얼굴을 볼 수 있는 시간이 얼마 남지 않았다.

"내가 데려다줄까?"

하윤이 물었지만 도영은 말이 없었다.

탁. 짐을 다 실었는지 트렁크를 닫은 그는 운전석으로 성큼성큼 걸어가 시동을 걸 뿐이었다.

머쓱해진 하윤은 잠시 그의 차 주변을 맴돌았다. 단 몇 분이라도 좋으니 함께 있으면 좋겠다. 언제 다시 볼지 모르는 그 얼굴을 조금이라도 볼 수 있다면 좋겠다. 그러면서도 끝까지 이기적이란 생각이 들었다. 쫓아내듯 보내는 건 자신이면서, 이제 와 태평한 소리를 하고 있다고 마음속으로 스스로에게 따져 물었다.

혼자 생각에 잠겨 있을 때쯤 운전석에서 도영이 나왔다. 놀란 눈으로 그를 바라본 하윤은 그가 조수석으로 걸어가는 걸 확인하고서는 걸음을 옮겼다. 데려다줘도 된다는 의미일까. 하윤은 운전석에 몸을 실었고, 도영은 말없이 앉아 있었다. 그렇게 차는 주차장을 빠져나갔다.

공항으로 가는 동안 두 사람은 말이 없었다. 하윤은 운전을 했고, 도영은 창밖만 바라봤다. 결국 공항에 도착할 때까지 단 한 마디도 나누지 못한 채 유림과 만나야 했다.

유림과 도영은 출국을 위한 절차를 밟으며 바쁘게 움직였다. 하윤은 의자에 앉아 가만히 두 사람을 지켜봤다. 기분이 좋아 보이는 유림이 말을 건네면 도영은 대답을 했다. 고개를 끄덕이기도 하고, 작게 미소를 짓기도 했다. 하윤의 가슴은 자꾸만 욱신거렸다.

도대체 난 여기서 뭘 하고 있는 거지. 왜 여기 와 있는 걸까.

불청객이라는 단어가 머릿속을 스쳐 지나갔다. 지금이라도 돌아갈까. 하지만 그러고 싶지 않았다. 가는 모습이라도 눈에 담아놔야 덜 힘들 것 같아서. 뻔뻔하다고 욕해도 상관없었다.

시간은 야속하리만큼 빠르게 흘렀다.

"이제 들어가야 돼요, 선배."

유림의 말에 도영은 걸음을 옮겼다. 길게 늘어진 줄이 사라질 때마다 도영과의 이별이 가까워지고 있음을 깨달았다. 점점 마음이 혼란스러워졌다. 정말 이대로 보내면 다신 볼 수 없을 것 같은 불안감에 휩싸였다. 하지만 보내줘야 한다. 더 이상 잡으면 안 된다고, 그건 정말 이기적인 일이라며 겨우 버티고 있었지만 정신을 차렸을 땐 이미 그에게 달려가고 있었다.

덥석. 그의 손을 잡자 도영이 고개를 돌려 하윤을 바라봤다. 눈이 마주쳤다.

'왜'라고 묻는 듯한 그의 시선이 날카로웠다.

가지 말라고 말하면 안 될까? 도영아. 나 너 보내기 싫은 것 같아. 나 너 보내고 혼자 지낼 자신이 없어. 나 자신 없어, 도영아.

"언니, 저희 들어가야 되는데……."

유림의 말에 하윤은 잡았던 손을 놓아야만 했다. 그때까지만 해도 아무렇지 않아 보이던 도영의 눈이 흔들리는 것 같았지만 다시 눈이 마주쳤을 땐 착각이라도 한 것처럼 처음과 다름이 없었다.

"몸 건강히 잘 지내세요."

싹싹하게 웃으며 하윤에게 말하는 유림이 오늘따라 너무 미웠다. 하지만 그녀보다 더 미운 건 최도영이었다. 정말 마지막일지도 모르는데, 아무런 말도 하지 않는다. 심지어 뒤돌아보지도 않는다.

"도영아."

참으려 했던 이름이 툭 하고 흘러나왔다. 들어주길, 제발 한 번만 뒤돌아봐주길. 하지만 도영은 미련이 없는 사람처럼 매몰차게 걸어갔다. 하윤은 절망했다.

이젠 정말 끝이었다.

"가지 마! 안 돼."

하윤은 다급하게 소리를 질렀다. 하지만 도영은 이미 사라지고 난 후였다.

"가지 마. 흑, 나 무서워. 벌써부터 너무 무서워, 도영아."

결국 그 자리에 주저앉은 하윤은 오열했다.

사실은 다 거짓말이야, 도영아. 네가 가지 않았으면, 끝끝내 내 손을 놓아주지 않았으면 했어. 이기적인 여자가 돼도 좋으니 제발 가지 말라고 소리치고 싶었어.

"도영아……."

하윤은 가슴을 움켜쥐었다. 그 안에 들어있어야 할 무언가를 잃어버린 것 같았다.

시끄럽게 울려대는 전화벨 소리에도 하윤은 움직이질 못했다. 그가 떠나던 날부터 오른 열이 3일이 지난 오늘까지도 떨어질 기미를 보이지 않았다. 하윤은 스스로 벌을 받고 있는 중이라고 생각했다. 땀에 젖어 솜 뭉텅이처럼 무거운 몸, 아무것도 먹지 못해 바짝바짝 마르는 입. 열이 펄펄 끓는데도 한기가 느껴져 이불을 끌어당겨야 했다. 겨우 눈을 떴지만 기운이 없어 눈을 감았다. 그리고 다시 잠이 들었다.

하윤은 매일 같은 꿈을 꾸고 있었다.

가라고 소리 지르는 도영의 앞에 울먹이는 자신이 서 있었다. 마치 상처를 준 자신에게 복수라도 하듯 도영은 화를 냈다. 너무나 무서워서 벌벌 떨었지만 그가 곁에 있다는 것만으로도 편안함을 느끼는, 이율배반적인 꿈이었다.

자신이 도영에게 상처 주었던 것처럼, 도영 역시 하윤에게 모진 말을 내뱉고 있었다. 하지만 그는 자신보다 더 아픈 표정을 짓고 있었다. 마치 진심이 아닌 말을 억지로 내뱉는 사람처럼 괴로워했다. 그런 모습을 보는 것이 얼마나 마음 아픈 일인지 이제야 깨달았다. 늘 자신에겐 악자가 되어주기도, 슈퍼맨이 되어주기도, 엉뚱한 사람이 되어주기도 했던 도영. 화를 내도 상처 주는 법이 없던 그 남자의 사랑 방식이 얼마나 많은 걸 감내하고 견뎌내야 하는 것이었는지를 깨닫게 된다.

"흑……."

그런데 이젠 없다. 전화 한 통이면 달려와 줄, 아니 말하지 않아도 언제나 곁에 있어주던 그가 없다. 아무리 전화를 해도, 아무리 달려와달라 외쳐도 그는 올 수가 없다. 아니 이젠 와주지 않을지도 모른다. 없다, 없다.

있을 때 잘하라는 말. 그 말이 지독히도 하윤을 괴롭혔다.

곁에 있을 때 난 도영에게 어떤 사람이었을까? 늘 챙겨줘야 하고, 늘 뒤치다꺼리만 해야 하는 그런 번거로운 여자였을까? 하긴 매번 연애가 금방금방 끝이 났던 이유도 바로 그거였지. 남자들은 이것저것 챙겨주고 돌봐줘야 하는 하윤을 귀찮아했다. 그런데 도영만은 그러지 않았었다. 20년 동안 그는 한결같았다. 귀찮아하는 기색도, 짜증을 내는 기색도 보이지 않았다. 그는 늘 그림자처럼 묵묵히 하윤을 지켜주었었다.

도영을 생각할 때마다 온몸이 욱신거렸다. 열에 들뜬 신음을 내뱉고 두들겨 맞은 것처럼 아픈 몸을 뒤척이기조차 벅찬 지금, 누구보다 그의 손길이 절실하게 필요했다. 당장에라도 달려와 머리를 쓰다듬어주고 걱정해줄 것 같은 도영이 그리웠다.

"벌써 보고 싶어. 벌써 그리워."

너의 따뜻한 눈빛, 따뜻한 입술, 따뜻한 손짓 하나까지도.

나를 어루만져주던 눈동자와 손길이 얼마나 날 안정시켜주었는지 넌 모르지.

얼음 같은 네가 날 향해 웃어줄 때, 농담과는 거리가 먼 네가 닭살스러운 말을 서슴없이 했을 때, 언제 어디서든 성큼성큼 다가와 나의 손을 잡아주었을 때, 곁에 있는데도 놓치기 아까워 나를 품에 안아주었을 때. 그 순간 난 모든 걸 다 가졌었던 것 같다.

'난 너만 있으면 돼. 다른 건 다 필요 없어. 그랬는데, 그랬었는데. 네가 날 버린 이 순간부터 나란 놈도 별 의미가 없다.'

도영의 말이 채찍처럼 하윤을 내리친다. 그리고 눈물이 흐른다.

그래, 도영아. 나도 그래. 네가 떠나가고 난 순간부터 난 별 의미가 없는 사람이 되고 말았어. 겨우 3일인데, 벌써부터 이렇게 미련하게 군다. 나 정말 한심한 것 같아. 이런 내 모습을 봤더라면 넌 뭐라고 했을까?

"흐윽, 흡."

네가 없으니까 매일 운다. 곁에 있을 때는 볼 일도 없던 이놈의 눈물이 계속 너만 찾는다. 그립대, 보고 싶대. 내 마음 들리니, 도영아? 그러기엔 너무 멀리 있지? 20년을 떨어져본 적이 없는데. 그래서일까, 왜 이렇게 하루가 길고 힘들까.

돌아올까? 아니, 안 돌아온다고 했잖아. 돌아온다고 해도 기약이 없어. 오늘에서야 '기약이 없다'라는 말이 얼마나 잔인한 말인지를 깨닫는다. 차라리 1년 후에, 혹은 10년 후에라도 돌아온다는 확신이 있더라면 견디기 수월했을까? 그랬을까? 10년이든 20년이든 기다리기만 하면 온다는 말을 들었더라면 버텨낼 수 있었을까?

조금은 위안이 됐겠지. 하지만 그걸로 끝. 도영이 없는 하루가 지옥과도 같은 건 마찬가지일 것이다.

하윤은 또다시 꿈을 꾼다. 멀어져 가는 그를 바라보며 울부짖는 꿈.

"어, 얼굴이 그게 뭐예요? 사람 몰골 맞아요?"

열흘 만이었다. 몸이 아픈 것을 방치했더니 기운 차리고 일어나는 데까지 열흘이나 걸렸다. 약을 먹었더라면 조금 더 빨리 일어날 수 있었을지는 모르겠지만 그러고 싶지 않았다. 자신은 벌을 받고 있는 중이니까. 스스로 그렇게 마음먹고 있었다.

"밥은 제대로 먹는 거예요? 나이 서른에 이렇게 혹독한 다이어트했다가는 골로 가요, 네? 골로 간다고요!"

"시끄러워, 머리 울리니까."

"진짜 미쳤나 봐."

휘율은 근 2주 만에 나타난 하윤을 보며 기겁을 했다. 1집 활동을 마무리 짓고 다음 달부터 있을 뮤지컬 연습에 한창이던 그는 해골이 된 하윤의 모습에 당황했다.

평소에도 통통한 편은 아니었지만 보기 좋은 비율과 맵시로 시선이 가던 하윤이었다. 키가 작은 단점을 보완하는 스타일링까지, 정말 근사한 여자이기도 했다. 그런데 지금의 하윤은 심각할 정도로 말라 있었고, 볼품없었다. 알은체하지 않고 지나갔더라면 전혀 모르는 사람이라 생각할 정도로.

"나랑 얘기 좀 해요."

휘율이 하윤의 손을 잡고 휴게실로 걸어갔다. 힘이 없는지 자꾸만 넘어지려는 하윤을 붙잡고 걷는 일이 쉽지 않을 정도였다.

"앉아요. 일단 이거라도 마시고요."

이온 음료를 뽑아 하윤의 앞에 놓았다. 그마저도 관심 없는지 하윤은 의자에 앉아 있을 뿐이었다.

"이사님이 갑자기 미국으로 가시는 바람에 회사 분위기가 뒤숭숭해요. 대책도 없이 갑자기 사라지셔서 진서 형이 애를 먹고 있는 모양이더라고요. 원래 그런 캐릭터 아니잖아요, 무슨 급한 일이기에 그럴까 했더니."

"……."

"두 사람, 헤어졌어요?"

정곡을 찌르는 휘율의 말에 하윤은 고개를 들었다. '알고 있었어?'라는 얼굴이었다. 두 사람 관계에 대해 어렴풋이 짐작하고 있던 그는 하윤의 반응에 확신이 들었다.

"하여튼 이사님, 연애 한번 화끈하게 하신다니까. 처음에 딱 알아봤어."

"……."

"아니 그래도 그렇지, 서른 해를 살면서 이별 처음 해봐요? 그런 게 아니라면 이 정도까지 망가질 수가 없잖아. 정말 유난스럽다, 유난스러워."

"강휘율."

"목소리 좀 봐. 머나먼 타국에서 그대가 그리워 전화를 걸었다가도 끊어버리겠네."

휘율의 말에 하윤은 눈물이 차올랐다.

"누나. 나 우는 여자 눈물 닦아주고 그런 남자 아니거든요."

어느새 떨어진 눈물이 손등 위에 고였지만 하윤은 아무것도 할 수가 없었다.

"아, 정말 번거롭게."

휘율은 주변을 살폈다. 휴게실 구석에 있는 휴지를 찾아낸 그가 하윤에게 건넸다.

"털어놔봐요. 도대체 얼마나 심각한 상황이기에 한 명은 미국으로, 한 명은 폐인처럼 살고 있냐고요. 들어나 봅시다, 네?"

하윤은 조개처럼 입을 다물었다. 창피해서가 아니었다. 말을 꺼내는 순간 참고 참았던 눈물이 계속 흐를까 봐, 그런 자신의 모습이 한심해 보일까 봐 말을 할 수가 없었다. 하지만 한편으로는 훌훌 털어내듯 쏟아내고 싶었다. 못된 건 자신이면서도 누군가에게 위로받으면 조금이나마 위안이 되지 않을까, 하는 기대감에서였다. 괜찮다고, 다 그럴 수 있다고, 그 한마디면 용기 낼 수 있을 것만 같았다. 하윤은 입을 열었다.

한참 동안 두서없이 버벅거리는 말에도 휘율은 묵묵히 그녀의 말을 들어주었다.

"지금 말한 남자가 내가 알고 있는 최도영 이사님이라고요?"

"……."

"거짓말하지 마요. 그렇게 다정하고, 센스 있고, 헌신적인 남자가 정말 이사님이라는 거예요? 그걸 내가 믿어야 돼요? 진짜? 진심? 트루?"

"……."

"말도 안 돼. 그렇게 완벽한 남자였다니. 다음 생애 태어나면 이사님의 여자로 태어나고 싶네요."

하윤은 일순간 풀어진 긴장감에 헛웃음이 튀어나왔다. 스물한 살의 아이 같은 남자에게 무슨 말을 기대한 걸까.

"뭐, 아무튼 애절하고 감동적인 러브 스토리 잘 들었습니다. 정말 눈물 없인 들을 수 없는 간절한 이야기였네요."

"내가 너한테 뭘 바라냐."

더 이상 할 말이 없어진 하윤이 자리에서 일어났다.

휘율은 일어서서 돌아가려는 하윤의 모습을 물끄러미 바라보다 입을 열었다.

"근데 누나."

"……?"

"숨 쉬는 게 힘들 정도로 괴로우면 살기 위해서라도 붙잡아야 하는 거 아닌가요?"

"……!"

"난 어려서 나이 드신 분들의 사랑을 백 퍼센트 이해할 순 없지만 두 사람은 뭔가 필요 이상으로 복잡한 것 같아요. 왜 그렇게 머리를 굴리며 어지러운 사랑을 해요?"

두근. 휘율이 무심히 내뱉는 말에 하윤의 심장이 두근거렸다.

"이기적이니 뭐니, 그런 건 누구나에게 있는 거라고요. 나쁜 마음 먹는 것만 이기적인 건가요? 이사님도 그렇잖아요. 연애하는 내내 다른 남자는 쳐다보지도 못하게 하던데. 질투심에 이글이글 타오르는 것도 누나를 혼자 독차지하고 싶은 이기심에 그러는 거 아니에요?"

"뭐?"

"사랑하는 사람들에게서 흔히 일어날 수 있는 본능적인 감각이라고요, 그거. 근데 그게 무슨 문제가 돼요? 결국 두 사람은 함께하고 싶은 것뿐이잖아요. 문제될 게 있냐고요."

두근, 두근.

"별것도 아닌 걸로 두 사람, 너무 유난스럽다니까."

따분한 이야기를 끝낸 사람처럼 개운하게 자리에서 일어난 휘율은 가볍게 스트레칭을 한 후 걸음을 옮겼다. 그 순간까지도 넋을 놓고 자리를 지키던 하윤은 무언가로 머리를 맞은 사람처럼 혼란스러웠다.

하윤은 도영을 위한 일이라고 생각했다. 날아가려는 그의 날개를 억지로 잡아둔 것이 자신인 것 같아 보내주는 일이 당연하다고 생각했다. 내 마음 편하자고 그를 밀어냈지만, 알면서도 그를 보낸 일이 잘한 일이라고 생각했다. 그런데 어쩌면, 어차피 이기적인 사랑이 될 바에야 그를 놓치지 않았어야 했던 건 아닐까? 가기 싫다는 그의 마음이 진심이었음을, 그렇기에 그 마음을 안아주었어야 했던 게 아니었을까?

두근, 두근. 알 수 없는 두근거림이 계속될수록 입이 바짝바짝 말랐다.

하윤은 돌아섰다. 그리고 무작정 뛰었다. 주차장까지 단숨에 내려간 하윤은 차를 몰고 공항으로 향했다. 목적지가 정해져 있는 그녀는 잠시도 쉬지 않고 거침없이 차를 몰았다.

공항에 도착하자마자 도영과 헤어졌던 곳까지 뛰고 또 뛰었다.

여전히 북적거리고 바쁜 그곳에서 거친 숨을 내쉬었다.

그래. 이번엔 내가 먼저 가는 거야.

하윤은 무작정 가보기로 했다. 아무것도 확신할 수 없지만 어떻게든 길이 열리겠다 싶어서.

무얼 먼저 해야 할까 주변을 돌아보던 하윤은 설레고 두근거렸던 가슴이 한순간에 추락하는 걸 느껴야 했다. 뚜벅뚜벅, 눈에 보이는 그것에 가까이 다가가자 생기를 잃고 엉망이 된 자신이 보였다. 거울 속에 비춰진 자신의 얼굴을 쓰다듬었다. 많이 아팠고, 무기력했기에 자신을 돌아볼 틈이 없었다. 그래서일까, 몰골이 그게 뭐냐며 소리 지르던 휘율의 심정이 이해가 됐다. 자신이 봐도 매력 없이 일그러졌는데, 이런 모습을 도영이 반겨줄까?

"아니."

절대로. 절대로 좋아해주지 않을 것이다.

당장 돌아가라고 소리 지를지 모른다. 먼저 밀어내놓고 왜 혼자 아픈 척을 다 하고 있냐고 윽박지를지도 모른다. 누구보다 자신의 아픔을 두 배로 아파해줬던 도영이니까.

자신이 없다. 하윤은 걸음을 옮겼다. 들어갈 때와는 달리 힘없이 터벅거리는 걸음이 무겁게 느껴졌다. 차에 올라타서도 한참 동안 시간만 보냈다. 그리고 집으로 돌아왔다.

좌절과 상실의 감정이 뒤섞여 괴로워도 날은 밝아왔다.

새벽녘에 겨우 잠이 들었지만 몇 시간 자지 않고 깨어난 그녀의 얼굴은 피로감을 느낄 수가 없었다. 침대에서 일어난 하윤은 욕실로 걸음을 옮겼다. 어제 봤던 그 얼굴. 전혀 나아지지 않은 몰골이 거울 속에 있었다. 하윤은 길게 한숨을 쉬었다.

"일단 내 몸부터 회복하자."

그게 제일 먼저라는 생각이 들었다. 도영을 데리러 가려면 힘이 있어야 하고, 혹시나 그가 오지 않겠다 버티면 상처받지 않을 정신력이 준비되어야 하지 않겠는가. 죽이 되든 밥이 되든 일단 한번 부딪쳐보기로 했다.

하윤은 머리부터 발끝까지 깨끗하게 샤워를 했다. 욕실로 나와 밥도 먹고 평소에는 거들떠보지도 않았던 영양제들도 챙겨 먹었다. 해가 저무는 시간에는 산책을 나갔다. 바깥 공기를 쐬며 정신을 가다듬었다. 집으로 돌아와 밥을 챙겨먹고 피부 관리도 했다. 그리고 일찍 잠에 들었다. 하지만 꿈은 여전했다. 그래도 조금 달라진 게 있다면, 꿈속에서 자신을 다그치는 그가 무서워 덜덜 떨지 않게 되었다.

시간은 점점 흘러갔고, 엉망이었던 일상들도 제자리를 찾아가고 있었다. 곧 그를 만날 수 있다고 위로하며 견디자 힘들었던 시간들도 설렘으로 바뀌고 있는 듯했다.

하지만 한 번씩 위기가 찾아오곤 했다.

그가 떠난 지 20일이 되던 날, 비가 억수같이 쏟아졌다. 창문을 두드리는 빗소리가 마치 도영의 울부짖음처럼 느껴져 참을 수가 없었다. 한 치 앞도 보이지 않는 도로를 차로 달리며 단숨에 공항에 도착해 그와 헤어졌던, 마지막에 시선을 나눴던 그곳에서 한참을 울고 돌아와 도영의 집 앞에서 또 울었다.

그와 함께였던 곳에서의 온기를 느끼면 괜찮아질까 싶어 고민하다 현관 비밀번호를 눌렀지만 오류로 인한 경고음만 들려왔다. 번호를 바꾸고 갔을 거란 생각은 한 번도 해본 적 없는데, 마치 그녀를 밀어내는 것 같은 그의 마음에 하윤은 모든 것이 끝인 사람처럼 절망했다. 마음속에서 겨우 다잡아놓았던 성이 모래처럼 흩날리던 날이었다. 그날도 하윤은 열이 났다.

그리고 다음 날엔 또 씩씩해졌다. 일어나 씻고 밥을 먹는 일, 산책을 하며 기분을 달랬고 마음을 다잡았다.

그가 떠난 지 25일이 되던 날, 하윤은 처음으로 자신의 수첩을 꺼내 들었다. 그렇게 좋아하던 일이었는데 근 한 달이 되어서야 생각이 났다. 한 장 한 장, 수첩을 넘길 때마다 그녀가 이 일을 얼마나 사랑하고 있는지를 새삼 알 수 있었다. 떠오를 때마다 기록하고 적어내던 순간들이 얼마나 즐거웠는지 이제야 떠올랐다. 아마, 도영도 그렇겠지. 지금쯤이면 밝게 웃고 있겠지. 그렇겠지, 도영아.

하윤은 테이블 위에 올려놓은 휴대폰으로 시선을 돌렸다. 그가 미국으로 향하고, 그녀가 한국에 혼자 남아 있는 동안 두 사람 사이엔 그 어떤 연락도 존재하지 않았다. 짧은 메시지라도 보내볼까, 몇 번을 망설이고 고민한 적은 있었지만 결국 보내지 못했다. 괜히 그의 마음을 안 좋게 할까 걱정이 되었기 때문이다. 하루에도 수십 번 같은 행동을 반복하면서도 결국 닿을 수 없는 두 사람의 거리에 하윤은 눈물지었다.

비행기를 타면 언제든 갈 수 있는 곳에 네가 있어.

그런데 네 마음은? 네 마음은 어디 있어?

벌써 다 잊어버린 거 아니지? 그렇지, 도영아?

하윤은 자신의 침실을 바라봤다. 그와 사랑을 나누었던 침대는 더 이상 그의 온기를 머금고 있지 않았지만 자신의 머리를 사랑스럽게 쓰다듬어주던 그의 환영이 보이는 듯했다.

천천히 걸음을 옮겨 거실로 나갔다. 소파에 앉아서 자고 가도 되냐며 농담을 하던 그의 모습이 떠올라 웃음이 흘러나왔다. 결국 토라진 그를 달래기 위해 넥타이를 메어주며 시간을 끌었던 자신의 모습도 선명하게 떠올랐다.

이번엔 주방으로 걸음을 옮겼다. 꿈에서 키스를 나눴던 날, 욕구불만이라 치부하며 그의 눈빛을 피했던 날. 그는 남자로 하윤에게 다가왔었다. 아마 그날은 평생 잊지 못하고 가슴속에 남아 있을 것이다.

시선이 닿는 곳마다 자신의 집임에도 불구하고 그의 흔적이 가득했다. 도영의 집에도 하윤의 흔적이 가득했을 텐데, 정리했을까. 비밀번호가 바뀌어서 들어가볼 수가 없다는 게 아쉬웠다. 그러면서도 안도했다. 만일 정리를 해버렸다면, 그가 모든 걸 다 버려버렸다면 하윤은 더 이상 용기 낼 자신이 없었을 것이기에. 그냥 자신의 추억 속에 남겨진 그의 모습을 기억하기로 했다.

다시 침실로 돌아온 하윤은 수첩에 그림을 그리기 시작했다. 누군가를 위해. 오로지 누군가를 위한 일이었다.

그가 떠난 지 딱 한 달 되던 날. 하윤은 거울 속 자신의 모습을 보며 희미하게 웃었다. 이 정도면 충분했다. 그와 함께였던 시절의 생기 넘치는 하윤까지는 아니었지만 볼품없었던 모습은 벗어난 후였다. 하윤은 인터넷으로 티켓을 예매했다. 3일 후 출국, 그 3일 후 다시 한국으로 돌아오는 왕복 티켓이었다.

더도 말도 덜도 말고, 딱 그 시간만큼 최선을 다해볼 생각이었다. 하윤은 이를 악물었다. 3일 동안 얼마나 많은 일이 있을지 겁이 났다. 하지만 도영을 잃는 것보다 더 겁이 나는 순간들은 더 이상 존재하지 않을 것이다.

마음을 먹고 나니 3일은 금방이었다. 잠이 들 때마다 조바심이 일었지만 꾹 참아냈다. 그리고 마침내 미국행 비행기에 몸을 실은 하윤은 긴장과 설렘으로 두근거리는 심장을 달래야 했다.

도영아, 기다려. 이젠 내가 갈게.

부족함 많은 나를 항상 반짝이게 해주었던 너.

내가 가는 모든 길을 꽃길로 만들어주었던 너.

이젠 내 차례야.

기다려, 내게 돌아올 수 있도록 너의 길을 밝혀줄게.

힘든 일이 있어도 뒤로 숨지 않을게.

이젠 내가 너의 든든한 빽이 되어줄게.

잠시만, 기다려.

하윤은 눈을 감았다.

감은 눈을 떴다. 출발했던 곳과는 달라진 분위기에 주변을 살폈다. 어느새 비행기는 착륙을 준비하고 있었다.

왔다, 드디어. 하윤은 가슴이 두근거렸다. 금방이라도 도영을 볼 수 있을 것만 같은 기대감에 심장이 쿵쾅거렸다.

비행기에서 내려 공항을 빠져나온 하윤은 잠시 멈춰 섰다. 사실 무작정 오긴 왔는데 어디서 잘지, 어디로 가서 도영을 찾을지 생각해보지 않았다. 복잡한 하윤의 머릿속은 언제부턴가 도영을 만나기 위해 미국으로 가야 한다는 생각뿐이었다.

아침에 출발한 비행기는 새벽이 가까워진 시간이 돼서야 그녀를 미국에 데려다주었다. 당장 도영을 만나러 갈 수 없으니 일단은 오늘 밤을 보낼 곳을 생각해내야 했다. 그리고 내일 아침, 도영을 만나러 갈 것이다.

유림이 말한 교수님, 연구, 프로젝트. 그런 단어들은 모두 학교에서 만들어진 인연들과 이어지고 있을 거란 추측에 그곳에 가면 단서를 찾을 수 있다 확신했다. 물론 그것은 어디까지나 하윤의 생각이었기 때문에 허탕을 칠 수도 있었다.

"상관없어. 우린 무조건 만나게 될 거야."

20년의 시간이 만들어준 두 사람만의 텔레파시. 지금은 일방적일지 모르겠지만 두 사람만의 주파수가 있기에 분명 만나게 될 것이라 확신했다.

알람이 울렸다.

도영을 만날 생각으로 들떠 있던 하윤은 자리에서 벌떡 일어났다. 그리고 주변을 살폈다.

"아, 미국이지."

운이 좋게 근처에서 호텔을 발견한 하윤은 택시를 타고 곧장 호텔로 들어가 체크인을 했다. 잠만 자고 이동할 거라 큰 기대는 하지 않았지만 룸에 들어온 순간 하윤은 마음을 바꾸었다. 작지만 깔끔하고 안락한 기분이 들어 며칠 더 머물기로 결정했다. 어차피 미국에서 3일이란 시간을 보내려면 자신에게도 안정감을 줄 수 있는 공간이 필요했다.

욕실로 들어가 씻고 나온 하윤은 늦지 않게 단장을 했다. 도영을 찾으면서도 외모 치장을 게을리하지 않기로 마음먹었다. 내게 돌아오는 길에 빛이 되어주기로 한 이상 반짝반짝 빛이 날 수 있게, 그 누가 봐도 따라가지 않으면 안 될 것처럼 아름다운 모습이고 싶었다.

준비를 마친 하윤은 필요한 것들을 챙겨 넣은 조그마한 가방을 옆으로 매고서는 거울 앞에서 옷맵시를 매만졌다.

"힘내자, 이하윤!"

두 주먹을 움켜쥔 하윤은 큰 소리로 기합을 넣었다. 왠지 좋은 일이 생길 것 같은 기분이 든다.

호텔에서 나온 하윤은 택시를 잡아타고 학교로 향했다. 그러고 보니 오랜만에 찾아온 모교다. 마치 대학생 시절로 돌아간 것 같아 감회가 남달랐다. 치열하게 시험 공부를 하던 날, 옷을 만든다며 밤을 새웠던 날, 자료들을 몽땅 잃어버려 엉엉 울었던 날. 그 모든 날들에도 늘 도영이 있었다. 연구실에 있는 도영에게 전화를 걸어 새벽 내내 수다를 떨고 곯아떨어지는 일이 한두 번이 아니었다. 그런데도 싫은 내색 한 번 하지 않던 그였다.

멋진 자식. 그러고 보니 정말 근사하지 않은 곳이 하나도 없잖아. 하윤은 생각만으로도 든든해지는 도영의 존재에 가슴이 따뜻해짐을 느낄 수 있었다.

학교에 도착하자마자 도영의 학과 사무실로 향했다. 누구냐고 묻는 말에 연인이라 설명했지만 개인적인 일로 그들의 정보를 알려줄 수 없다는 답변을 듣고 하윤은 멈칫했다. 하지만 이런 일로 끄떡할소냐. 하윤은 울먹이는 목소리를 장전한 후 눈물을 뚝 떨어뜨렸다. 그러고는 사슴 같은 눈망울로 감정에 호소하는 방법을 택했다.

사랑을 위해 머나먼 한국에서 왔다. 이대로 돌아가면 우리의 사랑은 끝이에요. 두 번 다시 그를 만날 수 없어요. 도와주세요, 플리즈. 플리즈, 플리즈으!

조교는 한참 동안 자신을 바라봤다. 믿어야 할지, 말아야 할지 고민하더니 쪽지 하나를 건네주었다. 간략한 주소와 약도가 그려진 쪽지였다. 하윤은 감사하다며 몇 번이나 인사를 한 뒤 그곳을 빠져나와 택시를 탔다.

"땡큐."

택시에서 내린 하윤은 주변을 둘러보았다. 처음 와보는 거리가 낯설었지만 신경 쓰지 않고 주소를 찾는 일에 집중했다. 그리고 마침내 눈앞에 보이는 건물로 천천히 걸음을 옮겼다.

'new medicine center'라고 쓰인 이곳은 신약을 개발하는 곳인 듯했다. 10층 높이의 건물은 입이 떡 벌어질 정도로 크고 높았다. 화려하진 않았지만 견고하고 단단한, 꾸미지 않은 강인함이 느껴지는 곳이었다. 그러면서도 낯선 이들의 방문을 반기지 않는, 거부감이 느껴지는 곳이기도 했다.

잠시 건물 앞에서 넋을 놓고 바라봤다. 들어가야 되나, 말아야 되나 하윤은 처음으로 망설여졌다. 고민하던 찰나 문이 열리고 사람들이 쏟아져 나왔다. 메뉴에 대해 상의하는 걸 보니 벌써 점심시간이 됐나 보다. 하윤은 기다려보기로 했다. 도영이 있다면, 이곳에 있는 게 맞다면 그도 점심을 먹으러 나오지 않을까.

순간, 멀리서 낯익은 실루엣이 보였다.

하윤의 입이 함지박처럼 벌어졌다. 빠르게 걸음을 옮겼다.

"유림 씨!"

유림이었다. 걱정했던 것보다 일이 잘 풀리는 것 같아 다행이었다. 정말 신이 있다면 감사하다고 절이라도 하고 싶은 심정. 구세주를 만난 것처럼 반갑게 그녀의 손을 잡았다.

"어머, 하윤 언니?"

"유림 씨. 헝, 유림 씨."

눈물이 날 것 같았다. 단단히 마음먹고 왔지만 불쑥불쑥 끼어드는 불안감은 하윤마저도 달랠 길이 없던 차였다. 그러던 도중에 유림을 만나게 되다니, 정말 다행이었다.

"여, 여긴 어떻게 알고 오셨어요?"

"도영이는요? 도영이는 어딨어요?"

안부를 물을 틈이 없다. 일단 도영이의 위치부터!

당황한 유림은 주변을 살폈다. 그러더니 하윤의 손을 잡고 근처 골목으로 걸음을 옮겼다.

"도영 선배를 만나러 미국까지 오신 거예요?"

"네. 도영이에게 할 말이 있어요. 꼭 얼굴 보고 해야 될 말이라서요. 여기 있는 거 맞죠?"

"……."

"유림 씨, 알려줘요. 네?"

"음. 일단 이곳에 있는 건 맞아요."

"아, 다행이다."

하윤은 두 손을 맞잡았다.

"그런데 오늘은 없어요."

"네, 없어…… 네? 없어요? 왜요?"

"음. 그러니까, 다른 지역으로 출장을 갔어요. 아마 오늘 밤늦게나 내일 아침쯤 올 거예요."

"아, 그렇구나. 괜찮아요. 만날 수만 있다면!"

당장에라도 만날 수 있을 거라 기대했던 하윤은 입 안이 씁쓸해지는 것을 느껴야 했다. 하지만 무턱대고 날아온 것에 대한 결과치고는 훌륭했다. 아무런 일 없이 그가 있는 연구실까지 단번에 찾아오질 않았는가. 게다가 오늘 밤이나 내일 아침이면 도영을 만날 수 있다! 꿈만 같았다.

"그나저나 점심은 먹었어요? 같이 식사할래요?"

"아, 그래줄래요? 이제 좀 긴장이 풀리니까 배가 고파요."

"근처에 맛있는 집 있어요. 일단 같이 가요."

유림은 어색하게 주변을 살피더니 하윤의 팔짱을 끼고 걷기 시작했다. 하윤은 '우리가 이렇게 친했었나, 팔짱을 낄 만큼?' 하는 생각이 스쳐 지나갔지만 도영을 볼 수 있다는 기대감과 갑자기 몰려드는 허기로 인해 더 이상 생각할 겨를이 없었다.

유림과 도착한 곳은 햄버거가 유명한 집이었다. 종류도 다양하고 맛깔스러워 보여 군침이 절로 넘어갔다. 추천해주는 메뉴를 먹고 배를 든든히 채운 하윤은 도영과 꼭 한 번 다시 오겠노라 습관처럼 생각하고 있었다.

"어디서 묵고 있어요?"

"아, 공항 근처에 있는 호텔에요."

"오래 있다 가시나 봐요?"

"3일 후에. 오늘만 지나면 이틀 남았네요."

"음. 그렇구나."

후식으로 커피 한 잔을 테이크아웃한 두 사람은 길을 걸으며 대화를 나눴다.

"우리 도영이, 잘 지내죠?"

"네. 도영 선배가 돌아온 것만으로도 교수님 건강이 좋아질 정도로 많은 분들에게 좋은 기운을 불어주고 계세요. 선배 역시 좋아하는 일을 해서 그런지 생기가 넘치고요. 역시 선배는 연구할 때가 제일 멋있어요."

"……."

뜨끔. 유림의 말에 하윤은 가슴이 저몄다. 하지만 고개를 저으며 마음을 단단히 먹었다. 어느새 건물 앞까지 도착한 두 사람은 걸음을 멈췄다.

"그나저나 오늘 일정은 어떻게 하시려고요? 도영 선배가 언제 올지도 모르는데."

"기다려보려고요. 저에게 남은 건 3일이라는 시간뿐이니까."

"전화라도 해드리면 좋으련만. 선배가 휴대폰이 없으셔서."

"네? 왜요?"

"미국에 오고 나서부터 개인 휴대폰을 사용하지 않으시더라고요. 그렇게 말씀을 드렸는데도 요지부동이세요. 저희도 처음엔 불편해서 권해드렸는데, 이젠 포기했어요."

그래서일까, 단 한 번도 전화를 걸어주지 않은 게. 아니지, 마음만 있다면 굳이 휴대폰이 문제일까.

하윤은 어깨에 들어갔던 힘이 빠지는 것 같은 기분이 들었다.

"괜찮아요. 어쨌든 늦어도 내일이면 볼 수 있는 거잖아요? 그럼 됐어요. 저는 이 근처에서 시간 보내고 있을 테니 신경 쓰지 마세요."

"……그래요. 그럼 저는 들어가봐야 돼서."

"네, 다음에 봐요."

하윤은 씩씩하게 뒤돌아섰다.

남겨진 유림은 말없이 그녀가 사라지는 모습을 지켜봤다.

터벅터벅, 힘없는 걸음으로 엘리베이터에 오른 유림은 7층 버튼을 누르고 기대섰다.

"어떻게 여길, 도대체 왜……."

왜 온 걸까. 여기까지. 얼굴 보고 해야 할 이야기는 뭐고? 설마 도영 선배를 데려가려는 건 아니겠지? 에이, 설마. 보낼 땐 언제고 이제 와서.

하지만 왠지 모를 불안감이 그녀를 휘몰아쳤다.

띵. 7층에 도착한 유림은 홀린 듯 엘리베이터에서 내려 연구실로 들어갔다. 그러자 점심시간임에도 불구하고 혼자 남아 일에 몰두하고 있는 남자와 눈이 마주쳤다.

"식사는요?"

"음."

"……."

유림은 그의 옆자리에 앉아 안색을 살폈다.

"도시락이라도 사다드릴까요? 아침도 안 드셨을 거 아니에요."

"음."

"저, 있잖아요. 선배."

"……."

"선배, 도영 선배. 제 말 듣고 계세요?"

"음."

듣고 있지 않는 게 분명했다. 처음부터 자신의 말엔 관심도 없는 사람처럼 책만 들여다보고 있었다. 무언가를 읽고, 적으며 집중하고 있었다. 유림은 망설이다 입을 열었다.

"선배, 방금 전에 제가 누굴 만나고 왔는데요."

"……."

"그게, 음……. 그러니까 사실은, 하……."

벌컥. 유림이 말을 하려는 찰나 연구실에 문이 열렸다.

「도영, 식사 했어?」

「응.」

「하여튼 집중하고 있을 땐 대답에 성의가 없다니까. 아 참, 림, 그 여자 누구야?」

「여자라니?」

「동양인 여자랑 식사하러 가던데? 친구?」

동료의 말에 도영은 고개를 들어 유림을 바라봤다. 그러자 유림은 어색하게 웃으며 그의 눈을 피해 자리에서 일어났다.

「아니, 그냥 아는 사람.」

「무척 예쁘던걸?」

「아, 응. 그나저나 탐, 저번에 내가 부탁한 자료 어딨어?」

유림은 동료 탐의 팔을 잡아당겨 도영의 시선에서 멀어졌다. 그들의 대화를 듣고 있던 도영은 다시 펜을 들었다. 탐에게 자료를 건네받으며 도영을 힐끔 바라본 유림은 안도의 한숨을 내쉬었다.

유림과 헤어진 하윤은 근처 공원으로 향했다. 낯선 곳이었지만 발길 닿는 곳마다 즐거움이 묻어나는 곳이기도 했다. 약간 날씨가 쌀쌀하다는 것이 아쉬웠지만 그것마저도 즐거운 추억이 될 거란 생각으로 벤치에 자리를 잡았다. 공기가 참 좋다.

하윤은 벤치에 머리를 기대고 하늘을 올려다보았다. 맑고 쾌청한 하늘은 하윤을 들뜨게 만들기에 충분했다.

"……."

그립다, 정말 많이 그립다. 보고 싶은 감정을 넘어선 그리움이 하윤의 가슴속을 훑고 지나갔다. 하윤은 한 달 사이에 부쩍 마음이 자란 것 같다는 생각이 들었다. 좋게 이야기하면 성숙해졌다고나 할까, 우스꽝스럽게 말하자면 폭삭 늙어버렸다.

도영이 없는 삶이 이렇게 삭막하고 메마를 줄, 누가 상상이나 했겠는가. 매 순간마다 목이 타들어가는 갈증을 느껴야만 했다. 살기 위해, 버텨내기 위해 최도영을 떠올려야 했다.

"그러고 보니 우리 도영이는 내게 물 같은 존재네. 조금이라도 부족하면 심한 갈증이 일고, 없으면 죽을 것 같이 괴로우니까."

하윤은 피식 웃으며 휴대폰을 꺼내 들었다. 도영은 미국에서 개인 휴대폰을 사용하지 않는다고 했다. 그러니 연락을 할 수도, 연락을 걸어봤자 연결이 될 수도 없겠지. 하지만 그런 말을 들어서일까, 오기로라도 전화를 걸어보고 싶었다. 그리운 이의 이름을 확인한 하윤은 통화 버튼을 눌렀다. 신호가 간다.

당연히 받지 않을 거라 생각했음에도 끝내 받지 않고 기계적인 안내 멘트가 나오자 묘한 아쉬움과 실망감이 몰려왔다. 뭘 기대했나, 바보. 하윤은 종료 버튼을 눌렀다. 아쉬운 마음에 도영의 이름을 변경했다.

"넌 오늘부터 나의 'h2o'다."

하윤은 또 한 번 피식 웃었다.

어느새 날이 어둑어둑해졌다. 혹시나 도영이 조금이라도 일찍 돌아오지 않을까 하윤은 건물 앞 카페에 자리를 잡았다. 반대편이지만 유리로 되어 있어 건물 앞의 모습이 한눈에 들어왔다. 수첩을 꺼내 틈틈이 그림을 그리며 도영의 모습을 찾았다. 그렇게 한 시간, 두 시간 시간을 보내다 보니 어느새 밤이 되었다. 문을 닫을 시간이라는 직원의 말에 하윤은 짐을 챙겨들었다. 밤이 되자 공기가 차갑게 느껴졌다.

"아직까지 기다리고 있는 거예요?"

그 순간 멀리서 들리는 여자의 목소리에 고개를 돌렸다. 유림이었다. 이렇게 늦은 시간까지 남아 있었던 건가? 반가운 마음에 고개를 들자 하윤을 안쓰럽게 바라보는 유림과 눈이 마주쳤다.

"밤에 올지도 모른다면서요. 만날 수 있을까 하고요."

"이거 어쩌죠. 방금 연구실에서 통화하고 나오는 길인데요, 선배가 오늘 못 올 것 같다네요."

"아……."

"언니가 왔다는 말을 전하려던 찰나에 전화가 끊어져버려서 말 못했어요."

"그, 그래요? 어쩔 수 없죠. 내일 다시 와야겠네."

하윤은 어색하게 웃었다. 감추려 해도 감춰지지 않는 실망감에 씁쓸한 미소만 흘려보냈다. 하윤은 높고 큰 건물을 바라봤다. 늦은 시간임에도 불구하고 그 건물만 화려하게 빛나고 있었다. 그에 비해 자신은 너무나 초라한 느낌이 들었다.

"내일 다시 와야겠네요."

"그게 좋겠어요. 어서 가요, 언니. 점점 추워질 거예요."

하윤은 다시 한 번 건물을 바라본 후에야 뒤돌아섰다. 찬바람이 하윤의 얇은 옷 틈 사이를 마구 헤집는 것 같았다. 하루 종일 느끼지 못했던 추위가 이제야 느껴졌다. 하윤은 힘없이 걸어 택시를 잡아탔다. 피곤했다. 시트에 고개를 기댄 하윤은 그 어떤 말로 표현할 수 없는 쓸쓸함과 외로움에 몸서리 쳐야 했다.

하윤이 사라지고 난 지 5분도 채 지나지 않아 도영이 건물 밖을 빠져나왔다.

"이제 퇴근하세요?"

"그래. 잘 가."

"네. 선배도요. 내일 봬요."

간단한 인사 후 사라지는 그의 뒷모습을 유심히 바라보던 유림은 안도의 한숨을 내쉬었다.

"겨우 붙잡았는데 이대로 돌려보낼 순 없지."

연구를 핑계로 그를 이곳에 데려왔지만 유림은 더 이상 후배가 아닌 여자로 그의 옆에 서고 싶었다. 한 달이 지난 지금도 그는 누군가를 그리워하며 힘겨워하고 있음을 알 수 있었다. 하지만 시간이 지나면 분명 잊게 될 것이다. 그 자리엔 자신이 있을 테니까. 유림은 하윤의 빈자리를 자신이 채울 수 있을 거라 자신했다. 시간이 좀 걸리겠지만. 그러니 하윤과 도영의 만남을 막아야 하는 건 그녀의 몫이었다. 3일이라고 했지, 아니 이틀만 버티면 두 사람은 영영 못 만날지도 몰라. 유림은 이를 악물었다.

퇴근 후 침대에 누운 도영은 깜빡 잊고 가져가지 않은 휴대폰을 찾아 전원을 켰다. 미국 생활에서 휴대폰은 그다지 중요한 수단이 아니었다. 어차피 출근해서 일을 하는 것 외엔 특별함이 없는 일상이니까. 늘 그렇듯 꺼놓은 휴대폰이 잠잠할 거라 생각했던 도영은 생각지도 못한 부재중 전화에 눈이 커졌다.

"이하윤……."

한 달 동안 단 한 번도 용기 내지 못했었다. 보고 싶고, 그리워도 그 한 번을 용기 내지 못했다. 아니 일부러 용기 내지 않았다는 표현이 맞겠지만. 그러면서도 도영은 매일을 기대하고 있었다. 혹시나, 혹시나 하고. 하지만 기대는 늘 실망으로 끝이 났다. 그런데, 그랬는데 부재중 전화가 남아 있다. 몇 번을 확인해도 그녀의 번호가 맞았다.

도영은 망설였다. 전화를 걸어볼까, 아님 참아야 할까. 몇 번이고 망설이며 통화 버튼과 종료 버튼을 오가던 도영은 결국 휴대폰을 침대로 던져버렸다.

"젠장."

달려가고 싶어 미칠 것 같다. 보고 싶어, 그리워 미칠 것 같다. 목소리라도 듣고 싶어. 목소리만이라도. 하지만 그런 후엔? 그 뒤엔 어떻게 해야 돼? 감당할 수 있어? 최도영, 감당할 수 있냐고.

도영은 질끈 눈을 감아버렸다.

다음 날 하윤은 정신없이 화장을 했다. 어제 하루 종일 밖에서 시간을 보낸 탓일까. 온몸이 욱씬거리고 추웠다. 호텔로 돌아와 따뜻한 물로 몸을 녹였지만 그때뿐이었다. 아침에 일어나니 찌뿌듯한 몸이 제 컨디션처럼 움직여주지 않았다. 하지만 아파할 시간이 없다. 늦잠을 자버린 하윤은 준비를 마치고 호텔방을 빠져나와 한

번에 외워버린 그곳으로 한달음에 달려왔다.

이미 출근 시간이 지난 건지 건물 앞은 한산했다. 건물 앞 카페로 들어간 하윤은 커피 한 잔을 주문해 자리를 잡고 앉았다. 빈속에 커피는 거부감을 일으키기에 충분했지만 그런 것까지 신경 쓸 겨를이 없었다. 지금의 배고픔은 그녀에게 사치일지 모른다. 가방에서 수첩을 꺼내 들어 어제와 같이 오늘도 그림을 그리기 시작했다.

시간은 잘도 흘렀다. 점심시간쯤 사람들이 몰려나오는 듯했지만 이내 잠잠해졌고, 아무리 찾아도 그 속에 도영은 없었다. 긴 한숨의 연속이었다. 커피 세 잔을 내리 마시고 나서야 하윤은 기다림을 참지 못하고 카페 밖으로 나왔다. 이제 겨우 이틀 남았는데, 밖은 벌써 어둑해졌다. 문득 마냥 기다리는 것으로 시간을 보낼 순 없다는 생각이 들었다. 어떻게 여기까지 왔는데, 무슨 마음으로 여기까지 왔는데! 하윤은 걸음을 옮겨 건물 앞에 섰다. 그러자 경비로 보이는 남자가 그녀를 힐끔 바라봤다. 하윤은 바짝 마르는 입술을 깨물며 당당하게 걸어가 그들 앞에 섰다.

「어떻게 오셨나요?」

「사람을 찾으러 왔습니다. 최도영이라고, 한국 사람이에요.」

「아, 도영.」

엇. 안다. 그를 알고 있나 보다. 하윤의 눈이 반짝였다.

「약속을 하고 오셨나요? 저희 건물은 외부인 출입 금지 구역이라, 안에서 그가 나오지 않는 이상 안으로 들어가실 수는 없습니다.」

「아, 그래요? 그럼 혹시 전화 연결을 해주실 수 있나요? 약속을 하고 오진 않았지만 꼭 만나야 할 사람입니다.」

「음. 부서로 확인해드리죠. 성함이?」

「하윤입니다. 이하윤.」

풍채가 넉넉하고 인심 좋아 보이는 50대의 남자가 부서를 확인한 후 전화 연결을 하는 듯했다. 그가 '하윤, 윤'이라며 자신의 이름을 전해주는 순간 그녀의 심장이 거칠게 요동쳤다. 이곳에 있다, 도영이.

몇 마디를 나누던 그가 전화기를 내려놓고 하윤을 바라봤다.

「연구실에 없다고 확인되네요. 아쉽지만 다음에 오셔야 할 것 같습니다.」

「몇 층에서 근무를 하고 있는지 알 수 있을까요?」

「7층입니다. 하지만 들어가실 수는 없습니다.」

「아, 네. 잘 알겠습니다. 감사합니다.」

하윤은 아쉬움을 남긴 채 건물을 빠져나왔다.

오늘이면 돌아온다고 하지 않았던가. 근데 왜 보이질 않는 거지.

"어디 갔어, 도대체."

하윤은 답답했다. 이 건물 7층에 도영의 연구실이 있다. 근데 이틀째 보이지 않는다. 이게 말이 돼? 연구라면 사족을 못 쓰는 남자가 이틀째 연구실을 비워놨다고? 기가 막혔다. 내일이면 서울로 돌아가야 하는데, 그를 만나지 못하고 돌아갈까 마음이 급해졌다.

발이 떨어지지 않는다. 건물 앞에서 서성거리던 하윤은 고민을 하기 시작했다. 오늘도 아무런 수확 없이 돌아가야 하는 건가. 이러려고 온 게 아니잖아. 어떻게든 마음을 전해야 되는데 시간은 없고, 마음은 급하고.

하윤은 고개를 들어 주변을 살폈다. 아무리 인심 좋은 아저씨의 모습을 하고 있어도 직업의식이 아주 강해 보였다. 사정을 하고 눈물을 흘려도 절대 그녀를 들여보내줄 것 같지 않았다. 하지만 언제 올지도 모르는 도영을 이렇게 기다리고 있을 수만은 없었다. 어떻게 지내는지, 어떤 모습으로 생활하고 있는지 확인하고 싶었다.

"그래. 눈 딱 감고 나쁜 짓 한 번 하자."

7층이랬지. 하윤의 눈이 반짝였다.

이곳은 외부인 출입 금지라 내부인과 함께 있다 한들 같이 들어갈 수조차 없는 곳이다. 도영이 밖으로 나와야만 만남이 가능하다는 것인데 그조차 안에 없다니. 이대로 아무 것도 얻지 못한 채 돌아갈 순 없다. 들어가자. 어떻게든 들어가서 도영이가 일하는 공간도 보고, 왔다 갔다는 흔적도 남기자. 그럼 도영이와의 만남이 조금 수월해지지 않을까?

일단 저 안으로 들어가려면 문 앞, 두 명의 경비원을 뚫어야 한다. 하윤은 시선을 돌려 엘리베이터의 위치를 확인했다. 어떻게든 그들의 시선을 돌리고 안전하게 엘리베이터에 올라타는 일이 관건이었다. 하윤은 걸음을 옮겨 맞은편 카페로 들어갔다. 이틀 동안 커피를 내리 주문해서일까, 하윤을 알아본 직원의 표정을 밝았다.

「아메리카노 한 잔 주시고요. 혹시 부탁 하나만 드려도 될까요?」

눈을 반짝이며 자신의 이야기를 듣던 직원은 하윤이 건네는 휴대폰을 받으며 고개를 끄덕였다. 잠시 후 통화 연결이 되었는지 그녀는 준비했던 비명을 지르며 오버스러운 액션 연기를 펼쳤다. '오 마이 갓, 나의 연구실에 쥐가, 쥐가 있어요! 당장 와줘요. 한 마리가 아니라 세 마리예요. 플리즈, 플리즈! 윽!' 하는 소리와 함께 통화를 끝낸 직원이 엄지를 척 들어 보이며 웃자 하윤은 고맙다며 인사를 하고 카페에서 나왔다.

그 시각 건물 안 두 남자는 10층으로 향하고 있었다. 하윤은 빠르게 주변을 살피며 건물 안으로 들어가려는 직원 몇 명과 몸을 섞었다. 정말 굿 타이밍이다. 엘리베이터에 몸을 싣고 7층을 눌렀다.

참을 수 없는 엔돌핀이 마구 샘솟았다. 두근두근, 7이라는 숫자에 가까워질수록 하윤의 가슴은 미친 듯이 뛰었다. 띵. 그리고 도착했다. 7층이다. 환호성을 지르고 싶은 마음을 겨우 억누르며 하윤은 천천히 걸음을 옮겼다.

"우와."

밖에서 봤던 것처럼 내부 역시 깔끔했다. 소름 끼칠 정도로 깨끗하고 조용했다는 게 어색했지만. 생각했던 것보다 훨씬 많은 연구실에 하윤은 눈이 커졌다.

이곳에서 도영이 일한단 말이지. 어딜까, 어딜까. 다행히 연구실 앞에는 팀원들의 이름이 적혀 있었다. 하윤은 재빠르게 이름을 훑으며 걸음을 옮겼다. 혹시 도영이 미국에서 쓰는 이름이 다를까 싶어 유림의 이름도 꼼꼼하게 체크했다. 그리고 마침내 도영의 이름을 찾아냈다.

여기구나, 여기! 기쁜 마음으로 손을 뻗어 노크를 하려는데, 멀리서 다급한 남자들의 목소리가 들렸다.

「헤이! 헤이!」

윽. 걸렸다. 벌써 알아차린 거야? 어떻게?

하윤은 금방이라도 그들의 손에 잡혀 쫓겨날 것 같았다.

안 돼, 어떻게 들어왔는데?

당황한 하윤은 잠시의 망설임도 없이 연구실의 문을 열어젖혔다.

벌컥. 요란한 소리와 함께 연구실 안으로 들어가자 그 안에 있던 사람들의 시선이 한 번에 하윤에게로 달려들었다.

"도영아, 도영아."

그러거나 말거나 죽기 살기로 도영의 이름을 불렀다. 다들 미치광이가 아닐까 의심하더라도 상관없었다. 왠지 오늘, 이곳에서 쫓겨나가면 다신 만날 수 없을 것 같은 불안함에 급하게 도영을 불렀지만 그 안에서 도영을 찾을 수 없었다.

젠장, 뭐가 이렇게 어려워. 여기까지 어떻게 왔는데. 최도영, 너 어디 갔어.

하윤은 눈물이 날 것 같았다. 그리고 그 순간, 문이 벌컥 열리고 경비원 두 명이 하윤의 어깨를 잡았다.

「경찰서 가고 싶어? 도대체 뭐 하는 짓이야? 당장 따라와!」

"악. 이거 놔요. 최도영! 도영아!"

다급함에 한국말이 툭 하고 튀어나왔다. 그러자 두 남자의 행동이 더욱 거칠어졌다. 하윤의 어깨를 잡고 질질 끌고 나갔다. 건장한 사내 둘에게 잡힌 하윤은 발버둥을 치며 벗어나려 했지만 역부족이었다. 참고 참았던 눈물이 흘렀다.

"놔요, 제발 놔줘요. 흑흑. 흐엉."

하윤은 목 놓아 울었다. 서러웠다. 그러자 경비원들이 당황한 듯 거칠게 다루던 행동을 멈추었다. 하윤은 그 틈에 주저앉아 울었다. 시간을 벌려는 사람처럼 느릿하게, 하지만 서럽게 울었다. 그 소리가 어찌나 큰지 연구실에 있던 사람들이 하나씩 나와 복도에 주저앉아 있는 여자를 바라보며 한마디씩 거들었다.

혹시 그중에 도영이 있지 않을까 아무리 찾아봤지만 없다. 없어. 하윤은 절망했다. 이 정도까지 했는데 보이지 않는 거면, 정말 없는 거다. 하윤은 눈물을 닦으며 일어섰다. 그러자 경비원들은 당황한 듯 하윤의 행동을 주시했다.

「미안했습니다. 죄송합니다. 제가 너무 급해서 무례를 저질렀네요. 돌아가겠습니다. 죄송합니다.」

하윤은 연신 고개를 숙이며 사과했다. 그러자 또 눈물이 나왔다. 그냥 보고 싶었던 것뿐인데, 그 사람 얼굴 한 번만 보고 가고 싶었을 뿐인데.

매일매일 쉽게 볼 수 있는 소중한 이의 얼굴이었다. 보고 싶을 땐 언제든지 볼 수 있었고, 그리울 땐 언제든 안을 수 있는 사람이었다. 근데 이젠 별짓을 다해도 볼 수가 없다. 단 한 번만 보면 되는데, 그게 안 된다. 하윤은 오열했다. 복도가 떠내려가도록 울며 엘리베이터로 걸어갔다. 돌아가야 한다. 더 이상 민폐를 끼쳐 도영에게 미안한 짓을 해선 안 된다.

띵. 마침 도착한 엘리베이터에 감사했다. 적어도 빨리 사라질 순 있겠구나 싶어서. 그러나 문이 열리고 고개를 든 하윤은 제자리에 멈춰 섰다.

"어, 어머. 언니. 여, 여기까지 어떻게 올라왔어요?"

유림이었다. 그리고 그 옆에서 웃고 있는 도영이 보였다.

하윤은 아무런 말도 할 수가 없었다. 도영을 만나면 어쩌려고 했더라? 가장 예쁘게 화장을 하고, 가장 예쁜 옷을 입고, 가장 예쁜 미소를 띠며 마음을 고백하기로 했었지. 다시 돌아가자고, 앞으로 네 길에 빛이 되어주겠다고 말하기로 했었지. 근데, 나 지금 뭐 하고 있지?

경비에게 끌려 나온 터라 머리부터 발끝까지 엉망이었다. 머리는 산발에 오열을 한 탓에 얼굴은…… 말할 것도 없었다. 그런데 하필이면 이 순간에 그를 만나다니.

하윤은 그 와중에도 도영에게서 시선을 떼지 못했다. 얼마나 그립고 보고 싶던 얼굴이었던가. 전보다 살이 좀 빠진 것 같았지만 생기 있고 활기가 넘쳐 보이는 모습이었다. 게다가 웃으니 훨씬 더 멋지고 근사했다. 그뿐이겠는가. 그가 입고 있는 가운은 맞춤옷이라고 해도 될 만큼 그에게 잘 어울렸다. 비로소 최도영이 완성된 느낌이랄까.

헛웃음이 툭 하고 흘러나왔다. 그리고 생각했다.

도영이 있어야 할 곳은 여기야. 더 이상 그를 힘들게 하지 말자. 돌아가자. 돌아가.

오로지 그 생각뿐이었다. 맑게 웃는 그의 미소가 얼마나 즐거운 삶을 살고 있는지를 말해주는 것 같았다. 그거면 됐다 안도하면서도 가슴을 찌르는 고통에 울부짖어야 했다.

이제 그는 내가 없어도 되는구나. 난 아닌데.

엘리베이터에서 천천히 걸어 나오는 그의 모습을 눈에 담았다. 믿을 수 없다는 표정의 도영을 한참 동안 바라보던 하윤은 그가 내린 엘리베이터에 몸을 실었다. 1층을 누르고 문이 닫히는 순간까지도 그녀는 도영에게서 눈을 떼지 않았다.

하윤이 사라지고 나자 유림은 참았던 화를 터트리는 사람처럼 경비원을 몰아세웠다.

「도대체 관리를 어떻게 하시기에 외부인이 안으로 들어와요? 제정신이세요? 샘플이라도 도난당하면 그땐 책임지실 거냐고요.」

「죄송합니다. 죄송합니다.」

넋을 잃은 사람처럼 말이 없던 도영은 소리를 지르는 유림의 목소리에 고개를 돌렸다.

도대체 이게 무슨.

"선배, 일단 들어가요. 자세한 건 내가 설명할게요. 사실은요, 어제 하윤 언니가 찾아왔었는데요."

"……그럼 정말 이하윤이 맞단 얘긴가?"

"네?"

도영은 정신이 나간 사람처럼 엘리베이터의 버튼을 눌렀다. 하지만 1층까지 내려간 엘리베이터의 움직임은 느릿하기만 했다. 기다리고 있을 수가 없던 도영은 비상구로 뛰어가기 시작했다.

"선배, 선배!"

유림의 목소리가 들렸지만 그의 발걸음을 멈추게 하진 못했다.

"헉, 헉."

단번에 1층까지 내려온 도영은 다급하게 주변을 살피며 건물 밖으로 나왔다. 하지만 아무리 찾아도 하윤의 모습은 보이지 않았다.

도대체, 이게 뭐야. 왜, 왜 여기 있어?

도영은 거친 숨을 몰아쉬며 흘러내린 앞머리를 쓸어 올렸다.

꿈을 꾸고 있는 건가. 이제 정말 현실이란 말이야?

믿을 수가 없었다. 상상조차 하지 못했던 일이라 이게 현실인지 꿈인지 분간이 잘 되지 않았다.

도영은 한참 동안 거릴 서성이다 발걸음을 돌렸다. 건물 안으로 다시 돌아온 도영은 유림을 불러냈다.

"말해. 너, 알고 있지?"

"네?"

"말해, 당장!"

쾅. 도영은 주먹을 쥐어 벽을 내리쳤다. 순간 놀란 유림이 비명을 질렀지만 도영은 눈 하나 깜빡이지 않았다.

"선배, 그, 그게요."

놀란 유림이 말을 더듬으며 이야기를 꺼냈고, 도영은 그녀의 말이 끝나자마자 연구실로 들어가 가방을 챙겨들고 나왔다.

"하윤이 지금 어딨어."

"공항 근처 호텔이라고만 들었어요. 그 이상은 저도 몰라요."

도영의 냉정한 시선에 유림은 몸을 움츠렸다. 어찌 되었건 하윤이 미국까지 온 사실을 숨기고 모른 척했으니 도영이 화가 날 만도 했다. 하지만 이렇게까지 살벌하게 자신을 바라볼 줄이야. 유림은 덜덜 떨어야만 했다.

도영은 택시를 잡아탔다. 그러면서 하윤의 번호로 전화를 걸었다. 하지만 끝내 그녀의 목소리는 들리지 않았다.

"젠장!"

꿈이 아니었다. 어젯밤 그녀의 부재중 메시지도, 오늘 울며 엉망이 된 모습도. 모두 이하윤이 맞았다. 한 달 내내 그리워하던 하윤. 그녀가 맞았다.

도영은 화가 났다. 생각지도 못한 하윤의 등장은 그에게 어마어마한 파장을 불러일으켰다. 그동안 꺼내보지 않으려 이를 악물고 버텼던 시간들이 허물어져버리는 기분이었다. 도대체 무얼 위해, 무엇을 위해 참고 또 참았나. 그녀를 보는 순간 모든 게 와장창하고 깨어져버릴 것을. 결국 또 모든 걸 놓아버린 채 그녀에게 달려갈 것을. 왜 그렇게 이를 악물었을까.

도영은 가능할 줄 알았다. 하윤이 없는 삶을 살아가는 게.

하지만 불가능했다. 매일매일 수면제를 먹지 않으면 잠을 이루지 못했고, 밥을 먹지 않아도 배가 고픈 줄을 몰랐다. 미친 듯이 일에 집중하지 않는 한 하루 온종일 그녀 생각뿐이었다.

도영은 속도를 내지 않는 택시를 다그치며 공항 근처 호텔 가에 도착했다. 주변을 살폈다. 하윤과 통화가 되지 않으니 호텔을 다 찾아보는 수밖에. 가능할까. 마음이 급해졌다.

그 시각, 하윤은 결국 쓰러지고 말았다. 호텔까지 겨우 도착한 하윤은 방 안으로 들어오자마자 바닥에 널부러져 일어날 수가 없었다. 온몸이 아팠고, 온 마음이 아팠다. 다 부질없는 짓임을 깨닫고 나니 유일하게 안식처가 되어주었던 이 공간마저 황량하게 느껴졌다.

왜, 뭐하러 여기까지 왔을까. 돌아오는 길에 수십 번도 넘게 자신에게 물었다. 하지만 답을 찾을 수 없었다.

“다 끝났어.”

하윤은 헛웃음이 흘렀다. 한 달을 아파하고, 미국까지 날아왔다. 당장 내일이면 돌아가야 했고, 겨우 이틀 만에 그를 만났는데 말 한마디도 나누질 못했다. 차라리 싸우고 모진 말을 들었더라면 포기가 더 쉬웠을까. 그곳에서 반짝이며 자신의 존재를 키워가는 그의 모습이 너무나도 멋있고 화려해 보였다. 돌아가자는 말을 꺼낼 수조차 없을 만큼.

어차피 그는 돌아가면 전처럼 힘든 삶이 되겠지. 원하지 않는 일을 해야 하고, 그 자리에서 무거운 짐을 진 채 살아가야 하겠지. 모를 땐 몰랐으니 넘어갔지만 모든 걸 다 알아버린 지금, 그의 발목을 잡고 싶진 않았다.

CL엔터테인먼트 직원들은 도영을 냉정하다 이야기하곤 했다. 그만큼 감정 표현에 인색하던 그가 웃고 있었다. 한 치의 고민도, 한 치의 걱정도 없는 사람처럼 맑게 웃고 있었다. 그 웃음을 본 순간 하윤은 퓨즈가 나가버린 전구처럼 세상의 빛을 잃었다. 어둠이 자신을 잠식해가고, 무기력한 그녀는 그대로 어둠의 먹이가 되었다.

하윤은 눈을 감았다. 밤이 되어 사방이 어두웠지만 불조차 켤 기운이 없었다. 잠들고 싶었다. 빨리 내일이 되기를, 빨리 이곳을 떠날 수 있기를.

쾅, 쾅! 쾅, 쾅! 무너져내릴 것 같은 무서운 소리에 하윤은 눈을 떴다. 솜처럼 무거운 몸은 즉각 반응을 할 수 없었지만 정신만은 또렷해졌다. 쾅, 쾅! 누군가가 자신의 방 문을 두드렸다. 무서움에 몸을 일으켜 천천히 문 쪽으로 걸어갔다.

「누구세요?」

"열어, 당장. 열어!"

「이러시면 안 됩니다. 제발, 이러지 마세요. 다른 분들에게 피해가 됩니다.」

"이하윤, 열어! 열으라고!"

도영이었다. 순간 놀란 하윤은 손을 들어 입을 틀어막았다. 호텔 직원과 실랑이를 하고 있는 와중에도 도영은 열라는 말만 반복했다. 하윤은 망설였다. 어떻게 해야 되지?

"부수고 들어가? 그러길 바라?"

맹수처럼 으르렁거리는 도영의 목소리가 하윤의 문을 뚫고 들어왔다. 그러면 안 되는데, 자신도 모르게 하윤은 문을 열었다. 딸깍, 그 순간 열린 문 틈 사이로 도영이 밀고 들어왔다.

「죄송합니다, 고객님. 정말 죄송합니다.」

「괜찮아요. 아는 사람이에요.」

「아, 그럼 저희는 돌아가도 될까요?」

「네. 죄송합니다.」

직원은 연신 죄송하다며 고개를 숙이고는 사라졌다.

하윤은 바짝 마르는 입술을 부딪치며 문을 닫았다. 고개를 돌리자 화가 난 듯한 도영의 얼굴이 보였다.

"도영아."

"도대체 넌!"

와락. 그 순간 도영이 하윤을 품에 안았다. 당황한 하윤이 어리둥절한 표정으로 그를 올려다봤다. 그와 눈이 마주친 것도 아닌데 이상하게 가슴이 저릿했다. 쑥스러운 기분에 그의 품 안에 얼굴을 묻었다. 눈물이 흘렀다.

최도영 냄새. 얼마 만이야.

왈칵. 가슴 끝이 저릿하더니 결국 눈물이 줄줄 흐른다. 너무나 반갑고 그리웠던 그의 향기. 그의 품.

도영은 하윤을 품에서 꺼내 입을 맞췄다. 성급하게 다가온 입술이 거칠게 부딪쳤지만 녹아내릴 것처럼 달콤했다. 하윤은 그의 목에 팔을 감았다.

한없이 이어지는 입맞춤에 다리가 후들거릴 지경이었다. 미국에 온 후 제대로 먹지도, 제대로 자지도 못했던 시간이었지만 지금 이 순간 그 모든 것들이 고맙게 느껴졌다. 배고픔도, 피곤함도 느끼지 못할 만큼 도영을 그리워했다. 한 번이라도 볼 수 있다면, 한 번이라도 안겨볼 수 있다면. 그와 헤어져 있던 시간들은 오로지 도영만을 생각하게 하는 시간들이기도 했다.

"보고 싶었어."

숨을 고르기 위해 잠시 멀어진 입술 사이로 하윤의 고백이 흘러나왔다. 정말 하고 싶었던 말, 정말 간절히 원했던 일이었다.

하윤의 고백을 들은 도영은 그녀를 삼켜버릴 듯 키스했다. 그 후 두 사람의 행동은 빨라졌다. 그리웠던 시간만큼이나 간절한 감각이었다. 두 사람은 침대로 쓰러지면서도 서로를 놓치지 않으려 애를 썼다. 열에 들뜬 숨은 거칠었지만 입술만은 부드럽게 내려앉았다.

그렇게 그날 밤은 다시 시작되고 있었다.

웡, 웡. 웡, 웡.

쉴 새 없이 울리는 진동 소리에 하윤은 눈을 떴다. 자면서도 그녀를 놓치지 않기 위해 안은 팔에 힘을 주던 그였다. 그의 팔을 살짝 밀어내고 자신의 휴대폰을 찾았다. 가방 안에 넣어두었던 휴대폰을 꺼냈지만 잠잠했다. 자신의 것이 아니라는 소리였다. 그럼 이 소리는 어디서.

하윤은 바닥에 떨어져 있는 도영의 바지를 집어 들어 진동의 원인을 찾아냈다. 유림에게서 온 전화는 부재중을 남기며 끊어졌다.

"휴대폰 없다며."

분명 유림이 그렇게 말했었다. 근데 이건 뭔가.

누구보다 도영을 좋아했던 유림이니 나를 만나 흔들리는 도영의 모습을 보고 싶지 않았을지도 모른다. 그럼에도 불구하고 도영은 하윤에게 달려와주었고, 지금 그가 곁에 있으니 이런 문제는 더 이상 고민의 거리가 되지 않았다. 이 일은 나중에 생각하기로 하고 전원을 꺼버렸다.

주변을 살펴보니 해가 중천에 떠 있었다. 오늘은 한국으로 돌아가는 날. 예매한 시간까지 얼마 남지 않았음을 알아차린 하윤은 천천히 걸음을 옮겨 잠들어 있는 그에게로 다가갔다. 밤새 사랑을 나눈 탓일까, 피곤해 보이는 도영이 안쓰러웠다.

그 어떤 대화도 없이 사랑만 나눴다. 그럼에도 불구하고 많은 걸 털어놓은 것처럼 개운했다. 힘들었던 시간들을 보상받듯 편안했고, 따뜻한 밤이었다. 이제야 마음이 좀 놓인다. 그래서인지 복잡하게 얽혀 있던 마음이 말끔하게 정리가 되었다. 이제 정말 괜찮아졌다. 정신없이 달려와준 그의 모습 하나만으로도 충분하니까.

시계를 물끄러미 바라보던 하윤은 욕실로 들어갔다. 깨끗하게 씻고 나와 짐을 정리하는 순간까지도 그는 깨지 않았다. 다행이라 여겼다.

나갈 채비를 끝낸 하윤은 잠들어 있는 그에게로 다가갔다.

무슨 꿈을 꾸고 있는 걸까. 그는 웃고 있었다. 행복한 듯.

흘러내린 머리를 정리해줄까 하다 혹시라도 잠을 깨울까 싶어 뻗은 손을 거둬들였다.

다시 시계를 바라봤다. 이제는 진짜 가야 될 시간. 테이블 위에 그를 위한 마지막 선물을 내려놓았다. 그리고 조용히 호텔을 빠져나갔다.

잠에서 깬 도영은 차갑게 식어 있는 하윤의 자리를 느끼고 벌떡 몸을 일으켰다. 오랜만에 숙면을 취해 머리가 몽롱했지만 하윤의 빈자리가 불안했다. 아무것도 걸치지 않은 몸을 챙길 생각도 하지 못한 채 하윤을 부르며 욕실 문을 열었다. 없다. 잠깐 나갔나 싶어 걸음을 옮기는데 테이블 위에 올려진 수첩과 편지를 발견했다. 불안감이 더욱 커지는 순간이었다. 옷을 챙겨 입고 테이블 쪽으로 걸어갔다.

"……."

먼저 발견한 건 편지였다. 성급한 마음으로 접혀 있는 매듭을 풀자 단정하게 써내려간 그녀의 글씨가 보였다.

<잘 잤어? 이 편지를 보고 있을 때쯤이면 난 아마 한국으로 돌아가고 있는 비행기 안이지 않을까 싶어. 잠들어 있는 널 깨우고 싶지 않아 그냥 돌아선 나를 이해해주길 바라.>

도영은 눈을 질끈 감았다가 떴다.

<20년 동안 함께였던 우리였는데, 그래서일까. 너 없는 한 달은 정말 지옥 같더라. 어느 한순간도 외롭지 않은 순간이 없고, 그립

지 않은 순간이 없을 정도로 나에게 넌 내 삶과 같은 사람이더라. 너무나 당연해서, 앞으로 함께할 것이라 믿어 의심치 않았던 사이였기에 그 한 달이 지독히도 낯설고 힘들었던 것 같아. 아마 나만큼 너도 그러지 않았을까 싶어.>

도영 역시 그랬다. 죽지 않기 위해 숨을 쉬고 있지만 살아갈 의미가 없는 호흡일 뿐이었다.

<그래서 참지 못하고 미국까지 와버렸어. 나 참 웃긴 애지? 가라고 등 떠밀 땐 언제고 그새를 못 참고 미국까지 달려오다니. 내가 생각해도 너무 어이없고 황당하더라고. 하지만 오길 잘했다 싶어.

도영아, 넌 항상 멋진 남자였지만 그곳에서의 네 모습은 정말 반짝반짝 빛이 나더라. 눈앞이 흐려질 정도로 반짝이는 너를 본 순간, 난 더 이상 욕심내지 않기로 했어.>

어떻게 네가 없는 내가 반짝일 수가 있어.

바보, 바보, 이하윤. 끝까지 말도 안 되는 소리만 하고.

<나 기다릴게. 1년이든, 10년이든. 노처녀 소리 듣더라도 네가 돌아와줄 때까지 열심히 기다리고 있을게. 그때까지 각자 원하는 일 마음껏 하고 마음껏 날아다니다가 다시 만나자. 지금의 우리는 잠시 떨어져 있는 것뿐이야. 앞으로 백세 시대가 열린다는데, 40살에만 재회해도 60년을 같이 살 수 있겠네. 백발 노인이 된 최도영의 모습이 기대되는걸? 그러니까 도영아, 우리 조금만 힘내자. 멀리 있어도 서로를 잊지 않고 살아간다면 그 시간들을 견뎌낼 수 있을 거야. 그렇지?>

견딜 수 있을까. 네가 없는 이곳에서.

1년이든, 10년이든. 견뎌낼 수 있을까.

<도영아, 고맙고 미안해. 넌 늘 내게 많은 걸 양보하고 배려해주었는데 난 욕심만 부리고 내 고집만 피웠어. 헤어지자는 말, 진심 아니었다는 거 알지? 돌아서는 순간 후회했어. 나 같은 못난이를 누가 끝까지 책임져줄까. 최도영뿐이지! 라고 깨닫는 순간 널 놓을 수가 없더라고. 하하. 그러니 한눈팔지 말고 열심히 연구해. 공부도 많이 해서 척척 박사님이 되어줘.>

넌 몰라. 욕심을 부리고 고집을 피운 건 늘 내 쪽이었어.

조금이라도 멀어질까 조바심 내고, 다른 남자가 널 바라보기만 해도 질투에 몸서리쳤어. 혹시라도 아플까, 혹시라도 힘들까 늘 불안함의 연속이었어. 내 사랑이 너무 커서 그걸 감당하느라 힘들지 않을까 늘 마음 졸이며 다그쳤던 건 나야, 하윤아.

<사랑해. 정말 많이 사랑해. 너도 내 맘 같기를 바라. 지금은 널 두고 돌아가지만 다시 만나는 날부터는 놓아주지 않을 거야. 우리 헤어지지 말고 꼭 붙어서 같이 늙어가자. 이젠 너 없인 못 사는 나니까 변덕 부리면 안 돼.>

벌써 그리워. 벌써 보고 싶어. 돌아오라 소리치고 싶어.

하윤아, 나 좀 안아줘. 하윤아.

<나에게로 돌아오는 그 길이 그곳에서보다 더 반짝일 수 있도록 노력할 거야. 그러니까 그대도 힘내시게. 사랑해, 사랑해.>

사랑해. 꽉 채운 하트가 도영을 끝끝내 울리고 말았다.

편지를 가슴에 안은 채 한참 동안 말이 없던 도영은 그녀의 보물 1호였던 스타일링북을 집어 들었다. 한시도 떼어놓지 않았던 그것을 왜 두고 갔을까.

도영은 그 수첩을 한 장씩 넘겨보았다.

한 장, 한 장. 그리고 마지막 장까지 넘겨본 도영은 또 한 번 눈가가 흐릿해지는 걸 느껴야 했다.

그것도 잠시, 자리에서 벌떡 일어난 그는 호텔방을 뛰쳐나갔다.

한국으로 돌아온 하윤의 일상은 전과는 달리 평온했다.

여전히 시끄럽게 떠들어대는 휘율의 옷맵시를 다듬어주는 하윤은 결국 그를 데리고 오지 못했다는 휘율의 잔소리에도 그저 웃을 뿐이었다. 그러자 휘율은 '헐'이라며, 이별에 성격까지 변했다며 놀려댔지만 여유롭게 넘길 수 있었다.

사랑의 힘, 이라고들 한다.

실체가 없는 것임에도 불구하고 그 힘은 실로 놀라웠다.

미국에서 돌아온 지 벌써 2주가 지났다. 여전히 전화 한 통 없는 두 사람이었지만 전처럼 마음 졸이거나 불안해하지 않았다. 어서 시간이 흘러가길, 그 시간 끝에 도영이 있기를 바랄 뿐이었다.

"너 저번 공연 삑사리 났다며?"

"삐, 삑사리요?"

"아마추어같이."

"뭐, 뭐요?"

연일 매진 사례를 불러일으킬 정도로 휘율이 주인공을 맡고 있는 뮤지컬은 인기가 좋았다. 워낙 시나리오가 재미있는 것이기도 했지만 제 역할을 맛있게 표현하는 그의 능력도 한몫했다. 그래서 예정에도 없던 공연이 추가되면서 그의 목소리에도 한계가 오기 시작한 모양이었다.

"관리 잘해라."

"그럼 좀 챙겨주시든가. 목에 좋은 차라든가, 뭐 그런 거 있잖아요."

"난 그런 거 챙겨주는 여자 아니라서."

"에?"

어디서 많이 들어본 대사인 듯싶어 머리를 굴려봤지만 떠오르지 않아 고개를 갸웃거렸다. 그러자 하윤은 피식 웃었다.

"오늘 공연 잘하면 삼겹살 쏜다."

"아, 뭐 매번 삼겹살이야. 소고기 정도는 돼야……."

휘율이 거드름을 피우자 하윤은 들을 것도 없다는 듯 뒤돌아 의상을 정리하기 시작했다. 그러자 심통이 난 얼굴로 투덜거리던 그는 결국 백기를 들었다.

"도망가지 마요. 나 오늘 삼겹살 10인분 먹을 거야!"

"그러다 네 뱃살이 삼겹 되는 수 있다."

윽. 졌다, 졌어. 휘율의 눈매가 살벌하게 불타올랐다. 삼겹이 되든, 오겹이 되든 내 오늘 그대의 '통장'을 '텅장'으로 만들어주리라! 하는 얼굴이었다.

휘율의 성화에 못이겨 스케줄이 끝나자마자 고깃집으로 향했다.

"자, 건배합시다. 건배!"

잔뜩 신이 난 얼굴로 건배 제의를 하는 휘율이었다. 더불어 공짜 고기를 먹게 된 별과 창호 역시 별다를 바 없었다. 계산을 해야 하는 하윤만 투덜거리며 휘율의 추가 주문을 막는 액션을 했지만 못 이기는 척 내버려두었다.

오랜만에 네 사람이 모였다. 거의 처음이라고 해야 되나.

인적이 드물지만 고기 맛이 좋은 단골 음식점에서 삼겹살과 소주를 마시는 사람들의 얼굴에서 여유를 느낄 수 있었다.

"크아, 역시 삼겹살엔 소주! 소주엔 삼겹살! 소심한 실장님 때문에 소고기를 못 먹어 서럽지만……."

"인간적으로 양심은 좀 있어라. 솔직히 말해서 네가 나보다 돈을 몇 배를 더 벌어? 당장 떠올려도 답이 안 나오는데."

"맞아. 그러면서 밥 한 번을 안 사는 쪼잔탱이 아니던가."

"끄덕끄덕."

하윤의 비난을 시작으로 창호와 별은 한편이 되었다. 당황한 휘율은 손을 휘휘 저었다.

"이런 식으로 나한테 독박 씌우기 없기!"

"네 사람이 먹으면 얼마나 나온다고 끝까지."

"맞아, 맞아. 그 돈 벌어서 다 어디다 쓰려고."

"끄덕끄덕."

점점 구석으로 몰기 시작하자 휘율은 당황한 듯 자리에서 벌떡 일어났다. 아, 물론 고기값 정도 내는 일이 뭐가 어렵겠는가. 하지만 이렇게 모함(?)을 당하면서, 삥 뜯기듯(?) 계산을 하고 싶진 않단 말이다. 사나이 자존심이 있지.

"그렇다 해도 절대 안 넘어갑니다."

"쪼."

"잔."

"탱이."
"아오, 진짜. 이 사람들이!"
세 사람이 만들어낸 '쪼잔탱이'란 단어는 휘율의 가슴을 후벼 팠다.
"야, 김별. 그 이상한 눈초리 치워라."
"제가 뭘요?"
"에라이. 알았어요, 알았어. 오늘 제가 쏠게요. 됐죠?"
와아, 와아. 정말 감동이라고는 하나도 없이, 무미건조하게 박수를 친 세 사람은 연달아 주문을 하기 시작했다.
"차돌박이 4인분이요."
"등심 4인분이요."
"양주 4인분이요."
"아니, 무슨 고깃집에서 양주를 찾아? 게다가 4인분은 뭐고?"
놀라며 소리 지르는 휘율의 모습에 다들 배꼽을 잡고 웃었다.
테이블 위로 준비되는 차돌박이와 등심에 휘율의 입이 떡 벌어졌다.
"많이들 먹어요. 부족하면 더 시키고요."
"아니 내가 쏜다고 했는데 왜 누나가 생색이에요?"
"돈도 안 내는데 생색이라도 내야 연장자로서 품위가 유지되지 않겠니?"
"뭔 소리야. 당최 알아들을 수가 없네."
"너도 많이 먹어. 애썼다."
휘율은 포기했다. 에라이, 술이나 마시자.
"그래요. 이왕 이렇게 된 거, 먹고 죽자!"

짠. 네 사람의 잔이 부딪쳤다.

네 사람의 술자리는 웃음이 떠나지 않았다. 분위기메이커인 휘율이 주로 이야기를 이끌어갔고 창호는 맞장구를 쳤다. 별은 가끔 웃었고 하윤은 타박을 하면서도 즐겁게 웃었다.

술잔이 오고 가며 서로 기분 좋게 취할 때쯤 자리에서 일어나 식당 앞에서 헤어졌다. 굳이 대리기사를 불러 같이 가자는 창호의 말에 하윤은 정중히 거절했다. 오늘은 걷고 싶은 날이었다. 기분도 좋고 집도 가까우니 금방 도착할 수 있을 것 같았다.

"모래 위라도 좋으니~ 너와 함께할 집을 지을 수 있다면~"

기분이 좋으니 흥이 저절로 올랐다. 평소 같았으면 주변 사람들을 팬클럽 삼아 노래를 불렀을 텐데, 오늘은 유난히도 차분한 자신의 모습에 놀라고 있었다.

"함께 웃고~ 함께 울고~ 함께라면 얼마나 좋을까~ 우는 일도~ 슬픈 일도~ 그대와 함께라면 행복일지어다아~ 아이고, 우리 님아. 어디 가셨수."

하윤은 걷던 걸음을 멈추고 하늘을 바라보았다.

보고 싶고 그리운 얼굴이 두둥실 떠다녔다. 그 순간 생각지도 못한 외로움이 하윤을 찾아왔다. 그동안 잘 지냈다고 생각했는데, 이따금씩 밀려드는 외로움을 견디는 일이 조금 벅찰 때가 있었다.

전화라도 한번 해볼까. 그냥 술김에 전화했다고 투덜거려볼까. 아니, 그러지 말자. 또 술 먹었냐며 얼마나 잔소리를 늘어놓을지 안 봐도 빤할 테니까.

하윤은 주머니 속의 휴대폰을 만지작거리다 이내 손을 놓아버렸다. 아마 어떠한 핑계를 대서라도 통화는 할 수 있겠지. 그건 어려운 일이 아니니까. 하지만 전화가 끝난 후 찾아오는 그리움은 견뎌내기 위해 이를 악무는 두 사람에겐 힘든 일이 될 수 있다. 그러니 그 어떤 핑계를 대서라도 이 순간을 이겨내야 했다. 또 바보처럼 그를 찾겠다며 미국으로 달려갈 순 없는 일이니까.

코끝이 찡해지는 기분에 하윤은 걸음을 재촉했다.

"피곤하다."

술기운이 오르자 몸이 더 피곤하게 느껴졌다. 도착한 엘리베이터에 몸을 실으며 하품을 했다. 6층에서 내린 하윤은 현관문의 비밀번호를 누르고 집 안으로 들어갔다. 그리고 문을 닫았다.

"음? 불을 켜놓고 갔던가?"

환한 거실의 풍경을 의아한 눈빛으로 훑던 하윤은 늦잠을 자 정신없이 집을 뛰쳐나갔었던 기억에 고개를 끄덕였다. 정신을 바짝 차리고 산다고 해도 이하윤은 이하윤이었다. 누군가가 옆에서 챙겨주지 않으면 허점투성이에 덜렁거리기까지 하는 그녀는 나이가 들어도 그대로였다. 아마 평생 변하지 않을 것 같았다.

"최도영의 부재가 이렇게 크다니."

처음엔 그가 없는 삶이 낯설어 견딜 수가 없었다. 마치 세상의 빛을 잃은 것처럼 괴로웠지만 이젠 농담처럼 그를 떠올리며 웃을 수 있게 되었다. 떨어져 있지만 우리의 마음은 늘 함께라는 걸 안 순간부터 불안함은 잠시뿐이었다.

대충 옷을 벗어놓고 욕실로 들어갔다. 욕조 안에 뜨거운 물을 틀자 욕실은 금세 수증기로 가득 찼다. 따뜻한 기운이 그녀를 감싸듯 포근한 기분이 들어 피곤이 사라지는 것 같았다. 욕조 안으로 들어간 하윤은 눈을 감았다. 물이 차가워질 때쯤 정신을 차린 하윤은 샤워를 하고 나와 젖은 머리칼을 말렸다. 졸음이 몰려오는 것 같아 대충 말린 후 침대로 걸어가 쓰러지듯 잠이 들었다.

하윤은 꿈을 꾸고 있었다. 누군가가 머리를 쓰다듬어주는, 행복하고 기분 좋은 꿈. 그 손길은 조심스러우면서도 다정했는데, 금방이라도 멀어질까 조바심이 나는 감각이기도 했다. 너무나도 달콤하고, 너무나도 깨고 싶지 않은 꿈이었다.

"이러다 감기 걸리면 어쩌려고."

잠들기 전 머리를 채 말리지 못했던 게 신경쓰여서였을까. 꿈속의 다정한 손길은 젖어 있는 머리카락에서 한참을 머물렀다. 마음에 들지 않는다는 듯 툭 하고 내뱉는 말투가 왠지 도영을 연상시키는 것 같아 하윤은 작게 웃었다. 꿈을 꾸고 있으면서도 달콤한 꿈속으로 빠져들 것 같은 아이러니한 상황이었다. 하윤은 마냥 좋았다.

룰루 랄라. 오랜만에 기분 좋은 꿈을 꾸고 난 하윤은 노래를 흥얼거리며 회사 로비를 걷고 있었다. 휘율의 스케줄이 바쁘지 않은 터라 굳이 출근할 필요까진 없었지만 오늘은 왠지 집에만 있기엔 아까운 날이었다.

"어? 실장님!"

진서였다. 멀리서 다가온 진서가 자신을 발견하고서는 반갑게 손을 흔들었다.

"진서 씨. 어디 가요? 바빠 보이네?"

"오늘도 출장입니다."

"애쓰네요. 진서 씨."

"그래도 오늘까지만 애쓰면 됩니다. 드디어 해방이에요!"

무슨 일인지 밝게 웃는 진서의 모습에 하윤도 기분이 좋아졌다. 그동안 피곤해하던 그의 얼굴이 오늘따라 생기가 도는 것처럼 느껴졌다.

"이사님이요. 어제 귀국하셨거든요. 지금쯤이면 출근하셨을 것 같은데."

"네? 뭐라고요?"

진서의 말에 하윤은 가던 길을 돌아 그의 앞으로 성큼 다가갔다. 큰 눈을 동그랗게 뜬 채로 그에게 묻자 진서는 사람 좋은 얼굴로 웃으며 인심 쓰듯 말을 이어갔다.

"오늘부터 다시 출근하기로 하셨거든요. 그래서 전 휴가를 떠날 예정이고요."

"도, 도영이가 출근을 해요? 정말로 돌아왔다는 거예요?"

"네, 올라가보…… 벌써 가셨네."

진서는 못 말린다는 표정으로 로비를 빠져나갔다.

엘리베이터를 타고 올라온 하윤은 망설이지 않고 이사실로 걸어갔다.

도영이 어제 귀국했고, 오늘부터 다시 출근할 것이라는 진서의 말을 듣고도 어안이 벙벙했다. 꿈을 꾸는 것일까? 하윤은 혼란스러웠다.

이사실 문 앞에 선 하윤은 망설였다. 아니면 어쩌지, 아니면. 여기까지 단숨에 올라와놓고 또 고민을 한다.

"기대하진 말자."

아닐 수도 있잖아. 아닐 수도 있으니까 괜히 기대했다가 실망하지 말자.

똑똑. 노크를 했다. 한참을 기다려봤지만 답이 없다.

똑똑, 똑똑. 연달아 노크를 했다. 역시나 답이 없다.

"……."

기대하지 말자고 해놓고 금세 실망하다니. 하윤은 자신의 머리를 쥐어박았다. 그러고는 돌아섰다. 인적 하나 없는 이 공간은 너무나 조용해 그녀의 발걸음 소리가 소란스럽게 들릴 정도였다.

몇 걸음 걸었을까. 생각지도 못한 딸깍 소리에 하윤은 본능적으로 뒤돌아봤다. 서, 설마. 서, 설마!

"어디 가? 기다리고 있는데."

"……."

"반응이 시원찮다? 뭐 해. 빨리 와 안기지 않고?"

"최, 최도영? 정말 최도영?"

하윤의 물음에 도영은 방싯 웃으며 두 팔을 벌렸다. 넋이 나간 사람처럼 그를 바라보고만 있던 하윤은 한 걸음씩 내딛다 이내 마음이 급한 사람처럼 뛰기 시작했다.

꿈이라고 해도 좋아. 신기루처럼 사라질 꿈이라고 해도 괜찮아. 도영아, 도영아!

와락. 그의 품 안으로 안겨든 하윤은 온몸이 부서져라 껴안아주는 감각에 눈물이 왈칵 쏟아졌다.

진짜다, 진짜. 최도영이야. 진짜, 진짜 최도영이야!

하윤은 그동안 참고 참았던 눈물을 쏟아냈다. 폭포수처럼 흘러내리는 눈물은 꺼이꺼이, 목 놓아 울 때까지 계속되었다. 그러는 동안 도영은 말없이 하윤을 안아주고 달래주었다. 한참이나 울고 난 하윤은 그가 이끄는 대로 따라갔다. 그리고 이사실의 문이 닫혔다.

"이제 다 울었어?"

"정말 최도영이야? 꿈꾸는 거 아니지?"

너무 많이 울어 목이 쉰 하윤은 눈앞의 그가 행여나 사라져버릴까 잡은 손을 놓지 못하고 있었다.

"그래, 꿈 아니야. 나 돌아왔어."

"흐엉, 흐억……."

돌아왔다는 말. 그 한마디에 또 눈물이 쏟아졌다.

도영이 다시 한 번 품 안으로 그녀를 잡아당기자 하윤은 주먹을 쥐고 그의 가슴팍을 쳐댔다.

"야, 이 나쁜 놈아. 왜 이제야 와. 왜 이제 오냐고. 얼마나 보고 싶었는지 알아?"

"1년이고, 10년이고 기다린다며?"

"거짓말이야. 다 거짓말이야. 못 기다려, 못 기다려! 하루하루도 힘들어 죽을 뻔했는데 1년은 무슨, 10년은 무슨. 흐엉!"

"그래서 일찍 왔잖아."

토닥토닥. 도영은 다시 하윤을 품에 안아주었다.

훌쩍이며 눈물을 닦은 하윤은 고개를 들어 도영을 바라봤다.

여전히 근사한 얼굴. 여전히 멋진 나의 최도영.

"와줘서 고마워. 정말 고마워."

"네 덕분이야. 네가 돌아올 수 있도록 길을 알려주었잖아. 고맙다, 하윤아."

"이젠 어디 가지 마. 나 절대 안 보낼 거야. 알았지?"

"내가 하고 싶은 말이군."

하윤은 끝내 말을 잇지 못했다. 그의 입술이 그녀의 입술을 삼켜버렸기 때문이다. 회사에서 이래도 될까, 라는 생각이 잠시 스쳐가긴 했지만 그런 것 따위 안중에 있을 리 없었다. 소파에 몸을 기댄 두 사람은 잠시라도 떨어지기 싫은 사람들처럼 입술의 온기를 나눴다. 다급한 손길이 서로를 어루만지며 열망의 꽃을 피웠지만 그것뿐이었다. 지금 이 순간, 함께 있다는 것만으로도 충분했다. 떨어져 있었던 시간을 보상이라도 받듯 한참을 품에 안겨 떨어지지 않는 두 사람이었다.

"그나저나 연구는 어떻게 하고?"

"생각해봤는데 그 일은 더 이상 내게 의미가 없는 일이더군. 연구에 아무리 집중하려 해도 이하윤만 생각나. 바보처럼. 별의별 짓 다 해봤는데 안 되더라. 벗어날 수가 없어. 그래서 생각했지. 이 일은 더 이상 내 것이 아니라는 걸."

"……."

"그리고 나에게 더 큰 의미를 찾았어. 이거."

도영은 서랍에 넣어두었던 것을 꺼내 하윤에게 건넸다.

"이건……."

하윤의 수첩이었다. 보물 1호. 그의 곁에 두고 왔던 그것.

"너에게 있어 이 수첩이 얼마나 소중한 것인지를 난 알아. 한시도 떼놓지 않을 정도의 물건을 내게 두고 갔다는 것은, 그 어떤 것보다 내가 더 소중하다는 뜻, 맞지?"

"……."

"나보다 더 중요한 건 없다는 의미잖아."

"맞아."

"더불어 이걸 핑계로라도 언제든 돌아오라는 것 맞지? 되도록 빨리."

하윤은 고개를 끄덕였다. 어차피 내게 중요한 의미의 물건이라는 걸 알고 있는 그라면 한시라도 빨리 돌려줘야 한다는 것을 깨달으리라. 그렇다면 이걸 핑계로라도 돌아올 수 있도록 길을 열어 둔 것이었다. 그뿐이겠는가. 한시도 떼놓지 않던 것을 도영에게 두고 올 때, 하윤은 그 어떠한 미련도 후회도 없었다. 하윤에게 그 물건은 꿈이었고, 미래였다. 하지만 도영이 없는 그 후의 일들은 생각하고 싶지 않았고, 그가 없는 꿈과 미래는 더 이상 소중한 것이 될 수 없다.

"역시 공부 잘한 티를 내요. 참 잘했어요, 최도영."

손을 뻗어 도영의 머리를 쓰다듬어주었다. 잠시라도 헤어져 있었던 순간들은 두 사람에게 많은 걸 깨닫게 해주었고 한층 더 성숙할 수 있게 해준 시간들이었다.

"사랑해. 다신 헤어지자는 소리 하지 마."

"응, 절대 하지 않을게."

"약속해."

"약속, 도장, 복사, 코팅!"

하윤은 방싯 웃었다.

이기적이라고 해도, 미련하고 바보 같다고 해도 이젠 절대 흔들리지 않을 것이다. 맞닿은 손, 맞닿은 온기를 잃지 않기 위해 최선을 다해 노력할 것이다. 절대 헤어지지 말자. 지옥의 맛은 한 번으로 충분했어. 더 이상은 아프지 말자. 괴롭지 말자.

우리 행복하기만 하자.

그의 품에 안긴 하윤은 눈을 감았다.

모든 게 돌아왔다. 제자리로.

그것만으로 충분했다.

그녀와 그의 인생은 이제부터 다시 시작이었다.

오랜만에 숍에 들러 메이크업도 하고, 헤어도 손봤다. 혹시 주인공을 오해하지 않을까 싶을 정도로 완벽한 맵시였다. 하지만 그건 불과 한 시간 전의 이야기였다.

리허설 중에 메인 의상이 찢어졌다는 별의 갑작스러운 연락에 방송국으로 달려간 하윤은 겨우 시간에 맞춰 의상을 건네주었다.

"늦었다. 늦었어."

드디어 찾아온 디데이. 이태은과 박현태의 결혼식 날이었다. 태은은 절친인 하윤에게 누구보다 일찍 와 자신의 수발을 들어달라고 신신당부를 했었다. 하지만 벌써 도착했어야 할 시간에 도로를 달리고 있으니 하윤의 마음은 다급해졌다.

토요일 오후 12시. 날씨가 좋아서 그런지 도로는 빽빽하기만 했다. 뚫려라, 뚫려라. 주문처럼 외쳐보지만 급한 하윤의 마음을 대신해주진 못했다. 결혼식까지 남은 시간 30분. 빨리 달려도 겨우 도착할까 말까인데.

길게 한숨을 내쉰 하윤은 태은에게서 쏟아져 나올 폭풍 잔소리가 귓가를 맴도는 것 같아 고개를 저어야 했다. 어마어마하고 무시무시한 후폭풍이 예상된다. 아마 이건 평생 거리일 것이다. 빼도 박도 못하는. 포기했다는 듯 긴 한숨을 내쉰 하윤은 음악이나 듣자 싶어 손을 뻗었다. 그 순간 블루투스로 연결되어 있는 차 안에 벨소리가 울렸다. 도영이었다.

-어디야?

급한 목소리가 달려들었다.

"도로 웝니다만."

-아직 도착 못했어?

"넌?"

주말에도 바쁜 우리의 이사님은 오전에 잡혀 있는 회의에 참석해야 된다며 일찍 집을 나섰다. 일이 잘 끝났는지 벌써 예식장에 도착한 모양이다. 북적이는 소리가 들려왔다.

-너는 어디다 두고 혼자 왔냐고 구박데기 취급당한다. 혼자 있기 외로워, 빨리 와.

"가고 있어. 이제 조금씩 도로 상황이 좋아지려나 보다. 액셀 밟습니다."

-안전 운전하고. 얼마나 걸릴 것 같아?

"입장하기 전에 얼굴 들이밀어야지. 이 상태라면 가능할 것 같아!"

자신을 기다리고 있는 도영의 목소리가 좋은 기운이라도 된 것처럼 도로가 한산해지기 시작했다. 하윤은 거침없이 액셀러레이터를 밟았다.

걱정했던 것과는 달리 약간의 여유를 두고 식장에 도착한 하윤은 주차장에 주차를 한 후 엘리베이터에 몸을 실었다. 이름마저 아름다운 오로라 홀은 몇 층이지. 안내문에 적혀진 대로 3층에 도착한 하윤은 내리자마자 주변을 살폈다. 시끌벅적한 소리가 들려오자 마음이 조급해졌다.

"하윤이?"

알은체를 하는 소리에 뒤돌아보니 반가운 얼굴이 보였다.

"어? 우진 오빠? 오빠가 여긴 웬일이야?"

우진은 오랜만에 만난 하윤이 반가운지 성큼 다가와 손을 잡았다.

"친한 동생 결혼식이 있어서. 그나저나 진짜 반갑다. 잘 지냈어? 어쩜 그렇게 연락 한 번 없이 매정하냐?"

"그건 오빠도 마찬가지거든요! 오빠 동생 하자더니, 완전 남보다 못해."

"미안, 미안. 그동안 바쁘기도 많이 바빴다. 잘 지낸 것 같네. 더 예뻐졌어."

하윤은 긴 머리에 웨이브를 넣어 자연스럽게 흘리듯 뒤로 묶었다. 하얀 피부가 돋보이게끔 단정하면서도 깔끔한 느낌으로 메이크업을 하고 코랄빛이 감도는 립스틱을 발라 생기 있으면서도 사랑스럽게 마무리했다. 무릎이 살짝 보이는 크림색 원피스를 입고 블랙의 카디건을 걸쳐 입은 그녀는 아름다웠다. 발목을 훤히 드러내고 있는 9센티미터의 구두가 그녀의 다리를 길어 보이게 만들고 있었다. 지나가는 남자들마다 그녀 앞에 서 있는 우진을 부러워할 정도로 유난히 반짝였다.

"아이고, 비행기 타고 훨훨 날겠네."

"농담 아냐. 오늘 예쁘다."

우진이 손을 뻗어 하윤의 머리를 쓰다듬었다.

"또 반하고 그러면 곤란합니다."

"사람 마음 다 흔들어놓고 발 빼는 거야?"

"못 살아."

농담이라는 걸 알 수 있을 정도로 가벼운 인사말이었다. 오랜만에 만나서인지 시간 가는 줄 모르고 수다를 떨던 하윤은 깜짝 놀라며 시계를 바라봤다.

"어머나, 내 정신 좀 봐! 나를 목 빠지게 기다리고 있을 신부에게 가봐야 될 것 같아요. 오빠, 반가웠어. 다음에 연락해."

하윤은 그의 어깨를 툭 치고서는 빠르게 오로라 홀을 찾아갔다. 먼저 온 친구들이 하윤을 반기는 소리가 들렸지만 허겁지겁 신부 대기실로 얼굴을 들이밀었다. 아니나 다를까, 태은의 뾰로통한 얼굴이 단박에 눈에 들어왔다.

"이. 하. 윤."

"미안, 미안. 진짜아 미안. 그래도 입장하기 전에는 왔다. 시간 맞춰 오느라고 죽는 줄 알았어."

"흥. 국물도 없을 줄 알아!"

"미안! 화내지 마, 뱃속에 애기 놀래."

"나 정말 섭섭하고 눈물 나. 뭔가 애기 때문에 억지로 결혼하는 것 같고, 막 심란해. 이거 어떻게 해야 돼? 나 막 도망가고 싶어."

"태은아."

신부 대기실에 앉아 꾹 참고 있던 마음이 하윤을 보는 순간 툭 하고 터져 나온 듯 태은은 울먹거렸다.

"하윤아. 나 막 도망가고 싶어."

결국 눈물이 또르르 흘러나왔다. 예쁘게 화장한 얼굴에 얼룩이라도 질까 하윤은 걱정스러웠다.

"정말 다 포기하고 도망가고 싶어?"

"응, 정말이야. 나 무섭고 두려워."

"현태도 있고, 아이도 있잖아. 그리고 너흴 응원하는 우리들도 있고. 이렇게 든든한 사람들이 곁에 있는데 무서울 게 뭐 있어? 바보 이태은. 너 헛똑똑이다?"

"그랬나 봐. 정말 그랬나 봐."

"행복할 거야. 지금처럼 앞으로도 쭉. 박현태가 언제 너 울린 적 있어? 아무리 멀리 있어도 네 한마디면 달려오는 박현태잖아. 그뿐이니? 네 한마디에 죽고 못 살잖아. 그런 남편이 있는데 뭐가 무섭대. 어라, 가만히 생각해보니까 너 지금 노처녀 앞에서 사랑 타령이야?"

"그런 게 아니잖아."

"계집애, 너 아주 그냥 노처녀 가슴에 불을 질러라! 이왕 잘됐다, 박현태 물 먹이고 당장 결혼식장 빠져나가자. 우리 둘이 평생 노처녀로 살고, 박현태는 예쁘고 귀여운 영계 만나서 다시 결혼하라고 하든지 말든지."

"야, 너 지금 그게 할 말이야?"

"도망치자며. 적어도 양심이 있으면 그 정도는 빌어줘야지. 버리고 떠나는 마당에 전 약혼자의 행복 정도는 빌어주는 게 도리지."

으드득. 결국 태은은 눈물을 그쳤다. '예쁘고 귀여운 영계, 만나보라지! 나나 되니까 제 놈이랑 살아주는 걸 감사해야지'라는 폭언과 함께. 어느 정도 진정이 된 태은은 주먹을 불끈 쥐었다. 그 모습에 깔깔 웃어대던 하윤은 태은에게 다가갔다.

"태은아, 두 사람 정말 잘 어울리는 거 알지?"

"내가 아깝지, 무슨!"

"잘 살 거야. 그러니까 너무 걱정하지 말고 현태 믿어봐."

"믿어야지, 별수 있나."

"결혼 축하해. 내 친구."

"그래, 고마워. 아 참, 너한테 부케 주고 싶었는데 먼저 결혼하는 친구가 있어서. 양보해줄 거지?"

"당연하지. 난 아직 멀었다."

머리를 긁적이는 하윤의 모습에 태은은 긴 한숨을 내쉬었다.

"최도영 이 자식, 뭐 하는 거야? 세월아 네월아 하고 있나 보네."

"그런 거 아니거든요. 아무튼 울지 말고 잘해!"

"응. 그나저나 축의금 두둑이 준비했지?"

언제 울었냐는 듯 방싯 웃어 보이는 태은의 모습에 하윤마저 행복해지는 기분이었다.

입장 10분 전을 알리는 소리에 신부 대기실에서 빠져나온 하윤은 진이 다 빠졌다. 어느새 자리를 차지하고 앉은 친구들 사이를 밀치고 들어가 도영의 옆자리에 앉았다. 겨우 한숨 돌린 하윤이 도영을 바라보며 인사를 건넸지만 그는 묵묵부답이었다.

"음? 도영아."

"……."

"어이, 최도영 씨."

못 들었나 싶어 다시 불러봐도 여전히 도영은 말이 없었다. 자신이 도착하기 전에 무슨 일이 있었나 싶어 다른 친구에게 고개를 돌리자 무릎 위로 무언가가 툭 떨어졌다. 도영의 재킷이었다. 의중을 알 수 없는 그의 행동에 하윤은 고개를 돌려 도영을 바라봤지만 여전했다. 궁금증을 참지 못하고 한마디 하려던 찰나, 실내가 어두워졌다. 그리고 잠시 후 신랑 입장이 시작되었다.

"신랑 입장!"

사회자의 말이 끝나기도 전에 양팔을 휘두르며 성큼성큼 걸어들어오는 신랑이 보였다. 팔푼이처럼 입에 함박웃음을 단 채 의기양양했다. 그 모습에 다들 한마디씩 거들며 웃어댔다.

"신부 입장!"

결혼행진곡이 흘러나오고 아버지의 손을 잡고 천천히 발걸음을 옮기는 신부의 모습도 보였다. 쑥스러운지 얼굴을 붉히며 한 걸음씩 내딛는 그녀의 모습은 한 떨기의 꽃처럼 청초하고 아름다웠다. 하윤은 괜히 눈시울이 붉어졌다. 고작 입장만으로도 이상하게 가슴이 뭉클거렸다. 주책이라며 핸드백을 집어 들었다. 혹시라도 눈물이 떨어지면 민망할 것 같아 닦을 것을 찾기 위해서였다.

그런데 그 순간 무릎 위 재킷으로 무언가가 툭 떨어졌다. 도영의 손수건이었다. 고개를 돌려 그를 바라봤지만 아무 일 없는 사람처럼 앞만 바라보고 있었다. 도대체 뭐지. 하윤은 손수건을 들어 눈가를 꾹꾹 눌렀다.

결혼식은 경건하게 치러졌다. 식순에 맞춰서 진행되는 결혼식이 조금 따분한지 당장에 달려가 깽판 아닌 깽판을 놓고 싶은 친구들이 엉덩이를 들썩이고 있었다. 하지만 오늘은 양보하기로 한다. 제발 자제해달라는, 만일 일을 벌이면 열 배로 갚아주겠다는 현태의 으름장이 떠올랐기 때문이다.

"자, 양가 친구분들 촬영이 있겠습니다. 준비하시고요. 부케 받으실 분, 누구시죠?"

촬영 기사의 말에 얼굴을 붉히며 조심스레 손을 드는 여자가 눈에 들어왔다. 하윤은 잘 알지 못하지만 일면식이 있는 그녀의 대학 동기였다. 다음 달에 결혼할 예정이라며 부케를 받을 준비를 하고 있었다. 하윤은 신랑 쪽이 아닌 신부 측에 섰다. 키가 작은 편이라 앞 쪽에 섰고, 도영은 신랑 측 맨 뒤편에 서 있었다.

"연습 한번 해볼까요?"

촬영 기사가 숫자를 세자 태은이 부케를 뒤로 던졌다.

"야구 선수냐. 무슨 부케를 공처럼 던져?"

힘 조절에 실패한 이태은 선수. 결국 실패했습니다. 얼마나 힘이 센지, 부케 받을 친구의 손이 민망할 정도로 멀리도 던졌다. 한 바탕 웃음거리가 된 태은은 당황한 듯 힘 조절에 집중했다.

"성격대로 하지 말고 내숭 좀 떨어라."

두 번째 연습. 약하게 던진다고 던졌더니 이번엔 자신의 발뒤꿈치에 떨어졌다. 이거 뭐, 중간이 없어 모 아니면 도였다. 친구들이 한마디씩 거들자 태은이 의지를 불태우며 주먹을 쥐었다.

“자, 이제 촬영 들어갑니다. 힘 조절 잘하세요, 신부분. 하나, 둘, 셋!”

태은은 심호흡을 했다. 부케 받을 친구와 합을 맞춘 후 조심스럽게 던졌다.

“헐.”

“못 산다.”

“푸하하하.”

뒤를 돌아보기 민망할 정도의 웃음이 쏟아졌다. 당황한 태은이 이번에도 실패냐며 돌아본 순간 입이 떡 벌어졌다. 차라리 저 멀리, 혹은 발뒤꿈치에 떨어지는 게 나았을 뻔했다. 하필 던져도 거기냐.

“친구 결혼식에서 스포트라이트는 혼자 다 받아요.”

“누가 보면 최도영 결혼식인 줄 알겠네.”

친구들은 도영의 머리 위에 예쁘게 자리 잡은 부케를 가리키며 낄낄거렸다. 떨어지려면 훅 떨어지든가, 아니면 손에 착 하고 내려앉든가. 말도 안 되는 상황이었다.

“신부님, 제발 힘을 아끼세요. 친구분 당황하셨겠네요. 남자분인데.”

넉살 좋게 웃으며 사진 기사가 걸어가 도영의 머리 위에 있는 부케로 손을 뻗었다. 그러자 도영은 그의 손을 막았다.

“남자는 부케 받으면 안 됩니까?”

“안 되는 건 아니지만 곧 결혼하실 여성분에게 양보하시는 게…….”

“나도 할 겁니다.”

"네?"
"나도 곧 결혼할 거라고요."
도영의 말에 식장은 고요해졌다. 하지만 그것도 잠시, 현태와 친구들의 박장대소로 분위기가 유쾌해졌다. '다음 국수는 최도영이 준비하려나 보네'라며 한마디씩 거드는 것도 잊지 않았다. 그 순간 신부 측에 있던 하윤은 얼굴이 시뻘게졌다. 괜히 덩달아 부끄러워졌기 때문이다.

결혼식이 끝나고 바로 신혼여행을 떠나는 두 사람을 배웅까지 했다. 온몸에서 기운이 빠져나가는 것 같았다. 축 늘어진 몸을 이끌고 각자의 차를 타고 집으로 돌아왔다. 먼저 도착한 도영은 이미 올라가버렸는지 찾아볼 수 없었다. 도대체 뭐가 심통난 거지. 궁금했지만 알아차리지 못한 채 피곤한 몸을 이끌고 자신의 집으로 향했다. 옷이라도 갈아입고 도영을 만나러 가야겠다.
집 앞에 선 하윤은 비밀번호를 누르고 집 안으로 들어갔다. 열린 현관문을 닫으려 하는 순간 누군가가 불쑥 들어왔다.
"엄마야!"
"……."
놀래거나 말거나. 관심 없는 사람처럼 무뚝뚝하게 걸어 들어와 신발을 벗더니 소파에 척, 하고 몸을 실었다. 그 모습을 물끄러미 바라본 하윤은 고개를 갸웃거렸다. 언제 들어와서 옷을 갈아입었는지 그는 트레이닝복 차림이었다. 편한 옷마저도 맞춰 입은 사람처럼 완벽한 핏을 자랑했다. 그런데 주머니에 손을 꽂은 채 거만한 얼굴로 자신을 바라보고 있는 도영의 눈매가 꽤 매섭다.

"거기 서서 뭐 해?"

도영의 말에 하윤은 움찔했다. 후다닥 현관문을 닫고 몸을 돌리자 툭 하고 자신의 품 안으로 무언가가 날아왔다. 향긋하면서도 은은한 꽃향기가 그녀의 코를 자극했다.

"부케잖아."

"나 6개월 안에 장가가야 돼."

"풉."

진지하게 내뱉는 도영의 말에 하윤은 웃음보가 터졌다. 사실 도영은 자신의 머리 위로 부케가 떨어졌을 때에도 지금처럼 표정에 큰 변화가 없었다. 당황할 법도 한데 그는 그러지 않았다. 그런 도영이 자신 앞에서는 투정쟁이가 되어버린다는 사실이 이상하리만큼 즐거웠다.

"평생 노총각으로 늙어 죽게 할 거 아니면 결혼하자."

"무슨 프러포즈가 이렇게 재미없어?"

"그건 그렇고."

"음?"

"앞으로 짧은 거, 파진 거, 높은 거 다 금지야."

평소보다 낮게 깔려 음산하기까지 한 목소리가 하윤의 귀에 박혀들었다.

"무슨 소리야?"

"멋 내는 건 내 앞에서만 해."

"……."

"다른 놈들이 여기저기 훑는 거 못 보겠다. 그러니까 앞으로는 꽁꽁 싸매고 다니든지 어디 가지 말고 나랑만 붙어 있어."

"풉, 풉. 크하학."

도영의 표정이 진지하다 못해 심오하기까지 해서 하윤은 참고 참던 웃음을 터트려야만 했다. 왜 저렇게 화가 났나 했더니, 오늘의 옷차림이 마음에 들지 않았나 보다. 정말 최도영스러운 질투이자 협박이었다. 하윤은 너무 웃어 눈물이 날 것 같았다. 눈가를 닦아내는 모습을 바라보던 도영은 여전히 풀리지 않는 얼굴로 하윤을 노려봤다.

"게다가 민우진은 또 뭐야?"

끝이 아니었다. 아무래도 우진과 자신이 이야기하는 모습을 본 모양이다. 심오했던 표정이 이젠 심각하다. 질투의 화신 최도영이 끼어들지 않고 말없이 사라졌다는 건 두 사람을 배려하기 위한 행동이었음이 분명하지만 그만큼 화가 나 있다는 증거이기도 했다. 입을 열면 화를 낼 것 같아 예식장에서는 침묵을 유지한 게 아닌가 싶었다.

하윤은 귀여운 도영을 조금 더 놀려주고 싶은 마음이 들었다.

"우진 오빠?"

"오빠?"

"반가워서 인사 좀 나눴어. 오랜만에 봤더니 살도 빠지고 핸섬해졌더라고. 오늘 나 예쁘다고 얼마나 칭찬해주던지, 어지러울 정도였다니까."

"……."

"사람 마음을 흔들어놓는다나 뭐라나. 너무 예뻐서 홀라당 반했다고 했던가?"

과장을 살짝 보태 도영에게 슬쩍 흘렸다. 무표정하던 그의 눈썹이 조금씩 삐죽거렸다. 반응이 오고 있다는 이야기였다. 이것이 얼마나 위험한 것인 줄도 모른 채 하윤은 말을 이어갔다.

"이제 자주 꾸미고 다녀야겠어. 예쁘다는 소리 들으니까 막 설레는 거 있지?"

"이하윤."

"그나저나 너무한 거 아니야? 그렇게 예쁘게 꾸미고 갔는데 최도영은 예쁘다는 소리 한 번을 안 해주네? 섭섭해."

"……."

섭섭하다는 하윤의 말에 도영이 자리에서 벌떡 일어났다. 그러고는 성큼성큼 걸어가 현관문을 열었다. 당황한 하윤이 그의 팔을 붙잡았다.

"어, 어디 가?"

"민우진 만나러."

"왜?"

"살도 빠지고 핸섬해졌다며. 얼마나 잘생겨졌는지 다시 한 번 보게."

"……."

"이하윤만큼이나 나도 한 미모 하거든. 혹시 모르잖아, 나한테 반할지."

이, 이건 또 무슨 소리야.

"너한테 반하게 하느니 내가 꼬셔서 잡아먹고 만다."

"도, 도영아."

무섭기까지 한 도영의 표정에 하윤은 기가 막힌 듯 긴 한숨을 내쉬었다. 내가 어찌 너를 이길까. 두 손을 번쩍 든 하윤이 항복을 선언했다.

"……."

무슨 의미냐며 멀뚱하게 하윤을 바라보던 도영에게서 여전히 냉기가 흘렀다. 그 모습을 기뻐해야 할지 당황해야 할지 잠시 망설이던 그녀가 손을 뻗어 그의 목을 감쌌다.

"우진 오빠한테 안 보내. 너 내 거야."

"오빠 소리 좀 빼지?"

"나이가 많은데 그럼 뭐라고 불러?"

"그 자식."

풉. 질투 한번 정말 살벌하다, 살벌해.

"그래. 그 자식한테 너 안 보내. 너 내가 꼬셔서 잡아먹을 거야."

"흠."

"근데 도영아."

"왜."

"오늘 나 좀 섹시하지 않아?"

그 말에 도영이 아직 갈아입지 않은 하윤의 옷을 훑었다. 그 시선에 하윤은 가슴을 살짝 앞으로 내밀고, 다리를 꺾어 조금 더 섹시한 모습을 연출했다. 그러자 도영이 침을 꿀꺽 삼켰다.

"오늘 밤 난 도영 오빠가 필요한 것 같은데, 나 두고 갈 거야?"

"……."

"응? 도영아."

꿀꺽. 또 한 번 그의 목울대가 거칠게 움직였다.

"도영아."

"……."

"도영 오빠야."

"……."

"자기야."

"젠장."

결국 도영이 백기를 들었다. 하윤을 번쩍 안아 든 도영은 망설임 없이 침실로 달려 들어갔다. 거칠게 움직이는 모습과는 달리 하윤은 조심스럽게 침대 위로 눕혀졌다. 잠시의 틈도 허용하지 않겠다는 듯 달려드는 도영의 손길을 기쁘게 받아주었다.

한 번 마음먹으면 성에 찰 때까지 놓지 않는 맹수처럼 그는 하윤을 안고 또 안았다. 평소보다 조금 거칠다고 생각될 정도로 그의 손길은 잠시도 그녀의 곁을 떠나지 않았다.

입술과 손, 그리고 그의 마음이 주는 환상의 하모니에 하윤은 눈물이 날 것 같았다. 행복하고, 또 행복해서. 만일 도영이 손을 내밀어주었을 때 그를 밀어냈다면 지금의 순간을 알 수나 있었을까. 죽었다 깨어나도, 그 누구에게서도 이런 행복을 느끼지 못했을 것이다.

'예뻐, 너무 예뻐.'

'불안해. 옆에만 두고 싶을 정도로.'

'다른 남자들한테도 예뻐 보이지 마. 제발.'

'나 없이는 못 사는 여자가 되어줘.'

'사랑해, 예쁜 이하윤.'

숨이 끊어질 것처럼 사랑을 나누는 와중에 도영은 혼잣말로 중얼거렸다. 열락에 빠져 있는 하윤의 귀에 또렷하게 들리진 않았지만 그의 간절함과 사랑이 온몸으로 느껴질 정도였다.

바보 같을 정도로 한결같은 남자의 사랑을 온몸으로 받는다는 게, 하윤의 일이라면 모든 걸 다 내던지고 달려올 수 있는 남자의 사랑을 온 마음으로 느낀다는 게 이렇게 행복하다는 걸 이제야 깨닫고 있었다.

"그거 알아?"

눈을 말똥말똥 뜨고 자신을 바라보고 있는 하윤의 모습에 피식 웃어버린 도영은 그녀의 머리를 연신 쓰다듬어주었다.

"사랑하기는 쉬워도 아끼기는 어렵다는 거?"

"무슨 소리야?"

"사랑이라는 건 감정이라 시간이 지나면 퇴색될 수 있어. 어떤 형태로든 변해. 하지만 아낀다는 건 달라. 아무리 사랑한다 해도 그 마음이 담겨지지 않으면 상대를 아낄 수 없지."

"……."

"처음에는 보이던 것들이 나중에는 안 보이게 돼. 보인다 하더라도 무심코 지나치게 되지. 나를 바라보는 네 눈빛의 의미나 감정의 표현들 말이야."

"……."

"그런 감정들을 평생 잊지 않고 기억해주는 게, 무슨 일이 있는지 알아차려주는 게 내가 너를 아끼고 사랑하는 방법 중 하나라고 생각해. 그만큼 널 진심으로 아껴."

"도영아."

"그러니까 하윤아."

무슨 말을 하려는지 도영은 숨을 골랐다.

"이젠 우리도 결혼하자."

"뭐?"

"6개월 안에 결혼 못하면……."

"야아아아아!"

소리를 지르며 달려드는 하윤의 주먹을 요리조리 피하던 그는 결국 목젖이 보일 정도로 크게 웃어 보였다.

움직이는 차 안에서 의상 표를 체크하던 하윤의 눈동자가 깊어졌다. 어깨와 귀에 겨우 걸치듯 걸려 있던 휴대폰을 통해 들려오는 그의 목소리가 조금 피곤해 보였기 때문이다.

"왜 벌써 일어났어? 어제 새벽에 겨우 잠든 거 아니었어?"

-오전에 미팅 있어.

"에휴. 그러다 몸 상하겠네."

-괜찮아. 저녁에 약속 있잖아. 최대한 빨리 마무리 짓고 출발할 거야.

"왜 하필이면 오늘로 약속을 잡아서는."

-괜찮대도. 밥 챙겨 먹으면서 일해. 끊어야겠다.

"응. 수고해."

-사랑해.

도영의 목소리가 아득하게 들렸다. 그가 중국으로 출장을 간 지 벌써 4일째였다.

많은 연예인들이 중국으로 진출하여 영역을 넓히고 있는 만큼 도영의 일도 많아졌다. 이사라는 직함을 달고 있었지만 CL엔터테인먼트의 실질적인 운영을 총책임지고 있는 그의 어깨가 유난히도 무거워 보였다. 잠잘 시간도 부족한 도영이 안쓰러워 하윤은 그의 목소리가 들리던 휴대폰에서 눈을 뗄 수가 없었다.

오랜만에 모이는 양가 부모님과의 약속이 오늘이라는 사실이 야속하게 느껴졌다. 한 달에 한 번씩 무슨 일이 있어도 뭉치자는 의견과는 달리 양가 부모님은 해외여행 중이셨기 때문에 그 약속은 지켜지질 못했다. 물론 하윤과 도영도 쉴 새 없이 바빠 틈이 나지 않았지만 여행을 마치고 돌아오는 부모님들을 모른 척할 순 없었다. 늘 그렇듯 문자로 통보된 위치와 시간을 확인한 하윤은 긴 한숨을 내쉬었다.

오랜만에 뵙는 부모님의 얼굴보다 잠 한 숨 제대로 못 잔 도영의 얼굴이 더욱 선명하게 느껴졌다.

"다 키워놓은 자식, 불효녀가 되어 있네."

보고 싶고 그리운 건 매한가지였지만 가슴 저릿하게 만드는 것은 도영이었다.

드르륵. 문을 열고 들어가자 여덟 개의 눈동자가 그녀에게로 달려들었다. 당황할 정도로 반갑게 손을 흔드는 네 분의 모습에 하윤은 멋쩍게 웃었다. 너무나 오랜만에 만나기도 했지만 어느 때보다 반가워하시는 모습이 낯설었기 때문이다.

"며느리! 잘 지냈어?"

"아, 네. 아저씨도 잘 지내셨죠? 살이 좀 붙으신 것 같은데."

"여기저기 돌아다니면서 살만 쪄 왔어. 세상은 넓고 먹을 것은 참 많더라고. 하하."

여전히 자신을 며느리라고 불러대는 크리스 최의 모습에 하윤은 어색하게 웃어 보였다. 아주 어릴 때부터 며느릿감으로 콕 찍어서 불러오던 호칭인데, 막상 도영과 연인이 되고 나서 들으니 꽤 쑥스러웠다. 하윤은 기분이 좋은지 반갑게 웃어 보이는 태열과 진아의 옆자리에 앉았다.

“여행은 재미있으셨어요? 아빠랑 엄마도 살 쪘네. 보기 좋다.”

“쉴 새 없이 먹었어. 나 3킬로그램이나 찐 거 있지? 못 살아. 이 나이 먹고 살 찌면 흉한데.”

“예뻐, 엄마. 살이 오르니까 훨씬 더 젊어 보이고 피부도 탱탱해 보여.”

“호호, 그러니? 그나저나 우리 최 서방은 왜 안 와?”

“아. 도영이 거의 다 왔을 거야. 출장 갔다가 오늘 왔어요.”

“우리 아들이 고생이 많네.”

‘그러니 아저씨가 회사 일에 좀 신경 쓰세요’라는 말이 곧바로 튀어나오려 했지만 하윤은 꾹 삼켰다. 그런 하윤의 마음을 아는지 모르는지 크리스 최는 그녀에게로 술잔을 건네며 허허거렸다.

“한잔해. 어째 우리 며느리는 살이 좀 빠졌는가? 요새 많이 바빠?”

“네. 정신이 없어요. 오늘도 스케줄 끝나자마자 와서 좀 피곤하고요.”

“그럴 땐 알딸딸하게 취하는 게 최고야. 그래야 긴장도 풀리지.”

“술은 도영이 오면 마실게요. 없는 자리에서 마셨다가 뼈도 못 추려요.”

“왜? 또 술 취해서 길바닥에 드러누웠구나? 아니면 테이블 위에 올라갔어? 아니면…….”

"아이, 아저씨. 그런 건 좀 잊어주세요."

하윤은 부끄러운 듯 손을 내저었다. 그러자 크리스 최는 배꼽이 빠져라 웃었다.

"태열아. 큰일이다. 우리 며느리, 술 먹으면 인사불성 돼서."

"그러게. 내 딸이지만 창피하다, 창피해. 도영이 아니었으면 몇 번이고 큰일 났을걸?"

"큭큭. 그래도 울 아들이 며느리 술버릇을 잘 감당해서 다행이야. 평생 데리고 살려면 그 정도는 견뎌야지."

만나기만 하면 둘을 못 이어줘서 안달인 사람들처럼 하윤과 도영을 몰아갔다. 이젠 그러거나 말거나의 경지에 이르렀기에 하윤은 말없이 젓가락을 놀렸다. 오랜만에 장어가 눈에 보이자 침이 고였다. 젓가락을 뻗어 장어를 집었다. 입에 넣는 순간 퍼지는 고소함에 활기가 피어오르는 것 같았다. 아, 오랜만에 느껴보는 행복이구나. 라는 말이 절로 흘러나왔다. 그러고는 도영이 떠올랐다. 늘 자신의 그릇 위에 장어를 옮겨주던 도영이었는데, 그가 없으니 자리가 휑한 것 같았다. 언제쯤 오려나 휴대폰을 들여다봤지만 출발한다는 통화 외에 다른 연락은 없었다. 보고 싶다.

"그나저나 우리 며느리나 아들이나 벌써 서른이네. 빨리 식 치르고 애기도 갖고 해야 하지 않아?"

"아저씨도 참."

"아무리 일이 좋아도 다 때가 있는 법이야. 더 늦기 전에 날 잡지 그래."

"……."

"양가 부모님들은 이미 다 합의 봤으니까 두 사람만 결정하라고. 결정만 내려주면 올해 안에 해치워버리고."

크리스 최의 말에 하윤은 피식 웃어 보였다. 문득 6개월 안에 장가를 가야 된다는 도영의 목소리가 들려오는 것 같기 때문이다. 60이 훌쩍 넘은 나이임에도 여전히 건강미가 넘치면서도 근사한 외모의 크리스 최는 도영과 많이 닮아 있었다. '아마 도영이 아버지의 나이가 되면 저런 모습일까'라는 생각이 들 정도로.

"아니면 도영이 말고 다른 남자라도 있는 거야?"

"네?"

"사실 우리가 좋아 20년을 밀어붙였다지만, 사랑이라는 게 내 맘 같지 않은 법이잖아. 혹시 도영이 말고 마음에 둔 남자 있어?"

그의 말에 룸 안에 있던 모든 이들의 눈이 하윤에게로 몰렸다. 도영의 부모님인 크리스 최와 미숙, 하윤의 부모님의 태열과 진아는 궁금증에 몸을 부르르 떨었다. 당황한 하윤은 입을 꾹 다물었다.

"어라, 말 못하는 거 보니 딴 남자 있는가 본데?"

"정말이야, 딸? 도영이 말고 다른 남자가 있어?"

"며느리, 그러면 배신인데. 설마 나보다 더 좋은 시어머니를 만날 수 있다고 생각하는 건 아니지?"

하하하. 하윤은 어색하게 웃어 보였다. 뭐, 뭐라고 대답해야 되지. 당황한 얼굴로 문을 바라봤지만 여전히 도영은 나타날 기색이 없어 보였다. 흐엉. 최도영, 빨리 와.

"그, 그런 게 아니고요."

"그럼 뭔데? 혹시 우리 아들한테 딴 여자가 있는 거야?"

"정말이야, 딸? 너 말고 도영이에게 다른 여자가 있어?"

"어허, 그러면 배신인데. 설마 나보다 더 좋은 장인을 만날 수 있다고 생각하는 건 아니겠지?"

이럴 때보면 정말 죽이 잘 맞는다. 어쩜 저렇게 착착 짜놓은 대본처럼 대화를 나눌 수가 있지. 하윤은 머리가 지끈거렸다. 최도영, 어디야! 어디냐고!

"말 좀 해봐. 우리야 두 사람의 결혼을 간절히 바라는 사람들이라지만, 그렇다고 억지로 같이 살라고 할 순 없는 법이잖아. 살짝 귀띔이라고 해봐."

"답답해. 후딱 말 못해?"

"아, 아빠."

"말 못할 사정이라도 있어?"

다그치는 태열과 다정하게 물어오는 크리스 최 앞에서 속수무책으로 당황하던 하윤이 긴 한숨을 내쉬고 입을 열었다. 의지가 가득 찬 주먹을 불끈 쥐고.

"사실은요. 저희 두 사람이……."

드르륵. 그 순간 룸의 문이 활짝 열렸다.

"늦었습니다."

구세주처럼 도영이 나타났다. 오, 할렐루야!

반갑게 맞이해주는 가족들에게 인사를 하던 도영은 마지막으로 자신을 뚫어져라 바라보고 있는 하윤에게로 시선을 옮겼다. 얼마나 보고 싶고, 그립던 얼굴인지. 당장에라도 달려가서 품에 넣고 싶은 마음을 꾹 눌러야 했다. 그런 하윤의 마음을 아는지 모르는지 도영의 표정은 살짝 굳어져 있었다. 아버지 옆자리에 자리를 잡자마자 태열은 걱정스러운 표정으로 술잔을 건넸다.

“출장이 많이 힘들었던 거야? 왜 이렇게 핼쑥해졌어.”
“조금 피곤해서 그런가 봅니다.”
“쉬엄쉬엄해. 젊은 녀석 얼굴이 이렇게 생기가 없어서야, 원. 밥이라도 든든히 먹고 일찍 들어가서 쉬는 게 좋겠어.”
태열이 건넨 술잔을 입에 털어 넣던 도영이 힘없이 웃었다. 맞은편에 앉아 있던 하윤은 걱정스러운 눈빛으로 그를 바라보았다. 태열의 말대로 도영은 지쳐 보였다. 물을 잔뜩 머금은 솜처럼 축 늘어져 보는 사람마저 위태롭게 하고 있었다. 긴 한숨이 절로 흘러나왔다. 당장에라도 도영의 손을 잡고 이곳을 빠져나가고 싶었지만 쉽지 않은 일이었다.
“괜찮습니다. 그나저나 여행은 즐거우셨어요?”
“그래. 덕분에 재미난 곳 많이 돌아다녔어.”
“다행이네요. 내년에는 더 좋은 곳으로 모실게요.”
도영의 말에 다들 허허 하고 웃어 보였다. 어찌나 어른들에게도 자상한지, 그들은 도영을 기특하다는 듯 바라보았다. 그것도 잠시, 크리스 최가 급하게 입을 열었다.
“그건 그렇고, 아들아. 도대체 언제까지 두 사람의 결혼 소식을 목 놓아 기다려야 되는 거냐? 이제 인정하고 받아들일 때도 되지 않았어?”
조급해하는 아버지의 목소리에 도영은 눈을 돌려 하윤을 바라보았다. 문을 열고 들어오자마자 느낄 수 있었던 하윤의 당황스러움과 어른들의 궁금증 가득했던 눈빛이 한 번에 이해가 되는 순간이었다. 도영은 잠시 망설였다. 당장에라도 ‘결혼할 겁니다’라고 말하고 싶었다. 하지만 문제는 하윤이었다. 어른들에게 두 사람의 관계를 공식화할 마음에 준비가 되어 있는지 그 의중을 알 수가 없었다. 툭 털어놓을 것이냐, 아니면 조금 미뤄둘 것이냐를 고민하던 찰나였다.

"아니면 서로 다른 짝이 있는 거야?"

"왜 둘 다 말이 없어? 짝이 있으면 있다, 없으면 없다, 라고 말을 해줘야 우리도 갈피를 잡을 거 아냐?"

"어허, 둘 다 왜 이런대?"

대답할 틈조차 주지 않은 채 몰아붙이는 어른들의 모습에 기가 찬 듯 웃어 보이던 하윤은 자신과는 다르게 진지한 얼굴로 하윤을 바라보고 있는 도영과 눈이 마주쳤다. 도영은 지금 망설이고 있는 듯 보였다.

툭. 그 순간 도영의 앞으로 술이 가득 담긴 술잔이 놓여졌다.

"맨정신으로 못 털어놓겠거든 한잔해."

"아빠, 도영이 피곤한데 꼭 술 먹여야겠어요?"

"아니면 네가 말을 하든지. 도영이야, 딴 놈이야?"

"그게요, 아빠……."

"아저씨, 하윤이 짝 있어요."

'아니 말할 타이밍이 맞아야 이야기를 할 거 아니에요?'라고 달려들려는데 도영이 입을 열었다. 여전히 피곤해 보이는 얼굴이었지만 뭔가 꿍꿍이가 있는 것처럼 개구지게 웃어 보였다.

"뭐? 짝이 있어?"

"키 크고 잘생겼어요. 꽤 규모가 큰 사업체를 운영하고 있고 손대는 사업마다 잘 풀리고 있는 모양이더라고요. 돈도 많고 실력도 좋은 남자예요. 들어보니 본인 소유의 오피스텔도 있고 외제 차도 몇 대나 있어요. 그뿐인가요, 알 만한 건물 몇 채 거느리는 건 일도 아닌 모양이에요. 얼마나 멋진 남자던지, 하윤이가 대박을 물었어요."

도영의 말에 어른들의 입의 떡 벌어졌다. 순간 이야기의 주인공이 된 하윤은 얼굴이 시뻘게졌다. 아니 어쩜 저렇게 본인 이야기를 능청스럽게 할 수 있지? 얄미운 최도영! 한마디 거들려는데 그새를 못 참고 크리스 최와 태열이 끼어들었다.

"정말이야? 그런 남자가 왜 너를 만나는 거야?"

"아빠, 내가 뭐 어때서요!"

"같이 술은 안 마셔본 모양이지?"

"아, 아저씨. 그건 또 무슨 의미예요?"

"일단 그 남자랑 술 한잔해. 우리 며느리 주사를 알고도 멀쩡히 떠받들고 살 놈이라면 내가 양보하지. 20년을 공들인 탑이 무너져 내리겠지만 쿨하게 인정하고 받아들이겠어."

"아니, 뭘 인정하고 뭘 받아들여요! 이분들이 정말!"

시뻘게진 얼굴로 하윤이 소리를 질렀다. 하지만 그러거나 말거나 그들은 본인들의 세계에 빠진 듯 심각하게 대화를 시작했다.

나이 서른에 대박인 남자를 만난 것까지는 좋지만 왜 하윤이를 만나냐는 둥, 혹시 돌싱은 아니냐는 둥, 술을 안 마셔봐서 아직 콩깍지가 벗겨지지 않은 거라는 둥. 기가 막힌 대화들이 오고 갔다.

솔직히 말해 도영의 부모님이라면 그런 말을 할 수 있다고 치자! 왜 우리 부모님까지 고개를 끄덕이고 있냐고요. 우리 딸은 그런 아이가 아니라고 편을 들어주지는 못할망정 대단한 놈이 하윤의 짝이 되었다는 사실을 믿지 못하고 있는 것 같았다. 심지어는 '혹시 우리가 귀찮아서 둘러대는 거니?'라고 묻는 엄마의 말에 하윤은 뒷목을 잡아야 했다.

"사실이라면 우리 도영이는 낙동강 오리알이 되는 거네."

"아니야, 아니야! 나에게 사위는 도영이 너뿐이다. 알지? 그 남자가 우리 하윤이랑 술 한잔 먹고 나면 정신을 차릴 거야. 너도 알잖니, 우리 하윤이 주사 받아줄 사람 도영이 너밖에 없다는 거."

"암, 그렇고말고."

"그러니까 하윤이 너는 후딱 그 남자 정리하도록 해."

"아니, 엄마. 아빠!"

"어디 감히 정신 못 차리고 바람질이야? 네가 도영이 말고 다른 놈이 가당키나 해? 아주 호강에 겨웠어! 당장 정리해! 나는 이 결혼 반대야!"

아이고, 혈압이야. 하윤은 입을 꾹 다물었다. 놀리듯 웃어 보이는 도영이 그렇게 얄미울 수가 없었다. 당장에 달려가 저 못난 입술을 꼬집어줄까 보다! 하지만 하윤은 방법을 바꿨다. 네가 그렇게 나온다 이거지? 그렇다면 눈에는 눈! 이에는 이다!

"저만 그런 줄 아세요? 최도영도 짝 있어요."

"뭐어?"

"얼마나 귀엽고 사랑스러운지, 최도영이 아주 물고 살아요. 어찌나 예쁜지, 일도 잘하고 싹싹하고 성격까지 빠지는 게 없어요. 음, 능력은 도영이보다 한참 부족하지만 그래도 제 밥벌이는 하던데요? 최도영이야말로 복이 넝쿨째 들어왔다고요!"

의기양양하게 말을 끝낸 하윤은 자신의 이야기를 꺼내는 게 조금 쑥스러웠지만 후회는 없었다. 어깨를 들썩이며 어른들의 반응을 기다렸지만 한숨 소리만 푹푹 들려왔다.

"에효. 복도 지지리도 없어요. 그러니까 밀어줄 때 당겼어야지. 이놈의 가시나가 나이 서른 먹고 실속도 못 차려요. 도영이만 한 사윗감이 어딨다고 정신 못 차리고 딴 놈한테 눈을 팔아?"

"에효. 나는 우리 사랑스러운 하윤이가 며느리가 돼주길 간절히 바랐는데 도영이 이놈이 사랑에는 헌신적이라 이제 두 사람은 가망이 없네. 아이고, 내 인생. 오늘이 제일 슬픈 날이 될 거야."

"에효, 에효."

다들 다른 의미로 한숨을 푹푹 내쉬었다.

뭐야, 뭐야, 뭐냐고! 하윤은 패배감에 고개를 푹 숙였다. 같은 상황인데도 부모님까지 도영의 편을 드니 더 서러웠다.

"그런 의미로다가 올해 안에 결혼을 하고 싶습니다."

도영의 말에 다들 고개를 들었다.

"부케를 받았거든요. 6개월 안에 장가 못 가면 평생 노총각으로 살까 봐서요."

"응? 요새는 남자가 부케를 받기도 하나?"

"뭐. 일이 그렇게 됐어요. 장가가라는 뜻인가 싶기도 하고."

어른들은 그저 말없이 술잔을 기울였다. 도영의 상대가 하윤이 되지 못한 것이 못내 섭섭한 네 분이었다. 도영은 그런 모습이 재밌다는 듯 살며시 웃음을 띠었다. 이미 정신이 반쯤 나간 것 같은 하윤을 뒤로한 채 크리스 최가 입을 열었다.

"정말 결혼을 마음먹을 만큼 좋아하는 여자가 생긴 게냐?"

"네."

"얼마나 만났는데?"

"꽤 오래요. 이 여자 아니면 안 되겠더라고요."

휴. 도영의 단호한 말에 어른들의 입에서 또 한 번 한숨 소리가 흘러나왔다.

"혹시 당장에라도 결혼해야 할 이유가 있는 건 아니지?"

조심스럽게 물어오는 미숙의 말에 도영은 미소를 머금었다. 그녀의 의도를 간단히 파악한 도영이었다.

"손주 급하세요?"

"응? 아, 아니 그게 아니라."

"목표는 올해 안으로 보고 있는데 될지 모르겠네요. 조금 더 힘써볼게요."

도영이 말에 하윤은 아예 홍당무가 되었다. 쥐구멍이라도 있으면 들어가고 싶을 정도로 창피했다. 그러면서도 도영이 말한 그 여자가 본인인지 헷갈리기 시작했다. 자신의 앞에 놓인 술 잔을 들어 입에 털어 넣었다. 아슬아슬한 분위기에 하윤의 손엔 땀이 흥건했다.

"진심인가 보네, 최도영이."

씁쓸하다는 듯 태열이 중얼거렸다. 사위라고 철썩같이 믿어온 20년이었는데, 막상 결혼은 다른 여자와 할 거라는 사실이 꽤나 충격적으로 다가온 모양이었다.

"일단 한번 데리고 와. 만나보고 결정할 거야."

"아마 마음에 들어 하실 겁니다."

도영이 말에 크리스 최는 기가 찬 듯 콧방귀를 뀌었다.

"흥, 내 마음에 들려면 하윤이를 데리고 왔어야지! 그 어떠한 처자가 와도 내 마음에 차는 일은 없을 거다."

크리스의 말에 하윤은 마음이 따뜻해지는 걸 느낄 수 있었다. 사실 말이 그렇지, 시부모님 될 분들이 하윤의 약점을 속속들이 알고 있다는 건 꽤나 창피한 일이었다. 다른 것도 아니고 주사. 상상을 초월하는 하윤의 주사를 너그러이 인정하고 웃어주시는 것 역시 그만큼 하윤을 아껴주시는 것임을 알기에 가슴이 벅차올랐다. 도영도 도영이지만, 부모님 못지않게 자신을 아껴주실 분들이 그의 부모님이라는 게 다행스럽게 느껴졌다.

"들었지? 이하윤, 너 아니면 안 된다고 하시는데."

그제야 도영이 하윤을 보며 방긋 웃었다. 만족스러운 결과물인 양 기분 좋은 미소였다. 그러자 고개를 푹 숙이고 있던 하윤이 고개를 들며 울먹거렸다.

"아저씨, 히잉. 아저씨."

어린아이처럼 눈물이 주르륵 흘렀다. 어리광을 부리는 아이처럼 콧물까지 흘려가며 한참을 훌쩍이자 다들 어안이 벙벙한 얼굴들이었다. 도대체 무슨 상황인지 궁금한 표정이었지만 그 누구도 입을 떼지 못했다.

"술 끊을게요. 다시는 어디 가서 술 먹고 진상 부리는 일 없도록 잘할게요."

"술 끊는다고 하니 백 점짜리 며느리 되겠네요. 결혼식은 최대한 빠르게 날을 잡아주셨으면 좋겠어요. 빨리 데리고 살아야지, 안달 나 죽겠습니다."

"뭐? 무, 무슨 소리야. 그럼 두 사람?"

"둘이 결국……?"

"경사 났네! 경사 났어! 아이고, 사돈. 드디어 됐네, 됐어!"
"아이고, 사돈아! 우리 이제 한 풀었다."
"평생 잘 살아보게나!"
어화둥둥. 결혼은 두 사람이 하는데 신이 난 건 네 분이었다.
"아이고, 우리 며느리. 잘했다, 잘했어! 힘내서 올해 안에 손주도 만들어. 알았지?"
"아, 아저씨."
"이놈! 아저씨라니. 아버님이라고 해야지. 사실 나는 말이다. 어릴 때부터 아저씨~ 라고 부르는 게 어찌나 섭섭했는지 모른다. 그래도 이제 아버님 소리 듣게 됐으니 죽을 때까지 아끼지 말고 원 없이 불러다오. 배부르게 듣고 배 터지게 들으련다."
건배, 건배! 두 사람의 영원을 위해 건배! 새로 태어날 우리들의 손주를 위해 건배! 평생 함께할 우리 가족들을 위해 건배! 쉼 없이 건배를 외치던 그들은 아침이 돼서야 헤어질 수 있었다.

지친 몸을 겨우 일으켜 눈을 떴을 때 밖은 어두웠다. 도대체 얼마나 잠을 잔 거야. 머리가 지끈거렸다. 머리를 부여잡고 정신을 차린 도영은 차갑게 식은 자신의 옆자리를 바라보며 시선을 옮겼다. 방 안 어느 곳에도 하윤이 보이질 않았다.
어젯밤 한 마음으로 똘똘 뭉치게 된 가족들은 결국 거나하게 취하고 말았다. 두 사람은 서로를 부축하며 도영의 집으로 돌아왔고, 현관문이 채 닫히기도 전에 입술을 부딪쳤다. 4일간의 부재를 보상받기라도 할 듯 열정적인 사랑을 나누고 또 나눴다. 하윤이 지쳐 쓰러지고 나서야 도영 역시 잠에 들었었다.

침대 밑으로 발을 내린 도영은 휘청거렸다. 두통과 함께 찾아온 어지럼증에 그는 움직일 수가 없었다. 얼마간의 시간이 지난 후에야 겨우 정신을 차린 도영은 몸을 일으켜 침실을 빠져나왔다.

"세월엔 장사 없다더니."

겨우 4일간의 출장이었는데도 몸이 견뎌내질 못한 모양이었다. 하윤이 걱정할까 봐 말은 못했지만 그에게 이번 출장은 지독히도 괴로운 시간들이었다. 타이트한 스케줄은 둘째치고, 식사를 제대로 하지 못했었다. 평소 편식 없이 잘 먹는 편이었다. 하지만 이번에는 컨디션이 좋질 않았는지 주문하는 음식마다 입에 맞질 않았다. 정확히는 향신료의 향이 너무 강하게 느껴져 매 끼니마다 코를 틀어막아야 했다. 그러다 보니 식사를 거르는 일이 많았고, 잠도 푹 자질 못해 피로가 누적된 상태였다.

주방으로 나온 도영은 냉장고의 문을 열고 물을 꺼내 들었다. 식탁 위의 잔으로 손을 뻗는 순간 또 한 번 찾아온 어지럼증에 주저앉아야 했다.

"젠장."

아무래도 오늘은 푹 자야 할 것 같다. 그러기 전에 뭐라도 먹어야 할 텐데. 며칠 내내 비어 있다시피 한 장기들이 배고픔을 호소하며 악을 지르는 것 같았다. 하지만 음식을 만들 기력이 되지 않았다. 배달이라도 시켜야 하나 고민하던 찰나 현관문 쪽에서 반가운 목소리가 들렸다.

"거기서 뭐 해?"

"아."

식탁 옆에 주저앉아 있는 도영의 모습을 본 하윤은 당황한 얼굴로 빠르게 걸어왔다. 그러고는 그를 부축해 의자에 앉혀주었다. 양손 가득 들고 온 무거운 봉투는 식탁 위에 올려졌고, 곧 맛있는 음식 냄새가 도영의 코를 타고 들어왔다. 순간 엄청난 식욕이 일었다.

"배고플까 봐 예전에 네가 사줬던 장어덮밥 주문했는데."

도영은 엄지를 척 하고 들어주었다. 나이스 타이밍이라고 외쳐주고 싶었지만 그마저도 기운이 없었다. 하윤은 봉투를 열어 음식들을 식탁 위에 세팅하고서는 숟가락을 건넸다.

살이 통통하게 오른 장어가 밥 위에서 유혹하고 있었다. 한 숟갈 듬뿍 떠 입에 넣는 순간 그제야 살 것 같았다. 생각했던 것보다 훌륭한 맛이었다. 마치 이 음식을 처음 먹어본 사람처럼 폭풍 흡입하기 시작했다. 그 모습에 하윤은 눈이 커졌다.

"엄청 배고팠구나?"

아무리 배가 고파도 먹성 좋게 달려들 정도의 모습을 본 적이 없다. 언제나 우아하고, 여유로운 도영이었는데. 순간 하윤은 출장에서 돌아와 지친 얼굴을 하던 어젯밤의 그를 떠올렸다.

"많이 먹어. 부족하면 내 것까지 먹고."

"우리 이하윤이 나를 엄청 좋아하긴 하는가 보다."

"음?"

"밥을 양보하다니, 그것도 장어를."

"우씨! 그런 걸로 내 마음을 단정 짓지 말아줄래?"

"그 어떠한 고백보다 더 설렌다, 이하윤. 아, 오늘 장어덮밥 진짜 맛있네."

도영은 금세 장어덮밥 한 그릇을 깨끗하게 비웠다. 그러고도 배가 차지 않는지 하윤의 덮밥에 눈독을 들였다. 자연스럽게 그의 앞으로 그릇을 밀어주자 도영은 방싯 웃었다. '잘 먹을게'라는 말과 함께.

사랑하는 사람이 먹는 모습만 봐도 배가 부른다던데. 하지만 그것은 그녀에게 해당되는 이야긴 아니었다. 잘 먹는 도영의 모습을 보니 군침이 돌았다. 어찌나 맛있게 먹는지, 한 입만 달라고 하고 싶은 심정이었다. 결국 참지 못한 하윤이 어디론가 전화를 걸었고 금세 따뜻한 장어덮밥 2인분이 식탁 위에 올려졌다.

"웬일로 밥을 다 양보하더라."

"난 배가 전혀 고프지 않았는데 네가 너무 맛있게 먹으니까……."

"어련하시려고요. 많이 드세요."

도영의 말에 하윤은 숟가락을 들었다. 그리고 쉴 새 없이 밥을 먹었다. 아니 정확히는 마셨다는 표현이 더 어울릴 것이란 생각이 들 정도였다. 어느 정도 배가 찼는지 숟가락의 속도가 느려질 때쯤 하윤은 고개를 들었다. 그러고는 황당한 듯 웃음이 터졌다.

"오늘 왜 이런다니? 배부르니까 잠이 오는 건 당연하지만, 너 원래 이런 캐릭터 아니었잖아."

많이 피곤했나 보다. 제 것까지 밥을 비운 도영은 침대로 갈 힘조차 없었는지 아니면 혼자 남겨져 밥을 먹어야 하는 하윤이 신경 쓰였는지 앉은 채 졸고 있었다. 하윤은 손을 뻗어 그의 입가에 묻은 밥풀을 떼어주었다. 그 모습마저도 얼마나 멋진지, 하윤은 넋을 놓고 잠든 도영을 바라보았다.

기획사를 운영할 게 아니라 연예인을 하는 게 더 어울렸을지 모르를 외모였다. 휘율의 말대로 연예인 기를 팍 죽이는 포스가 어마어마한 남자였다. 감탄의 연속이던 하윤은 그가 최도영 이사로 있어주는 지금에 안도감을 느끼고 있었다. 도영을 보고 꽥꽥 소리 지를 어린 팬들을 생각하면 아찔했다. 이젠 오로지 하윤의 곁에 두고 독점할 수 있으니 얼마나 다행인가. 하윤은 졸고 있는 도영을 바라보며 방싯 웃었다.

남은 밥을 다 먹어치운 그녀는 조심스레 일어나 도영을 깨웠다. 힘이 넘쳐 그를 침대까지 눕혀주면 좋으련만, 장신에 뼈대까지 튼튼한 도영을 들고 나를 힘은 없었다. 하윤의 손짓에 도영은 겨우 눈을 떴다. '들어가서 자'라는 말에 고개를 끄덕였지만 무거운 눈꺼풀을 견뎌낼 힘이 없는지 다시 잠이 들었다. 안쓰러움에 한숨이 흘러나왔다. 그냥 둘까 싶다가도 오랜 시간 불편한 자세가 계속된다면 일어나서 온몸이 쑤실 게 분명해 하윤은 결단을 내려야 했다.

"도영아, 최도영."

"으음."

"들어가서 자. 응?"

"응."

또 대답만 한다. 안 되겠다 싶은지 하윤은 도영의 입술에 입을 맞췄다.

"나도 졸려. 최도영 없이는 혼자 못 잘 것 같아. 같이 자면 안 돼?"

그 말이 효과가 있었는지 도영이 무거운 몸을 일으켰다. 그는 피곤함이 온몸으로 퍼지는 느낌이었지만 하윤의 손을 놓을 순 없었다. 주방에서 침실까지 얼마 되지도 않는 거리이지만 침대에 누워 잠드는 순간까지 그녀를 품에서 떼지 않았다.

잠시 후 고른 숨소리와 함께 두 사람은 잠에 빠졌다.

"감기 걸리면 혼날 줄 알아."

급하게 차에서 내리는 하윤의 뒷모습을 바라보며 도영은 소리쳤다. 하지만 대답조차 하지 못한 채 바쁘게 건물 안으로 뛰어 들어갔다. 채 말리지도 못한 머리를 휘날리며. 도영은 그게 마음에 들지 않았다.

오늘은 하윤의 생일이었다. 지난밤 머리를 맞대고 짠 오늘의 계획이 시작부터 틀어졌다. 늦잠을 자고 일어나 특별히 생일을 맞이한 하윤을 위해 점심 도시락은 도영이 싸기로 했다. 따뜻한 국과 도시락을 들고 한강으로 가 돗자리를 펴놓고 여유를 만끽하기로 했었다. 영화도 한 편 보고, 저녁은 근사하게 먹자며 신나서 중얼거리던 하윤이었다. 하지만 아침 일찍부터 걸려온 창호의 전화에 하윤은 눈을 번쩍 떠야 했다.

휘율의 스케줄은 아침부터 잡지사 인터뷰와 화보 촬영이 예정되어 있었다. 오전의 일정이 끝나면 바로 방송국으로 넘어가 음악방송 리허설을 해야 했고, 오후에는 생방송으로 진행되는 음악방송을 소화해내야 했다. 오늘은 후속곡 마지막 방송 날이었다.

그렇게나 중요한 날인데 그의 스타일리스트인 별이 연락도 없이 잠적해버린 것이다. 당장 촬영에 들어가야 하는데 메이크업, 헤어, 의상이 준비되지 않았다는 것이다. 전화를 끊자마자 욕실로 들어간 하윤은 10분 만에 머리를 감고, 샤워를 끝냈다. 급하게 화장대에 앉아 선크림을 바르더니 옷을 갈아입고 출근 준비를 서둘렀다.

그녀의 분주함을 지켜보던 도영은 화가 치밀었다. 물이 뚝뚝 떨어지는 머리를 말릴 생각도 하지 않은 채 집을 나서려고 하는 하윤의 모습이 그를 자극하기엔 충분했다. 찌는 더위가 물러가고 아침과 밤은 쌀쌀해졌다. 방심하면 지독한 감기에 걸릴 게 분명했다. 그걸 알기에 마른 수건으로 하윤의 머리를 감싸주던 도영의 손길이 빨라졌다. 하지만 하윤은 급한지 도영의 손을 쳐냈다. 그 순간 그의 눈썹이 매섭게 휘었다.

'데려다줄게' 그 말을 끝으로 이동하는 내내 말이 없던 도영은 화를 참으며 그녀에게 경고를 했지만 바쁜 하윤에게 들릴 리 없었다. 물이 뚝뚝 떨어지는 머리를 닦을 새도 없이 이동 중에도 전화통화에만 신경을 썼다. 의상을 협찬해주는 숍에서 오케이 사인이 떨어짐과 동시에 미리 체크해놓았던 의상들은 촬영장으로 출발했을 것이다. 그럼에도 불구하고 여전히 마음이 조급한지 창호와도 여러 번 통화를 하는 것 같았다. 그러다 보니 두 사람은 자연히 대화를 할 틈이 없었다. 촬영장에 도착하자마자 차를 빠져나가는 하윤을 보며 긴 한숨을 내쉬었다.

도영은 차를 돌렸다. 이대로 하윤이 없는 집으로 돌아가고 싶지 않았다.

"이사님, 나오셨습니까? 아니 황금 같은 주말에 연락도 없이……."

엘리베이터를 타고 올라오자마자 진서와 맞닥뜨렸다. 반가워하는 그의 기색을 무시하며 이사실 문을 열었다. 황금 같은 주말이라니. 사실 연예계의 업무는 평일과 주말을 나누지 못할 정도로 늘 바빴지만 주말은 더욱 정신이 없었다. 그렇기에 출근에 명확한 구분은 없었지만 큰일이 없고서야 주말에는 출근을 하지 않는 도영이었다. 지긋지긋한 일상에서 겨우 숨통을 틸 수 있는 날이기 때문이다. 그것도 하윤이 옆에 있을 때 가능한 일이지만.

털썩, 의자에 앉은 도영은 시끄럽게 조잘거리는 진서를 노려보았다.

"조용히 해. 머리 울리니까."

"반가워서 그렇죠. 그나저나 아침은 드셨어요?"

"됐어."

"안 드셨다는 말씀이네요. 별일 없으시면 해장국 한 그릇 하실래요?"

아침부터 무슨 해장국이냐며 대꾸하려다 입을 닫았다. 얼큰하면서도 뜨뜻한 국물이 떠올라 입에 침이 고였다. 하지만 아침도 먹지 못하고 일하고 있을 약혼녀 하윤을 생각하니 내키지 않았다. 아마 하윤이 '밥을 먹고 있다'라는 안부를 전해올 때쯤에나 음식이

제대로 넘어가지 않을까 하는 생각이 들었다.

"아니면 간단하게 샌드위치라도?"

'듣고 계세요?'라는 말을 작게 덧붙이며 도영의 앞까지 성큼 다가왔다. 그러자 귀찮다는 듯 손을 훠이 흔들어대던 그는 인상을 구겼다.

"어디 안 좋으세요?"

급하게 들려오는 진서의 목소리에 도영은 '좀 떨어져'라고 윽박을 질렀다. 그제야 상황 파악된 진서는 손바닥을 입에 대고 후 불었다.

"술 냄새가 진동할 정도로 마셨으면 집에나 붙어 있을 것이지……."

"집은 외롭잖아요."

"또 여자 친구랑 헤어졌냐?"

"……."

"설마, 어제?"

"이번엔 좀 오래가나 했는데, 인연이 아니었나 봐요. 해장술이라도 한잔하실래요?"

진서의 말에 도영은 난색을 표했다. 그러자 섭섭한 듯 진서가 투덜거렸다.

"오죽하면 주말에 일을 하러 나왔겠습니까. 오죽하면 이사님 보고 반가워했겠냐고요. 다 사정이 있는 법인데, 어찌 그리 싫은 티를 팍팍 내십니까? 진짜 너무하시네요."

"야, 입 닫아. 술 냄새 나."

"후~"

자신을 벌레 취급하는 도영의 모습에 진서는 그의 앞으로 뜨거운 입김을 뿜어냈다. 순간 토기가 치밀어 오른 도영은 튕기듯 이사실을 뛰쳐나갔다. 가까운 화장실로 뛰어 들어가 변기를 붙잡고 격하게 위액을 내뱉었다. 역겨운 냄새가 뇌리 속에 박힌 듯 진정이 되지 않았다. 겨우 한숨을 돌리고 세면대로 나와 입을 헹구자 당황한 진서가 얼굴을 들이밀었다.

"술 냄새 많이 나요?"

미안해하는 모습이 역력했다. 화를 누른 도영이 저리 가라며 손을 저었다. 하지만 진서는 물러갈 마음이 없는지 화장실 문 앞에서 그를 기다렸다. 저 둔치를 밀쳐내고 다시 이사실로 들어가야 되나, 잠시 망설였다. 그러나 왠지 그의 방은 진서의 술 냄새로 가득 차 있을 것만 같았다. 생각만으로도 구역질이 치밀어 낯빛이 창백해졌다.

"어디 안 좋은 거 아니에요?"

허리를 굽은 채로 괴로워하는 도영을 바라만 볼 수 없던 진서가 그의 곁으로 빠르게 달려와 부축했다. 그 순간 도영은 그를 팩 하고 밀어내고서는 다시 화장실로 들어가 변기를 붙잡았다. 도대체 이게 무슨 일인지 넋이 나간 채로 그를 지켜보고 있던 진서는 초조해졌다.

"야, 이 자식아. 당장 안 꺼질래? 윽."

"이사님."

"해장국인지 해장술인지 뭐든 먹어줄 테니까, 일단 냄새부터 없애고 와. 술 냄새, 담배 냄새, 심지어 고기 냄새까지 나. 역겨워!"

"아이, 그 정도예요?"

킁킁. 진서는 냄새의 출처를 찾기 위해 킁킁거렸다. 사실 어젯밤 술자리에서 입었던 옷을 갈아입지 않고 출근했다. 항상 그렇듯 이사실 앞 진서의 자리에 누가 찾아오는 일은 드물었고, 그의 주인인 도영 역시 출근을 하지 않는 주말이기에 대수롭지 않게 생각한 것이다.

머쓱해진 진서가 머리를 긁적였다. 그러고 보니 머리도 어제 아침에 감고 안 감았네. 어쩐지 가렵더라.

"내 눈앞에서 당장 꺼져! 욱."

"오늘따라 무진장 예민하시네요."

"야, 하진서. 한마디만 더해라. 그 입, 내가 다물게 해줄 테니까."

도영은 지쳐버린 몸을 일으키며 코를 틀어막았다. 그리고 화장실 문 앞에 있는 진서를 밀어내고 성큼성큼 걸어가 이사실의 문을 열었다. 여전히 술 냄새가 남아 있는 것 같아 인상이 구겨졌다. 눈에 보이는 창문이란 창문은 몽땅 열어젖혔다. 시원한 공기가 사무실 안으로 들어오자 그제야 숨을 쉴 수 있게 되었다.

아차. 멀리서 들려오는 발걸음 소리에 도영이 뒤를 돌아 문 앞으로 걸어갔다. '문을 잠가야 돼. 저 자식 못 들어오게!' 하지만 진서가 더 빨랐다.

"아이, 참. 민망하게."

"너 진짜!"

"사우나 갔다 올게요. 한 시간 정도면 되니까 대충 요기나 하고 계세요."

도영의 손 위에 낱개로 포장된 샌드위치가 올려졌다. 이사실을 빠져나가는 진서의 뒷모습을 바라보고 있던 도영은 너무 심했나 싫었지만 다시금 떠오르는 냄새에 고개를 휘저었다. 윽.

털썩. 소파에 몸을 실은 도영은 테이블 위로 샌드위치를 던져버렸다. 배고픔은 한순간에 사라지고 피곤함이 몰려왔다.

잠이 들었나. 눈을 떠보니 아까보다 조금 어두워진 느낌이 들었다. 천천히 몸을 일으키자 툭 하고 무언가가 바닥으로 떨어졌다. 담요였다. 잠이 들긴 든 모양이다. 훨씬 좋아진 컨디션에 도영은 스트레칭을 하듯 몸을 늘렸다. 온몸의 근육들이 아우성이었다. 시계로 눈을 돌리자 벌써 5시였다. 도대체 몇 시간을……. 손을 들어 눈 주위를 눌렀다. 피로가 가시는 듯 시원했다.

그것도 잠시, 이사실 밖에서 웅성거리는 소리가 들렸다. 반가운 소리인 양 벌떡 일어나 성큼성큼 걸어가 문을 열었다. 그러자 은은하면서도 시원한 향이 그의 콧속으로 들어왔다.

"어? 깼어?"

방긋. 물기를 머금은 한 떨기의 꽃처럼 그녀는 자신에게 웃어 보였다. 한창 바쁠 시간인데, 생각지도 못한 그녀의 등장에 도영은 입이 헤 하고 벌어졌다. 진서가 앞에 있다는 것도 자각하지 못한 채 그녀의 허리를 감싸 품에 안았다. 목에 얼굴을 묻은 채 그녀의 향을 들이마셨다.

아, 상쾌해. 피곤이 가시는 것 같아. 그리운 이의 체향이야말로 그 어떠한 피로회복제 부럽지 않았다.

"아주 닭이 되어 날아가시겠네요, 이사님. 아무리 좋으셔도 주변 사람들 신경 좀 쓰시죠."

날이 선, 아니 질투에 눈이 먼 진서의 날카로운 목소리가 들렸지만 도영은 신경 쓰지 않았다.

'아니꼬우면 네가 꺼져'라는 눈빛으로 그를 노려봤다. 도영은 그녀를 안은 팔을 풀 생각조차 없어 보였다.

"안으로 들어가자. 응?"

그러고는 아이처럼 졸라댔다. 익숙하다는 듯 그녀는 빙긋 웃으며 그를 다독였다. 잠시라도 떨어지기 싫은지 둘은 손을 잡고 이사실로 사라졌다. 문이 닫히는 소리가 들려오자 진서는 자리에서 벌떡 일어났다. 손바닥을 펴 열이 오르는 얼굴에 부채질을 했다.

"아니, 사우나까지 갔다 왔는데도 술이 덜 깼나? 최 이사가 애교를 부리는 걸 내 눈으로 직접 본 게 맞아? 매사 냉철하고 말이 없는 그 위인께서 어린애처럼 졸라? 욱."

갑자기 토기가 일어나는 것 같았다. 화장실로 달려가고 싶은 마음을 애써 다잡으며 그는 가방을 챙겼다. 당장 이곳에서 사라지지 않으면 그들이 날리는 닭털에 알레르기라도 일으킬 것 같았다. 걸어놓은 카디건을 손에 쥔 채 이사실을 노려본 진서는 몇 번이나 발길질하는 시늉을 하고서 그곳을 빠져나갔다.

"요새 너무 무리하는 거 아니야? 얼굴색이 영 안 좋네."

안식처라도 찾은 것처럼 그의 얼굴엔 온기가 퍼졌다. 소파 위에 하윤을 앉힌 후 다리에 머리를 대고 누운 도영은 눈을 감았다. 하윤의 향이 그를 치유하는 듯 공기를 들이마셨다. 이제야 숨이 쉬어졌다.

"진서 씨 말로는 몇 번이나 토를 했다고 하던데, 괜찮은 거야?"

"음."

"도영아."

"여자 친구랑 헤어져서 밤새 술을 마셨던 모양이야. 술 냄새, 담배 냄새, 고기 냄새까지 섞여서 정상인의 모습이 아니었어. 너도 그 냄새를 맡았다면 변기를 붙잡았을걸? 이제 괜찮으니까 신경 쓰지 마."

"정말이지?"

"음. 근데 생각보다 일찍 왔네?"

"별이랑 연락이 닿았어. 아침에 경미한 사고가 있었는데 그때 휴대폰이 고장 났다네. 그래서 연락도 못하고 뒷수습하느라 진을 뺀 모양이야."

하윤이 도영의 머리를 쓰다듬었다. 기분 좋은 나른함에 그는 살짝 웃어 보였다.

"별이가 방송국으로 복귀해서 내가 퇴근한 거지."

"그럼 남은 시간은 온전히 내 것인가?"

"얼마 안 남았지만."

"가자. 파티 해야지."

도영은 시간이 없다는 듯 하윤의 손을 잡고 벌떡 일어났다. 미리 예약해두었던 저녁 식사를 놓치지 않게 되어서 다행이라는 말과 함께.

레스토랑에 들어온 순간부터 하윤은 행복하게 웃고 있었다. 특히나 입 안에서 사르륵 녹아내리는 최고급 스테이크의 맛을 음미하며 말이다. 어찌나 맛있는지 한 조각도 남기지 않고 단숨에 입 안으로 밀어 넣었다. 그뿐이겠는가. 줄줄이 이어져 나오는 코스를 즐거워하며 맛봤다. 후식으로 아이스크림까지 먹어 치운 하윤은 배가 부르다는 듯 납작한 배를 통통 두드렸다. 그 모습을 지켜본 도영 역시 기분 좋게 웃었다. 호텔 라운지에서의 저녁은 순조롭게 흘러갔다. 어둠이 내려앉은 창밖의 모습은 불빛으로 인해 장관을 이루고 있었다.

"나만 배부르게 먹은 것 같아."

"아냐, 나도 맛있게 먹었어."

"피, 거짓말."

하윤은 기대보다 훨씬 만족스러웠던 음식 맛에 기분이 좋아졌지만 평소보다 먹질 못하는 도영이 걱정되었다. 요즘 들어 식사량이 줄어서인지 얼굴이 핼쑥해지고 있었다. 마음이 쓰여 걱정하는 투로 물어보면 그는 별일 아니라며 웃어넘겼다. 하지만 그런 일이 반복될수록 가슴이 답답해져왔다. 게다가 진서는 그가 토악질을 했다고 하지 않았는가.

"정말 괜찮다니까. 요즘 신경 쓸 일이 많아서 그런 거니까 그런 눈빛 하지 마."

"나 과부 되기 싫어."

"뭐?"

"남편 없이 살기 싫단 말이야."

"무슨 소리세요."

"어디 아프면 아프다고 솔직하게 말해. 병원 무서운 건 아니지? 언제든 같이 가줄 내가 있잖아. 요즘 너, 그냥 피곤해서 나타나는 증상들이 아닌 것 같아."

어지러워서 바닥에 주저앉아 있고, 입맛이 없는지 식사를 거르고, 냄새에 토악질까지 하는 예민함. 평소와는 다른 도영의 모습들에 하윤은 덜컥 겁이 나고 있었다.

“괜찮아.”

“전혀 괜찮지 않아.”

“하윤아.”

“병원 가. 왜 그렇게 몸이 약해졌는지, 단순 피로감에 그러는 건지 속 시원하게 알아보자고.”

“…….”

“생일인데 내 소원 하나 못 들어줘?”

“무슨 소원씩이나.”

별거 아니라는 듯 웃어 보이는 도영의 안일함에 하윤은 화가 났다.

“평생 같이 살기로 했으면 건강해야 되는 거잖아. 입장 바꿔서 내가 이유 없이 쓰러져 주저앉고 시도 때도 없이 끼니를 거르고, 토악질을 해대면 네 마음은 편할 것 같아?”

“…….”

“말은 안 했지만 불안해. 너 이렇게 아픈 거 처음 본단 말이야. 무슨 일이라도 있을까 봐, 혹시라도 너 힘들어질까 봐 무섭단 말이야. 그런 내 마음도 모르지, 넌?”

“하윤아.”

“몰라, 넌 내 맘 몰라. 절대로 모를 거야. 흑.”

결국 하윤이 눈물을 떨어뜨렸다. 약해진 도영의 모습에 겁이 난 것도 사실이지만 아무것도 해줄 수 없는 자신이 실망스러웠다. 무서웠다. 겁이 났다. 당장에라도 문제가 있다는 답이 들려올까 무서웠다.

"알았어, 알았으니까 좋은 날 울지 마."

"내일 병원 가자. 응?"

"그래."

"진짜지? 약속했다, 너!"

"알았어. 그러니까 그만 눈물 닦아."

도영이 손수건을 건넸다. 그제야 만족스러운 듯 하윤이 웃자 그의 마음에도 평화가 찾아왔다. 병원 가는 일이 뭐 그리 어렵겠는가. 요즘 피곤해서 그렇지, 건강에는 자신 있는 도영이었다. 언제 울었냐는 듯 방싯거리는 하윤의 미소만으로 충분했다. 어려운 일도 아닌데 괜히 좋은 날 울린 것 같아 속이 상했다. 하지만 내색하지 않으려 애써 웃었다.

"다 먹었으면 올라갈까?"

"음?"

"영화 보기로 했잖아. 이 호텔 스위트룸에 스크린이 있다네."

"정말?"

놀라는 하윤을 바라보며 도영은 피식 웃었다. 어린아이처럼 천진난만하게 웃는 그녀가 귀여웠기 때문이다. 사실 말이 그렇지, 스크린을 설치해달라 요청했던 도영이었다. 둘만의 오붓한 시간을 위해 거금을 들였다는 사실은 비밀로 한 채 하윤의 손을 잡았다.

1029호의 문이 열리자 하윤은 입이 떡 벌어졌다. 화려하지만 과함의 선을 넘기지 않는 우아한 룸이 눈에 들어왔다. 평수가 넓은 만큼 다양한 시설들이 구비되어 있었다. 고작 방 하나에 불과한데 들어가자마자 보이는 건 천장부터 내려와 있는 스크린이었다. 그의 말대로 거실 한복판을 차지하고 있는 스크린은 버튼 하나로 올리고 내릴 수 있었다.

침실로 들어가자 럭셔리한 분위기가 물씬 풍기는 분위기에 압도되고 말았다. 생각보다 크지 않은 침대 위에 엉덩이를 걸친 하윤은 야릇한 기분에 휩싸여야 했다. 찌릿, 하는 전율이 일어나는 것 같아 후딱 자리에서 일어났다. 침실에 딸려 있는 욕실엔 거품이 가득 차올라 있는 욕조가 보였다. 핑크빛의 입욕제를 풀어 넣었는지 사랑스럽기까지 했다.

"와인 한잔할래?"

잠시 후 거실로 나오자 영화를 보기 위한 준비를 마친 도영이 와인 잔을 건넸다. 언제 준비했는지 약간의 먹을거리도 세팅되어 있었다.

"오늘 서비스가 좋은데?"

"하이라이트는 가장 그윽한 밤에 준비되어 있지."

"어머, 혹시."

으쓱. 그는 장난스럽게 어깨를 들썩였다.

도영이 천천히 다가와 건넨 와인을 테이블 위에 올려놓고서 하윤의 겉옷을 벗겨주었다. 답답해 보여서일까라고 생각했지만 그것도 잠시, 그녀가 입고 있던 블라우스의 단추를 하나씩 풀었다. 툭. 블라우스가 바닥으로 떨어지는 순간 그가 입을 맞춰왔다. 거칠게 허리를 끌어안았고, 한 손으로는 그녀의 목덜미를 낚아챘다.

입술을 서서히 핥아 내리던 도영은 열린 틈을 박차고 들어와 입안의 모든 것들을 건드렸다. 혀와 혀가 맞닿고, 치아와 치아가 부딪칠수록 도영의 손길이 빨라졌다. 어느 곳 하나 그의 손길이 닿지 않는 곳은 없었다. 간질거리고 애가 타는 느낌. 하윤은 온몸에 열이 올랐다.
"영, 영화보자며. 읏."
말을 이어갈 수가 없었다. 뜨거운 숨이 오고 가며 열에 들뜬 신음이 토해질 때쯤 하윤은 금방이라도 모든 걸 다 놔버릴 것 같았다.
쪽, 그 순간을 놓치지 않은 도영이 하윤의 입술에 입을 맞췄다.
"생일 축하해."
얄미워. 가늘게 뜬 눈으로 도영을 바라보자 그는 만족스럽게 웃어 보였다. '하이라이트는 그윽한 밤에 준비되어 있으니 이 정도로만 만족하시게'라는 말을 덧붙이는 것 같아 더욱 샘이 났다. "내년엔 더욱 업그레이드된 솜씨로 모실게요, 마님."
익살스러운 그의 말에 하윤이 웃음을 터트렸다.
"어엇."
도영의 품 안에서 빠져나오던 하윤의 다리가 테이블 위에 있는 와인 잔에 닿았다. 쨍그랑, 그 순간 붉은 와인이 바닥으로 떨어졌다. 다행히 양이 많지 않아 닦아내면 될 정도였다.
"조심해, 발 다치겠어."
하윤이 도영의 맨발을 걱정했다. 하지만 그것도 잠시, 도영은 하윤을 밀치고 급하게 어디론가 사라져버렸다. 남겨진 그녀가 넋을 잃을 때쯤 화장실에서 거친 소리가 들려왔다.
"또야?"
심상치 않았다. 도대체 뭐가 문제길래 끄떡하면 변기를 붙잡고 쏟아내냐고! 열불이 뻗친 하윤이 벌떡 일어났다. 당장 화장실로 달려 들어가려는데 요란스러운 벨소리가 그녀의 발걸음을 붙잡았다. 잠시 고민하던 하윤은 휴대폰을 꺼내 들었다.

"여보세요?"

-딸, 생일 축하해!

반가운 목소리의 진아였다.

"고마워요."

-뭐 하고 있어? 최 서방이랑 데이트 중?

"네. 도영이가 근사한 저녁을 사줬어요."

-로맨틱한 우리 최 서방. 아 참, 엄마 아빠 선물은 계좌로 보냈다. 확인해봐. 섭섭지 않을걸.

진아의 말에 하윤은 피식 웃어 보였다. 현실주의자인 하윤의 부모님은 매번 생일 때마다 계좌로 현금을 쏴주셨다. 1년 중 딱 하루, 늘 경악을 금치 못할 정도로 많은 돈을 통장에 넣어주셔서 부담스러울 정도였다. 생일이니만큼 갖고 싶은 것을 살 때, 먹고 싶은 것을 먹을 때 돈 걱정 안 하고 마음껏 누리라는 의미였다. 처음에는 기겁을 했지만 이젠 익숙한 듯 받아들이는 하윤이었다.

-그나저나 우리 최 서방 몸은 어떠니? 저번에 보니까 얼굴이 영 안 좋던데.

"안 그래도 내일 병원에 가보려고."

-병원 갈 정도로 안 좋은 거야? 네가 옆에서 잘 좀 챙겨!

또, 또 도영이 걱정뿐인 진아였다. 딸 생일 축하 전화를 핑계로 도영의 안부를 묻고 싶었던 속셈이 빤히 그려졌다. 하지만 그런 엄마의 관심이 싫지 않았다. 오히려 고마울 뿐.

"그럴게요."

-너는 별일 없고?

"별일 없어요."

-왜 별일이 없어?

"무슨 뜻이에요?"

-음, 그러니까…….

"엄마."

-혹시 애기 소식 없니?

푭. 하윤은 진아의 말에 황당한 듯 웃음을 터뜨렸다. 결혼 발표를 한 지가 엊그제인데 벌써부터 애기 소식이라니. 어지간히 급한 모양이었다. 하긴 나이가 벌써 서른이니 딸 가진 부모는 급할 수도 있겠단 생각이 들었다. 그래도 그렇지, 결혼을 한 것도 아니고 호적상 깨끗한 남남인데 벌써부터 애기 소식을 묻는 엄마라니.

"없어요. 결혼도 안 했는데 무슨 애기 소식."

-요즘은 혼수로들 많이 한다더라. 너희가 미성년자도 아니고, 뭘 그렇게 몸을 사려?

누가 몸을 사린다고 그러세요. 밤마다 엄마 딸내미 죽어납니다. 열정적인 예비 사위 때문에.

차마 그 말까지는 입 밖으로 낼 수 없어 입을 꾹 다물었다.

-부모가 반대하는 것도 아니고, 너희들이 능력이 없는 것도 아니잖니. 넘치는 능력 가지고 왜들 그리 느긋한지 모르겠구나. 따로 피임하고 그런 거 아니지?

"엄마."

-절대로 그러지 마라. 다 때가 있는 법이야. 많이많이 낳아서 양가를 풍족하게 해다오.

"난 아직 일이 더 좋은 사람이에요."

-얘가, 얘가! 너 서른이야. 안 그래도 급한데 일한답시고 미뤄봐. 도시락 싸들고 다니면서 뜯어 말릴 거니까.

어련하시겠어요. 진아라면 가능한 일이었다. 더불어 미숙까지. 분명 양가 어머님들이 합을 맞추면 방송국이든 회사든 도시락을 싸들고 앉아 있을 게 뻔했다. 하윤은 또 한 번 웃음이 터졌다.

"알았어요."

-대답만 하지 말고!

"네."

-아무튼 딸, 생일 축하한다. 즐거운 시간 보내. 호호호.

진아의 의미심장한 웃음소리와 함께 통화는 끝났다. 끊어진 휴대폰을 물끄러미 바라보던 하윤은 황당한 듯 머리를 쓸어 올렸다.

아차, 최도영! 잊고 있었던 도영의 존재가 머리를 스쳐 지나갔다. 하지만 그것도 잠시, 또 한 번 요란한 벨소리가 울렸다. 이번엔 미숙이었다.

-며느리, 생일 축하해. 해피 벌스데이 투 유!

"감사합니다."

-도영이가 맛있는 거 사줬니? 선물은 받았고?

"네. 지금 같이 있어요."

-호호, 그렇구나. 도영이 아빠도 며느리 생일 축하한다고 전해 주란다. 우리 선물은 받았니?

"선물이요?"

-오피스텔로 보냈으니까 집에 들어가면 확인해봐. 마음에 들었으면 한다.

사랑받고 있는 기분에 하윤의 가슴이 따뜻해졌다.

-아차차, 혹시 좋은 소식 없니?

"네?"

-애기 말이야.

아이고, 어머님. 여기저기서 난리였다. '저희 아직 결혼도 안 했다고요!'라고 소리치고 싶을 심정이었지만 웃을 수밖에.

"아직요."

-그래? 그럼 이건 누구 꿈이지?

"꿈이요?"

-내가 오늘 아침에 꿈을 꿨거든. 숲 속에서 엄청 크고 화려한 보석 바구니를 발견했는데 예쁘고 반짝여서 마구 탐이 나더라고. 근데 고것이 어찌나 무거운지 아무리 들어도 들어지지가 않는 거야. 그래서 도영이를 불렀지. 이것 좀 들어달라고.

"……."

-근데 그놈의 보석들이 도영이 품으로 쏟아지더라? 얼마나 많이 쏟아지던지, 거기에 깔린 우리 아들이 죽는 줄 알았어. 겨우 보석들 사이에서 도영이를 꺼냈는데 아니 글쎄, 그 녀석이 보석 중 가장 크고 빛나는 것을 품에 꼭 안고 있지 뭐야.

"……."

-어미인 내가 주라고 해도 절대 안 주고 품에 안고 있더니 네가 오니까 그걸 너한테 주더라.

미숙의 말에 하윤은 납작한 배를 쓸어보았다.

-이거 태몽 아니니?

"아……."

-애기 가진 게 아니라면 몸조심해. 조만간 좋은 소식이 있을지

모르잖아.

"그, 그럴게요."

-호호. 그렇다고 너무 부담 갖진 말고. 어머나, 너무 오래 통화를 했네. 좋은 시간 방해한 거 아니지? 아무튼 끊는다. 생일 축하해, 며느리.

"네. 감사합니다. 들어가세요."

뚝. 더 이상 미숙의 목소리가 들리지 않는 휴대폰 액정을 바라보며 하윤은 넋을 잃었다. 진아의 통화에 이어 미숙까지. 두 사람은 마치 짠 것처럼 하윤의 혼을 빼놓았다. 태몽이라고? 가장 크고 빛나는 것을 품에 안고 있다가 나에게 전해주었다고? 미숙의 말을 곱씹던 하윤은 손가락으로 무언가를 세어보았다.

"설마."

아, 없다. 그러고 보니 매달 해야 할 것을 하지 않았던 것 같다. 언제였지? 언제부터였지? 일이 바쁘다는 핑계로 매일 열정적인 사랑을 나누면서도 피임에 신경 쓰질 못했다. 그래도 별일 없이 지나가기에 이번에도 그럴 줄 알았다. 하지만 확실히 저번 달과 이번 달은 생리를 하지 않았다.

설마. 아, 아니야. 아닐 수도 있잖아. 생각해보면 그녀의 주기는 일정치가 않았다. 워낙 바쁘게 생활하다 보니 스트레스로 한 달을 건너뛰는 일도 간혹 있었다. 하지만 이번만은 느낌이 달랐다. 고민하던 찰나 딸깍 하는 소리와 함께 도영이 거실로 나왔다. 잔뜩 창백해진 얼굴로.

"괘, 괜찮아?"

조심스레 안부를 묻자 도영은 기운이 없는 듯 손을 까딱였다.

"갑자기 왜 그래? 저녁 먹은 게 체했어?"
"와인 냄새가 좀 역했나 봐."
"……!"
하윤은 놀란 듯 입을 틀어막았다. 너, 너, 너!
"도, 도영아. 너 혹시 임신했니?"
뱉고 나서도 황당한 그 말이 실수임을 깨닫지도 못한 채 하윤은 입을 다물지 못했다.

"휴게실 놔두고 왜 여기서 라면을 먹고 있어? 제정신이냐? 너 아주 간덩이가 부었구나?"
인상을 구긴 채 사무실의 창문을 모조리 열어 젖혔다. 부산스럽게 움직이는 여자의 모습을 물끄러미 바라보고 있던 두 남자는 넋을 잃었다.
"진서 씨. 또 술 마신 거 아니죠?"
킁킁. 진서의 곁으로 다가온 여자는 그의 정수리에 대고 킁킁거리더니 이젠 옷까지 벗길 기세로 달려들었다. 그러자 진서는 결백하다는 듯 손을 들어 보였다. 하윤은 의심의 눈초리를 남겨둔 채 사무실 안을 살펴보았다.
유난히 냄새에 예민한 그의 남자를 위해 조심해야 할 것이 있나 체크하는 중이었다. 딸깍. 매의 눈으로 살피던 하윤이 문을 여는 소리가 들리자마자 뛰듯이 달려가 그를 부축했다.
"어어, 조심조심. 문턱 조심."
부산스러운 하윤의 행동에 사무실 안으로 들어온 남자는 귀찮다는 듯 손을 저어 보였다. 그러고는 자신의 방에서 컵라면을 끓여 먹고 있는 두 남자와 눈이 마주쳤다. 당황한 표정이 역력했으나 내색하지 않으려 성큼성큼 걸어가 자리에 앉았다.

욱. 또 무언가가 튀어나올 것 같은 기분이었다. 위험, 위험. 위험 신호가 번뜩였다.

"냄새를 뺀다고 뺐는데, 괜찮아?"

"……."

"안 괜찮은 것 같은데? 안 되겠다. 나가요. 진서 씨랑 강휘율, 당장 나가. 그 컵라면 들고!"

진서와 휘율은 테이블 위에 얌전히 올려놓은 컵라면에게로 시선을 돌렸다. 면이 익고 채 몇 젓가락 놀리지도 못했는데 하윤이 쳐들어와 이 난리를 피우고 있는 것이다. 아무 죄 없는 컵라면이 찬밥 신세로 전락하는 이 순간이 황당한 두 사람이었다.

"그날이에요? 왜 아침부터 이렇게 난리를……."

"욱."

후다닥. 이, 이건 또 무슨 시추에이션? 창백해진 얼굴로 자리에 앉아 있던 남자가 입을 틀어막고 이사실을 뛰쳐나갔다. 진서와 휘율은 TV 프로그램을 보고 있는 사람처럼 동시에 그의 뒷모습으로 시선을 옮겼다. 짧은 시간에 이루어진 이 상황들이 혼란스러웠다. 뭐, 뭐야?

"도대체 왜……."

"당장 안 나가? 이 자식들이 진짜! 당장 썩 꺼져!"

"누나. 설명을 해줘야 할 거 아니에요."

"설명이고 나발이고 할 시간 없으니까 당장 꺼지라고!"

악에 받친 소리에 진서와 휘율은 이사실에서 쫓겨났다. 죄 없는 컵라면을 손에 들고.

쾅! 이사실의 문이 닫히자마자 덩그러니 쫓겨난 두 사람은 어색하게 머리를 긁적였다. 잠시 후 아까보다 더욱 창백해진 얼굴로 힘없이 걸어오는 도영이 보였다.

"괜찮으세요? 주말부터 안 좋으시더니 아직도 호전이 안 되셨나 봐요?"

"……."

"병원에는 가보셨어요?"

"가, 저리."

"네?"

"가라고, 욱. 토할 것 같으니까 가. 사라져. 멀리."

"네에?"

"아니다. 퇴근해. 없어져버려, 아주."

네에에에에? 진서와 휘율은 황당하게 물었다. 자연스럽게 옮긴 시선 속 시계는 8시가 채 되지 않았음을 알려주고 있었다. 그런데 퇴근이라니. 이유를 알 수 없어 입만 버벅댔다.

이사실의 문을 열고 들어오자 상쾌한 바람 냄새가 그의 코를 간질였다. 컵라면 냄새로 숨이 턱턱 막혀왔던 전과는 다른 공기였다. 깊은 숨을 들이마시며 천천히 걸음을 내딛자 하윤이 달려와 그를 부축했다.

"괜찮아? 괜찮은 거야?"

"괜찮아."

"여기, 여기 앉아. 어서!"

소파로 그를 끌고 가다시피 한 하윤이 그를 앉히고 안색을 살폈다. 그러고는 길게 한숨을 내쉬었다.

"이래가지고 열 달을 어떻게 버티니."

"……."

"제발 입덧이 빨리 끝나야 할 텐데."

"이봐, 이하윤."

쉼 없이 쏟아내는 하윤의 말에 도영은 어이가 없다는 듯 웃어 보였다.

월요일이 되자마자 하윤은 도영을 데리고 산부인과를 찾아갔다. 주학의 소개로 바쁜 아침이지만 빠르게 진료를 볼 수 있었다. 젊은 여의사가 반갑게 두 사람을 맞이했다.

"앉으세요."

다정한 말을 건네도 하윤은 멀뚱히 서 있기만 했다. 그러고는 도영을 의자로 밀어 넣는 게 아닌가.

"산모분이 앉으셔야죠."

"아, 아차!"

그제야 상황이 이상하게 돌아가고 있다는 걸 깨달은 하윤이 의자에 앉았다. 문진에 성실이 대답하던 하윤은 침대에 누웠다. 잠시 후 실내가 어두워졌다. 하윤은 살짝 긴장이 되었다. 아직은 납작한 배 위로 무언가가 움직였다. 그러자 금세 모니터에 어두컴컴한 화면이 들어왔다.

"임신 맞으시네요. 6주 되셨어요."

정말 임신이었다. 하윤은 의사의 말에 입을 다물지 못했고, 도영은 말없이 서 있었다. 생각지도 못한 임신에 도영은 당황한 걸까. 아무런 말이 없어 하윤은 살짝 실망을 했다. 하지만 그것도 잠시, 아이의 심장박동 소리가 들리자 도영의 눈이 커졌다. 쿵쿵, 쿵쿵. 어른보다 훨씬 더 빠르게 뛰는 아이의 심장박동 소리는 마치 폭죽을 터트리는 것처럼 가슴에 와 닿았다. 기분이 묘했다. 두근두근, 콩닥콩닥. 설레는 것 같으면서도 긴장되고, 긴장되면서도 살짝 겁이 나기도 했다.

"자궁도 깨끗하고 아이 심장 소리도 아주 좋아요. 축하드립니다."

여의사는 3주 후에 다시 뵙자는 말과 함께 초음파 사진을 건네주었다.

초음파 사진 한 장이 가져다주는 파장은 어마어마했다. 가슴이 벅차오르는 하윤과 달리 도영은 병원을 나설 때까지 말이 없었다. 혼자만의 기쁨인가 싶어 눈시울이 붉어지려는데 그녀의 손목을 잡은 그의 발걸음이 빨라졌다.

탁, 차에 타자마자 하윤에게 안전벨트를 채워준 도영은 무언가를 찾듯 주머니를 뒤적거렸다. 그리고 잠시 후 벨벳 소재의 보석함을 열었다. 그리고 휘황찬란하게 반짝이는 동그란 반지를 하윤의 손에 끼워주었다.

"생일 선물 겸 프러포즈용으로 준비했는데 오늘에서야 끼워주네."

"도영아……."

"축하해. 내 아이의 엄마가 된 걸."

"흑, 도영아."

"고마워. 앞으로 더 잘할게. 사랑해."

그 말을 끝으로 도영은 눈물을 흘렸다.

그 순간이 얼마나 감동스럽고 좋았던지. 하지만 문제는 그 다음부터 발생했다.

"뭐 먹고 싶은 건 없어? 옷은 왜 이렇게 춥게 입었어? 감기 걸리면 어쩌려고. 기분은 좀 어때? 우울하거나 짜증나진 않아?"

"……."

"아무래도 오늘은 일찍 들어가서 쉬는 게 좋겠어. 한동안은 일에서 손 떼고, 푹 쉬기만 하자. 응? 태교를 해야지, 태교를!"

"하윤아."

아이를 가진 것은 하윤이었다. 우렁찬 아이의 심장박동 소리를 들은 것도 도영의 배가 아닌 하윤의 배였다. 그럼에도 불구하고 하윤은 도영을 임산부 취급하기 시작했다. 그도 그럴 것이 병원에 다녀온 후로 도영의 상태가 심각해졌다.

일명 꾸바드 증후군(Couvade Syndrome)으로 불리우는 이 증후군은 임신한 아내에게서 느낄 수 있는 다양한 증상들을 남편도 함께 겪는 경우를 말하는데 입맛이 없고, 속이 울렁거리고, 심한 두통은 물론 평소에 먹지도 않던 음식이 당기거나 냄새에 예민해질 수 있다는 것이다. 그래, 듣기 쉬운 말로 도영은 하윤을 대신해 입덧을 하고 있는 것이다.

그래서일까, 하윤은 임산부가 본인임을 망각하고 도영에게 혼신의 힘을 다하고 있었다. 뛰어다니고 소리 지르는 건 예삿일도 아니었다. 혹시나 넘어질까 불안해하고 계단을 오를 일이 있으면 뒤에서 그를 부축했다. 아니, 아무리 그래도 그렇지 너무하지 않은

가? 그래. 입덧이야 공유할 수 있다고 치자, 근데 이건 아니잖아. 내 배에 아기가 들어 있는 것도 아닌데 태교를 나더러 하라니! 심지어 행동거지를 조심히 하란다. 도영은 기가 막혔다. 그러면서도 반박할 틈을 주지 않는 구토에 도영은 지쳐버렸다.

"진서 씨! 진서 씨!"

넋이 나가 소파에 머리를 기대고 있는 도영을 뒤로한 채 하윤은 문밖의 진서를 불렀다. 그녀의 목소리가 얼마나 다급하게 들렸는지, 그가 허겁지겁 이사실로 들어왔다.

"네?"

"이사님, 지금 퇴근하실 거니까 일 처리는 알아서 해주세요. 급한 일 있으면 제 전화로 하시고요. 한동안 회사 일로 스트레스 받는 걸 원치 않으니 최대한 자제해주시구요."

"네에? 제가 처리하는 데는 한계가 있어요. 갑자기 그렇게 말씀하시면……."

"그럼 도영이를 대체할 분을 모시고 올게요. 그러니 한동안은 연락하지 말아주세욧!"

하윤의 목소리가 날카로워졌다. 더 이상 반박의 여지가 없어진 진서는 영문도 모르고 입을 닫아야 했다. 두 사람의 모습을 지켜보고 있던 도영은 얼이 빠진 듯 웃어 보였다. 대단한 모성애다. 아니, 이건 뭐라고 해야 돼? 적당한 사랑의 정의를 찾지 못한 도영은 그저 하윤의 행동에 따를 뿐이었다. 하윤이 손짓하자 진서는 이사실을 빠져나갔다. 그리고 다급하게 휴대폰을 찾아 누군가에게 전화를 건 하윤은 다짜고짜 소리를 질렀다.

"내일부터 회사로 출근하세요!"

-음? 이른 아침부터 무슨 소리야?

"이르긴요! 다들 출근해서 일하고 있는데. 어차피 아저씨 회사니까 죽이 되든 밥이 되든 아저씨가 책임지세요. 한동안 도영이 출근 안 시킬 거예요."

-며느리, 도대체 왜 그러는데? 내가 나가서 뭘 할 게 있다고.

"자꾸 그렇게 농땡이 치시면 저 가만히 안 있어요!"

-아이고, 무서워라. 가만히 안 있으면 어쩌려고? 허허, 나는 노후를 즐기고 싶…….

"열 달 후에 아이 안아볼 생각 하지 마세요."

뜨악. 도영의 입이 떡하니 벌어졌다. 상대도 그런 모양인지 말을 잇지 못했다.

"분명히 말씀드렸어요. 도영이는 지금 안정을 취해야 하고, 회사 일로 스트레스 받게 하고 싶지 않아요. 입덧이 얼마나 괴로운 줄 아시죠? 그러니까……."

-며, 며느리. 지금 무슨 소리야? 설마 도영이가 아이를 가졌……. 아이고, 내가 노망이 났나. 지금 무슨 소리를…….

"아이는 당연히 제가 가졌죠! 근데 도영이가 입덧을 해요. 그래서 쉬어야 한다고요. 아셨죠? 내일부터 출근하세요. 그럼 끊어요!"

-뭐? 아, 아이? 어이, 며느리야. 어이, 하윤아!

크리스 최의 목소리가 들리는 것 같았지만 하윤은 전화를 뚝 끊었다. 그 모습에 도영은 두 손 두 발을 다 들었다.

"누가 들으면 내가 아이를 가진 줄 알겠다."

"지금 그게 문제야? 얼굴 창백한 것 좀 봐. 당장 집에 가자."

덥석. 하윤이 도영의 손목을 잡아당겼다. 이 여자 힘 센 것 좀 보소. 카리스마가 작렬이네. 여태껏 깨닫지 못했던 그녀의 폭풍 카리스마에 도영은 설레고 있었다. 자신을 이끄는 저 든든한 어깨에 폭 하고 파묻히고 싶다는 이상한 충동까지 일었다. 심지어 하윤 오빠, 라고 불러야 할 것만 같은 이 느낌. 뭐지, 점점 내가 여자가 되어가는 건가. 라는 생각이 들 정도로 기분이 묘했다.

하지만 나쁜 느낌은 아니었다. 도영은 자꾸만 삐져나오는 웃음을 감추지 못했다. 하윤은 터프하게 도영을 이끌고 이사실을 빠져나갔다. 넋이 나간 진서가 인사를 건네든 말든 관심 없었다.

남겨진 진서는 자리에 털 하고 주저앉았다.

"휘, 휘율아. 가, 강휘율."

"왜요?"

소시지를 오물거리며 진서에게 다가온 휘율은 영문을 모른 채 물었다. 진서는 초점 없는 시선을 돌려 휘율을 바라봤다.

"이, 이사님이."

"음?"

"이, 입덧을……."

"뭐라는 거예요?"

이 양반이 아침부터 정신이 나갔나. 라고 중얼거리는 휘율의 말이 진서에겐 들리지 않았다.

"비상이다, 비상! 비상 회의 소집해!"

진서의 비장한 목소리와 함께 휘율의 귓가에는 제목을 알 수 없지만, 군대에서나 흘러나올 것 같은 근엄한 멜로디가 들리는 것 같았다. 사령관의 말을 따르듯 휘율은 경례를 한 후, 팀원들을 소집했다. 그리고 잠시 후 주인도 없는 이사실에 네 사람이 자리를 잡았다.

"무슨 일이에요?"

"이사님도 안 계시는데, 무슨 비상 회의?"

심드렁한 두 사람의 말에 진서는 테이블을 탁탁 내리쳤다. 그리고 심각한 표정으로 입을 떼었다.

"지금부터 내가 하는 말엔 한 치의 거짓도 섞이지 않았으니 의심하지 말아주길 바랍니다."

"……."

"심호흡들 하고."

"도대체 무슨 일인데? 별일 아니면 죽는다."

"창호 형, 심호흡했어? 별이 너는?"

"했다 쳐요, 아니 했어요."

별이 무뚝뚝하게 대답하자 휘율이 그녀를 바라봤다. 하지만 별은 그가 안중에도 없다는 듯 눈을 내리 깔고 있었다.

"단도직입적으로 이야기합니다."

"해."

전쟁이라도 선포할 듯 진서는 거드름을 놓았다.

"일단 가장 먼저 그동안 말씀드리지 못했던 사실을 먼저 말씀드릴게요. 최도영 이사님과 이하윤 실장님께서 여, 연애를 하고 계십니다."

"……."

첫 번째 폭탄을 터트린 진서에 비해 두 사람은 '아, 그렇구나'라며 무미건조하게 대답했다.

"그리고 이하윤 실장님이 아이를 가지신 것 같습니다."

"……."

두 번째 폭탄에도 그들은 고개만 끄덕였다. 뭐, 뭐야? 알고 있었어? 반응이 왜 이래?

"그 다음은요?"

"반응들이 왜 이래? 전부 알고 있었어?"

"아뇨. 몰랐는데요."

"나도 전혀."

"억. 근데 왜 이렇게 심심한 반응들이냐고!"

"그럼 어떻게 해요? 뒤로 넘어가기라도 해요?"

"그, 그건 아니지만! 놀랍지 않아?"

"하윤 씨에게 애인이 있다는 건 눈치채고 있었어. 아무렴 그 정도도 모를까. 근데 이사님이라니. 근데 두 사람, 생각보다 잘 어울리잖아? 게다가 나이도 있으시니 아이 먼저 가질 수 있지."

창호의 말에 별은 고개를 끄덕였다.

"자, 자! 가장 하이라이트는 이제부터입니다."

"별거 아니기만 해봐라."

여전히 놀란 채 입을 다물지 못하는 휘율과는 달리 두 사람은 너무나도 태연했다. 마치 무시무시한 폭탄을 투척하는 것처럼 소란을 피웠던 진서가 어색해할 정도로. 하지만 당황하지 않고 심호흡을 내뱉은 후 천천히 입을 뗐다.

"이사님이……."

"……."

"휴."

"왜 이렇게 뜸을 들여요?"

"나도 쉽게 입이 떨어지지 않아서 그래. 상상만으로도, 윽. 소름 돌아."

그제야 관심이 생긴 별과 창호의 눈빛이 반짝거렸다. 연애, 임신. 그거 외에 더 큰 이슈가 있으려나? 싶은 찰나였다.

"이사님께서."

"……."

"이 실장님을 대신해……."

"……."

"이, 이, 후……. 이, 입덧을 하고 계십니다."

켁. 말을 끝냈다는 듯 입을 앙다문 진서와는 달리 휘율의 입은 더욱 크게 벌어졌다. 그리고 여태껏 태연하던 두 사람의 표정이 미묘하게 틀어졌다.

"그, 그러니까……."

"……."

"그 정 없고 살벌한 우리 이사님께서 임신한 애인을 대신해 이, 입덧을 하신다고요? 내 말이 맞아요? 나 제대로 정리한 거 맞냐고."

"그래, 강휘율. 네가 웬일이냐."

"억. 저, 정말요?"

거듭 물었다. 진서는 '그래, 진실이야'라는 표정으로 비장하게 고개를 끄덕였다. 여전히 말이 없던 별은 어색한 기침을 내뱉었고 무표정하게 세 사람을 번갈아 보던 창호는…….

"차, 창호 형!"

"창호 오빠!"

꽈당. 뒤로 넘어갔다.

두 사람의 연애, 임신은 별일도 아니었다.
하지만 최도영의 입덧! 그 얼음장 같은 양반이 입덧이라니!
모두에게 믿기 힘든, 충격적인 사건이었다.

"자, 누우세요, 누우세요."
"하윤아."
"그때 장어덮밥 잘 먹던데, 그거 시켜놓을까? 배고프지?"
하윤은 바빠 보였다. 도영을 아끼는 마음이 전해져 가슴이 뭉클해졌다. 하지만 거기까지였다. 지금 가장 조심해야 하는 사람은 하윤인데, 누워서 쉬고 있는 건 자신이라니. 도영의 상식상 용납할 수 없는 문제였다. 도영은 몸을 일으켜 하윤의 팔을 잡아당겼다.
"어이, 마누라."
"음?"
"이리 와."
그러자 하윤은 배시시 웃고는 도영의 품 안으로 쏙 들어왔다. 팔베개를 하고 누운 그녀의 머리를 연신 쓰다듬던 도영은 몸을 돌려 그녀의 정수리에 입술을 맞췄다.
"다행이다."
"뭐가?"
"임신한 여자들 보면 입덧이 제일 괴롭다고 하던데, 대신해줄 수 있어서."
"전혀 다행이지 않거든요. 내가 하면 했지, 왜 네가 대신해야 되는데?"
하윤의 투덜거림에 도영은 웃음이 나왔다. 정말 다행 중 다행이었다. 시도 때도 없이 구토를 하고, 잠을 설치고 심장이 벌렁벌렁 뛰는 증상들을 오롯이 자신만 겪을 수 있어 감사했다. 하윤이 아파하는 걸 보는 것보다 훨씬 좋은 일이었다. 아이를 가졌다는 것만으로 하윤이 겪어야 할 정신적, 신체적 스트레스가 얼마나 될지 가늠할 순 없었지만 힘들 것이라는 건 알 수 있었다. 그중 입덧을 자신에게 덜어주었으니 그나마 수월하지 않을까, 하는 안도감이 퍼졌다.

"그거 알아?"

"음?"

"가슴이 따뜻해."

"흥분한 거 아니야?"

"그래, 흥분된다."

설레기도, 붕 뜨기도, 가슴 한편이 자꾸만 따뜻한 느낌이었다.

품에 안긴 하윤과 그 안의 아이라니. 내 아이, 우리 아이. 새삼스럽게 가슴이 벅찼다. 말로 표현할 수 없는 묘한 감정이 퍼져나갔다. 임신 사실만으로도 이렇게 감동적이고 경이로운데, 아이가 태어나면 어떨까.

"난 좀 무서워. 태은이가 아이를 갖고 힘들어했었잖아. 결혼식 5분 전인데도 도망가고 싶을 정도로 심란하고 외롭고 쓸쓸해했어."

"그래?"

"응. 그래서 같이 도망갈까? 라고 했더니 그건 또 아닌가 봐."

"도망을 왜 가. 갈 거면 혼자 가라지."

"내 친구지만 네 친구이기도 하거든요?"

"이태은 친구이기도 하지만, 넌 내 여자거든요."

"흥."

"도망을 가긴 어딜 가. 결혼식장에서도 그런 청승 떨어봐."

"뭐, 어쩔 건데?"

"도망 못 가게 가드들 붙여놔야겠다."

"그런다고 도망 못 갈까 봐?"

얼씨구, 도발? 하윤의 말에 도영의 눈썹이 삐죽거렸다.

"갈 수 있음 가보라지."

"정말?"

"그래, 능력 있으면 노력해봐."

시도도 못하게 묶어놓을 테니. 살벌한 뒷말은 삼킨 도영이 하윤의 얼굴을 연신 쓰다듬었다.

"이하윤 배 속에 열 달 동안 살다 나올 우리 아이는 어떤 모습일지 상상이 안 가. 너처럼 왈가닥이거나 덜렁거리면 어쩌지? 아, 이하윤을 둘 데리고 살아야 하는 건 아닌가 모르겠다. 그건 좀 벅찰 것 같기도 하고. 살짝 겁나기도 하고."

"……."

"까짓거, 이하윤도 데리고 살았는데 리틀 이하윤은 못 데리고 살까. 겁나지만 기대되기도 한다."

"……."

"아마 너처럼 한없이 예쁘고 한없이 사랑스럽고 한없이 소중하겠지."

"……."

"중요한 말 하는데 잠들고 막 그러지?"

"……."

"……고맙다, 하윤아."

내게 와줘서. 용기 내줘서. 더 큰 선물을 내게 줘서.

도영은 잠든 하윤을 한없이 쓰다듬었다. 아무리 씩씩한 척해도 임산부였다. 얼마나 몸이 피곤하고 노곤했을지 안 봐도 훤했다. 그만큼 도영을 신경 쓰느라 분주하게 움직였음을 알고 있기에.

"잘 자. 큰 애기, 작은 애기."

하윤의 귓가에 속삭인 도영의 눈이 스르륵 감겼다.

"언제까지 그것만 보고 있을 거냐?"

움직이는 차 안, 멀미도 나지 않는지 휴대폰만 뚫어져라 보고 있는 여자의 모습이 신경 쓰였다. 몇 번이나 잔소리를 했지만 대꾸도 없다. 더 이상 말하기를 포기한 남자는 창문에 턱을 괸 채 여자를 바라봤다.

'얘가 이렇게 예뻤나.'

확실히 평소와는 전혀 다른 모습이었다. 머리부터 발끝까지 전문가의 손길이 닿아 있는 탓일까.

며칠 전, 그녀는 일할 때마다 질끈 묶고 있기만 했던 긴 머리를 잘랐다. 그 모습을 본 순간 당황스러웠지만 단발도 꽤 잘 어울리는 듯, 그럭저럭 봐줄 만했다. 여전히 주근깨가 얼굴 여기저기에 퍼져 있었지만 마법이라도 부린 듯 오늘 그녀의 피부는 아주 깨끗했다. 심지어 광채가 흐르고 윤기로 반짝거렸다. 짧은 치마를 입고 힐을 신자 평균 키 정도 되었다. 어색한지 몇 번이나 넘어지는 걸 잡아주기 위해 남자는 하루 종일 신경을 곤두세워야 했다.

"와, 이거 진짜 잘 나왔다. 실장님 너무 예쁘죠? 아, 근사해. 여자인 나도 반할 것 같아."

오늘은 도영과 하윤의 결혼식 날이었다. 도영이 하윤을 대신해 입덧을 한다는 충격적인 소문을 접한 지 한 달하고 15일이 지난날이었다. 청첩장이 나오고 얼마 되지 않아 결혼식에 참석하게 된 것이다. 정말 추진력 하나는 끝내주는 도영이었다.

얼마나 좋으면 저럴까, 다들 학을 뗐다. 그도 그럴 것이 두 사람이 20년을 알아온 친구란다. 친구에서 연인이 된 건 얼마 되지 않았지만 하루라도 빨리 부부가 되고 싶다는 내용이 담긴 청첩장을 본 순간 휘율의 입이 떡 벌어졌다.

신랑 신부인 두 사람은 화려할 정도로 아름다웠다. 휘율이 축가를 부르는 내내 눈물이 날 정도였으니. 마치 잘 키운 자식들을 시집, 장가보내는 것 같은 기분이 들었다. 이 얘기를 들으면 누구든 비웃겠지만.

두 사람의 결혼식에는 엄청나게 많은 하객들이 찾아왔다. 천 명, 이천 명의 단위로 표현할 수조차 없을 정도였다. 연예인인 그도 브라운관을 통해서만 봐왔던 스타들을 보며 놀랄 정도였으니까. '대단하십니다, 이사님'이라는 말을 몇 번이고 내뱉었던 것 같다.

"그나저나 우리 사장님 표정 좀 봐. 요새 정말 피곤하신가 봐."

별의 액정 위로 떠오른 그의 표정에 휘율은 피식 웃어 보였다. 완벽했던 결혼식의 흠이라면 단 한 가지, 크리스 최였다. 주례가 시작되자 크리스 최는 자리에 앉아 졸기 시작했다. 꾸벅꾸벅, 미숙이 몇 번이고 눈치를 주는 것 같았지만 그는 일어날 생각조차 못했다. 그도 그럴 것이 하윤이 아이를 가지게 되면서 도영이 회사 일에 손을 뗐다. 물론 잠시뿐이겠지만 공식적인 백수로 전향한 것이다.

그 공백을 메우듯 크리스 최가 소환됐다. 출근을 시작한 것이다. 노후를 준비하며 인생을 즐기던 그가 늘그막에 출근하는 일은 쉽지 않았을 것이다. 게다가 회사를 통째로 아들이 맡고 있었으니 크리스 최가 한 달 반 만에 모든 일을 파악하기엔 어려움이 있었다. 그 덕분에 CL엔터테인먼트는 설립 이래 가장 자유로운 모습을 하고 있었다.

도영이 알면 경악을 하겠지만 혹시나 모르게 튈 불똥을 피하려는 듯 다들 입을 다물었다. 그의 비서인 진서마저도 말이다. 그가 연습생과 눈이 맞았다는 이야기를 들으면 도영은 당장에 달려와 그를 자를 것이라 장담했다.

"내 사진은 없어?"

"아, 찾았다. 오빠 사진 여기 있어요."

"……."

"울었어요? 콧물 난 것 같은데."

"꼭 찍어도…… 뭐야. 눈을 뜬 거야, 감은 거야?"

"치켜떴네요."

"야, 김별!"

휘율이 열을 내든 말든 별은 다음 장을 넘겼다. 사랑스러운 신랑 신부의 사진이 가득했다. 장난치는 모습, 웃는 모습, 울먹이는 모습. 마치 성스러운 무언가를 보는 듯 별의 눈엔 아련함이 잔뜩 묻어 있었다.

"결혼하고 싶냐?"

"아뇨."

"그럼 왜?"

"그냥요. 이사님 표정이 너무 아름다워서요."

"뭐가?"

"평소에는 얼음장처럼 차가우신 분인데 실장님만 보면 저렇게 다정하고 따뜻하게 웃으시잖아요. 실장님이 얼마나 사랑받고 있는지 알 것 같아요."

"따뜻은 무슨."

첫. 휘율이 삐죽거렸다. 그럼에도 불구하고 별은 두 사람의 모습이 찍힌 사진에서 한참 눈을 떼지 못했다.

"하윤이 잠들었어요. 그러니 내일 통화하세요. 졸릴 만도 하죠. 네, 네. 너무 걱정하지 마시고 푹 쉬세요."

걱정하시는 마음은 이해하지만 통화가 점점 길어지자 도영은 귀찮아졌다.

이제 막 13주로 접어든 하윤을 위해 신혼여행은 국내로 정했다. 공기 좋고 물 좋은 시골 한 자락에 와 있었다. 타이트한 결혼식 일정 덕분에 연일 피곤해하던 그녀를 떠올리자 마음 한편이 묵직해졌다. 결혼식을 마치고 피곤에 지쳐 있는 하윤의 화장을 지워주고 머리를 감겨주는 일은 도영의 몫이었다.

겨우 샤워까지 마치고 나온 그녀의 젖은 머리를 말려주고 침대에 눕혀주자 하윤은 그대로 잠이 들었다. 그녀를 대신해 양가 부모님께 안부 전화 돌리기를 30분째. 슬슬 끊고 하윤에게 신경을 쏟고 싶은데 부모님의 걱정은 이만저만이 아니었다.

그도 그럴 것이 아이를 가졌다고 선포하자마자 양가에서 결혼 준비를 서둘렀다. 입덧 중이던 도영과 보디가드를 자처한 하윤의 상황을 고려해 모든 준비는 양가 부모님 손에서 끝이 났다. 불평불만 할 것도 없이 두 사람의 취향을 완벽하게 파악한 결혼식이었다. 당사자들보다 신이 난 양가 부모님들은 빠듯한 일정을 두 사람에게 소화시켰다. 도영 역시 하루라도 빨리 결혼을 하고 싶었기에 이를 강행했다. 그리고 결국 그의 손에는 결혼반지가 반짝이고 있었다.

"걱정 마시라니까요. 하윤이가 추운가 봐요. 아무래도 가서 봐줘야 할 것 같아요. 네, 들어가세요."

며느리 사랑은 시아버지라더니. 하윤에 대한 크리스 최의 애정은 도영을 능가했다. 오죽하면 평생 놓고 지내던 회사 일에 적극 참여하시겠는가. 헛웃음이 터진 도영은 침실로 걸음을 옮겼다.

아기자기한 소품들과 분위기가 하윤과 잘 어울리는 펜션이 그들의 신혼여행지였다. 펜션이라고 하기엔 약소한 표현일 정도로 천장이 높고 평수가 넓은, 별장 같은 곳이었다. 복층의 구조와 다락방까지 구비되어 있어 분위기가 아주 마음에 들었다. 다락방에 올라가면 침대가 하나 더 놓여 있었는데, 누워서 별을 볼 수 있는 구조였다. 하지만 임산부인 그녀를 배려해 1층 침실에 자리를 잡았다. 잠들어 있는 하윤에게 다가간 도영이 그녀의 흘러내린 머리를 정리해주었다.

"잠꾸러기."

지독했던 도영의 입덧은 다행히도 한 달을 넘기지 않았다. 살이 3킬로그램이나 빠져 고생했지만 식욕이 날로 좋아지는 하윤과 맞추다보니 5킬로그램이 쪘다. 덕분에 혈색이 좋아 보인다는 소리를 듣는 요즘이었다. 불과 몇 주 전만 해도 심각할 정도로 파리했는데 말이다.

반면 하윤은 그동안 못했던 입덧 대신 식탐이 늘었다. 하루에 몇 끼를 먹는지 세어보다 지칠 정도로 하루 종일 먹을 것을 입에 달고 살았다. 그녀 역시 3킬로그램이 금세 불었다. 그럼에도 불구하고 도영은 단 한 번도 살찐 몸매를 타박하지 않았다. 오히려 자랑스러워했다. 오히려 도영은 그 모습이 어찌나 사랑스러운지 바라보는 것만으로도 행복했다. 하윤이 잘 먹으면 아이도 잘 먹을 것이고, 하윤이 웃으면 아이도 웃을 것이다. 그 생각을 하니 도영은 세상을 다 가진 것 같았다.

"많이 피곤했지?"

손을 뻗어 여전히 납작한 그녀의 배를 쓰다듬었다. 하윤만큼 피곤했을 그의 아이였다. 결혼식장은 소란스러웠다. 아마 그 소리가 아이에게 소음처럼 들리지 않았을까, 라는 생각이 들자 도영은 내심 걱정이 되었다. 피곤에 잠든 하윤에게로 시선을 옮긴 도영은 안쓰러운 얼굴로 그녀를 바라봤다. 밥이라도 먹어야 할 텐데. 그 생각이 들자 마음이 조급해져 침대에서 내려왔다. 혹시 찬바람이 스며들까 이불도 꼼꼼하게 덮어주고는 침실을 빠져나왔다.

얼마나 잠들었을까. 묵직하게 눌러대던 피곤이 한결 가신 기분이었다. 스트레칭을 하며 주위를 둘러보자 어두컴컴한 주변이 눈에 들어왔다. 추워지는 계절로 바뀌자 6시가 채 되지 않은 시간에도 밖은 어두웠다.

하윤은 침대에서 일어나 도영을 찾기 시작했다. 눈이 부신 거실로 나오자 베란다에서 외부로 나갈 수 있도록 연결된 테라스에 앉아 커피를 마시고 있는 그가 보였다. 분위기에 취한 듯 편안한 얼굴이었다. 그 모습을 놓치고 싶지 않은 하윤은 베란다 난간에 턱을 괴고 그를 지켜봤다. 가까운 거리임에도 그녀의 존재를 알아차리지 못한 그는 작은 목소리로 노래를 부르고 있었다. 그 목소리가 한없이 다정해 하윤은 다시 잠이 들 것만 같았다.

"무슨 노래 불러?"

결국 먼저 말을 건넨 건 하윤이었다. 그녀의 목소리가 들리는 쪽으로 고개를 돌린 도영은 손을 뻗었다. 다가오는 하윤의 걸음에 무리가 없게끔 주변을 살피고는 자리를 봐주었다. 자신의 맞은편이 아닌 옆자리에 그녀를 앉힌 후 어깨도 내어주고 무릎에 담요도 덮어주었다.

"곰 세 마리."

"음?"

"곰 세 마리가 한 집에 있어. 아빠 곰, 엄마 곰, 애기 곰."

"동요를 부르고 있었다고?"

단순하면서 익숙한 멜로디였지만 그의 목소리가 너무 달콤해 사랑 노래인 줄 알았다. 그런데 동요라니. 최도영의 입에서 동요가 흘러나왔을 생각을 하니 웃음이 터졌다.

"연습해야지. 잘 불러주려면."

"연습까지야."

"하고 안 하고의 차이는 크다. 나중에 후회하지 말고 너도 연습 열심히 해."

도영은 자신이 말해놓고도 멋쩍은 듯 웃어 보였다. 커피 한 모금을 들이마신 도영이 화제를 돌렸다. 얼굴을 붉힌 채 쑥스러워하는 것 같았다.

"우리 아이 태명 말이야. 생각해봤어?"

"그러고 보니 태명도 없네. 하도 최도영이 작은 애기야, 라고 불러서 그게 이름처럼 느껴졌던 것 같아."

"작은 애기한테도 이름을 지어줘야지. 큰 애기한테 하윤이라는 이름이 있는 것처럼."

들떠 보이는 도영의 목소리가 하윤은 듣기 좋았다. 사실 20년을 알아온 그는 감정 기복이 크지 않은 남자였다. 하지만 이젠 달랐다. 자신과 아이의 이야기엔 늘 기대와 설렘이 묻어 있었다. 감사하고 또 감사한 그의 변화에 하윤은 기분이 좋았다.

입술을 쭉 내밀자 도영이 입을 맞춰왔다. 쪽. 짧게 끝난 뽀뽀였지만 아쉬운 듯 도영은 몇 번 더 입을 맞춰왔다.

"도영이 너는 생각해둔 거 있어?"

"음."

"뭔데?"

"여러 개 생각해봤는데 세콩이가 좋을 것 같아."

세콩이? 그건 또 뭐야. 최도영 입에서 나올 거라 상상도 못했던 단어들이 요즘 들어 참 많이도 쏟아져 나왔다.

"셋이서 알콩달콩하며 살자는 의미로, 세콩이. 최세콩."

"풉!"

"웃지 마라. 일주일 넘게 고민한 거야."

도영은 자못 진지했다. 하윤의 웃음이 민망할 정도로. 하지만 최세콩이라니. 너무 귀엽잖아. 하윤은 웃음을 참지 못했고 한참 동안 배꼽을 잡았다.

"둘째가 생기면 어쩌려고? 질투하겠다. 세콩이라니."

"그럼 둘째 태명은 네콩이로 하지, 뭐. 넷이서 알콩달콩 살자는 의미로."

"정말 창의적이다, 도영아."

어쩜 이렇게 귀엽니. 하윤은 입이 헤벌쭉 하고 벌어졌다.

"오콩이, 육콩이, 칠콩이, 팔콩이. 많이 준비해뒀다."

결국 도영은 부끄러운지 고개를 돌리며 커피 잔을 들었다. 애꿎은 커피를 마시며 진정되길 바랐으나 쉽지 않았다. 얼굴에 오른 열을 내리기 위해 손부채질을 하자 하윤이 그의 목을 끌어안았다.

"아이, 많이 낳고 싶어?"

하윤의 말에 도영은 고개를 끄덕였다.

"양가에 자식이라고는 너와 나, 둘뿐이잖아. 우린 서로가 있어서 외롭지 않았지만 우리 아이들은 의지할 수 있는 형제들이 많았으면 해."

"돈 많이 벌어야 할걸?"

"말이라고. 막노동을 뛰어서라도 뒷바라지할 테니 낳아만 줘라."

"아이고, 이사님. 막노동이라니요. 절대 안 어울리거든요."

하윤의 말에 도영은 피식 웃었다. 자신이 생각해도 그런 것 같았다. 머리부터 발끝까지 이름만 들어도 입이 떡 벌어지는 브랜드를 즐겨왔던 그가 허름한 공사장 옷을 입고 있을 상상을 하니 겁부터 났다. 그러면서도 은근 잘 어울릴 것 같은 느낌에 으쓱거렸다. '난 몸매가 되니까'라는 말로 어깨를 들썩이자 하윤은 또 한 번 배꼽을 잡았다.

"내 나이 서른이야. 노산이라 많이는 힘들지 않을까?"

"별 걱정을."

"슬슬 무서워진다. 최도영."

"겁먹지 마. 내가 옆에 있는데 무섭긴."

팔콩이까지 준비해놓은 너의 성의가 무서운 거야, 최도영. 네놈이 제일 무서운 놈이라고! 하윤은 속으로 외쳤지만 그마저도 행복한 비명이란 생각이 들었다.

테라스에 앉아 있으니 맑고도 깨끗한 공기가 그녀의 숨통을 트이게 하는 것 같았다. 몸이 차가워지는 것도 개의치 않을 정도로 청량한 느낌이었다. 밤인데도 이런 공기를 맡을 수 있다니. 인적이 드문, 오롯이 세 사람만 존재하는 이 공간은 분명 그녀와 그의 마음을 정화시키고 있었다.

"기억나?"

"음?"

"우리 고등학교 때였나. 너 애인한테 차이고 엉엉 울던 그날 밤,

서울의 탁한 공기마저도 시원하게 느끼던 날이 있었잖아."

"이 남자가 정말! 신혼 첫날밤에 무슨 소릴 하는 거야? 그리고 차였는데 뭐가 시원하냐? 열 받아서 뜨겁고 불쾌했지."

"근데 난 시원했던 것 같아. 통쾌하고, 짜릿했어."

"내가 차인 게 넌 좋았구나?"

"그랬던 것 같다. 그땐 몰랐는데, 지금 생각해보니 그날 정말 기분이 좋았어."

도영은 그날을 추억하는 듯했다. 아마 그날은 하윤이 한 살 많은 학교 선배에게 차였던 날이었다. 남자 쪽에서 사귀자고 쫓아다녀놓고 한 달 만에 뻥 하고 차버렸다. 억울하다며 엉엉 울어대는 그녀를 달래던 도영은 웃음이 나왔다. 이상하리만큼 희망찼고, 설레었다. 울고 있는 친구에게 미안할 정도로 도영은 개운함을 느꼈다. 늘 남자 같지도 않은 놈들과의 짧은 연애 후 이별했던 그녀는 도영에게 카타르시스를 느끼게 하는 무언가를 제공해주었다.

하지만 그땐 알지 못했다. 하윤을 이미 그의 가슴속에 담아두었다는 것을. 성인이 되고 나서야 완벽하게 알아차린 감정이라 생각했는데 하윤의 존재는 처음 만난 그 순간부터 그를 뜨겁게 했다. 우정을 넘어선 사랑이 그들 사이에 존재했던 것이다.

"아마 난 널 좋아했던 것 같다."

"에?"

조금 더 빨리 알았더라면 괜히 쓸데없는 시간 낭비, 감정 낭비하지 않았을 텐데. 이상한 놈들한테 상처받는 일 없게 내 품에 안았을 텐데. 되돌릴 수 없다는 것을 알지만 그 시간들이 죄스럽게 다가왔다. 도영은 손을 뻗어 하윤의 머리를 쓰다듬었다.

"이젠 아플 일 없을 거야. 내가 지켜줄 테니까."

"든든한걸?"

"그래. 내가 늘 뒤에 서 있다는 거 잊지 마."

"그럴게, 도영아."

"행복하게 잘 살자. 사랑하는 마누라, 사랑하는 세콩아."

"큭, 풉."

결국 하윤은 참지 못했다. 여전히 진지한 얼굴과 목소리로 낯선 태명을 부르는 그가 적응이 되지 않았다. 하지만 그의 애정이 가득 담긴 마음이 전해지는 것 같았다. 그래서일까, 차갑게 느껴졌던 공기가 일순간 따뜻해졌다.

"들어가자, 밥 먹고 책 읽어야지."

"너 설마!"

"당연하지."

윽. 못 살아. 하윤은 백기를 들었다. 요새 도영은 태교 책을 들고 다녔다. 세콩이를 챙기는 그의 다정함에 하윤은 질투를 느낄 정도였다.

시아버지에게 회사를 일임한 뒤, 백수 모드로 살아가고 있는 두 사람에게 넘치는 건 시간이었다. 새로 거처를 옮긴 그들의 신혼집은 전과는 전혀 다른 분위기였다. 전문가의 손에 의해 임산부에게 좋은 음식이 매일 식탁 위에 차려졌고, 태교에 관련된 서적과 음반들은 그의 서재를 가득 채우기 시작했다. 하루 종일 심신을 안정시키는 음악이 흘러나왔고 벽면에는 태교에 좋은 사진을 담은 액자들로 가득했다. 모나고 뾰족한 물건들이 하나씩 사라졌고, 좋은 것

예쁜 것들이 즐비했다. 그뿐이겠는가. 시간만 되면 자신을 옆에 눕힌 채 책을 읽어주던 그였다. 자상한 것도 좋지만 너무 아이에게만 시간을 쏟는 게 아닌가 하는 질투가 툭 하고 튀어나오는 게 일과가 되었다.

밥을 먹기가 무섭게 침대에 눕힌 그는 하윤의 자세를 살폈다. 조금이라도 불편할까 싶어 베개를 그녀의 다리 밑에 놔주었다.

"오늘의 책 제목은 뭐예요, 선생님?"

장난처럼 그를 독서 선생님이라고 불렀다. 정말 이름만 들어도 따분한 독서 선생님. 도영은 열정적으로 책을 읽었지만 높낮이의 차이가 거의 없어 듣다 보면 금세 잠이 들었다. 절대로 도영이 재미없게 읽는다는 건 아니었다. 하지만 들으면 졸렸다. 수면제처럼. 하윤은 오늘도 숙면을 취하기 위한 자세를 취하고 그를 받아들이기로 했다. 어느새 책을 편 도영은 비장하게 내뱉었다.

"아빠와 엄마가 세콩이를 얼마나 사랑하는지 전해줄 거예요."

"그렇군요. 기대되네요. 최도영 선생님."

"자, 쉿. 눈 감아."

스르륵. 하윤의 눈이 감겼다. 금방이라도 잠이 들 것 같아 정신을 차려보려 애썼다. 성의를 봐서 몇 줄 읽은 후에 잠들어야 할 텐데. 머리만 기대면 잠들어버리니, 늘 미안했다.

"우리 세콩이가 어디에 숨어 있을까. 따뜻한 엄마의 배 속에 숨어 있지요. 엄마는 다 알아요. 우리 세콩이가 부끄러워 숨었다는 걸. 하지만 그러지 않아도 돼. 엄마 아빠는 세콩이가 궁금하단다. 더 많이 보여주고, 더 많이 표현해줄래? 엄마와 아빠는 너의 모든 것이 사랑스럽단다."

하윤은 나긋나긋한 그의 목소리에 취한 듯 잠이 들었다. 익숙한 일인 양 도영은 준비한 책을 읽어내려가기 시작했다. 마치 세콩이가 그의 옆에 누워 있는 것처럼 다정하고 따뜻한 목소리였다.

한참을 읽어내려가던 그가 책을 내려놓고 이불을 끌어당겼다. 감기라도 걸리면 큰일이니 조심하는 수밖에 없음을 알고 있는 그였다. 찬바람이 들어갈 틈을 주지 않은 채 꽁꽁 싸맨 그가 만족스럽다는 듯 웃었다. 그리고 내려놓은 책을 한쪽으로 밀어두고 그녀의 납작한 배에 손을 올렸다.

"오늘은 특별히 연습한 노래를 들려줄게. 그러니 엄마와 함께 푹 자."

쓰다듬는 손길이 너무나 부드럽고 조심스러웠다.

"곰 세 마리가 한집에 있어. 아빠 곰, 엄마 곰, 세콩이 곰. 아빠 곰이 사랑해, 엄마 곰도 사랑해, 세콩이 곰을 너무 사랑해. 사랑, 사랑, 내 사랑."

쑥스러워 하윤에게는 들려주지 못했던 도영만의 곰 세 마리가 드디어 세콩이에게 닿았다.

한 번으로는 듣지 못했을까 싶어 여러 번 반복해서 불러주던 그는 조금씩 밀려드는 잠에 눈을 감았다.

유난히도 따뜻하고 포근한 밤이었다.

그리고 몇 년 후.

드레스룸 한 구석에서 두 사람의 말소리가 오고 갔다.

"이 넥타이가 훨씬 더 멋있어. 안 그래?"

"너무 요란해요."

하윤의 눈썹이 삐죽거렸다. 하지만 화내지 않으려 애를 쓰며 펼쳐놓은 넥타이 중 가장 무난한 스타일의 넥타이를 골라 그의 목에 가져갔다.

"이건?"

"너무 심플하지 않아요?"

빠직. 하윤의 눈썹이 또 한 번 삐죽거렸다.

"이건?"

"나쁘지 않네요. 줘보세요."

이 자식이 진짜! 하윤은 자리에서 벌떡 일어났다. 나쁘지 않다던 넥타이를 손에 든 채 으르렁거렸다.

"흥? 별로거든? 그러니까 넌 다른 거 차!"

쾅. 결국 참지 못하고 방문을 열고 나간 하윤의 모습을 물끄러미 바라보던 남자가 피식 하고 웃었다. 그러고는 하윤이 건네주었던 무난한 디자인의 넥타이를 손에 쥐고서는 능숙하게 목에 매었다. 재킷까지 차려입은 그가 2층에서 내려오자 여전히 심통이 난 얼굴로 소파에 앉아 있는 하윤이 보였다.

"다녀오겠습니다."

"흥."

"엄마."

엄마, 라는 소리에 하윤이 움찔했다. 그 목소리가 남편과 닮아 있어 마치 도영이 자신을 부르는 것과 같은 느낌이 들었기 때문이다. 하윤은 모르는 척 돌아봤다. 올해 여덟 살이 되는 큰아들 최도하는 도영을 빼다 박았다 해도 과언이 아닐 정도로 닮아 있었다.

얼굴은 물론 목소리, 말투 심지어 행동까지도 제 아빠와 똑같아 하윤은 아이의 말 한마디에 움찔할 때가 많았다.

"그렇게 부르면 뭐? 무서울 줄 알고?"

흥, 하는 소리가 크게도 울렸다. 도하는 이대로 나갔다가는 몇 날 며칠을 시달릴 것이라는 걸 알고 있기에 들고 있던 가방을 내려놓고 하윤에게로 다가갔다.

"왜? 왜? 왜!"

"장차 며느리가 될지도 모르는 제 베스트프렌드의 생일이라 가장 멋진 모습을 보여주고 싶었어요. 여전히 패션계에서 한 획을 긋고 계신 엄마의 감각을 무시한 게 절대, 아니라고요."

"뭐어? 며느리? 누가 그 왈가닥 꼬맹이를 며느리로 받아준대?"

"할머니도 같은 마음이셨을 거예요. 좋은 시어머니를 두신 엄마시니, 좋은 시어머니가 되시길 바라봅니다. 그럼 다녀올게요."

"야, 최도하."

하윤이 소리를 지르며 달려들자 도하은 천천히 걸어가 엄마를 품에 안고 다독여주었다. 그러자 하윤의 고함이 순식간에 사그라졌다.

"그래도 엄마가 최고예요. 알죠?"

하윤은 입이 떡 벌어져 방싯 웃는 도하에게서 시선을 떼지 못했다.

이놈, 아빠의 얼굴로 그런 소릴 하면 아들임에도 불구하고 마구 설레잖니. 호호호.

하윤은 인자한 엄마의 모습으로 돌아와 숨겨두었던 지갑을 꺼내 만 원짜리 몇 장을 건네주었다.

"밥도 사주고, 선물도 크고 좋은 거 해줘. 아 참, 반짝일수록 여자의 마음이 더욱 흔들린다는 거 알지?"

"네. 아빠에게 익히 들어 잘 알고 있어요. 엄마가 유난히 반짝이는 걸 좋아하신다고."

"엄마뿐만 아니라 여잔 다 그래! 그러니까 그 앤 다를 거라고 생각하지 마!"

"네. 노력은 해볼게요."

도하는 내려놓았던 가방 안에 돈을 넣으며 걸음을 옮겼다. 신발을 신고 현관문을 나서려는데 멀리서 우당탕탕 하는 소리가 들려왔다.

"안 돼! 안 돼!"

그 소리에 돌아보자 눈물 콧물 범벅이 된 동생, 최도윤이 보였다.

"나도 갈 거야. 나도 가서 선물 줄 거야! 나도, 나도!"

형에게 첫 번째로 건네주었다가 요란스럽다며 거절당한 넥타이를 목에 돌돌 매고 달려왔다.

세 살 차이의 두 형제는 성격이 달라도 너무 달랐다. 도하는 매사 똑 부러지고 빈틈이 없는 반면, 도윤은 하루가 멀다 하고 사고를 치고 말썽을 부렸다.

"왜 난 안 데려가? 누나 사랑을 독차지하려고 그러지? 형, 미워!"

하윤은 소파에 기대며 두 남자를 번갈아 바라보았다. 삼각관계도 이런 삼각관계가 없지, 암. 웬만한 드라마보다 더 재미있다는 형제의 사랑, 크하.

"최도윤."

"나도 갈 거야, 나도! 당장 데려가! 엄마, 나도 돈 줘요! 누나 선물 사줄 거예요."

도윤이 다가와 손을 척 벌리자 하윤이 방싯 웃었다.

오구오구, 예쁜 내 새끼. 엉덩이를 톡톡 두드리자 도윤이 얼굴을 찡그렸다. 한시가 급한데, 엄마는 돈도 안 주고 놀리기만 한다.

"돈!"

"우리 도윤이에게 미안해서 어쩌지? 엄마가 요즘 백수라 돈이 없는데."

"형아는 줬잖아! 나도 주란 말이에요! 어어? 형아, 같이 가. 같이 가아아아아."

"미안하지만 너는 좀 더 큰 후에 데려갈게. 다녀올게요, 엄마."

하윤은 여유롭게 손을 흔들어주었다. 그러자 도윤이 오열하며 바닥을 굴러다녔다.

"아빠아, 아빠아."

"진정하고 간식 먹자. 응? 아빠 금방 오실 거야."

하윤은 시계를 올려다봤다. 일주일 만에 출장에서 돌아올 도영을 기대하며 설레는 건 비단 도윤뿐만은 아닐 것이다. 하윤은 여느 때처럼 여유로운 걸음으로 주방으로 향했고, 도윤은 금세 눈물을 닦고 그녀의 뒤를 따랐다.

종종종, 종종종. 귀여운 도윤이의 모습에 하윤은 웃음이 터졌다.

"우리 도윤이 뭐 먹고 싶어?"

"피자!"

"그럼 오늘은 피자를 만들어볼까?"

"우와! 엄마 최고!"

엄지를 척, 하고 들어 보이는 아들을 보며 하윤은 또 한 번 웃었다.

어느새 세콩이라는 태명을 가진 아이가 최도하가 되고, 네콩이라는 태명을 가진 아이가 최도윤이 되었다. 그뿐이겠는가. 배 속에는 그들을 이을 오콩이가 자리 잡고 있었다. 결혼 생활 9년 만에 세 아이의 엄마가 된 하윤은 육아에 전념하고 있었다.

하윤과 도윤은 또띠아 위에 소스를 바르고 재료를 올렸다. 마지막에 치즈까지 뿌리자 그럴싸한 피자 모양을 갖췄다. 오븐에 넣고 완성되기를 기다리는 동안 하윤은 생과일주스를 만들었다.

"됐다, 됐다! 피자가 완성됐나 봐요!"

띵. 피자가 완성되었다는 소리가 들리자 도윤이 기뻐했다. 하윤은 생과일주스와 피자를 그의 앞에 내려놓았다. 그 순간, 하윤이 기뻐할 소리가 들려왔다.

"음, 맛있는 냄새가 나네?"

"아빠!"

"여보!"

동시에 하윤과 도윤이 도영에게로 달려들었다. 도영은 품 안에 안겨오는 두 사람을 안으며 하하하, 하고 웃었다. 고작 일주일이었는데 너무나 오랜만에 만난 것 같은 기분이 들었다.

"잘 다녀왔어? 힘들진 않았고?"

"아빠아, 잘 다녀오셨어요?"

도영은 큰 눈을 부릅뜨고 달려와 토끼처럼 묻는 아들의 머리를 쓰다듬으며 하윤의 입술에 입을 맞췄다. 가장 고대하던 순간이었다.

"으, 이제야 좀 살 것 같다."

CL엔터테인먼트의 대표이자 다양한 사업의 대주주가 된 도영은 몸이 열 개라도 부족할 따름이었다. 잦은 야근과 출장이 그를 힘들게 했지만 가장 견디기 힘든 건 역시나 가족들과 떨어져 있는 시간이었다. 하지만 그 순간을 견딘 보상은 너무나도 달콤했다.

"이번에도 내가 보고 싶어서 공항가를 맴돌았다는 소문이 자자하던데?"

도영은 피식 웃어 보였다.

저번 출장은 유난히 길었기에 너무나 보고 싶어 공항으로 몇 번이고 달려갔었다, 라고 말했던 것이 하윤은 꽤 마음에 들었던 모양이다. 그보다 더한 고백을 내놓으란 표정으로 새초롬하게 물어오는 그녀는 나이가 들어도 여전히 사랑스러웠다.

"음, 글쎄. 이번에는 정신없이 바빠서 공항 근처엔 갈 시간이 없었지, 아마?"

"아하, 그러셔?"

"대신 한 가지 깨달은 게 있지."

"뭔데?"

흥. 하는 소리가 도영의 귓가로 파고들었다.

"아, 정말 이하윤 없인 못 살겠다. 다음번에는 무슨 일이 있어도 이하윤을 꼭 데리고 와야겠다. 라는 것?"

"닭살! 닭살!"

얼굴이 시뻘게진 채로 부끄러워하던 하윤은 그의 목을 끌어안으며 속삭였다.

"똑똑한 우리 최도영, 오늘 밤을 기대해. 유후."

장난처럼 후~ 하고 바람을 불어넣자 도영의 몸이 움찔했다. 그러자 옆에 서 있던 도윤이 빽빽거리며 소리를 질렀다.

"나도, 나도 끼워줘요! 왜 나만 빼고 이야기해?"

"어른들 하는 이야기에 꼬맹이는 빠지셔!"

"엄마, 미워!"

"감히 엄마를 미워해? 그렇다면……."

"안 돼!"

후다다닥, 달려가 식탁 위에 놓인 피자를 들고 의미심장하게 웃자 도윤은 기겁을 하며 달려왔다. '제발 피자 만은……'이라며 항복을 선언했다. 그 모습을 지켜보고 있던 도영은 흐뭇하게 웃었다.

오랜만에 누운 침대는 호텔 방과는 비교가 되지 않을 만큼 아늑했다. 몰려오는 피곤마저도 즐겁게 느껴지는 시간이었다.

딸깍, 도영은 감은 눈을 뜨고 문으로 시선을 옮겼다. 얇은 실크 잠옷을 입은 하윤이 아이를 재우고 침대 위로 올라오는 게 보였다. 도영은 손을 뻗어 그녀를 안았고, 그녀 역시 편안한 듯 그의 품에 안겼다.

"도하, 도윤이 보느라 힘들었지?"

자신만큼이나 힘들었을 하윤을 바라보던 그가 손을 뻗어 이제 제법 존재를 드러내고 있는 배를 쓰다듬었다.

"오콩이도 엄마 말씀 잘 듣고 있었니?"

다정한 목소리로 묻자 뱃속의 태아는 알아듣기라도 하는 양 툭 툭, 하고 발길질을 해왔다. 태동이 힘차기는 하나 두 아이와는 다르게 얌전한 것이, 혹시 여자아이가 아닐까 하는 기대가 피어올랐다.

"그나저나 출장 다녀온 일은 잘됐어?"

"음. 덕분에."

도영은 천천히 손을 움직였다. 임산부임에도 불구하고 탄력 있는 그녀의 몸은 언제나 도영을 열에 들뜨게 했다.

"다들 윤의 복귀를 기다리고 있는 눈치야. 셋째 가져 쉰다더니, 도대체 언제 돌아오냐며 나를 나쁜 놈 만들더군."

"나쁜 놈 맞지, 뭘."

한시도 가만 놔두질 않으니. 지금처럼.

하윤은 도윤을 낳고 나서 새로운 패션 브랜드 'YOON'의 대표가 되었다. 도영의 전폭적인 지지에 힘을 입어 자신만의 무대를 기획하고 연출하는 일에 박차를 가했다. 하윤만의 분위기, 섬세한 감각 등은 많은 셀럽들에게 인기를 얻게 되며 인지도를 쌓아갔다. 이제는 패션 하면 'YOON'을 떠올릴 정도였지만 하윤은 오콩이를 임신하게 되면서 잠시 일을 내려놓았던 것이다.

하윤은 점점 빨라지는 호흡을 삼키며 대화에 집중하려 애를 썼다.

"아직 멀었어."

"뭐가?"

"윤의 복귀는 아마 오래 걸릴지도 몰라."

놔주지 않을 테니까.

욕망만큼이나 그녀에 대한 도영의 소유욕은 날이 갈수록 짙어졌다. 잠시라도 떨어지기 싫은 사람처럼 하윤을 꽉 끌어안았다.

"사랑해."

달콤한 그 말, 평생 하윤의 이름 옆에 달고 다닐 그 말을 속삭이며 도영과 하윤은 행복을 나누고 있었다.

-마침-

작가 후기

완결을 내고 출간을 하기까지 정말 많은 일들이 있었습니다. 그 중 가장 많이 했던 생각은 '작가 후기를 쓰는 날이 오긴 하는 거야?' 라는 것이었습니다. 끝이 없는 수정의 반복이었습니다. 연재 동안 함께해주신 독자님들은 책을 보시고 '내가 봤던 그 소설 맞아?' 하실 정도로 많은 상황들이 바뀌었지요.

하지만 후회는 없습니다. 조금 더 두 사람에게 집중할 수 있었던 시간이었고, 두 사람에게 빠져들었던 시간이었기에 오히려 많은 걸 배웠다고 생각합니다. 그리고 드디어! 작가 후기를 쓰게 되었습니다. 감동이 쓰나미로 몰려옵니다. (훌쩍훌쩍, 눈물을 닦는다고 한다.)

처음 글을 쓰게 된 것은 중학생 때였습니다. 한창 팬픽이라는 게 유행처럼 번지던 시절이라 노트에 글을 써내려가던 일을 시작했고, 그 일이 한 권의 책을 출간하기까지 커져 이렇게 작가라는 이름을 달고 살아가고 있습니다.

글을 쓰는 일은 즐겁습니다. 제가 만들어내는 상황과 인물들은 그동안 잊고 살았던 여러 가지의 감정들을 느끼게 합니다. 대리만족이라고나 할까요. 그 속에서 전 다른 세상을 만나고 교감하며 웃고 울었습니다.

저에게 있어 글을 쓰는 일은 그렇습니다. 단순한 취미나 즐거움이 아닌 인생의 동반자 같은 느낌. 힘들고 지칠 때, 누군가의 위로처럼 나를 다독여주곤 합니다. 덕분에 많은 힘을 얻을 수 있었고 기운을 낼 수 있었습니다.

갈증은 20년지기 친구 사이였던 두 사람이 연인으로, 부부로 관계를 변화해가는 과정을 그린 로맨스 소설입니다. 저의 어릴 적 로망이었는데 현실에선 이루지 못했습니다. 그래서 글로나마 만족했다는 후문이…….

오로지 하윤만을 위해 살아가는 도영은 츤데레한 매력이 포인트입니다. 무뚝뚝하지만 오로지 하윤만을 위해서는 100퍼센트 달라지는 그런 남자, 자존심을 세우지 않고 헌신적인 남자, 온니 이 하윤만을 사랑하는 지고지순한 남자. 게다가 키도 커, 잘생겼어, 몸매 좋아, 뭐 하나 빠지지 않는 완벽한 남자입니다.

갖고 싶다, 최도영!

하윤이도 예쁩니다. 키는 작지만 귀엽고 사랑스럽습니다. 씩씩하고 긍정적이며 애교가 많은 여자입니다. 물론 도영에게만.

휘율에게는 폭력적인(?) 여자이기도 하지만, 사랑스러운 캐릭터죠.

아, 그러고 보니 휘율이와 별이 이야기를 궁금해하실 독자분들이 많이 계실 것 같은데요. 도영이와 하윤이의 이야기에 집중하기 위해 두 사람의 러브스토리는 고이 접어둘 수밖에 없었답니다. 톡톡 튀는 휘율이의 매력을 조금밖에 못 보여드려 아쉽지만 언젠가는 컴백 홈, 하지 않을까. 작은 기대를 걸어봅니다.

사실 분량이 너무 많아서 2권을 고려해보았으나 한 권으로 줄이고 퀄리티를 높이자는 마음으로 많이 깎고 쓸어냈다는 점, 이해해주세요. 부족하고 배울 게 많은 작가이기에 앞으로 2권, 3권 분량임에도 지루하지 않고 흥미로운 글을 뽑아내기 위해 열심히 공부하겠습니다.

아빠, 엄마! 보고 있습니까요? 내가 드디어 책을 냈어요!

작가 후기란에 제일 먼저 '엄마'를 외치겠다고 했는데, '아빠'부터 불렀다고 섭섭해하진 않으시겠죠? (깔깔, 웃어본다.)

어릴 적부터 항상 무슨 일을 하든 잘할 거야! 라고 응원해주시고, 묵묵히 지켜봐주시던 울 아빠! 결국 큰딸이 해냈어요. 아빠의 믿음이 항상 가슴속에 박혀 든든했다는 사실, 모르셨죠? 감사합니다. 큰딸 키우시느라 애쓰셨어요!

그리고 울 엄마! 작가놀이 한답시고 까칠하게 굴 때도 늘 뜻을 받아주며 조용히 문을 닫아주던 울 엄마. 시끄럽게 떠들고 울고불고 하는 두 아이를 컨트롤하며 힘드셨을 텐데도 늘 딸 걱정뿐이셨던 울 엄마. 밤을 새워야만 글을 쓸 수 있는 환경이 안타까워 잠 좀 자라고 소리쳤던 울 엄마. 일등 공신 울 엄마!

정말 고마워요. 고맙다는 말로 표현 안 될 정도로 많이많이 고맙습니다.

뒤늦게야 며느리가 작가로 활동하고 있다는 사실을 알게 된 시부모님! 쑥스러워서 말씀을 못 드렸는데도 섭섭해하지 않으시고, 우리 며느리 작가다~ 라면서 자랑스러워 해주셔서 정말 기분 좋았어요! 부족함 많은 며느리인데도 늘 최고다 예뻐해주시고 응원해주셔서 감사합니다. 더욱더 힘낼게요! (아주버님도 잊지 않았어요! 고맙습니다.)

그리고 우리 두나와 현지. 연재하는 글을 읽어주며 의견을 나눠주고 응원해줬던 나의 열혈 독자! 정말 격하게 아낀다.

누구보다 사랑하는 우리 신랑과 두 아이들! 늘 방싯방싯 웃으며 안겨오는 너희에게 자랑스러운 엄마가 되고 싶어 더욱 열심히 했다는 걸 알아줬으면 한다. 그리고 여보, 연비 좋은 차는 못 사줘도 뜨끈한 보리차는 늘 끓여놓을게. 여러 방면으로 부족한 마누라인데도 투정 부리지 않고 이해해줘서 고마워요.

마지막으로 끊임없는 사랑을 베풀어주시는 우리 르브님들! (러브보다 격한 표현으로 제 독자님의 명칭입니다.) 유리멘탈인 저를 다독여주시고 끝까지 함께 달려주셔서 완결을 낼 수 있었다는 거 아시죠? 고맙습니다. 그리고 힘들어도 끝까지 놓지 않고 작업에 몰두해주신 우리 와이엠북스의 박지은 담당자님께도 감사의 말씀드립니다.

“하나야, 애썼다. 정말 많이 애썼다, 수고했어.”

모두 행복하시고 건강하세요.

-초절정진서방 올림-